Seelenlos: Morgengrauen

Juliane Maibach

Seelenlos

— Morgengrauen —

Alle Bücher:

Seelenlos – Splitterglanz (Band 1)
Seelenlos – Himmelschwarz (Band 2)
Seelenlos – Regensilber (Band 3)
Seelenlos – Schattennacht (Band 4)
Seelenlos – Morgengrauen (Band 5)

Midnight Eyes – Schattenträume (Band 1)
Midnight Eyes – Finsterherz (Band 2)
Midnight Eyes – Tränenglut (Band 3)

Necare – Verlockung (Band 1)
Necare – Verlangen (Band 2)
Necare – Versuchung (Band 3)
Necare – Verzweiflung (Band 4)
Necare – Vollendung (Band 5)

Impressum
1. Ausgabe 2017
Copyright: © 2017 Juliane Maibach
www.juliane-maibach.com
Umschlaggestaltung: Guter Punkt, München
Umschlagmotiv: © Kim Hoang, Guter Punkt unter Verwendung von Motiven von thinkstock
Lektorat: Marta Ehmcke
Druck : Sowa Sp. z o.o.
ul. Hrubieszowska 6a
01-209 Warszawa
Bestellung und Auslieferung erfolgt durch die Nova MD GmbH, Vachendorf

Alle Rechte, einschließlich des Rechts des vollständigen oder auszugsweisen Nachdrucks in jeglicher Form, sind vorbehalten.

Prolog

Ihr war schrecklich kalt, und nichts vermochte dieses eisige Gefühl zu vertreiben, das sie bei ihrer Ankunft in diesen feuchten, miefigen Gemäuern erfasst und seitdem nicht mehr losgelassen hatte. Ihre Kleidung war klamm, wollte einfach nicht trocknen, und ihre Zähne schlugen immer wieder klappernd aufeinander. Obwohl sie vermutlich aussah wie ein Häufchen Elend, das nicht in der Lage war, sich zu wehren, tobte in ihr ein feuriger Sturm aus Hass. Sie war fassungslos, dass sie hier gelandet war, und wütend auf sich selbst, weil sie sich nicht hatte wehren können.

Aus den anderen Zellen vernahm sie das Jammern ihrer Mitgefangenen. Manchmal waren die Laute so grausig, dass auch sie in Angst und Hoffnungslosigkeit verfiel.

Zu Beginn hatte sie wie jeder andere hier ununterbrochen aus Leibeskräften geschrien und getobt, doch das war die reinste Kraftverschwendung gewesen. Mittlerweile war sie ausgezehrt und wahrscheinlich nicht einmal mehr in der Lage, sich zu verteidigen. Trotzdem wollte sie nicht aufgeben, sondern würde bis zum letzten Moment kämpfen, wenn sich denn eine Chance zur Flucht ergäbe – zumindest einen Funken Überlebenswillen besaß sie noch. Viele ihrer Mitgefangenen hingegen – das konnte sie dem plötzlichen Schweigen des einen oder anderen entnehmen – hatten bereits aufgegeben.

Als sie Schritte hörte, spannte sich alles in ihr an. War es nun so weit? War sie die Nächste? Das Herz schlug ihr vor Panik gegen die Rippen und ihr Magen krampfte sich zusammen. Voller Furcht starrte sie in den dunklen Gang vor sich.

Ganz langsam näherten sich die Schritte, und sie trat instinktiv von den Gitterstäben zurück, bis sie in ihrem Rücken die kalte Wand spürte.

Während in den Gemäuern Unruhe ausbrach – einige Gefangene begannen zu schreien, andere weinten, ein paar wenige tobten – blieb sie vollkommen ruhig, atmete ganz flach und hatte nur noch einen Gedanken: Bitte nicht!

Genau vor ihrer Zelle tauchte eine Gestalt auf. Finger umfassten die Eisenstäbe. Als sie es wagte, in das Gesicht auf der anderen Seite ihrer Zelle zu schauen, und das eisige Grinsen des Mannes vor sich erblickte, wusste sie, dass für sie nun alle Hoffnung verloren war. Wie jeder andere Gefangene hier würde auch sie sterben.

Hinterrücks

Gwen saß im Gras an einen Baum gelehnt, hatte die Beine angewinkelt und hielt sie mit den Armen umschlungen. Während die Zeit verstrich, konnte sie das Bild, wie Tares Kalis in den Armen hielt und wie sie sich dabei anschauten, als gäbe es nichts und niemanden außer ihnen beiden, einfach nicht vergessen. Es war nicht zu übersehen gewesen, dass sie sich auch nach all der Zeit nicht gleichgültig waren. Diese Erkenntnis hatte es ihr zusätzlich schwer gemacht, die beiden allein zu lassen.

Während Gwen saß, lief Niris auf der Wiese unruhig auf und ab. »Es stimmt also? Er hat das Heiligtum gestohlen, wahrscheinlich um Kalis und die anderen Verisells vor einem Angriff durch Malek zu schützen; dieser hat Tares verfolgt und seine Gestalt angenommen, nachdem die Verisells Tares mit ihren Abwehrzaubern ausgeknockt hatten; und dann hat er all die Krieger getötet und Kalis beinahe umgebracht?«

Gwen nickte nur stumm, es gab nichts, was sie hätte hinzufügen können.

»Und Tares war früher wirklich mal mit ihr zusammen? Hast du davon gewusst?«

Wieder nickte sie. »Ja, ich habe es erfahren, als er zu mir ins Verisell-Dorf kam. Kalis hat uns gesehen und uns angegriffen. Kein Wunder, immerhin hielt sie ihn für den Mörder ihrer Familie und ihrer Kameraden.«

Die Asheiy schwieg einen Moment. »Hattet ihr vor, Asrell und mir davon zu erzählen?«

»Ja, er wollte es, aber dann ist so viel passiert. Asrell hat sich seinem Vater gestellt, die Thungass haben uns gefangen genommen, Malek hat mich entführt …«

Sie wusste, dass es wie eine Ausrede klang.

Niris' Miene verfinsterte sich zunächst, doch dann setzte sie sich neben Gwen ins Gras und legte ihr tröstend den Arm um die Schulter.

»Er wird bestimmt bald wieder hier sein, und dann kannst du mit ihm reden. Man konnte deutlich sehen, dass er und Kalis einander wichtig sind. Besonders sie scheint noch sehr an ihm zu hängen. Es muss schrecklich sein, seine Liebe auf diese Art zu verlieren.«

Gwen bemerkte, dass die Asheiy sich sichtlich erschrocken auf die Unterlippe biss. Offenbar hatte sie erkannt, dass das alles andere als tröstende Worte waren.

»Tut mir leid«, sagte sie. »Glaub mir, er wird zurückkommen. Und dann müssen wir nur noch auf Asrell warten. Hoffentlich gelingt es ihm, die thungassischen Soldaten auf eine falsche Fährte zu locken. Zumindest hört man sie nicht mehr, das ist sicher ein gutes Zeichen.«

Als der Kampf zwischen Kalis, Tares und Malek ausgebrochen war, hatten sich thungassische Soldaten genähert. Um das Schlimmste zu verhindern, war Asrell losgerannt, um die Männer fortzulocken.

»Es wird bestimmt alles gut«, meinte die Asheiy weiter. »Auch mit Tares.«

Gwen wusste, dass Niris sie nur trösten wollte, aber vermochte sie ihre Ängste damit nicht zu vertreiben. Mehr als zwanzig Jahre lang hatte Kalis Tares für das gehasst, was er ihr angeblich angetan hatte. Nun zu erfahren, dass er unschuldig war, änderte alles. Die Verisell war noch nicht über ihn hinweg. Und auch Tares hatte an Kalis gehangen, war ihretwegen zu einem anderen geworden und hatte sich sogar von Malek lossagen wollen.

Gwen hatte den beiden die Zeit geben wollen, die sie brauchten, um sich in Ruhe auszusprechen. Sie wusste, dass er sie liebte und sie nicht verlassen würde. Und trotzdem konnte Gwen die leise Angst, dass sie sich womöglich doch irrte, nicht ganz abschütteln.

Als sie Schritte vernahm, blickte sie auf. Sie entdeckte Tares, der sich gerade unter ein paar tief hängenden Ästen hindurchbückte und dann langsam auf sie zukam. Gwen suchte mit den Augen nach Kalis, konnte sie jedoch nirgendwo sehen.

»Du bist also tatsächlich zurückgekommen«, stellte Niris fest. Das klang, als hätte sie selbst nicht an ihre aufmunternden Worte von eben geglaubt. »Was ist mit dieser Verisell? Willst du jetzt bei ihr bleiben?«

Die Fragerei war Gwen unangenehm. Sie selbst brachte in diesem Moment kein Wort über die Lippen. Tares' Aussprache mit Kalis musste viele Erinnerungen und Gefühle hervorgerufen haben – Erinnerungen an die gemeinsame Zeit, aber auch Wut über Maleks Tat und Trauer um all jene, die dabei ums Leben gekommen waren. Wie hätte sie für all das passende Worte finden sollen?

Bei Niris' Fragen machte sich leichtes Entsetzen auf Tares' Gesicht breit, dann suchte er augenblicklich Gwens Blick, als könnte er darin lesen, ob sie dieselbe Befürchtung hatte.

Sie schaute ihm nun direkt in die Augen. Sie waren rubinrot, und nun, da er wieder ein vollwertiger Nephim war, würde sich das auch nicht mehr ändern. Es war seltsam, nicht mehr in das tiefe Purpurrot blicken zu können, doch das satte, strahlende Rubinrot konnte ebenso funkeln und Gwens Herz zum Rasen bringen.

»Ich weiß nicht, wie du auf diese schwachsinnige Idee kommst«, antwortete Tares der Asheiy, ohne Gwen dabei aus dem Blick zu lassen. »Ja, ich war früher mit Kalis zusammen und sie hat mir viel bedeutet, doch das ist lange her. Ich bin nicht mehr derselbe wie damals.« Er wandte sich nun direkt an Gwen. »Ich würde dich niemals verlassen, ich liebe dich.«

Es war eine Erleichterung, die Bestätigung dessen, was sie zu wissen geglaubt hatte, nun aus seinem Mund zu hören. Er kam auf sie zu und schloss sie in seine Arme. Es war eine andere Umarmung als die, die sie hatte mit ansehen müssen. Es lag kein Schmerz darin, keine Bitterkeit und auch keine Spur von

Abschied. Sie war vielmehr liebevoll, stark, beschützend und wie ein Versprechen.

»Ich liebe dich«, wiederholte er an ihrem Haar. »Und ich hoffe, du weißt, dass auch die Sache mit Kalis niemals etwas daran ändern wird. Alles, was ich will, bist du.«

Sie nickte an seiner Brust, atmete seinen Duft nach Wald und Honig ein und entnahm seinem leisen, sanften Tonfall, wie wichtig es ihm war, dass sie ihm glaubte und ihm vertraute.

»Ich wollte, dass ihr euch aussprecht. Auch wenn da eine leise Angst war, dass bei dieser Begegnung alte Gefühle wiederaufleben könnten, war ich mir im Grunde die ganze Zeit sicher, dass du mich nicht verlassen würdest.«

»Wir haben noch einmal über Maleks Tat gesprochen, darüber, was er alles zerstört hat und wie viel Leid er Kalis damit zugefügt hat. Sie bereut zutiefst, dass sie an mir gezweifelt hat.« Er lachte fast traurig. »Wie hätte sie das auch nicht tun können? Ich habe mir ja nicht mal selbst vertraut. Ich wusste nur noch, dass ich losgezogen war, um das Heiligtum zu stehlen. Ich wollte es Malek zeigen, um ihn von seinem Vorhaben abzubringen, das Dorf zu zerstören. Anschließend hatte ich vor, mit ihm weiterziehen und Kalis irgendwann das Schwert zurückzubringen. Mir war klar, dass ich sie durch den Diebstahl des Heiligtums verletzen würde und danach nicht mehr mit ihr würde zusammen sein können. Aber das war besser, als sie und alle Dorfbewohner durch Maleks Hand sterben sehen zu müssen.

Als ich schließlich loszog, um das Schwert Ressgar während des Transports zu stehlen, ging alles schief. Der Perin-Rauch, mit dem die Verisells versuchten, mich außer Gefecht zu setzen, benebelte meine Sinne, und ich spürte diese tiefe Wut in mir, dieses Verlangen, zu töten, das ich zu unterdrücken versuchte. Schließlich wurde alles um mich herum schwarz. Als ich zu mir kam, war ich blutverschmiert und hielt das Schwert in meinen Händen. Ich blickte mich um, sah all die Toten, und eine leise Stimme in mir flüsterte, dass ich die Verisells umgebracht hatte.

Ich konnte mich an einzelne Szenen erinnern, zwar nur schwach, aber ich wusste ziemlich genau, was geschehen war. In all der Zeit bin ich nie auf die Idee gekommen, dass das Maleks Werk gewesen sein könnte und dass er mir, als ich aufwachte, seine eigenen Taten beschrieben und sie mir als die meinen eingeflüstert haben könnte.«

»Es tut mir so leid«, flüsterte Gwen. Sie schmiegte sich noch fester an ihn, um ihm zu zeigen, dass sie für ihn da war.

»Kalis ist in ihr Dorf zurückgekehrt. Sie ist froh, dass sie jetzt endlich die Wahrheit kennt und weiß, dass ich ihr Vertrauen nicht missbraucht habe.«

Gwen nickte. »Für sie ändert das bestimmt viel. Sie hat sich selbst die Schuld am Tod ihrer Familie und ihrer Freunde gegeben, weil sie dir vertraut hat. Ich glaube, seitdem hat sie niemanden mehr an sich herangelassen. Ich hoffe, es gelingt ihr jetzt, die Vergangenheit zu verarbeiten.«

»Irgendwann wird Malek für seine Taten büßen.« Tares verstärkte den Griff um Gwen. »Ich hätte ihn gleich umbringen sollen, als ich die Gelegenheit dazu hatte.«

Sie sah, wie sein Blick zu Niris wanderte, die betreten zu Boden schaute. Der Moment, als er Gwen zuliebe darauf verzichten wollte, gegen Malek zu kämpfen, musste für die Asheiy unerträglich gewesen sein. Hätte Malek Tares daraufhin nicht die Wahrheit erzählt, wäre es niemals zum Kampf gekommen.

»Es tut mir leid«, sagte Gwen. »Ich hatte einfach Angst, du könntest deine Kräfte noch nicht richtig im Griff haben und ihm unterliegen. Und ich wollte nicht dabei zusehen, wie du gegen jemanden kämpfst, der dir früher so wichtig war.« Sie hob den Blick und schaute ihm direkt in die rubinroten Augen. »Außerdem bedeutest du Malek noch immer viel. Du bist seine Familie. Ich weiß, dass er Schreckliches getan hat, aber in der Zeit, die ich mit ihm verbracht habe, habe ich auch gesehen, dass sogar er gute Seiten hat. Ich wünschte nur, er wäre in der Lage, seinen Hass abzulegen.«

Tares strich ihr über die Wange und ließ dann seine Fingerspitzen über ihre Nase und ihre Lippen wandern. Der Blick, den er ihr dabei schenkte, war so voller Liebe, dass Gwens Herz augenblicklich schneller schlug.

»Ich bin unendlich froh, dass du es geschafft hast, auch eine andere Seite in Malek hervorzulocken. Es war meine Entscheidung, ihn ziehen zu lassen, doch er wollte diesen Kampf unbedingt und hat mir die Wahrheit erzählt, um mich zu provozieren. Es ist gut, dass ich endlich weiß, was damals passiert ist.«

Er wandte sich an Niris, die weiterhin mit gesenktem Kopf dastand und sich auf die Unterlippe biss.

»Tut mir leid, dass ich mein Versprechen, ihn zu töten, nicht gehalten habe. Und das, obwohl du mir deine Splitter genau deshalb überlassen hast: damit ich meine Kräfte zurückbekomme und ihn umbringen kann. Ich wollte dein Vertrauen nicht missbrauchen.«

Die Asheiy zögerte einen Moment, dann zuckte sie mit den Schultern und hob den Blick. »Es hat wehgetan, das stimmt schon. Andererseits hatte Gwen berechtigterweise Angst um dich, denn trotz deiner Kräfte war es fraglich, wer von euch beiden gewinnen würde. Noch dazu hat Malek Gwen während ihrer Gefangenschaft nichts getan, sondern hat sie sogar beschützt. Ich verstehe, dass du ihm deshalb eine Chance gegeben hast, als sie dich darum bat, und ihn ohne Kampf ziehen lassen wolltest. Auch wenn es mir nicht passt, dass er weiterhin am Leben ist.«

Gwen war froh, dass Niris ihnen ihr Handeln nicht nachtrug. Sie selbst war sich nicht sicher gewesen, wie die Asheiy reagieren würde.

»Asrell kommt«, erklärte Tares, den Blick nach links Richtung Dickicht gewandt.

Nur wenige Augenblicke später hörte auch Gwen Äste knacken und vernahm ein angestrengtes Keuchen.

»Ich … hab sie abgehängt«, ächzte Asrell, kaum dass er wieder bei ihnen war. Erschöpft und außer Atem, stützte er sich auf seinen Knien ab und schnappte wie ein Ertrinkender nach Luft. »War nicht einfach … aber ich konnte sie weglocken.« Er ließ seinen Blick umherwandern. »Wo ist Kalis?«

»Sie ist in ihr Dorf zurückgekehrt. Vorher haben wir uns allerdings noch ausgesprochen«, antwortete Tares.

Asrell schaute ihn unverwandt an. Schließlich schüttelte er langsam den Kopf. »Ich fass es einfach nicht. Du und diese Verisell … All das, was Malek erzählt hat …« Nun wanderte sein Blick zu Gwen. »Hast du von all dem gewusst?«

Sie nickte. »Dass Tares und Kalis früher mal zusammen waren, weiß ich schon länger. Alles andere habe ich auch erst vor Kurzem erfahren.«

Er wirkte weder sonderlich überrascht noch entsetzt. Vielmehr lag ein Anflug von Enttäuschung in seiner Miene. »Ich verstehe ja, warum du die Sache für dich behalten hast, aber es wäre trotzdem schön gewesen, wenn ihr Niris und mich eingeweiht hättet.«

»Kurz nachdem ich es herausgefunden hatte, wollte Tares es euch sagen. Es gab nur einfach keinen passenden Moment. Wir haben einander gebraucht, und wenn ihr es gewusst hättet, wäre dadurch nur unsere Gruppe zerstört worden.«

»Da hast du vermutlich recht«, stimmte Asrell ihr zu. Nun sprach er eine Frage aus, die ihm sichtlich schwer von den Lippen kam: »Und was ist mit Malek? Denkst du, er wird dich von nun an in Frieden lassen?«

Tares schüttelte den Kopf. »Wohl kaum. Ich fürchte, dass wir ihn schon bald wiedersehen werden.«

Asrell seufzte. »Mist, verdammter! So was hatte ich schon befürchtet.« Er machte eine kurze Pause und wollte dann wissen: »Und was machen wir jetzt? Die Soldaten konnte ich zwar von hier weglocken, aber sie sind weiterhin in der Nähe. Und als wäre das allein nicht schon gefährlich genug, will uns Malek weiterhin umbringen.«

»Wir werden ihm nicht entkommen«, wisperte Niris fast traurig. »Früher oder später wird er uns finden.«

»Solange hier überall Soldaten sind, wird er uns in Ruhe lassen«, meinte Gwen. »Außerdem ist er verletzt, vielleicht nicht schwer, aber immerhin. Er wird sich bestimmt erst mal auskurieren und die Zwischenzeit nutzen, um zu überlegen, wie er weiter vorgehen soll.« Sie wandte sich an Tares. »Außerdem bist du Malek mit deinen zurückgewonnenen Kräften wieder ebenbürtig. Ich denke nicht, dass wir momentan in konkreter Gefahr schweben.«

»Dafür stecken wir doch noch etwas zu tief in Schwierigkeiten, meint ihr nicht?«, gab Asrell zu bedenken. »Überall sind Soldaten, ein Krieg steht bevor, der garantiert etliche Tote fordern wird, wenn er nicht sogar die ganze Welt verändert ... Dann die Sache mit Malek ...«

Tares hatte die ganze Zeit geschwiegen und den Blick nachdenklich in die Ferne gerichtet. Nun rannte er plötzlich Richtung Dickicht, und während Gwen ihm nachrief: »Tares, was ist los?«, war er auch schon verschwunden.

Sie setzte ihm augenblicklich nach, Asrell und Niris folgten ihr. Gwen vernahm ein kurzes Aufschreien, dann etwas, das nach einem Gerangel klang. Sie lief weiter, und da kam Tares ihr auch schon entgegen.

Sie hielt erstaunt die Luft an und wusste im ersten Moment nichts zu sagen. Er umklammerte eine ihr allzu bekannte Gestalt, die sich aus Leibeskräften zu wehren versuchte, allerdings ohne Chance. Tares hielt mit einer Hand ihre Arme fest, mit der anderen führte er sie langsam vorwärts.

Brindias Augen funkelten voller Abscheu, immer wieder versuchte sie, über ihre Schulter in Richtung ihres Angreifers zu blicken. »Was hast du mit dir angestellt? Was ist mit deinen Augen passiert?«, knurrte sie mit vor Wut zusammengebissenen Zähnen.

»Ich denke, du weißt sehr genau, was es bedeutet, wenn jemand rubinrote Augen hat«, erwiderte er.

Ein Ausdruck blanken Entsetzens erschien in Brindias Gesicht, dann schrie sie: »Du hast die Splitter zusammengesetzt und das Amulett benutzt, habe ich recht? Es muss so gewesen sein, denn bei unserer letzten Begegnung warst du noch kein Nephim. Du musst komplett verrückt geworden sein!«

»Das lass mal meine Sorge sein. Sag mir lieber, wo deine restlichen Männer stecken. Oder ist es dir so wichtig gewesen, uns zu finden, dass du ohne sie weitergezogen bist?«

»Ihr habt mich überfallen und mir die Splitter geraubt. Niemals würde ich so eine Schmach auf mir sitzen lassen. Ich musste euch auftreiben und wollte es alleine schaffen. Ich brauche das Amulett, um mein Ziel zu erreichen.« Hass flackerte in ihrem Blick, als sie weitersprach: »Aber du hast das Glutamulett benutzt und es damit für immer vernichtet. Glaub bloß nicht, dass ich dich entkommen lasse. Du bist jetzt ein Nephim, eine Kreatur, die nicht am Leben gelassen werden darf. Ich bringe dich eigenhändig um, das schwöre ich dir!«

»Ganz schön große Worte für jemanden, der sich momentan kaum rühren kann.«

»Das wird nicht für immer so bleiben«, raunte die Fürstentochter.

»Ganz toll, noch eine Feindin mehr«, brummte Niris, während sie die Arme vor der Brust verschränkte und Brindia böse anfunkelte.

»Was machen wir jetzt mit ihr?«, fragte Asrell in die Runde. »Sie hat zugegeben, dass sie dich tot sehen will. Wenn wir sie einfach gehen lassen, wird es nicht lange dauern, bis die gesamten thungassischen Truppen hinter uns her sind.«

Die Asheiy zuckte mit den Schultern. »Dann töten wir sie eben. Ein Störenfried weniger.«

»Das werden wir ganz bestimmt nicht«, mischte sich Gwen ein. »Wir bringen niemanden um, der sich nicht zur Wehr setzen kann.«

»Lasst mich nur los, dann werden wir ja sehen, wer sich hier nicht zu verteidigen weiß«, zischte Brindia.

»Du solltest mit deinen Worten vorsichtiger sein und nicht ständig irgendwelche Drohungen von dir geben. Das könnte dir sonst noch zum Verhängnis werden«, meinte Tares, während er sie weiterhin festhielt.

»Wenn ihr sie nicht töten wollt, was sollen wir dann mit ihr machen?«

Niris' Frage war berechtigt.

Brindia warf Tares immer wieder dermaßen feindselige Blicke zu, dass kein Zweifel daran bestand, dass sie ihm eine ganze Armee auf den Hals hetzen würde, wenn sie sie freiließen.

»Eigentlich bleibt nur eine Möglichkeit: Wir nehmen sie mit uns. Für den Fall, dass wir unterwegs auf thungassische Soldaten treffen, könnte es sogar ganz praktisch sein, sie dabeizuhaben. Solange wir die Fürstentochter in unserer Gewalt haben, werden sie uns nichts tun«, fuhr die Asheiy fort.

Asrell legte sich nachdenklich, aber sichtlich angetan von dieser Idee die Hand ans Kinn. »Wir könnten versuchen, in das Reich von Fürst Revanoff zu gelangen, denn dort werden sich die Thungass nicht hinwagen. Und wenn wir sein Gebiet erst erreicht haben, ist es auch egal, dass Brindia von dort zu ihren Männern zurückkehrt und ihnen von Tares erzählt. Sie könnten ihm dann vorerst nichts anhaben.«

»Du willst allen Ernstes, dass ich mich bei diesem Revanoff verstecke?!«, fuhr Tares ihn an.

»Etwas anderes bleibt uns wohl nicht übrig«, wandte Gwen ein. Sie mussten den thungassischen Soldaten entkommen, ohne dabei ein Blutbad anzurichten. Auch wenn sie Tares' Bedenken nachvollziehen konnte, so schien die Flucht in Ahrins Reich aktuell doch die einzige Möglichkeit zu sein, die sie hatten. Damit würden sie zugleich eine gewisse Distanz zwischen sich und Malek bringen und es ihm somit erschweren, ihre Spur wiederaufzunehmen.

»Gib mir mal das Seil aus meinem Rucksack«, wandte sich Tares an Asrell.

Während Asrell es ihm reichte und Tares sich daranmachte, Brindias Hände zu fesseln, fragte Gwen sich, ob sie gerade die richtige Entscheidung getroffen hatten. Die Fürstentochter bei sich zu haben, barg durchaus gewisse Risiken …

Verachtung

Brindia ging in ihrer Mitte, sodass sie alle ein Auge auf sie haben konnten. Die Fürstentochter war angesichts ihrer Gefangennahme alles andere als guter Laune. Seit sie ihnen vor wenigen Stunden in die Arme gelaufen war, schimpfte sie unentwegt leise vor sich hin und bedachte sie alle und ganz besonders Tares mit bitterbösen Blicken.

»Ich fass es einfach nicht, dass du das getan hast«, wandte sie sich an ihn. »Wie konntest du das Amulett ausgerechnet dafür verwenden, aus dir ein Monster zu machen? Mir war klar, dass die magische Kraft, die diesen Artefakten innewohnt, äußerst stark ist, aber dass sie so etwas bewirken kann, hätte ich nicht für möglich gehalten.« Wieder blitzte sie ihn voller Abscheu an. »Wenn du zu solchen Mitteln gegriffen hast, musst du sehr verzweifelt gewesen sein. Hattest du vielleicht sogar vor, deine neu gewonnenen Kräfte gegen meine Armee und mich anzuwenden? Ihr wusstet, dass wir euch weiterhin verfolgen würden, hast du deshalb diesen Schritt gewagt?«

»Was du dir alles einbildest«, erwiderte er fast gelangweilt. »Als ob sich alles nur um dich und deine Familie drehen würde. Ehrlich gesagt ist es mir völlig egal, ob ihr uns hinterher rennt. Ewig könnt ihr das ohnehin nicht machen, schon gar nicht jetzt, wo Fürst Revanoff in den Krieg zieht.«

»Was hat dich dann zu dieser Wahnsinnstat getrieben?«

»Würde seine Antwort denn etwas an deiner Meinung ändern?«, mischte sich Gwen ein. »Du hältst doch sowieso nichts von uns. Im Gegenteil, du willst Tares sogar töten lassen, nur weil er über starke Kräfte verfügt.«

Die Fürstentochter prustete verächtlich. »Du hast es noch immer nicht begriffen, oder? Und das, obwohl du die Enkelin des Göttlichen bist. Du scheinst ihm nicht sehr ähnlich zu sein, er hätte sich jedenfalls ganz gewiss niemals mit solchen Kreaturen abgegeben.«

»Was weißt du schon«, brummte Gwen.

»Ich weiß zumindest, dass er keine Nephim am Leben gelassen hat. Diese Wesen sind grausam und erfreuen sich an dem Leid anderer. Sie wollen uns alle vernichten. Genau deshalb müssen diese Kreaturen ausnahmslos ausgelöscht werden. Momentan bin ich eure Gefangene, doch irgendwann bekomme ich eine Gelegenheit, und dann werde ich euren Freund nicht am Leben lassen, das schwöre ich euch.«

»Ich sagte ja, wir hätten sie umbringen sollen«, mischte sich Niris ein. »Dann müssten wir uns jetzt nicht die ganze Zeit dieses Geschwafel anhören.«

»Ihr könnt es gern versuchen, aber macht mich vorher los«, forderte Brindia und hob ihre gefesselten Hände.

»Egal, wie sehr du dich hier aufspielst, du weißt genau, dass du im Zweifelsfall keine Chance gegen mich hättest. Aber keine Sorge, wir werden dich nicht töten.« Der Blick, den Tares der Fürstentochter zuwarf, war schneidend und ließ sie kurz verstummen.

»Etwas wie dich darf man nicht am Leben lassen. Selbst wenn ich dabei umkommen sollte«, sagte sie leise, »ich werde dich töten und dich damit auch für die Schmach bezahlen lassen, die du mir in meinem eigenen Haus zugefügt hast.«

Gwen wusste, wie stolz die Thungass waren. Für sie stand Stärke an allererster Stelle. Sie trainierten seit Kindheit an und zeigten keinerlei Schwäche. Es musste für Brindia eine absolute Demütigung gewesen sein, in ihrem eigenen Palast überwältigt und in einem leer stehenden Zimmer eingeschlossen worden zu sein.

Malek saß auf einer Wiese, lauschte dem Wind, der in den Bäumen säuselte und ihre tiefgrünen Blätter rascheln ließ. Er wusste nicht genau, wie lange er nun schon hier saß und seinen Gedanken nachhing. Noch immer konnte er sich nicht dazu aufraffen, weiterzugehen. Wohin auch? Er hatte kein konkretes Ziel und wusste nicht, welcher seiner beiden inneren Stimmen er folgen sollte: Sein Verstand sagte ihm, es wäre besser, sich vorerst zurückzuziehen, die Wunden heilen zu lassen und sich einen neuen Plan zurechtzulegen. Doch sein Herz verlangte nach Blut. Am liebsten wäre er sofort losgerannt, um Aylen zu finden und ihn in Stücke zu reißen.

Diese Demütigung! Wie hatte er nur so dumm und unvorsichtig sein können, den Kampf dermaßen arglos anzugehen? Er hätte die Verisell nicht unterschätzen dürfen.

Er fasste sich an seinen linken Arm, der immer noch nicht belastbar war. Auch seine Wange brannte und erinnerte ihn nur zu gut an den Moment, als diese Verisell ihm beinahe den Kopf gespalten hätte. Ein paar Zentimeter weiter, und die Klinge hätte nicht nur seine Wange erwischt ...

Malek schwor sich, dass er beim nächsten Mal besser aufpassen würde. Er durfte nicht mehr so unvorsichtig und waghalsig sein. Wie oft hatte Aylen ihm genau das gesagt: Hör nicht nur auf deine Instinkte, sondern schalte deinen Kopf ein und denk nach!

Wieder einmal war ihm genau das nicht gelungen, und es hatte ihm eine unglaublich bittere Niederlage beschert.

Er ballte die Fäuste und hätte am liebsten etwas zerschmettert. Stattdessen versuchte er, ruhig einzuatmen und einen klaren Gedanken zu fassen. Ja, dieses Mal war er ihnen unterlegen gewesen, doch noch einmal würde es ihnen nicht gelingen. Aylen wähnte sich bestimmt in Sicherheit und glaubte, dass Malek sich nicht zu ihm traute. Doch da irrte er sich. Sobald seine Verletzungen auskuriert wären, würde er sich erneut auf die Suche nach seinem alten Freund begeben. Beim nächsten Mal würde alles anders ablaufen ...

Sie hatten Brindia für die Nacht an einen Baum gefesselt und beschlossen, dass es besser war, wenn immer einer von ihnen wach blieb, um auf sie aufzupassen. Ihre ruhigen Atemzüge sprachen dafür, dass sie schlief. Auch Niris war bereits vor Stunden eingeschlafen und wälzte sich in ihren Decken unruhig umher. Asrell lag ein paar Meter entfernt in der Nähe eines hohen Baumes. Er schnarchte laut, was unter anderem daran lag, dass sein Kopf leicht überstreckt und nach rechts geneigt war.

»Keine Ahnung, wie man so schlafen kann«, meinte Tares. Er saß direkt hinter Gwen, hielt sie mit den Armen fest umschlungen, sodass sie umgeben war von seiner schützenden Wärme und seinem wundervollen Duft. Sie lehnte sich an seine feste Brust und lauschte dem Knacken der Äste im Feuer.

Die beiden hielten gemeinsam Wache, würden jedoch bald von Niris abgelöst werden. Auch wenn Gwen müde von dem langen Tag war, genoss sie es, mit Tares vor dem prasselnden Feuer zu sitzen und nichts weiter tun zu müssen, als in die Nacht zu lauschen und die Fürstentochter im Auge zu behalten. Es war fast, als wäre sie mit ihm allein.

»Meinst du, es war eine gute Idee, Brindia mit uns zu nehmen?«, fragte sie leise.

Er hatte seinen Kopf auf Gwens Schulter gelegt und meinte: »Sie weiß selbst, dass sie keine Chance gegen mich hat, aber ihr Stolz verbietet es ihr, das zuzugeben. Ich glaube nicht, dass sie so dumm sein wird, mich anzugreifen. Und wenn doch, wird sie schnell erkennen, dass es sinnlos ist.«

»Und was, wenn sie dich in einem unaufmerksamen Moment überrumpelt?«

Tares küsste ihren Nacken und ließ seine Lippen anschließend an ihrem Hals entlangwandern. »Allein hat sie gegen uns keine Chance. Wir schaffen es in Ahrins Gebiet und lassen sie dann frei. Von dort wird sie sofort in ihr eigenes Reich zurücklaufen, jedoch selbst mit ihrer Armee keinen direkten Angriff auf Fürst Revanoff wagen.«

Gwen nickte langsam, während sie an den Hass dachte, der jedes Mal aufs Neue in den Augen der Fürstentochter aufflammte, wenn sie Tares ansah. »Sie verabscheut dich regelrecht. Nicht, dass sie bei unserem Besuch in ihrem Palast eine allzu hohe Meinung von dir und Asrell gehabt hätte, aber jetzt … jetzt ist da nichts mehr als tiefster Widerwillen. Ich finde es erstaunlich, mit welchen Augen die Bewohner dieser Welt Nephim betrachten.«

Er zuckte mit den Schultern. »Auch Asheiys haben es hier nicht leicht, aber in uns Nephim sieht niemand etwas anderes als Monster, denen es nach Blut dürstet.«

Sie wussten beide, dass das durchaus auf viele Nephim zutraf. Jeder von ihnen trug diesen Teil in sich, der sich nach Kampf und Zerstörung sehnte. Allerdings hatte Gwen auch gelernt, dass da noch sehr viel mehr in diesen Wesen steckte. Selbst Malek besaß Gefühle. Er konnte lachen, traurig oder verletzt sein und sah in Tares – oder Aylen, wie er ihn nannte – so etwas wie einen Bruder.

»Als Malek mich gefangen gehalten hat, habe ich einen Brief von meinem Großvater gefunden«, erzählte sie nun. »Er schreibt darin über die Begegnung mit dir. Er sagt, sie hätte alles für ihn verändert. Als er dir gegenüberstand, erkannte er in deinen Augen tiefen Schmerz und spürte, dass sich etwas in dir nach dem Tod sehnte. Er nahm an, dass du aus diesem Grund gar nicht erst versucht hast, die ganze Macht des Schwertes Ressgar zu nutzen.

Er hatte sich zuvor nie darüber Gedanken gemacht, ob ein Nephim etwas anderes als ein gefühlloses Monster sein könnte. Zu sehen, dass du von etwas zerfressen wurdest, dass du tatsächlich etwas empfinden konntest, hat sein ganzes Weltbild auf den Kopf gestellt.«

Tares lockerte seinen Griff um sie, vermutlich, weil diese Worte alte Erinnerungen in ihm wachriefen.

»Er hat in dir etwas gesehen und wollte dir noch eine Chance geben. Deshalb hat er dir deine Kräfte genommen.« Sie wandte sich zu Tares um und schaute ihm nun direkt in die Augen. »Er hat dir die Möglichkeit geschenkt, diese Welt und vor allem dich selbst aus einer neuen Perspektive zu sehen. Er glaubte, wenn du ohne deine Macht wärst, müsstest du dich mehr auf dich selbst besinnen und dich mit deinen bisherigen Taten auseinandersetzen.

Er hat gehofft, dass das etwas in dir verändern würde, denn nach dem Kampf mit dir war er der Überzeugung, dass auch du – und womöglich jeder Nephim – eine Seele besitzt.«

Diese Worte schienen ihn zu überraschen, seine Augen weiteten sich erstaunt. Langsam ließ er seine Finger durch Gwens Haar gleiten und meinte leise: »Als dein Großvater mich halb tot, so ganz ohne meine Kräfte, liegen ließ, habe ich ihn verflucht. Er hätte mir nichts Schlimmeres antun können als das. Aber es stimmt: Das alles geschah, als ich dachte, ich sei für die toten Verisells verantwortlich und hätte Kalis all das angetan. Ein Teil in mir konnte mit dieser Last nicht leben.

Immerhin glaubte ich, ich hätte die Beherrschung verloren und ausgerechnet das Leben derjenigen zerstört, die mir etwas bedeutete. Ich wollte sterben und diese Qual in mir loswerden, dein Großvater tötete mich jedoch nicht.« Sein Blick funkelte nun, ruhte genau auf Gwen. »Inzwischen bin ich ihm dankbar dafür. So konnte ich ein neues Leben beginnen.« Ein sanftes Lächeln erschien auf seinen Lippen, als er sich vorbeugte und raunte: »Und du hast dieses Glück komplett gemacht und mich für immer verändert.«

Er küsste sie, wobei seine Lippen unglaublich zärtlich über die ihren strichen, bevor er mit seiner Zunge langsam ihren Mund öffnete und den Kuss immer intensiver werden ließ. Gwens Herz beschleunigte sich, sie legte ihre Hand in Tares' weiches Haar und zog seinen Kopf noch näher zu sich heran.

Sie spürte die Hitze, die von seinem Mund ausging und in ihrem Inneren ein loderndes Feuer entfachte.

Seine Hände glitten über ihren Körper, schoben sich unter ihr Shirt und erkundeten ihre Haut, während über ihnen die Sterne tanzten.

»Lass es lieber, oder denkst du, ich würde es dir so leicht machen?«

Tares' drohender Tonfall weckte Gwen. Sie lag neben ihm, war noch immer in eine Decke gewickelt, als sie langsam realisierte, wer da vor ihnen stand. Tares hielt Brindias Arm fest und durchsuchte gleichzeitig ihre Taschen.

»Wie hast du dich von den Fesseln befreien können? Hast du irgendwo doch noch eine Waffe versteckt und wolltest damit auf mich losgehen?«

Tatsächlich fand er nun ein kleines Messer in ihrem Mantel, das er ihr sogleich abnahm.

»Dachtest du, du könntest mich damit verletzen?« Er machte eine Pause, doch Brindia schwieg. Er lachte verächtlich. »Du müsstest eigentlich wissen, dass man einem Nephim nicht so leicht das Leben nehmen kann.«

Erst jetzt kam Bewegung in die junge Frau. Sie zuckte mit den Schultern und meinte: »Es kümmert mich nicht, dass es dieses Mal nicht geklappt hat. Es werden sich bestimmt noch etliche Möglichkeiten ergeben. Wie du siehst, ist es unmöglich, mich immer im Auge zu behalten.«

Sogleich riss sie sich von Tares los und ging zu ihrer Schlafstätte zurück, als sei nichts gewesen.

Gwen dagegen spürte eine unbändige Wut in sich. Die Fürstentochter hatte also die Gunst der Stunde nutzen wollen, um ihr Vorhaben in die Tat umzusetzen. Glaubte sie denn, dass Gwen und die anderen sie am Leben lassen würden, wenn es ihr gelänge, Tares auch nur zu verletzen?

»Alles okay?« Sie musterte ihn, doch er schien keinerlei Verletzungen davongetragen zu haben.

Er betrachtete das Messer in seiner Hand. »Ja, nichts passiert. Ich habe sie kommen hören und sie aufgehalten, bevor sie überhaupt etwas versuchen konnte.«

»Wieso war sie überhaupt unbewacht?«

Gwens Blick wanderte über den Lagerplatz. Asrell schlief tief und fest, sein Schnarchen war kaum zu überhören, und auch

Niris, die eigentlich hätte Wache halten sollen, war eingenickt. Sie saß in der Nähe des Feuers, ihr Kopf war leicht nach unten gebeugt, die Hände lagen schlaff in ihrem Schoß.

»Ich sagte ja bereits, dass ihr mich nicht aufhalten könnt. Und mit solchen Wachen macht ihr es mir besonders leicht«, verkündete Brindia mit einem süffisanten Grinsen. »Selbst wenn die beiden wach wären, würden sie kein Hindernis darstellen. Und eure läppischen Fesseln erst recht nicht.«

Gwen ging auf Niris zu, kniete sich neben sie und legte ihr sanft eine Hand auf die Schulter, um sie zu wecken.

Erschrocken schrie die Asheiy auf und schaute sich verwirrt um. Erst als sie Gwen erkannte, beruhigte sie sich wieder. »Was ist passiert? Werden wir angegriffen?«

»Das müsstest eigentlich *du* wissen, immerhin bist du an der Reihe, aufzupassen«, erwiderte sie.

Niris' Miene verfinsterte sich augenblicklich. »Ich kann erst vor wenigen Sekunden eingeschlafen sein, ich hab volle lang aufgepasst.«

»Von wegen, du hast fast eine Stunde vor dich hin gedöst.« Brindia klang beinahe amüsiert. Ihr schien es zu gefallen, Unfrieden zu stiften und die Auseinandersetzung weiter anzuheizen.

Gwen reagierte nicht darauf, wandte sich stattdessen wieder der Asheiy zu. »Wenn du merkst, dass du dich nicht mehr wachhalten kannst, sag lieber einem von uns Bescheid. Es nützt nichts, wenn du einschläfst und Brindia damit unbewacht ist.«

»Ist doch nichts passiert«, murmelte Niris kleinlaut.

»Ein paar Sekunden später, und ich hätte es geschafft, den Nephim umzubringen«, tönte die Fürstentochter voller Hohn.

»Was? Wer bringt hier wen um?« Asrell setzte sich verschlafen auf und blickte verwirrt in die Runde. »Was ist denn hier los?«

Tares verdrehte die Augen. »Niris ist eingeschlafen, weshalb Brindia meinte, mich angreifen zu müssen. Ich bin allerdings rechtzeitig aufgewacht und habe sie davon abgehalten. Wobei, mit diesem mickrigen Messer hätte sie mir sowieso nicht viel antun können.«

»Woher hat sie das Messer überhaupt?«, hakte Gwen nach. Sie hatten die Fürstentochter gleich zu Beginn durchsucht und ihr alle Waffen abgenommen.

Asrell starrte auf die Klinge, die Tares noch immer in der Hand hielt. Dann begann er wie wild in seinem Rucksack zu wühlen, sprang kurz danach auf und knurrte die junge Frau an: »Du warst an meinen Sachen?! Kannst du eigentlich nichts weiter, als andere mit Messern zu bedrohen und sie zu bestehlen?!«

Brindia blieb gelassen und setzte sich auf ihr provisorisches Lager. »Du bist eben ein besonders leichtes Opfer. Schwach, leichtgläubig, unvorsichtig, kein ernst zu nehmender Gegner. Bisher war es auch immer einfach, dich zu überrumpeln und als Geisel zu nehmen.«

Asrell war für einen Moment sprachlos, dann ballte er die Fäuste, sein Gesicht färbte sich rot, die Lippen wurden schmal und in seinen Augen glomm solcher Hass auf, wie Gwen ihn bisher nur selten bei ihm gesehen hatte.

»Wie kannst du es wagen!«, zischte er.

Brindia hatte Asrell mit ihren Worten provozieren wollen und sie hatte ihr Ziel erreicht. Was sie allerdings nicht ahnen konnte, war, dass sie ihn damit zugleich an seiner empfindlichsten Stelle getroffen hatte. Er wusste, dass er kein geborener Krieger war. Als er seinen Vater herausgefordert hatte, hatte dieser ihn regelrecht gedemütigt, ihm seine körperliche Schwäche vor Augen geführt und ihn am Ende dennoch verschont. Dieser Vorfall nagte bis heute an Asrell, und Brindia schien die Wunde nun unbewusst wieder aufgerissen zu haben.

»Du elendes Miststück!«, schrie er und rannte auf sie zu. Er packte sie am Wams, zerrte sie auf die Beine und holte zum Schlag aus. »Niris hatte recht, wir hätten dich gleich umbringen sollen. Aber das können wir ja jetzt nachholen.«

»Nur zu, versuch es.« In Brindias Augen lag keinerlei Angst, sondern vielmehr Belustigung. »Am Ende traust du dich sowieso nicht. Du bist schwach, und das weißt du selbst am besten.«

Schon im nächsten Moment ließ Asrell seine Faust auf die Fürstentochter niederfahren. Brindia krümmte sich kurz, dann knickten ihre Beine ein und sie ging zu Boden.

Asrell zerrte sie erneut auf die Füße und zwang sie, ihm in die Augen zu blicken. »Ich könnte dich sehr wohl umbringen, allerdings benutze ich auch meinen Verstand. Dich zu töten würde uns nur noch mehr Scherereien bereiten. Trotzdem würde ich dir raten, dich zukünftig etwas zurückzuhalten, ansonsten wirst du vielleicht nicht mehr allzu lange am Leben sein.«

Er stieß sie von sich, wandte sich ab und kehrte zu seinem Schlafplatz zurück.

Brindia brauchte einen Moment, um den Schrecken zu verwinden, dann schien die Wut erneut überhandzunehmen.

»Ihr alle seid nichts als Abschaum!«, spie sie aus. Ihr Blick wanderte zu Tares. »Ich wusste vom ersten Moment an, als ich dich gesehen habe, dass du nichts als elendiges Gesindel bist«, fuhr sie ihn an. »Wer hätte allerdings ahnen können, dass du vollkommen den Verstand verloren hast und zu einem echten Monster werden würdest.«

»Tut mir leid, dass ich dich enttäuschen muss«, erwiderte er ruhig, »aber ich war schon immer ein *Monster*, wie du es so schön bezeichnest. Ich hatte nur zwischenzeitlich meine Kräfte verloren. Doch das Problem ist, wie du siehst, mittlerweile behoben.«

Ihr verächtliches Lächeln verschwand augenblicklich, stattdessen machte sich Entsetzen auf ihrem Gesicht breit. »Das glaub ich nicht«, murmelte sie.

»Glaub, was du willst«, meinte Tares und kehrte ihr den Rücken zu.

Gwen sah, wie die Fürstentochter noch immer mit dieser Information rang.

»Meinst du, es war eine gute Idee, ihr das zu sagen?«

Er zuckte mit den Schultern. »Meinetwegen kann sie ihren Soldaten oder ihrer Familie irgendwann davon erzählen. Sie sieht in mir eh nichts als ein Ungetüm, das vernichtet werden muss. Ob ich schon immer eines war oder gerade erst zu einem geworden bin, spielt für sie keine Rolle.«

»Wir sollten Brindia so schnell wie möglich loswerden«, murmelte Gwen.

Sie sah zu, wie Tares der Fürstentochter die Hände fesselte, und ahnte, dass es mit ihr zukünftig noch mehr Probleme geben würde.

Es wehte ein kühler Wind und die Wolken über ihnen bildeten eine dichte graue Decke. Immer wieder ließ eine Böe die Äste und Blätter rascheln. Durch den Wald ging ein leises Säuseln, das nur vom Geräusch ihrer Schritte hin und wieder übertönt wurde. Drei Tage waren seit Brindias Angriff auf Tares vergangen.

Er ging neben Gwen, hielt ihre Hand und streichelte sie sanft mit seinen Fingern. Zwischendurch lehnte sie sich ein wenig an ihn und war dankbar für seine Nähe.

Brindia war ein Stück hinter ihnen. Als Gwen sich über die Schulter nach ihr umsah, bedachte die Fürstentochter sie mit einem eiskalten Blick.

»Ich weiß nicht, wie du so etwas tun kannst«, brachte sie unter zusammengebissenen Zähnen hervor. »Du schmiegst dich an ihn, hältst seine Hand und verbringst sogar die Nächte an seiner Seite, obwohl du genau weißt, was er ist. Was stimmt nicht mit dir?«

»Ich glaube nicht, dass ich dir darauf eine Antwort schulde«, erwiderte sie barsch.

»Was würde wohl dein Großvater dazu sagen?« Brindia hatte aufgeholt und ging nun neben ihr. »Er selbst hat die Nephim aus tiefstem Herzen verabscheut, hat etliche getötet und versucht, diese Welt von ihnen zu befreien. Es ist unfassbar, dass gerade du ihm derart in den Rücken fällst.«

»Da sieht man mal, wie wenig du meinen Großvater gekannt hast. Alle sehen in ihm einen gnadenlosen Verisell, einen Helden, der diesen Ort beschützen wollte. Was er aber gedacht und gefühlt hat, das weiß keiner von euch. Es gibt einen Grund, warum er dieser Welt letztendlich den Rücken gekehrt hat. Allerdings würde den wohl kaum einer von euch verstehen.«

Brindia runzelte die Stirn, sann wohl einen Moment darüber nach, ob Gwen mehr über die Beweggründe seines Verschwindens wusste. Dann prustete sie verächtlich: »Versuch dir nur einzureden, dass an deinem Verhalten nichts Schändliches ist. Im Grunde deines Herzens weißt du selbst, wie abartig es ist, mit diesem Monster zusammen zu sein.«

»Dir ist schon klar, dass dieses ach so unberechenbare Monster dich hören kann, oder?«, fragte Tares. »Denkst du nicht, es wäre besser, mich nicht weiter zu reizen? Wer weiß, wie lange ich mich noch im Griff habe.« Ein süffisantes Lächeln lag auf seinen Lippen.

Die Fürstentochter schenkte ihm einen herablassenden Blick und schaute dann beiseite.

»Du bist ein ganz schön biestiges Miststück«, brachte sich Niris ein. »Es wäre zu schön, wenn du zur Abwechslung mal die Klappe halten und uns nicht ständig auf die Nerven gehen würdest.«

»Das sagt die Richtige! Wer ist denn hier ständig am Plappern, klagt darüber, dass ihr die Füße wehtun, und kann einfach nicht damit aufhören, irgendwelchen Blödsinn von sich zu geben?«

Die Asheiy blitzte Brindia böse an. »Reiz mich besser nicht!«

»Willst du etwa gegen mich kämpfen?!« Ein amüsiertes Lächeln zuckte über die Lippen der Fürstentochter. »Dass ich nicht lache! Du kannst es gern versuchen, das könnte lustig werden. Ich trainiere seit meiner Kindheit, wurde von den Besten ausgebildet und –«

»Und wurdest dennoch gefangen genommen«, mischte sich Asrell ein.

»Halt du dich besser raus! Von einem Schwächling wie dir lass ich mir bestimmt nichts sagen.«

»Wer ist hier ein Schwächling?!«, brüllte er.

»Wer bereits zweimal meine Klinge an seinem Hals spüren durfte, sollte nicht so große Töne spucken. Du bist nur noch am Leben, weil ich dich bisher verschont habe. Ich könnte dich jederzeit umbringen.«

»Das glaubst auch nur du!«, schrie Niris sie an. »Als ob das ein fairer Kampf gewesen wäre, du hast Asrell jedes Mal hinterrücks angegriffen. Und da sprichst du von deiner grandiosen Stärke und deiner ach so tollen Ausbildung? Feige ist das, nichts weiter!«

»Du wagst es!«, brüllte Brindia zurück und funkelte die Asheiy an, die eindeutig kurz davor war, sich auf die junge Frau zu stürzen.

Asrell hingegen war stehen geblieben und schaute Niris erstaunt an. Gwen vermutete, dass er überrascht war, weil die Asheiy für ihn Partei ergriff.

Tares' Gesicht war während des Wortgefechts immer finsterer geworden. Nun schien er endgültig genug zu haben, denn er ging auf Brindia zu.

Ihn trennten noch ein paar Meter von der Fürstentochter, da krachten plötzlich Äste über ihnen, ein lautes Rascheln war zu hören und schließlich fiel irgendetwas aus den Bäumen zu ihnen herab.

Ein kleines Wesen, dessen Körper komplett mit dicken Schuppen überzogen war, hockte vor ihnen. Auf seinem Kopf hatte es mehrere kleine Hörner, seine lange Zunge schlängelte sich zischend aus dem Maul, während die milchigen Augen über Gwen und die anderen huschten.

Seine langen, sehnigen Muskeln spannten sich an, seine Krallen bohrten sich in den Boden, dann rannte es los.

Asrell riss Niris zur Seite, sodass das Wesen an ihnen vorbeistürmte und nun genau auf Brindia zuhielt. Die starrte den Asheiy regungslos an und schien krampfhaft zu überlegen, wie sie sich vor dieser Attacke schützen konnte. Sie hatten ihr alle Waffen abgenommen, sodass sie nichts besaß, womit sie sich verteidigen konnte, und ihre Hände waren zudem gefesselt.

Als die Kreatur sich mit den Füßen vom Boden abdrückte und mit einem kraftvollen Sprung angriff, setzte sich Tares augenblicklich in Bewegung. Brindia riss die Arme in die Höhe und schrie gellend auf, als Tares plötzlich an ihrer Seite war und sie wegstieß. Statt die Fürstentochter zu treffen, senkten sich die scharfen Krallen des Asheiys nun in Tares' linke Schulter und rissen dort die Haut auf.

Kaum hatte die Kreatur wieder festen Boden unter den Füßen, stürmte sie erneut nach vorn, riss ihr dunkles Maul auf und gab ein zischendes Geräusch von sich.

Asrell saß derweil noch immer bei Niris auf dem Boden und fragte kurz, ob sie verletzt worden ist, was sie mit einem Kopfschütteln verneinte.

Gwen beobachtete, wie Tares nach seinem Schwert griff und zunächst der Fürstentochter die Fesseln zerschnitt, damit sie nicht wehrlos ausgeliefert war. Während Brindia weiterhin auf dem Boden lag und von dort den Kampf verfolgte, rannte Tares nach vorn. In Brindias Gesicht lag Fassungslosigkeit, offenbar hatte sie nicht damit gerechnet, von Tares gerettet zu werden. Doch je mehr Zeit verstrich, desto deutlicher erkannte Gwen auch etwas anderes in ihrer Miene: Zorn.

Tares wich den Pranken des Wesens erfolgreich aus und beugte sich gerade noch rechtzeitig nach hinten, bevor ihn die scharfen Krallen aufschlitzen konnten.

Plötzlich war Brindia direkt hinter ihm.

»Was soll das?!«, schrie er sie an. »Misch dich nicht ein oder willst du in Stücke gerissen werden?«

Der Asheiy kreischte, als er seinen neuen Gegner sah, und wandte sich sogleich der Fürstentochter zu. Obwohl sie noch immer unbewaffnet war, schien sie keinerlei Angst zu verspüren, als die Kreatur sich vor ihr aufbäumte.

Im nächsten Moment war Asrell wieder auf den Beinen. In der Hand hielt er sein Schwert und stieß es dem Asheiy in den Rücken. Der kreischte auf, riss sich mit seinen Pranken die Klinge aus dem Fleisch und wandte sich nach Asrell um. Der taumelte einige Schritte rückwärts und rannte dann, so schnell er konnte, von dem Wesen fort, das ihm sofort nachsetzte.

Gwen bemerkte schwarze Symbole, die durch die Luft schwirrten. Sie folgte ihnen mit dem Blick und sah, wie sie in einer rot glühenden Kugel verschwanden, die in Tares' Hand lag und sein Gesicht erhellte. Gerade als der Asheiy im Begriff war, sich auf Asrell zu stürzen, warf Tares den Zauber.

Ein zischendes Geräusch erklang, als der Spruch durch die Luft raste. Funken stoben durch die Gegend und hinterließen auf dem Boden kleine, rot glimmende Feuer. Die einzelnen Brände verbanden sich langsam zu einer Feuerschneise, die auf das Wesen zuhielt.

In diesem Moment traf der Zauber sein Ziel und der Asheiy schrie gellend auf. Sein Leib zitterte, als die Kugel zerbarst und in Tausende kleine Splitter zerfiel, die nun in seine Haut jagten und das Fleisch darunter aufrissen. Als das Wesen unter Qualen zu Boden sank, hatten sich die einzelnen Feuer ein weiteres Mal vollständig zu einer Wand verbunden, die nun, wie von Zauberhand angetrieben, auf ihn zuhielten. Das Kreischen, das ertönte, als die Kreatur von den gleißenden Flammen eingeschlossen wurde, war markerschütternd. Während das Feuer verebbte, gellten die Schreie noch immer durch den Wald. Zurück blieb eine zitternde Gestalt, die versuchte, auf die Beine zu kommen.

Tares machte sich gerade daran, auf die Kreatur zuzugehen, um ihrem Leiden ein Ende zu bereiten, da rannte Brindia los. Noch bevor er etwas tun konnte, war sie vor dem Geschöpf angekommen, riss die rechte Hand empor, die plötzlich von einem goldenen Licht umhüllt wurde, und presste sie auf die verkohlte Stirn des Asheiy.

Der schrie noch einmal auf, als ein goldenes Licht aus Brindias Hand in seinen Körper drang. Das Wesen zitterte und schrie, während das Licht immer heller wurde, dann zerbarst der Körper und wurde in Tausende Teile zerrissen. Flirrender Staub flog durch die Luft, als der Körper langsam zerfiel. Er löste sich immer weiter auf, bis nichts mehr übrig war als kleine, ascheartige Flocken, die vom Wind fortgetragen wurden.

Nun stand Brindia auf, reckte das Kinn in die Höhe und wandte sich mit kaltem Blick an sie alle: »Glaubt bloß nicht, dass ich mich von einem von euch retten lasse. Eher sterbe ich!«

»Jetzt verstehe ich auch, warum du neulich Nacht das Messer nicht in der Hand hattest«, stellte Tares fest. »Du wolltest mich gar nicht, wie ich dachte, damit angreifen, sondern du warst gerade dabei, mir das Anmagra zu entreißen.«

Die junge Frau sagte nichts dazu, wich nur seinem prüfenden Blick aus.

Gwen konnte es nicht fassen. Brindia war eine Verisell.

»Sie scheint eine Menge Geheimnisse zu haben«, murmelte Tares, als er neben Gwen angekommen war.

»Hoffen wir mal, dass da nicht noch mehr Überraschungen auf uns warten«, meinte sie.

Nun stand fest, dass Brindia nicht übertrieben hatte: Sie war durchaus dazu in der Lage, Tares zu töten.

Verborgene Kräfte

Nachdem Brindia den Asheiy getötet hatte, setzten sie ihren Weg fort und erreichten gegen Mittag ein recht karges, steiniges Gebiet. Zwischen den Felsen wuchsen knorrige Büsche mit braunschwarzen Blüten, die auf den ersten Blick wie tot wirkten, und hier und da wuchs gelbes, fast strohiges Gras, dessen Halme vom kühlen Wind hin und her bewegt wurden. Der Untergrund war uneben, ständig bohrten sich spitze Steine in die Schuhe oder sie mussten über ganze Felstrümmer hinwegsteigen.

Sie ließen Brindia weiterhin nicht aus den Augen. Die schien ihre Umgebung ganz genau zu beobachten – vielleicht, um auf einen passenden Moment zur Flucht zu warten.

»Ich wäre nie auf die Idee gekommen, dass du eine Verisell sein könntest«, sagte Asrell schließlich. »Ich hab jedenfalls noch nie davon gehört, dass es auch in den Fürstengeschlechtern Verisells gibt.«

Sie schnaubte verächtlich: »Und das wundert dich? Mit dem, was du alles nicht weißt, könnte man ganze Bücher füllen.«

»Wirklich zu reizend«, brachte er unter zusammengebissenen Zähnen hervor. »Wieso mache ich mir überhaupt die Mühe und rede mit dir?«

»Das frage ich mich auch. Da schweige ich lieber stundenlang, als mir auch nur eine Minute dein dummes Geschwätz anzuhören.«

»Du solltest nicht so verdammt überheblich sein«, meinte Gwen nun. »Jetzt, wo wir von deinen Kräften wissen, werden wir dich noch genauer im Blick behalten.«

Brindia zuckte unbekümmert mit den Schultern: »Eigentlich solltet ihr das gar nicht so früh herausfinden.« Ein heimtückisches Lächeln legte sich auf ihre Lippen, während sie zu Tares schaute: »Aber ich konnte unmöglich zulassen, dass mir ausgerechnet solch ein Abschaum das Leben rettet.«

»Gern geschehen«, erwiderte er.

»Ich brauche eure Hilfe nicht! Von keinem von euch! Ich bin Brindia Telesia Thungass und entstamme einem der stärksten Fürstengeschlechter dieser Welt. Wir lassen uns nicht unterkriegen. Wir gewinnen unsere Kämpfe, zeigen nie auch nur den Anflug von Schwäche und sind gegenüber unseren Feinden absolut erbarmungslos. Mit diesen Werten sind wir aufgewachsen. Wir leben für unsere Familie, für unser Reich und unser Volk! Niemand wird mich in die Knie zwingen.«

»Klingt nach einer harten Kindheit.« Gwen hatte diese Worte bereits in ähnlicher Form von Brindias Bruder Baldras gehört. In welcher Atmosphäre sie wohl aufgewachsen waren? Und welchen Anforderungen hatten sie in all den Jahren standhalten müssen? Es musste eine schwere, entbehrungsreiche Zeit gewesen sein.

»Ich nehme an, dass du es als Mädchen besonders schwer hattest. Die Anforderungen in eurer Familie sind hoch. Als Frau kostet es bestimmt noch mehr Kraft und Willen, sie zu erfüllen«, meinte Tares.

»Die Frauen in unserer Familie sind allesamt stark. Sie sind es gewohnt, genauso zu kämpfen wie die Männer.«

Lag da etwa ein leichter Anflug von Schmerz oder Bedauern in ihren Augen?

»Ich habe alles darangesetzt, den Männern in nichts nachzustehen, weder meinem Bruder noch meinem Vater oder meinen Onkeln. Ich will meine Familie stolz machen, deshalb gehe ich auch oft andere Wege, als mein Bruder und mein Vater es vielleicht tun würden. Es ist nie schlecht, mehrere Eisen im Feuer zu haben. Natürlich war es von Vorteil, als sich herausstellte, dass ich die Verisell-Kräfte meiner Mutter geerbt habe. Sie selbst ist ebenfalls eine fantastische Kämpferin, wobei man ihr die Stärke bei all ihrer Erhabenheit und unter ihren hübschen Kleidern nicht ansieht. Dank ihr verfüge ich über diese besondere Gabe, und sie war es auch, die dafür gesorgt hat, dass ich sie von klein auf zu nutzen lernte. Delltris, einer unserer besten Verisells, war mir dabei eine große Unterstützung und ein guter Lehrer. Meine Mutter und er haben mich bereits im Alter von vier Jahren gegen erste Asheiys antreten lassen. In diesen Kämpfen wurde ich oft verletzt, doch all mein Weinen hat nichts gebracht, ich musste lernen, mir selbst zu helfen.

Mit der Zeit wurde ich immer stärker, ich habe unzählige Gegner so schwer verwundet, dass ich den Asheiys die Seele und später den Nephim das Anmagra nehmen konnte. Selbst heute höre ich noch ihre Schreie. Ich sehe das Blut und schmecke es auf meiner Zunge, doch inzwischen kann ich mich darüber freuen und bin stolz, dass ich so weit gekommen bin.«

Gwen schaute Brindia erstaunt an, die sogleich wütend zu Boden blickte, als wäre ihr gerade erst klar geworden, dass sie zu viel von sich preisgegeben hatte.

Gwen stellte sich ein kleines vierjähriges Mädchen vor, das auf einem staubigen Platz stand. Der Verisell und die Fürstin hielten sich am Rand des Feldes auf und schauten mit eisigen Blicken auf das kleine Kind, das vor Angst zitterte und keine Schwäche zeigen wollte. Ein Asheiy stand vor ihr, ein riesiges Ungetüm, viel stärker und geschickter, als es ein so kleines Kind sein konnte. Dennoch versuchte es, sich seine Furcht nicht anmerken zu lassen, hielt ein Kurzschwert in den Händen und biss die Zähne zusammen, um das Zittern zu unterdrücken.

Mit lautem Geschrei rannte das Mädchen auf das Wesen zu, das nur einmal mit seiner Pranke ausholen musste, um die Kleine von den Füßen zu reißen. Gwen sah vor sich, wie Brindia unsanft auf dem Boden landete. Die Waffe entglitt ihren Händen, Blut troff aus ihrem Mund. Hilfesuchend wandte sie sich an Delltris und ihre Mutter, doch die rührten sich nicht und verzogen keine Miene.

Brindia wusste, dass sie zu gewinnen hatte, denn andernfalls war sie für ihre Familie wertlos. Also rappelte sie sich auf und spürte ihr Herz beben, einerseits aus Angst davor, getötet zu werden, andererseits aus Furcht davor, sie könnte in Ungnade fallen. Letzteres erschien ihr noch schlimmer, und so stürmte sie auf das Wesen zu, schrie und schlug mit zitternden Armen auf die Kreatur ein. Sie durfte nicht verlieren ...

Es war also kein Wunder, dass Brindia in all den Jahren so hart geworden war und dass für sie nichts anderes als Ruhm und Stärke zählten.

»Das muss schrecklich gewesen sein«, erklärte Gwen leise. Sie hielt mit Absicht jeden Anflug von Mitleid aus ihrer Stimme, machte einfach nur deutlich, dass sie die Angst dieses kleinen Kindes verstand.

Vermutlich ließ das Brindia aufsehen. Ihre Augen weiteten sich kurz vor Erstaunen, wobei Gwen auch Misstrauen zu erkennen glaubte. Dann biss die Fürstentochter die Zähne zusammen und Gwen war sich nicht sicher, ob der Wind tatsächlich die Worte »Du hast ja keine Ahnung« davontrug.

Das Abendessen verlief ruhig. Brindia saß schweigend auf einem Felsen und führte immer wieder langsam den Löffel zum Mund, ohne sich auch nur einmal über das Essen zu beschweren. In den Bäumen des Waldes, den sie mittlerweile erreicht hatten, war das Rauschen des Windes zu hören.

»Hey«, begann Asrell etwas unbeholfen, »magst du noch einen Nachschlag?« Er stand vor der Fürstentochter und hielt ihr die Hand hin, um ihre Schüssel entgegenzunehmen.

Sie musterte ihn kurz, sah sein freundliches Lächeln, seine Hand, die fast so etwas wie ein Friedensangebot darstellte – dann verfinsterte sich ihre Miene schlagartig. Sie warf ihren Teller beiseite, stand auf und brummte: »Von diesem Fraß bekomm ich nichts mehr runter.«

Damit ging sie zu ihrem Schlafplatz, wickelte sich in ihre Decke und wandte ihnen den Rücken zu.

»Was für ein Sturkopf«, meinte er und ging zu dem Topf über dem Feuer zurück, um sich noch ein paar Löffel in seine Schüssel zu tun.

»Lass sie doch schmollen, wenn sie meint«, erwiderte Niris. »Sie will offenbar nicht, dass man sie wegen ihrer Vergangenheit bemitleidet, und ich sehe das genauso. Sie ist einfach fürchterlich, dabei ist mir ganz egal, warum das so ist.« Sie wandte sich wieder ihrem Essen zu, und auch die anderen beendeten ihre Mahlzeit schweigend.

Als der Mond hoch über ihnen stand, packten sie ihre Decken aus, richteten ihre Schlafsäcke, und legten sich hin. Nur Asrell blieb beim Feuer sitzen, er hatte freiwillig die erste Nachtwache übernommen.

Gwen lag in Tares' Armen und schaute hinauf zu den Sternen. Nicht nur Brindia, sondern auch jeder ihrer Freunde hatte in der Vergangenheit schwere Schicksalsschläge und Verluste verkraften müssen. Keiner konnte von sich behaupten, ein einfaches Leben geführt zu haben. Gwen war da ganz anders groß geworden. Ihre Eltern hatten ihr zwar oft gefehlt, aber es war immer jemand für sie da gewesen. Sie war in dem Bewusstsein aufgewachsen, geliebt zu werden und nicht allein zu sein. Es hatte keinen Kampf ums Überleben gegeben, keine Blutbäder und keine Toten. Wie anders diese Welt doch war, wie verschieden ihre Leben aussahen ...

Als könnte er ihre Gedanken lesen, legte Tares den Arm um sie und zog sie noch näher an seinen warmen Körper. Ihm war es gelungen, sich von seiner Vergangenheit zu befreien. Er hatte sich verändert und bereute seine früheren Taten. Doch Brindia stand noch immer dermaßen unter dem Einfluss ihrer Familie und war so geprägt von den dort vorherrschenden Vorstellungen, dass sie es womöglich nie schaffen würde, sich davon loszusagen.

»Ich bin froh, dass du deine Vergangenheit hinter dir lassen und daraus lernen konntest. Es gibt viele, die sich davon niemals freimachen können.«

»Denkst du dabei an Malek und Brindia?«, fragte er nach. Sein Kinn ruhte auf ihrem Haar und sein Atem strich sanft darüber.

Sie nickte. »Ich frage mich, ob Malek ein anderer geworden wäre, wenn er als Kind nicht so viel Schlimmes durchgemacht hätte.«

»Im Nachhinein betrachtet hatte ich Glück, dass dein Großvater mir meine Kräfte genommen hat, denn so musste ich ein neues Leben beginnen. Hätte ich meine Stärke behalten, wäre ich niemals darauf angewiesen gewesen, mich auf diese Welt einzulassen.«

»Du hast dich bereits verändert, als du Kalis kennengelernt hast. Du hast sie geliebt, schon das unterscheidet dich von den meisten Nephim.«

»Mag sein, aber das alles ist Vergangenheit. Heute bist du alles, was für mich von Bedeutung ist. Du bist der Grund, warum ich überhaupt noch einmal Gefühle für jemand anderen zulassen konnte. Bevor ich dir begegnet bin, wollte ich nur allein sein. Mein einziger Lebensinhalt bestand darin, meine Kräfte zurückzubekommen und Rache zu üben. Jetzt wünsche ich mir nur noch, mit dir zusammen zu sein.«

Der Schein des Feuers erhellte sein Gesicht, tanzte darüber und ließ es fast weich wirken. Tares strich Gwen zärtlich durchs Haar und beugte sich langsam zu ihr vor. Seine Lippen waren unglaublich sanft und zugleich fest. Sie schmeckte das Begehren darin, seine tiefen Gefühle für sie, und nur allzu schnell verlor sie sich in diesem leidenschaftlichen Kuss. Sie schlang ihre Arme um seinen Hals und zog ihn näher zu sich heran, während ihrer beider Zungen miteinander spielten und das Feuer in ihr zu rasen begann.

In dieser Nacht träumte Gwen von ihrem Großvater. Sie saß mit ihm im Garten seines Hauses, die Vögel zwitscherten in den Bäumen und die Sonne war angenehm warm. Sie musste so um die vier Jahre alt sein und strahlte ihn voller Freude an, während er ihr Geschichten aus fremden Welten erzählte.

»Und dann bemerkte das kleine Mädchen, dass es etwas ganz Besonderes war und über großartige Kräfte verfügte. Sie war so stark, dass sie nur die Hand auf die Stirn eines Feindes legen musste, damit dieser leblos zu Boden fiel. Zunächst wusste sie mit dieser Gabe nichts anzufangen, aber schnell fand sie Freunde, die ihr halfen, ihre Kräfte zu beherrschen.«

Ihr Großvater strahlte sie an und Gwen schaute gebannt zu ihm empor. »Ich will auch so was Besonderes sein.«

Er lachte und stupste ihr mit dem Zeigefinger auf die Nasenspitze. »Ich bin mir sicher, das bist du.«

Damit war sie zufrieden. Sie grinste und fuhr damit fort, mit der kleinen Schaufel in ihrer Hand den Boden aufzugraben.

»Auf dich warten noch so viele Abenteuer, meine Kleine. Ich hoffe nur, dass ich dich all die Zeit über begleiten und beschützen kann.«

»Wenn ich genauso stark bin wie dieses Mädchen«, wandte sie ein, »dann bin ich unbesiegbar und kann auf mich allein aufpassen.« Sie hob die Hand. »Ich muss sie nur auf jemanden legen, und schon habe ich ihn besiegt.«

Ihr Opa lachte, streckte nun ebenfalls seine Hand aus und legte sie auf die ihre: »Genauso ist es. Du bist unbesiegbar.«

»Du schon wieder!«

Gwen schreckte aus ihrem Traum hoch. Noch leicht benommen vom Schlaf, setzte sie sich auf und schaute sich um.

Tares kniete neben ihrem Schlafplatz. Er hielt mit dem linken Arm jemanden auf den Boden gedrückt, während seine Rechte zwei Arme umschlang. »Ich glaub es einfach nicht! Wie oft willst du es noch versuchen?«

Brindia, die sich nicht mehr rühren konnte, drehte den Kopf, so gut es noch ging, und zischte: »Bis du endlich tot bist.«

Gwen war augenblicklich klar, was geschehen sein musste: Brindia hatte erneut versucht, Tares das Anmagra zu entziehen.

Sie musste an ihren Traum zurückdenken, der wohl vielmehr eine längst verblasste Erinnerung war. Hatte sie den Angriff unterbewusst mitbekommen und sich darum ausgerechnet an diese Szene mit ihrem Opa erinnert? Er hatte ihr oft Geschichten erzählt, allerdings war das so lange her, dass sie sich nicht mehr bewusst an den Inhalt erinnern konnte. Doch offenbar hatte er ihr von dieser anderen Welt und den Verisell-Kräften berichtet.

»Du bist ein Monster und musst getötet werden!«, erklärte Brindia weiter.

»Das wird dir niemals gelingen«, zischte Tares und ließ die Fürstentochter los, die sich daraufhin aufrappelte und sich ihre schmerzenden Arme hielt. Es war ihr also erneut gelungen, sich zu befreien. Gwen konnte auf den ersten Blick keine Waffe erkennen, aber vielleicht hatte sie einen scharfen Stein gefunden, mit dem sie die Stricke aufgeschnitten hatte, oder sie hatte es geschafft, sich hinauszuwinden. Gwen konnte nicht sagen, wie sie es letztendlich bewerkstelligt hatte.

»Du wirst es nicht jedes Mal verhindern können, und ich werde nicht eher aufgeben, als bis ich dir das Anmagra entrissen und damit jegliches Leben in dir ausgelöscht habe!«, verkündete die Fürstentochter nun.

Jetzt reichte es! Gwen erhob sich, baute sich vor Brindia auf und verpasste ihr voller Zorn eine Ohrfeige.

»Du bist echt das Letzte! Ich verstehe, dass es dir nicht gefällt, unsere Gefangene zu sein, aber wir haben dich immer gut behandelt. Wir haben uns um dich gekümmert und dich beschützt. Es ist einfach nur abartig, dass du aufgrund deiner von Lügen und Hass geprägten Denkweise so blind bist, dass du niemandem die Chance gibst, an diesem Bild etwas zu ändern. Wenn du nicht erkennen willst, dass Tares in keiner Weise dem entspricht, wofür du ihn hältst, dann kannst du mir nur leidtun. Denn dann wirst du niemals über deinen Tellerrand blicken und dir eine eigene Meinung bilden können.« Gwen war noch immer wütend und konnte kaum an sich halten, während Brindia vor ihr hockte und sie mit schreckgeweiteten Augen ansah.

Von dem Lärm waren inzwischen auch Asrell und Niris aufgewacht. Die Asheiy lag in ihrem Schlafsack und schaute verdutzt drein, während Asrell erschrocken zu ihnen sah und kein Wort über die Lippen brachte.

»Egal, was du vorhast, ich kann dich nur warnen. Versuch noch einmal, einem von uns etwas anzutun, und ich sorge dafür, dass du es bereuen wirst!« Am liebsten hätte Gwen diese vollkommen verblendete Fürstentochter geschüttelt und anschließend davongejagt. Als gäbe es nicht schon genug, worüber sie sich Sorgen machen mussten – Soldaten suchten nach ihnen, überall in den Wäldern und Ebenen lebten Asheiys, die sie jederzeit angreifen konnten, und Malek hatte sein Vorhaben mit Sicherheit auch noch nicht aufgegeben –, war da nun auch noch Brindia, die ständig versuchte, Tares umzubringen. Sie hatte endgültig genug! Gwen wandte sich um, tat ein paar Schritte in Tares' Richtung, der sogleich den Arm um sie legte und sie an sich zog.

Er ließ sein Kinn auf ihren Kopf sinken und streichelte ihr beruhigend über den Unterarm. »Keine Sorge, sie wird mir niemals etwas anhaben können.« Sein Atem war warm, die Berührung seiner Arme beschützend und vertraut. Sie nickte an seiner Brust. Sie wusste sehr wohl, dass er auf sich aufpassen konnte, und trotzdem ...

Sie blitzte in Brindias Richtung, deren Blick gerade wieder eiskalte Züge annahm.

»Du bist diejenige, die nicht mehr klarsieht und sich diesem Scheusal immer wieder an den Hals wirft. Du tust mir leid, denn irgendwann wirst du dabei zusehen müssen, wie ihm ein Verisell das Leben nimmt. Denn das ist es, was mit Monstern wie ihm geschieht: Sie werden ausgelöscht!«

Gwen schüttelte nur den Kopf, es war zwecklos, etwas auf dieses sinnlose Gerede zu erwidern. Sie würde mit nichts die Ansicht der Fürstentochter ändern können.

»Ich werde niemals mit Leuten wie euch kooperieren!«, zischte Brindia nun mit abgrundtiefem Abscheu in der Stimme. »Du unterstellst mir mangelndes Urteilsvermögen, umgibst dich selbst aber mit Gesocks wie diesem Vendritori, bist sogar mit einem Nephim zusammen und mit diesem abscheulichen Revanoff befreundet. Nein, du hast nicht das Recht, auch nur ein einziges Wort an mich zu richten! Du bist mit nichts als Betrügern und Mördern befreundet!«

»Fängst du schon wieder damit an, meinen Berufsethos in den Schmutz zu ziehen«, beschwerte sich Asrell und rollte sogleich genervt mit den Augen.

Die junge Frau prustete verächtlich. »Als ob du wüsstest, was das ist.«

»Mir ist gleich, was du über mich denkst«, brachte sich Gwen ein. »Ich will einfach nur, dass du uns in Ruhe lässt!«

»Das kannst du vergessen. Niemals werde ich Mörder davonkommen lassen.«

»Du glaubst weiter an die Geschichten, die dir deine Familie erzählt hat, obwohl sie nichts als Lügen sind, und begründest damit deinen Hass und dein weiteres Handeln. Das ist erbärmlich!«

Brindias Blick verfinsterte sich, zugleich lag ein leicht überheblicher Ausdruck darin. »Was weißt du schon? Du bist doch diejenige, die auf all die Lügen hereinfällt. Wie sonst könnte man mit jemandem wie diesem Revanoff befreundet sein?«

Gwen legte den Kopf schief und versuchte irgendetwas in der Miene der jungen Frau zu erkennen, das ihr die Wahrheit verriet: »Glaubst du allen Ernstes, dass deine Familie nichts mit dem Tod von Ahrins Vater zu tun hat? Könnte es nicht sein, dass dein Bruder und dein Vater dich bloß in dem Glauben gelassen haben? Du hast selbst gesagt, dass sie oft ihre eigenen Wege gehen. Wie sicher ist es, dass sie dich immer eingeweiht haben?«

»Wie kannst du es wagen?! Meine Familie hatte nichts mit dem Mord an dem alten Revanoff zu tun. Wir stellen uns unseren Gegnern in einem offenen Kampf, wir sind keine Feiglinge, die auf Gift zurückgreifen müssen. Aber Ahrin Revanoff hat uns genau das unterstellt und mit seinen Anschuldigungen unser Ansehen beschmutzt. Er hat uns vor allen Fürstenhäusern als Feiglinge hingestellt und damit den

Namen meiner Familie in den Dreck gezogen. Das werde ich ihm nie verzeihen.«

»Du hältst weiterhin den Namen deiner Familie hoch. Wie kann man nur so verblendet sein?«, meinte Niris.

Brindia stapfte auf die Asheiy zu und zog sie am Kragen auf die Füße. »Was weiß jemand wie du schon davon, was es bedeutet, einen großen Namen zu tragen? Den Anforderungen, die mit diesem einhergehen, gerecht zu werden und den Ruhm zu vermehren? Du bist Abschaum, natürlich zählt für dich weder Familie noch Ehre! Keiner von euch kann damit etwas anfangen.« Damit ging sie zu ihrem Schlafplatz zurück, legte sich hin und wandte ihnen allen den Rücken zu.

Gwen glaubte allerdings keinen Moment daran, dass sie tatsächlich vorhatte, zu schlafen. Nach diesem Streit war es nicht unwahrscheinlich, dass sie vielmehr versuchen würde, wach zu bleiben, um auf einen passenden Moment zum Angriff oder zur Flucht zu warten.

»Wir dürfen sie heute Nacht auf keinen Fall aus den Augen lassen«, erklärte Tares.

Noch während er Gwen mit seinen rubinroten Augen ansah, schien plötzlich etwas anderes seine Aufmerksamkeit zu erregen. Er schaute auf und ein ernster, fast besorgter Ausdruck legte sich in sein Gesicht. Sogleich löschte er das Lagerfeuer.

»Was soll das? Was ist los?«, fragte die Asheiy.

»Ist was passiert?«, hakte Asrell nach.

Ohne eine Antwort zu geben, lief Tares zu Brindia, die sich mittlerweile wieder aufgesetzt hatte.

Auch Niris stand auf und schaute sich sorgsam um, dann schnappte sie auf einmal nach Luft und wisperte: »Das sind Soldaten, oder?« Sie gab sich auf ihre Frage selbst eine Antwort, indem sie kurz nickte und meinte: »Ja, sind es, und sie sind gar nicht allzu weit weg!«

Diese Information hätte sie besser für sich behalten, denn kaum hatte sie die Worte ausgesprochen, sprang Brindia auf und schrie wie verrückt: »Hier bin ich! Hört ihr mich?! Ich bin Brindia Thungass und werde festgehalten! Beeilt euch!«

Obwohl Tares die Fürstentochter sofort eingeholt hatte und sie festhielt, schrie sie weiter wie eine Wahnsinnige, tobte und wehrte sich aus Leibeskräften. Es schien fast, als würde es um ihr Leben gehen, und natürlich konnte Gwen sie verstehen. Sie war so kurz davor, Hilfe zu bekommen, natürlich gab sie da nicht auf, sondern kämpfte bis zum Schluss.

Tares hielt sie weiterhin fest, als Asrell mit einem Seil herbeigerannt kam, mit dem er der Fürstentochter nun die Arme festband.

Währenddessen versuchte Tares, ihr den Mund zu verschließen. »Hör auf! Mit deinem Gekreische rufst du nicht nur deine Männer herbei, sondern lockst auch noch alles andere an, was sich des Nachts hier auf der Jagd herumtreibt.«

Doch es half nichts. Obwohl er seine Hand auf ihren Mund presste, drangen Brindias Hilfeschreie gedämpft hervor – zwar um einiges leiser, aber für einen Asheiy mit gutem Gehör sicher immer noch hörbar.

»Eure Hoheit, haltet durch!«, vernahmen sie nun die Stimmen der herannahenden Soldaten. »Wir sind auf dem Weg zu Euch!«

»Dieses dämliche Miststück hetzt uns tatsächlich den Trupp auf den Hals«, bemerkte Niris mit Angst und Ärger in der Stimme.

»Los, kommt! Wir müssen ein Versteck finden. Aber seid leise«, mahnte Tares und zog Brindia mit sich.

Die Männer kamen immer näher, selbst Gwen konnte nun ihre schweren Schritte hören, die sich durchs Unterholz vorarbeiteten. Äste knackten so laut durch den Wald, dass man glauben konnte, sie stünden bereits direkt neben ihnen.

»Eure Hoheit, wir sind unterwegs! Wir befreien Euch!«, erklang es weiter.

»Lasst die Fürstentochter gehen, dann werden wir euch noch mal verschonen. Tut ihr es nicht, lassen wir euch unseren ganzen Zorn spüren!«

Tares und die anderen gingen weiter, kamen allerdings nur langsam voran.

»Sie sind gleich da«, wisperte Niris in die finstere Nacht hinein.

Gwen konnte die Männer nicht erkennen, dafür war es viel zu dunkel. Wolken hingen am Himmel und verdeckten selbst das Licht der Sterne. Die Bäume vor ihnen wirkten wie dunkle Riesen, die ihre knorrigen Arme nach ihnen ausstreckten. Der Untergrund war unwegsam, überall wuchs dichtes Gestrüpp, an dem man nur zu leicht mit den Füßen hängen blieb. Steine und tote Äste erschwerten das Laufen ebenso wie der Umstand, dass Gwen kaum etwas erkennen konnte. Doch sie hatte das untrügliche Gefühl, dass sie nur noch wenige Meter von den Männern trennten. Ihr war fast, als könnte sie den Atem der Soldaten spüren.

In diesem Moment schallte ein lauter Schrei durch den Wald. Er kam ganz aus der Nähe und war so schmerzerfüllt, dass Gwen ein eisiger Schauer über den Rücken lief. Wie Eiswasser bahnte sich das Grauen einen Weg durch ihre Adern, als sie einen weiteren Mann kreischen hörte: »Was ist da los? Iwall, was ist passiert? Dibor, wo steckst du? Kannst du mich hören?!«

Sie alle wussten, dass gerade etwas Grausames geschah, auch wenn sie keine Ahnung hatten, was da genau vor sich ging.

»Hilfe! So helft mir doch! Oh bitte, ich flehe euch an! Oh nein! Nein! NEEEEEIIIIIN!«, erklang es.

Das Kreischen ging in ein gurgelndes Geräusch über, dann vernahm Gwen ein Knacken und Schmatzen. Bei diesen Lauten ergriff sie ein solches Entsetzen, dass sie eine Gänsehaut bekam und ihre Hände vor Angst zitterten.

Ein kurzes Rascheln erklang, als würde sich etwas rasend schnell über den Untergrund bewegen, dann folgte der nächste Schrei.

»Ein Asheiy«, murmelte Niris. »Hoffentlich findet er uns nicht.«

Brindia wimmerte nur noch unter Tares' Hand, mit der er ihr weiterhin den Mund zuhielt. Als er nun seine Hand wegnahm, wisperte sie leise: »Nein, bitte nicht. Sie dürfen nicht sterben. Sie wollten mir doch nur helfen ...« Sie weinte eindeutig.

»Wir können nichts tun«, erklärte Asrell leise. »Wenn wir uns einmischen, wird dieses Vieh auch uns angreifen.«

»Es sind MEINE Männer!«, schrie sie nun. »Ich bin für sie verantwortlich! Lasst mich los, damit ich ihnen beistehen kann.«

»Willst du in deinen sicheren Tod rennen?! Du kannst ihnen nicht helfen. Viel eher wirst du ebenfalls sterben.« Tares schaute sie durchdringend an.

»Das ist mir egal«, erklärte sie. »Als ihre Anführerin muss ich für sie da sein und an ihrer Seite kämpfen.«

»Du bist so was von uneinsichtig und dämlich«, sagte er.

»Das kann nur aus dem Mund eines gewissenlosen Monsters kommen, das nicht weiß, was es heißt, für andere da zu sein!«

Tares musterte sie kurz, schnitt ihr schließlich die Fesseln durch, dann gab er ihr einen Dolch und sagte: »Hier. Wenn es dir hilft, dein Gewissen zu beruhigen, dann geh. Du weißt selbst, dass du allein und bei dieser Dunkelheit keine Chance hast.«

Sie blitzte ihn an und murmelte: »Das werden wir ja sehen.« Dann eilte sie los und verschwand in der Finsternis.

Die anderen schwiegen betroffen, lauschten in die Nacht, die sie noch immer umfing.

Asrell unterbrach die Stille, indem er sagte: »Sie wird nicht mehr zurückkommen, das ist euch doch wohl klar.«

»Vielleicht ist es sogar ganz gut, wenn sie nicht mehr bei uns ist. Sie hat ohnehin nur für Unfrieden gesorgt«, stellte Niris ohne jegliches Mitleid fest.

Gwen verstand, warum Tares Brindia hatte gehen lassen. Er wollte nicht, dass die Fürstentochter ihm die Schuld für den Tod ihrer Leute gab. Allerdings sah sie ihm auch an, dass ihm dieser Schritt nicht leichtgefallen war und er sich um die junge Frau sorgte.

Einzelne Schreie drangen zu ihnen, das Knacken von Ästen, dann hörten sie, wie die Fürstentochter ein Kampfgebrüll ausstieß. Zunächst schien sie mit vollem Einsatz zu kämpfen, dann erklangen die ersten Schmerzenslaute. Es war unheimlich, ihre gequälte Stimme durch die Dunkelheit zu vernehmen und nicht zu wissen, was mit ihr geschah.

»Ich gehe ihr nach«, erklärte Tares plötzlich.

Gwen trat bereits einen Schritt vor, wollte etwas sagen, da legte sich sein Blick warm und zärtlich auf sie. »Mir passiert schon nichts, versprochen.«

Es war noch immer ungewohnt, aber da er seine Kräfte nun wiederhatte und damit ein vollwertiger Nephim war, verfügte er über eine deutlich größere Stärke. Sie wollte ihm vertrauen, dass er wusste, was er tat. Dennoch hätte sie ihn am liebsten begleitet, um an seiner Seite zu kämpfen. Doch sie konnte kaum erkennen, wo sie ihren nächsten Schritt hintat – keine allzu guten Voraussetzungen dafür, in einem Kampf hilfreich zu sein.

Sie schaute Tares nach, wie er langsam in der Finsternis verschwand. Seit einigen Minuten war kein Schrei mehr zu vernehmen gewesen, jetzt kreischte erneut – ein wenig weiter weg – einer der Männer auf. Auch sein Brüllen ging in ein ersticktes Ächzen und Stöhnen über. Wie viele der Soldaten wohl noch am Leben waren?

»Er wird den Asheiy umbringen und Brindia heil zurückbringen«, sagte Asrell.

Gwen konnte nicht sagen, ob er mit diesen Worten nur sie oder auch sich selbst beruhigen wollte. Ihr kam es schon jetzt wie eine halbe Ewigkeit vor, dass Tares verschwunden war. Ihre Nerven waren zum Zerreißen gespannt.

In diesem Moment wurde der ganze Wald in ein gleißend helles Licht getaucht. Das Licht kam so unerwartet, war so grell und schneidend, dass Gwen kurz die Augen schließen musste. Überrumpelt von dem unerwarteten Schmerz, sog sie tief Luft ein. Dann stob ein lautes Zischen durch den Wald, das so ohrenbetäubend war, dass sie glaubte, ihr Trommelfell würde platzen. Gleich darauf erklang ein kurzes, schmerzerfülltes Kreischen – danach war alles wieder dunkel und totenstill.

»Was war das?«, fragte Niris verunsichert.

»Ich nehme an, es ist ein Zauber von Tares gewesen«, antwortete Asrell.

Auch Gwen glaubte nicht, dass es von dem Asheiy stammte, starrte aber dennoch angespannt in die Dunkelheit. Wo blieb Tares nur? Sollte sie vielleicht doch nach ihm suchen?

Gerade, als sie das Warten nicht mehr länger ertragen konnte, schälte sich eine Gestalt aus der Finsternis, die eine zweite stützte.

»Ein Glück«, seufzte Gwen erleichtert.

Tares war unverletzt, schien keinen einzigen Kratzer davongetragen zu haben. Brindia hingegen wies einige Wunden auf, ihre Kleidung war schmutzig und hatte Risse bekommen, doch auch ihr schien nichts Schlimmeres passiert zu sein.

»Eine Meeriana«, sagte Tares leise, als würde das alles erklären.

»Was ist mit Brindias Leuten?«, wollte Niris wissen.

Er schüttelte langsam den Kopf. »Als ich bei ihnen ankam, waren sie schon alle tot. Das Wesen stand gerade über Brindia gebeugt und ging dann auf mich los, aber ich konnte es mit einem Weißlichtzauber umbringen.«

Die Fürstentochter senkte den Kopf und schien mit den Tränen zu ringen. »Ich konnte ihnen nicht helfen. Beinahe wären wir heute alle zusammen gestorben.« Damit machte sie sich von Tares los, ließ sich auf den Boden sinken und schwieg. Gwen konnte nicht sagen, ob ihre Worte ein Wunsch oder nur eine traurige Feststellung waren.

Sie waren die wenigen Meter zu ihrem Lagerplatz zurückgegangen, wo die Fürstentochter sich sogleich in ihre Decken gewickelt hatte. Man sah ihr an, wie schwer die Ereignisse auf ihr lasteten. Es musste gerade für sie, die so viel Wert auf ihre

Stärke legte, kaum zu ertragen sein, dass sie dabei hatte zusehen müssen, wie ihre Männer um sie herum einer nach dem anderen starben. Sie machte sich Vorwürfe deswegen, obwohl sie nichts hätte tun können. Die Kreatur war für einen allein einfach zu stark gewesen, nicht umsonst kämpften die Verisells meistens in Gruppen ...

»Sie kann einem fast leidtun.« Asrell saß neben dem Feuer, das sie vor Kurzem neu entfacht hatten, und schaute zu Brindia.

»Also ich finde, sie stellt sich ganz schön an. Ihr muss doch klar sein, dass sie nicht alles und jeden bezwingen kann. Sie ist nun mal nicht allmächtig, auch wenn sie sich das nur zu gern einredet«, stellte Niris ohne Anteilnahme fest. Sie machte keinen Hehl daraus, wie wenig sie die Fürstentochter leiden konnte.

»Sie hat alles versucht und hat sich deshalb nichts vorzuwerfen«, wandte Tares ein. »So was ist allerdings immer leichter gesagt als getan.«

Gwen stand auf, füllte eine Tasse mit Tee, der gerade fertig geworden war, und ging zu Brindia hinüber. Sie wusste nicht genau, warum sie das Gespräch suchte. Wollte sie die junge Frau tatsächlich aufmuntern, tat sie ihr so leid? Oder hoffte sie, das Bild, das Brindia von ihnen hatte, ändern zu können, sodass sie von ihren Mordabsichten absah? Vielleicht war es das – sie wollte einen Weg finden, Frieden zu schließen ...

Sie kniete sich neben die Fürstentochter und reichte ihr die Tasse. »Willst du etwas trinken?«

Brindia rührte sich zunächst nicht, doch als Gwen nicht fortging, wandte sie sich ihr schließlich zu. Ihr Gesicht war blass, dunkle Schatten des Entsetzens waren darauf zu finden und ihre Augen waren leicht gerötet, als hätte sie geweint. »Ich will nur, dass du und deine dämlichen Freunde mich in Ruhe lasst. Ich habe versagt und muss versuchen damit umzugehen.«

»Denkst du das tatsächlich? Das kann ich nicht glauben! Du musst doch auch an deinem Leben hängen und deshalb froh sein, dass du nicht genau wie deine Leute heute gestorben bist.«

Die Fürstentochter senkte fast ein wenig beschämt den Blick und sagte nichts darauf.

»Es ist nichts Schlimmes daran, erleichtert zu sein, überlebt zu haben. Es ist schrecklich, was deinen Leuten geschehen ist, gerade darum solltest du glücklich darüber sein, dass du entkommen bist.«

»Du hast keine Ahnung.« Brindia klang plötzlich unglaublich erschöpft. »Ich habe es nicht geschafft, mich mit eigenen Händen aus dieser Lage zu befreien. Ich konnte weder mich noch meine Soldaten beschützen.« Ihre Stimme zitterte, und Gwen glaubte, Tränen in ihren Augen glänzen zu sehen. »Was bin ich für eine Anführerin, wenn ich all das nicht vermag?! So viele Jahre habe ich trainiert, so oft gekämpft ... und trotzdem konnte ich niemanden retten. Ich war schwach.« Die Qual in ihrer Stimme war nicht zu überhören.

»Das ist absoluter Blödsinn!«, meinte Gwen. »Du hast alles getan, was du konntest. Keiner kann erwarten, dass du jeden Gegner bezwingen und jeden beschützen kannst. Niemand wird dir deswegen Vorwürfe machen. Die wenigsten hätten sich wie du dazu entschlossen, in einen Kampf zu ziehen, der längst verloren war. Es gibt also nichts, was du dir vorwerfen müsstest.«

Für einen Moment schien sie über Gwens Worte nachzudenken, ihre Gesichtszüge entspannten sich ein wenig.

»Es war so schrecklich, dabei zuzusehen, wie sie abgeschlachtet wurden, und gleichzeitig zu wissen, dass ich nichts tun kann. Ich habe alles versucht, aber es war zwecklos.«

»Du solltest stolz auf dich sein, es war sehr mutig, was du für deine Männer getan hast.«

Etwas wie Erleichterung erschien in ihrem Gesicht, sie nickte langsam und der Schmerz verblasste ein wenig.

»Deine Familie ist bestimmt froh, dass du noch am Leben bist und selbst diesen Kampf nicht gescheut hast. Du hast niemanden enttäuscht.«

Auf einen Schlag kehrte die Anspannung in Brindias Gesicht zurück und ihre Nägel gruben sich in die Erde. »Hör auf damit! Ich war schwach. Wenn ich mir keine Fehler erlaubt hätte und stark genug gewesen wäre, hätte ich sie retten können. Als echte Thungass hätte ich dazu in der Lage sein müssen! Ich habe mein ganzes Leben dafür trainiert, besser zu sein als andere. Doch ich habe versagt, und mir ist noch dazu die schlimmste Schande zuteilgeworden, die es wohl geben kann: Ich bin ausgerechnet von einem Nephim gerettet worden.«

Damit wandte sie sich wieder um. Gwen wusste, dass es sinnlos war – sie würde nicht noch einmal zu ihr durchdringen.

Ein einziger Hieb

Die Tatsache, dass sie sich nicht rührte, und ihre ruhige Atmung sprachen dafür, dass Brindia eingeschlafen war. Auch Asrell und Niris schliefen längst, nur Gwen und Tares waren wach und passten auf, dass die Fürstentochter nicht doch einen Fluchtversuch wagte.

Drei Tage lag es mittlerweile zurück, dass Brindia den Tod ihrer Männer hatte mit ansehen müssen, und noch immer ließen sie diese Bilder offenbar nicht los.

Gwen saß in eine Decke gewickelt in der Nähe des Feuers, Tares war direkt hinter ihr und hielt seine Arme um ihre Brust, während sein Kinn auf ihrer Schulter ruhte. Sein Atem strich warm und beruhigend über ihre Haut.

»Brindia wird immer wieder versuchen, dich zu töten. Obwohl du ihr das Leben gerettet hast, wird sie jede Chance ergreifen, die sich ihr bietet«, sagte Gwen leise und voller Verbitterung.

Er ließ seine Hand an ihrem Arm hinaufgleiten und streichelte sanft ihren Nacken. »Ich weiß, dass du es immer wieder versucht hast, aber wir werden sie nicht ändern können.«

Sie nickte langsam. »Wenn es ihr nicht gelingt, dir jetzt etwas anzutun, dann wird sie gleich nach ihrer Freilassung zu ihren Männern zurückkehren und uns mit ihnen zusammen suchen kommen. Für sie sind wir Verräter, wir haben sie gefangen genommen und damit schwach aussehen lassen. Und du, ein Nephim, der in ihren Augen nicht existieren darf, du hast sie mehrfach gerettet und beschützt.«

»Wir werden bald Revanoffs Gebiet erreichen«, sagte Tares. »So, wie die Lage aktuell aussieht, wird selbst Brindia sich mit ihren Leuten nicht dorthin wagen. Wir sind dann also erst einmal außer Gefahr.«

»Ja, bis uns die nächste Gefahr erreicht ... Malek wird sich bestimmt nicht allzu lange Zeit damit lassen, uns erneut anzugreifen.«

Tares' Lippen legten sich auf Gwens Nacken, küssten ihre Haut und waren dabei fest und zärtlich zugleich. »Ich habe ihn gewarnt. Sollte er sich uns noch einmal in den Weg stellen, werde ich ihn umbringen.«

Sein Atem strich verheißungsvoll über ihren Hals, was bei ihr ein wohliges Kribbeln auslöste. Er klang so sicher, dass sie ihm nur zu gern glauben wollte. Seine Berührungen führten zudem dazu, dass sich ganz langsam andere Empfindungen in den Vordergrund drängten.

Seine Hände wanderten ein wenig höher, über ihren Bauch und ihre Taille, legten sich schließlich um ihre Brüste und drückten sie sanft. Seine Lippen spielten an ihrem Ohrläppchen und küssten schließlich ihren Hals, sodass sie erschauderte.

Seine Finger reizten sie weiter, immer wieder musste sie nach Atem ringen, während das Verlangen in ihr stetig stärker wurde. Sie drehte ein wenig den Kopf, umschloss Tares' Nacken und küsste ihn – drängend und voller Sinnlichkeit. Seine Zunge öffnete ihre Lippen und steigerte den Kuss, dass ihr Herz raste.

Tares' Hände schoben sich unter ihr Shirt, die Fingerspitzen glitten über ihre erhitzte Haut. Obwohl sie kühl waren, hinterließ jede Berührung eine brennende Spur. Nur langsam ließ er seine Hände höher wandern, als wollte er Gwens Verlangen noch weiter reizen. Dann schob er endlich ihren BH beiseite, umschloss und streichelte ihre Brüste. Das Feuer in ihr war kaum mehr zu ertragen, sie drückte sich gegen Tares, wollte ihm noch näher sein, während der Kuss immer intensiver wurde und Gwen unter seinen Lippen aufkeuchte.

Sie drehte sich leicht, schob ihre Hände unter sein Hemd; spürte seine feste Haut und die straffen Muskeln seines Oberkörpers. Nun war es auch an ihm, immer wieder erhitzt nach Atem zu ringen, während ihre Zungen weiterhin miteinander spielten.

Tares' linke Hand umschloss Gwens Oberschenkel, schob sich langsam in die Mitte, um dort ihre Hose zu öffnen, dann ließ er seine Finger unter ihren Slip gleiten.

Sie stöhnte auf, spürte dieses verzehrende Feuer in sich, drückte sich ihm entgegen und machte sich daran, ihn von seiner Kleidung zu befreien. Sie wandte sich um, setzte sich auf seinen Schoß, blickte ihm in die Augen, die im Schein des Feuers wie Rubine funkelten, und spürte ein alles verzehrendes Verlangen und eine tiefe Liebe, der sie sich in diesem Augenblick nur zu gern hingab.

Gwen rannte, dass ihr die Lunge in der Brust schmerzte. Jeder Muskel in ihrem Körper ächzte und krampfte sich wiederholt zusammen. Farne und Äste schlugen ihr entgegen, während sie versuchte, den anderen zu folgen. Tares zog Brindia an einem Seil hinter sich her. Die Fürstentochter setzte alles daran, die Gruppe aufzuhalten, schaute sich ständig nach den Soldaten um, die ihnen direkt auf den Fersen waren.

Eine Woche war vergangen, seit die Fürstentochter mit angesehen hatte, wie ihre Männer umgebracht worden waren. Danach war sie noch verschlossener geworden. Vor etwa zwei Tagen waren sie auf einen weiteren Trupp der Thungass gestoßen. Sie hatten versucht, sich ruhig zu verhalten und dem Trupp aus dem Weg zu gehen, aber am Morgen hatten die Soldaten sie bemerkt. Seit Stunden rannten sie nun vor ihnen davon und versuchten zu entkommen.

»Bald haben wir es geschafft«, ächzte Asrell. »Nur noch über den Fluss, dann sind wir in Revanoffs Reich.«

Gwen und die anderen hasteten über das freie Feld, das von scharfkantigen Gräsern, Farnen und Dornenbüschen überwuchert war und kaum Sichtschutz bot. Etwa dreihundert Meter hinter ihnen endete der Wald, aus dem in diesem Moment die thungassischen Soldaten hervorpreschten.

Gwen bemerkte, wie sich ein erleichtertes Lächeln in Brindias Miene legte, aber noch waren sie nicht in Ahrins Gebiet, wo sie die Fürstentochter frei lassen wollten.

Gwen wusste, dass es nicht reichen würde, es auf Ahrins Seite des Flusses zu schaffen. Unter normalen Umständen würden sich die Thungass vielleicht von der Grenze fernhalten, aber ganz sicher nicht in dieser Situation, wo sie die Fürstentochter und deren Entführer vor sich hatten.

»Die Grenzen sind in Kriegszeiten stets gut bewacht«, erklärte Asrell. »Vielleicht treffen wir auf ein paar Soldaten, die uns helfen können.«

»Denkst du, die würden auch nur einen Finger für uns rühren?!«, wandte Niris schnaubend ein. »Die kennen uns nicht.

Für die sind wir Fremde, Gesindel, mit dem sie nichts zu schaffen haben wollen.

In diesem Moment erreichten sie das Flussufer. Der Fluss war etwa zehn Meter breit, die Strömung nicht allzu stark und man konnte bis auf den Grund sehen. Es gab also durchaus eine Chance, auf die andere Seite zu gelangen, doch die Soldaten kamen immer näher. Es waren fünfzehn Männer, allesamt bewaffnet und offenbar vollkommen außer sich vor Wut. Ihre Rufe waren stundenlang durch den Wald geschallt, und selbst jetzt brüllten sie Gwen und den anderen Drohungen zu und versprachen Brindia, sie zu befreien:

»Haltet durch!«

»Wir lassen dieses Pack nicht entkommen und retten Euch.«

»Lasst die Fürstentochter gehen, oder wir ziehen euch bei lebendigem Leib die Haut vom Körper!«

Vor allem stießen sie jedoch ein unentwegtes Gejohle aus, um Gwen und die anderen einzuschüchtern.

»Wir müssen uns beeilen«, wisperte Niris leise. Sie stieg als Erste ins Wasser, dicht gefolgt von Asrell.

Tares half Gwen die Böschung hinunter und schaute noch einmal hinauf zu den heranpreschenden Soldaten.

»Beeil dich«, sagte er zu ihr. »Geh, so schnell du kannst, und bleib auf keinen Fall stehen, ganz egal, was hinter dir passiert.«

Sie nickte zwar, aber in ihrem Hals bildete sich ein Kloß. Sie hatte gesehen, dass die Männer Bogen mit sich führten. Sie würden nicht zögern, damit auf sie zu schießen. Allerdings würden sie es wohl nicht wagen, solange sie Brindia noch nicht befreit hatten.

Das eiskalte Wasser umspülte Gwens Füße und fühlte sich an wie Nadelstiche. Sie ging immer weiter, bis ihr das Wasser schließlich bis zur Hüfte reichte und sie vor Kälte zitterte. Es war nicht einfach, sich in den Fluten zu bewegen. Auch wenn die Strömung nicht sonderlich stark war, kostete es doch Kraft, sich auf dem unebenen Boden dagegenzustemmen und voranzukommen.

Derweil wurden die Schreie hinter ihnen stetig lauter, die Schritte kamen näher und näher. Gwen versuchte, so schnell zu laufen, wie es ging, die Kälte ließ bereits ihre Beine taub werden, die sich aufgrund der Anstrengung der letzten Stunden ohnehin kaum mehr vorwärtsbewegen ließen. Sie hatte es fast geschafft und durfte jetzt nur nicht anhalten.

In diesem Moment vernahm sie von vorn lautes Hufgetrappel. Gwen konnte es kaum glauben, als sie die gelbgoldenen Farben der Revanoffs erkannte. Tatsächlich näherte sich ihnen ein Reitertrupp von etwa fünfundzwanzig bis dreißig Mann. Sie hatte keine Zeit, sie eingehender zu betrachten, hoffte nur, dass sie kamen, um ihnen zu helfen oder um zumindest die feindlichen Truppen von ihrem Gebiet fernzuhalten.

Gerade erreichten Niris und Asrell das Ufer und rannten weiter, während Ahrins Soldaten in ihre Richtung kamen. Allerdings waren auch die Männer der Thungass mittlerweile am Fluss angelangt und eilten ihnen durch das Wasser hinterher.

»Schnell«, sagte Tares, nahm Gwen bei der Hand, während er Brindia weiter hinter sich herzerrte, und half ihr durch die Fluten. Sie erreichten das gegenüberliegende Ufer und hasteten noch einige Meter weiter, dann blieb Tares plötzlich stehen.

»Lauf!«, schrie er Gwen zu, während er sich bückte und sich daranmachte, die Fürstentochter von ihren Fesseln zu befreien.

»Gwen!«

Sie erblickte vor sich einen der Reiter auf sich zukommen.

Ahrin? Was machte er hier?

Sie schaute erneut hinter sich und sah, wie die Fesseln von Brindias Händen abfielen. Die Fürstentochter wandte sich ihren Leuten zu, die nun ebenfalls dabei waren, die andere Flussseite zu erklimmen, und rief: »Schnell, ein Schwert!«

Einer der Männer warf ihr eines zu, sie hob es auf und rannte anschließend mit hasserfülltem Gesichtsausdruck auf Ahrin zu. Der stand genau neben Gwen, als Brindia mit erhobener Klinge und lautem Geschrei auf ihn losstürmte. Ihr Blick war so dunkel, dass es einem fast Angst machen konnte. Es kostete die

Fürstentochter sichtlich alle Kraft, die Waffe überhaupt in den Händen zu halten. Auch ihr hatte das stundenlange Laufen offenkundig zugesetzt.

Ahrin stellte sich mit seinem Pferd schützend vor Gwen, dann eilte er in schnellem Galopp und mit erhobenem Schwert auf die Fürstentochter zu. Das Folgende ereignete sich so schnell, dass es innerhalb eines Wimpernschlags schon wieder vorbei war. Die Hufe von Ahrins Pferd gruben sich in den Boden, Erde spritzte durch die Gegend, während das Tier dem Befehl seines Herrn folgte und vorwärtsrannte – direkt auf Brindia zu, die einen entschlossenen Kampfschrei ausstieß und dem Reiter entgegen lief.

Ahrin beugte sich zu ihr nach unten und holte mit seinem Schwert aus; auch Brindias Klinge zischte durch die Luft, doch noch ehe sie überhaupt ein Ziel finden konnte, drang die Schwertspitze ihres Gegners bereits in ihren Leib und bohrte sich immer tiefer hinein.

Blitzschnell riss Ahrin die Waffe wieder heraus, galoppierte an der Verletzten vorbei, machte eine Wendung und ritt erneut auf sie zu.

Die Fürstentochter hielt weiterhin das Schwert in ihren Händen, die unter der Last des Eisens zitterten. Sie schaute auf die Wunde in ihrem Bauch, aus der das Blut in einem einzigen Strahl hervorquoll und ihre Kleidung dunkelrot färbte. Die thungassischen Soldaten kamen schreiend näher, allerdings würden sie ihr nicht mehr helfen können. Zunächst müssten sie an Ahrins Leuten vorbei, die sich ihnen bereits in den Weg stellten.

Brindias Brustkorb hob und senkte sich noch einige Male, während alle Farbe aus ihrem Gesicht wich. In diesem Moment vermochte sie auch ihr Schwert nicht mehr zu halten, und es fiel zu Boden.

Als Ahrins Pferd genau vor Brindia zum Stehen kam, erkannte Gwen, wie die Fürstentochter mit sich rang. Sie wollte um nichts in der Welt Schwäche vor ihm zeigen und konnte dennoch nicht verhindern, dass die Beine unter ihr nachgaben und sie zusammensackte.

Als sie den Kopf in Ahrins Richtung hob, floss das Blut nun auch aus ihrem Mund. »Nichts wollte ich ... so sehr ... wie dir gegenüberstehen, ... um dich ... mit meinen eigenen Händen ... umzubringen. Ich wollte, dass alle sehen ... dass du nichts weiter ... als ein Feigling ... bist.« Ihre Stimme klang schwach und immer wieder drang weiteres Blut schwallartig aus ihrem Mund. »Meine Familie ... hatte nichts mit dem Mord ... an deinem Vater zu tun. Ich wollte unseren Namen reinwaschen ... Vergebens.« Sie klang erschöpft, dennoch brannte weiterhin ein unerbittliches Feuer in ihren Augen. »Ich habe versagt.« Ein trauriges Lächeln erschien auf ihren Lippen, während Ahrin sie betroffen, fast mitleidig ansah.

»Es hätte nicht so kommen müssen.«

Brindia schüttelte den Kopf. »Hör auf, zu heucheln, du elendiger Mörder! Meine Familie ... wird dich für deine Taten bestrafen ... am Ende wirst du nicht entkommen.« Die Erde tränkte sich zusehends mit dem Blut, das noch immer aus ihrer Bauchwunde und ihrem Mund schoss, während ihre Haut stetig fahler, fast durchscheinend wurde.

»Irgendwann werden sie alle ... den Feigling sehen, der du in Wahrheit bist.« Brindia schaute noch einmal zu Gwen, als wollte sie Abschied nehmen. Dann hustete sie ein letztes Mal Blut aus und fiel vornüber zu Boden, wo sie regungslos liegen blieb.

Augenblicklich brach Gebrüll unter den thungassischen Soldaten los. Sie schrien blind vor Wut und stellten sich Ahrins Soldaten entgegen. In Sekundenschnelle entbrannte ein Kampf.

Auch auf Ahrin gingen sie los, der sich zu wehren versuchte. In all dem Trubel rannte Gwen zu Tares und den anderen.

»Pass auf! Komm mit deinen Freunden hierher!«, hörte sie Ahrin hinter sich rufen.

»Du musst sofort von hier verschwinden«, wandte sie sich an Tares, ohne auf Ahrins Rufe zu reagieren. Sie mussten schnell handeln, denn waren sie erst einmal inmitten des Getümmels, konnten sie nicht mehr so einfach fliehen. Entweder die Thungass würden gewinnen und sie dann suchen, oder Ahrin würde siegen und ihr anschließend nacheilen.

»Sie dürfen nicht herausfinden, dass du ein Nephim bist. Los, verschwinde.« Sie versuchte, möglichst entschlossen zu klingen und die Angst, die sie allzu deutlich in ihrem Magen spürte, zu unterdrücken.

»Ich lass dich hier nicht allein«, widersprach Tares.

»Sie haben uns gesehen, man wird uns nicht allesamt entkommen lassen. Du und Niris seid schnell, ihr könnt es schaffen. Asrell und mir bleibt nichts, als abzuwarten, bis der Kampf entschieden ist. Wir müssen einfach hoffen, dass Ahrins Seite gewinnt. Anschließend werde ich dich suchen kommen.« Sie sah die Zweifel in seinem Blick, den Widerwillen. »Es geht nicht anders, das weißt du«, fuhr sie fort.

»Gwen hat recht«, mischte sich Niris ein. »Ich werde mit dir kommen, wenn irgendjemand herausfindet, dass ich eine Asheiy bin, überlebe ich diesen Tag nicht.«

Tares spannte die Kiefermuskeln an, ein dunkler Schatten legte sich in seine Augen, dann sagte er: »Wir werden in den Wald zurücklaufen und uns dort verstecken. Von da aus können wir euch beobachten und sehen, wenn ihr zurückkommt.« Er küsste sie noch einmal, süß und drängend. »Pass auf dich auf.«

»Ihr wird nichts passieren. Ich bleibe die ganze Zeit bei ihr«, versprach Asrell.

Tares nickte, schaute zu Gwen, als wollte er noch etwas sagen, wandte sich dann allerdings ohne ein weiteres Wort um und lief mit Niris an den Rand des Kampfgeschehens. Als sich eine Chance ergab, rannten sie weiter Richtung Wald.

»Gwen!«, rief Ahrin erneut.

Sie drehte sich nach ihm um und sah, dass er noch immer in einen Kampf mit mehreren Soldaten verwickelt war, doch inzwischen eilten ihm einige seiner eigenen Männer zu Hilfe und wehrten die Angreifer ab.

»Kommt her! Wir beschützen euch!«

Zwei Soldaten der Thungass hatten gerade einen von Ahrins Gefolgsmännern umgebracht und schauten sich nach einem nächsten Gegner um, als ihr Blick auf Gwen und Asrell fiel.

Die Feinde im Nacken, liefen die beiden in Ahrins Richtung, der ihnen auf seinem Pferd und in Begleitung eines seiner berittenen Männer entgegenkam.

Gwen hörte das Geschrei der thungassischen Soldaten: »Ihr habt die Fürstentochter umgebracht! Dafür werden wir euch büßen lassen!«

In diesem Moment streckte Ahrin ihr die Hand entgegen und zog sie auf den Rücken seines Pferdes. Dann machte er kehrt und preschte vor den gegnerischen Soldaten davon. Sie sah, wie sich Ahrins Gefolgsmann Asrell schnappte und ihn ebenfalls emporzog.

Ahrins übrige Männer kämpften weiter gegen die Thungass und versuchten, sie von ihrem Herrn fernzuhalten. Zwei thungassische Soldaten hoben derweil Brindias Leiche auf und trugen sie vorsichtig auf ihre Seite des Flusses. Dann zogen sich auch die übrigen Soldaten langsam zurück.

Immer kleiner wurde der Kampfplatz, während Ahrin und Gwen sich davon entfernten.

»Zum Glück waren wir in der Nähe«, sagte er nun. »Außenposten überwachen die Grenzen und haben mir mitgeteilt, dass hier feindliche Soldaten gesehen wurden. Daher haben wir beschlossen, sofort loszuziehen. Allerdings hätte ich nicht damit gerechnet, hier auch dich und Brindia Thungass anzutreffen ...« Er klang traurig, fast ein wenig mitgenommen, als er die Fürstentochter erwähnte. »Nach dem, was geschehen ist, werden die Thungass sicher in mein Reich einfallen. Es ist besser, wenn dein Freund und du vorerst bei uns bleibt. Wir können euch beschützen.«

»Ich muss zurück«, erklärte sie. »Ich kann auf keinen Fall –«

»Es gab heute schon genug Tote«, unterbrach er sie. »Wenn du den Thungass in die Hände fällst, werden sie dich nicht mehr gehen lassen. Als Enkelin des Göttlichen bist du ein wertvoller

Trumpf. Ich will nicht, dass dir etwas geschieht. Ich bring dich nach Melize in meinen Palast, dort du bist fürs Erste in Sicherheit. Du kannst natürlich jederzeit gehen, aber ich hoffe, dass du einsiehst, wie groß die Gefahr momentan ist ... Und ich habe soeben alles noch schlimmer gemacht.« Er schluckte schwer. »Es hätte nicht so kommen müssen. Es ist meine Schuld, ich habe sie getötet.«

Gwen wusste nicht, was sie darauf erwidern sollte. Was konnte sie tun, um seinen Schmerz zu lindern? Und sollte sie das überhaupt?

Sie wandte sich nach Asrell um, im Hintergrund folgte langsam der Rest des Trupps. Sie schaute noch weiter zurück Richtung Wald. Was würden Tares und Niris nun tun? Sie mussten gesehen haben, dass Ahrin sie mitgenommen hatte. Bestimmt würden die beiden ihnen folgen, und das ausgerechnet nach Melize, wo es von Soldaten nur so wimmelte. Was, wenn jemand erkannte, was die beiden waren?

Ein Gemisch aus dunkler Vorahnung und schneidender Angst machte sich in ihrem Körper breit und ließ sie frösteln, als könnte sie das Unglück bereits am Horizont sehen.

Gwen stand in einem Zimmer, in dessen Zentrum sich ein langes, mit dicken Brokatkissen bestücktes Sofa befand. Davor war ein heller Holztisch mit silbernen Füßen. Landschaftsbilder von Flüssen, Bergseen und ruhigen kleinen Städten zierten die Wände, in einer Vitrine waren Vasen aus türkisblauem Glas sowie silberne und goldene Kelche aufgereiht. Auch einige Bronzestatuen hatte Gwen entdeckt. Dieses Zimmer verdeutlichte den Reichtum der Familie.

Ahrin saß auf dem Sofa und hatte die Stirn nachdenklich in Falten gelegt. Ein Stück von ihm entfernt saß Asrell in einem großen Ohrensessel und nippte an seinem Tee.

Als sie gestern im Palast angekommen waren, hatte Ahrin sie sogleich auf ihre Zimmer geführt. Sie hatten an diesem Abend nicht mehr viel miteinander gesprochen, es gab zu viel, um das er sich noch kümmern musste.

Gwen glaubte zu erkennen, wie schwer die Ereignisse der letzten Stunden auf ihm lasteten. Er hatte mit seinen eigenen Händen die Tochter des thungassischen Fürsten getötet. Sofern dieser zuvor noch nicht dazu entschlossen gewesen war, gegen ihn in den Krieg zu ziehen, war er es nun ganz bestimmt.

»Ich sehe ständig ihr Gesicht vor mir.« Er schaute die beiden fragend an. »Warum war sie überhaupt bei euch?«

Auf diese Frage hatte Gwen schon eine ganze Weile gewartet. »Sie hat uns angegriffen«, erklärte sie. »Es ist uns gelungen, sie festzuhalten und gefangen zu nehmen. Wir wollten in dein Reich und sie hier freilassen, in der Hoffnung, dass wir dann vor ihr und ihren Männern sicher sind. Aber man hat uns vorher gefunden, und schließlich kamst du mit deinen Soldaten.«

Ahrins Blick trübte sich erneut, als er daran erinnert wurde. »Ich frage mich, ob ich diesen Kampf hätte vermeiden können.«

»So wie wir Brindia erlebt haben«, wandte Asrell zögernd ein, »wohl eher nicht. Es war ihr oberstes Ziel, dich umzubringen.«

Ahrin ließ die Worte im Raum verklingen, dann nickte er traurig. »Das ist die Erkenntnis, zu der ich auch jedes Mal gelange, und trotzdem wünschte ich, es hätte anders geendet.«

»Sie hat auf Rache gesonnen«, sagte Gwen nun. »Brindia konnte nicht damit leben, dass du ihrer Familie den Tod deines Vaters angelastet hast.«

In diesem Moment glomm etwas in seinen Augen auf – etwas Kaltes, Gleißendes, Zorniges. Er ballte seine Fäuste. »Sie waren es aber! Mag sein, dass er seine Tochter nicht eingeweiht hat. Trotzdem besteht kein Zweifel daran: Beragal Thungass hat unseren Bediensteten dazu angestiftet, meinen Vater zu vergiften. Und da wagt es seine verblendete Tochter, auf Rache zu sinnen, nur weil ich diese Anschuldigung öffentlich geäußert habe? *Ich* müsste es sein, der sie allesamt dafür töten will, aber ich versuche, meine eigenen Gefühle hintanzustellen und das zu tun, was für mein Reich das Beste ist. Und das ist Frieden …« Er seufzte und ließ den Kopf sinken. »Obwohl ich es nie wollte, ist es inzwischen genau dazu gekommen: Ich muss einen Krieg beginnen, um mich gegen meine Feinde zur Wehr zu setzen, die sogar so weit gegangen sind, mir einen Nephim ins Land zu bringen, um mich zu schwächen oder gar zu vernichten. Diese Leute schrecken vor nichts zurück.« Er klang unheimlich müde, aber auch enttäuscht und traurig.

»Weiß man denn schon, wer die Schatulle gestohlen und den Nephim freigelassen hat?«, wollte Asrell wissen.

Ahrin schüttelte vage den Kopf. »Es deutet bislang einiges darauf hin, dass die Thungass ihre Finger im Spiel haben, wir können ihnen diesbezüglich allerdings nichts nachweisen. Es ist nicht leicht, den Übeltäter ausfindig zu machen, immerhin sind die Fürstenhäuser einander nicht gerade freundlich gesinnt. Wir pflegen zwar einen oberflächlichen Kontakt, treffen uns, sprechen miteinander. Aber im Grunde sucht jeder bei den anderen nur nach einer Schwäche, die er für sich nutzen kann.«

»Werden die anderen Fürsten dich jetzt ebenfalls angreifen?«, wollte Gwen wissen.

»Bei Moras Ungral kann ich es nicht genau sagen. Er war früher durch und durch Soldat, ist in jede Schlacht gezogen, die sich ihm bot. Mit den Jahren ist er jedoch ruhiger geworden. Ich weiß nicht, ob er sich mit einem anderen Fürstenhaus zusammenschließen, allein kämpfen oder sich raushalten wird. Auf unsere Seite wird er sich jedenfalls nicht stellen, so viel hat er mir bereits auf meine Anfrage hin mitteilen lassen. Er meinte, er mische sich in solche Dinge nicht mehr ein.«

Gwen erinnerte sich noch gut an Moras Ungral. Sie hatte ihn beim Zusammentreffen der Fürsten im Verisell-Dorf kennengelernt. Er war ein kleiner, dickbäuchiger Mann, der dem Alkohol mehr frönte, als ihm vermutlich guttat. Sie konnte sich ihn nur schwer in einem Kampf vorstellen.

Tristas Lorell dagegen, der auf den ersten Anschein einen leicht verklärten Eindruck machte, zumal er ständig von Schicksal und Vorherbestimmung sprach, sollte man nicht unterschätzen. Er würde bestimmt in den Krieg ziehen und sich eine Chance auf Eroberungen nicht entgehen lassen.

»Ernhard Grauhut ist alt und vor Kurzem schwer an Dunkelfieber erkrankt. Früher war er ein grausamer Herrscher und ein großer Feldherr, aber in seinem jetzigen Zustand kann er wohl kaum eine Armee befehligen«, erklärte Ahrin. »Tristas Lorell wird garantiert gegen mich kämpfen. Er wird diese Gelegenheit beim Schopfe packen. Genau wie die restlichen zwei Herrscher. Von denen wird sich keiner einen Krieg entgehen lassen. Sie werden irgendwelche Gründe vorschieben, um gegen mich anzutreten, in Wahrheit jedoch geht es ihnen allen nur darum, zusätzliche Macht zu erlangen. Jeder von ihnen will sein Reich erweitern, Beute machen und möglichst viele Nebenbuhler ausschalten.« Seine Fäuste krallten sich in seine Hose, seine Stirn war voller Zorn in Falten gelegt. »Leondra Meratrill ist eine äußerst starke Frau, von der man munkelt, sie habe ihren älteren Bruder umbringen lassen, damit sie den Thron besteigen konnte. Ihr jüngerer Bruder ist mittlerweile so etwas wie ihr Handlanger. Er ist ihr absolut ergeben und würde es niemals wagen, auch nur eines ihrer Worte infrage zu stellen.

Taldor Bergstill ist noch recht jung, ungestüm und fest entschlossen, sich einen Namen zu machen. Er brennt nahezu darauf, sich zu beweisen. Ich habe also eine Menge Gegner.«

Gwen nickte langsam. »Das alles hört sich allerdings nicht danach an, als würden die Fürsten sich untereinander gut verstehen. Und das heißt, sie werden sich eher nicht gegen dich verbünden, sondern jeder für sich allein kämpfen. Das ist wieder ein Vorteil.«

Ein Lächeln erschien auf Ahrins Lippen. »Du meinst, dass sie sich vielleicht gegenseitig umbringen?« Er zuckte mit den Schultern. »Das wäre möglich. Aber genauso gut kann es sein, dass sie ein Bündnis miteinander eingehen, nur um sich dann, sobald sie mich besiegt haben, gegenseitig die Köpfe einzuschlagen.«

»Kann man diesen Krieg denn nicht vermeiden?«, hakte Asrell nach.

Ahrin senkte den Blick, ließ ein paar Sekunden verstreichen und schüttelte dann den Kopf: »Irgendwer hat einen Nephim in mein Gebiet gebracht, damit er die Bewohner meines Reiches tötet. Man wollte mich treffen und alles vernichten, was mir wichtig ist. Vielleicht hat derjenige auch darauf spekuliert, dass ich den anderen Häusern den Krieg erkläre, das mag sein. Aber so eine Tat kann ich nicht auf sich beruhen lassen. Damit würde ich Schwäche zeigen, und das wiederum würde mein Ende bedeuten. Früher oder später würden die Fürsten einen Grund finden, diese Schwäche auszunutzen und mich angreifen. Es ist besser, wenn ich den ersten Schritt mache, und genau das habe ich getan.

Ich habe allen Häusern einen Brief zukommen lassen und ihnen darin mitgeteilt, was in meinem Reich vorgefallen ist und dass ich die Thungass dafür verantwortlich mache. Sie sollten sich entscheiden, ob sie mir beistehen und dieses Unrecht rächen oder ob sie sich gegen mich stellen wollen.

Ernhard Grauhut hat ja bereits mitgeteilt, dass er ganz gewiss nicht an meiner Seite kämpfen will. Plötzlich behauptet er, ich hätte schon immer gern Lügen über die Thungass verbreitet. Er sagt, wenn er wählen müsste, würde er sich auf ihre Seite stellen. Aber ich wette, falls die Thungass mich besiegen sollten und Ernhard Grauhut wieder gesund wird, werden sie sich gleich darauf gegenseitig bekriegen.« Ein müdes Lächeln erschien auf seinen Lippen. »Von Leondra Meratrill und Taldor Bergstill habe ich bislang noch keine Nachricht erhalten, aber ich denke, dass auch sie nicht mit mir in die Schlacht ziehen werden. Die beiden wollen für sich kämpfen und werden irgendwelche alten Streitigkeiten vorschieben, nur um einen Grund zu haben, sich gegen die anderen Fürsten zu wenden. Es wird also nicht einfach.«

Er seufzte und suchte anschließend Gwens Blick.

»Es liegen gefährliche Zeiten vor uns. Ich weiß zwar, dass du nicht länger als nötig hierbleiben willst, aber ich möchte dich nicht in dieser Gefahr wissen. Die Thungass streifen weiterhin an den Grenzen umher. Nun, da die Fürstentochter tot ist, scheinen sie meinen Quellen zufolge nicht einmal mehr davor zurückzuschrecken, immer tiefer in mein Land einzudringen, um mich auszuspionieren und eine Schwachstelle zu finden.« Er schaute sie beinahe durchdringend an. »Ich habe davon gehört, dass ihr einige Zeit bei ihnen im Schloss verbracht habt.«

Sein Blick war so voller Sorge, dass es ihr fast wehtat. »Ich kann mir denken, dass du das nicht freiwillig getan hast.«

»Man hat uns mehr oder weniger gefangen gehalten«, erklärte sie.

»Das dachte ich mir, zumal ich auch von den Umständen eurer Flucht gehört habe. Und nun warst du auch noch dabei, als Brindia gestorben ist. Jetzt wird man erst recht alles daransetzen, dich in die Finger zu bekommen. Ich bitte dich wirklich mein Angebot anzunehmen und erst einmal hierzubleiben.«

Obwohl sie wusste, dass er es nur gut meinte, schüttelte sie den Kopf. »Das geht nicht. Du weißt, dass Tares und unsere Freundin auf Asrell und mich warten. Wir wurden unterwegs getrennt und –«

Ahrin hob die Hand und unterbrach sie: »Wenn du ihm wichtig bist, wird er froh sein, dass du außer Gefahr bist. Glaub mir, da draußen ist es momentan einfach zu gefährlich. Bitte warte noch die paar Tage, bis wir die Lage wieder im Griff haben.«

Gwen wollte am liebsten sofort aufbrechen, aber Ahrins sorgenvoller Blick verriet, dass er sie nicht so einfach gehen lassen würde. Also nickte sie schweren Herzens. Was hatte sie schon für eine Wahl? Tares und Niris würden ihnen nachkommen, auch wenn sie inständig hoffte, dass sie sich von der Stadt fernhielten. Vielleicht war es wirklich besser, vorerst im Schloss zu bleiben. Solange Tares die Splitter des Glutamuletts bei sich getragen hatte, hatte sie stets gespürt, wo er sich aufhielt. Aber nun, wo das Amulett nicht mehr existierte, verfügte sie auch nicht länger über diese Fähigkeit. Noch ein Grund mehr, hier in Melize auf ihn zu warten. Dank des Mals, mit dem er sie kurz nach ihrem Kennenlernen versehen hatte, konnte er sie immer ausfindig machen. Da er aber unmöglich zu ihr in den Palast kommen konnte, würde sie in den nächsten Tagen immer wieder die Stadt nach ihm absuchen.

Ein Klopfen riss sie aus ihren Gedanken.

Ahrin bat einzutreten, woraufhin sich die Tür öffnete und Dengars erschien. Seine nachtdunklen Augen verengten sich sofort, als er Gwen und Asrell erblickte. Seit ihrer letzten Begegnung schien sich seine Meinung über die beiden nicht gebessert zu haben. Sein bronzefarbenes Haar schimmerte im Licht, das durch die breiten Fenster drang, und in seinen Ohren blitzten wie bei ihrer letzten Begegnung kleine silberne Ringe.

Ohne Gwen und Asrell aus den Augen zu lassen, verbeugte er sich ehrfürchtig vor Ahrin. »Ich bringe Neuigkeiten.«

»Sind weitere unserer Truppen eingetroffen?«

Dengars' Lippen verzogen sich zu dünnen Strichen. Es schien ihm nicht zu gefallen, diese Dinge im Beisein von Außenstehenden zu besprechen, doch da sein Fürst das offenbar anders sah, konnte er nichts dagegen sagen. So schwieg er einen

Moment und erwiderte dann: »Die Männer aus Hornstein, Eppsilor und Tyria sind angekommen. Zusammen sind es etwa dreitausend Mann.«

Ahrin nickte, wirkte allerdings nicht ganz zufrieden. »Wenn auch noch die Soldaten aus Orwind und Nextal eintreffen, werden wir insgesamt auf etwa achttausend Soldaten kommen. Das ist nicht allzu viel, wenn sich tatsächlich alle anderen Fürsten gegen uns stellen.« Er legte sich nachdenklich die Hand ans Kinn. »Wenn man dann noch bedenkt, dass sich irgendwo in meinem Reich ein Nephim befindet, der jederzeit erneut meine Ländereien in Schutt und Asche legen könnte ...« Er seufzte.

»Von dem Nephim gibt es seit seinem Angriff auf Eschatron nichts Neues. Niemand hat ihn seither gesehen. Ich werte das als gutes Zeichen.«

Die Worte des Verisells schienen Ahrin nicht zu überzeugen, seine Brauen waren nachdenklich zusammengezogen. »Gibt es schon Neuigkeiten von Attarell?«, fragte er weiter.

Gwen bemerkte, wie sich Asrells Miene bei der Erwähnung seines Vaters versteifte.

»Er und seine Männer sind noch nicht aus Westtal zurückgekehrt. Es gibt jedoch keinen Zweifel daran, dass er den Bewohnern klarzumachen vermag, unter wessen Schutz sie stehen und wem sie die Treue geschworen haben. Er wird in jedem Fall mit Soldaten von dort zurückkehren.«

Das klang, als wäre nicht jede Stadt bereit, ihrem Fürsten Männer für den Krieg zu schicken. Gwen konnte sich durchaus vorstellen, dass Attarell und seine Soldaten alles andere als zimperlich vorgingen, wenn die Bewohner sich weigerten, Männer zu stellen. Sie sah, wie es in Ahrin arbeitete, er hatte etliche weitreichende Entscheidungen zu treffen und viele davon gefielen ihm wahrscheinlich nicht. Seine Armee auf die eigene Bevölkerung loszulassen, musste schwer sein.

»Ich hoffe, dass es nicht zum Äußersten kommt, sondern dass Westtal Vernunft annimmt«, murmelte er leise.

Dengars wirkte zuversichtlich: »Ich denke, allein der Anblick des Trupps wird ausreichen, damit sie einlenken.«

Er nickte müde.

»Ich werde gleich noch weitere Männer an unsere Grenzen senden und sehen, ob schon erste Kundschafter zurückgekehrt sind«, erklärte der Verisell. Dann verbeugte er sich und verließ das Zimmer.

Gwen blieb mit Ahrin und Asrell zurück. Beide wirkten in sich gekehrt, wenn auch aus verschiedenen Gründen. In Asrells Augen flackerten Wut und Enttäuschung. Offenbar hatte er sich Hoffnung gemacht, hier in Melize noch einmal auf seinen Vater zu treffen, um eine erneute Chance auf Rache zu bekommen.

Verborgenes

Dieses Zimmer gefiel Gwen von allen, die sie bisher im Palast gesehen hatte, am besten. Es handelte sich um einen der kleineren Räume. Er war mit gemütlichen Ledersesseln ausgestattet, die um ein rundes Beistelltischchen mit Glasplatte aufgestellt waren, und mit langen, hohen Bücherregalen. Hier war bewusst auf Prunk wie wertvolle Gemälde und schmuckvolle Teppiche verzichtet worden. Vielleicht strahlte dieses Zimmer gerade deshalb eine besondere Atmosphäre aus. Durch das breite Butzenglasfenster schien die Sonne herein und ließ an den Wänden und auf dem Boden bunte Flecken tanzen. Ahrin schien viel Wert auf Gemütlichkeit zu legen, auch wenn er diese zurzeit nicht genießen konnte.

Er saß neben ihr in einem der Ledersessel. Auf dem kleinen Beistelltisch standen eine Teekanne und zwei Tassen, aus denen sie bereits ein paar Schlucke genommen hatten. Drei weitere Tage waren vergangen, und Ahrin versuchte, ihr den Aufenthalt im Palast so angenehm wie möglich zu gestalten. Sie saßen oft zusammen und unterhielten sich, wobei er stets darauf bedacht war, sich nichts von seinen drückenden Sorgen anmerken zu lassen. Und davon hatte er gewiss eine Menge. Der Krieg rückte immer näher. Mittlerweile war eine Botschaft von den Thungass eingetroffen, in der sie ganz offen von Rache sprachen. Sie wollten Ahrin für Brindias Tod hängen sehen.

Auch Leondra Meratrill hatte verlauten lassen, dass sie sich gegen Ahrin stellen werde. Der hatte zwar genau das längst geahnt, aber nun stand es schwarz auf weiß, dass er auch diese Fürstin gegen sich hatte.

»Wollte dein Freund keinen Tee mit uns trinken?«, fragte er, griff zu seiner Tasse und trank ein paar Schlucke.

Asrell saß nicht gern untätig im Palast herum. Er zog es vor, durch das Schloss zu streifen, um Erkundigungen über seinen

Vater einzuholen. Er war fest entschlossen, nicht noch einmal gegen ihn zu verlieren, und hoffte, bis zu seinem nächsten Aufeinandertreffen mit Attarell irgendetwas in Erfahrung zu bringen, das ihm dabei helfen würde.

Gwen hatte da so ihre Zweifel, allerdings war Asrell so wenigstens beschäftigt. Sie hingegen hatte das Gefühl, die Stunden zogen sich ins Unendliche, und wäre am liebsten wieder aufgebrochen.

Ahrin starrte gedankenversunken auf die Tasse in seiner Hand. »Mir gehen diese Bilder einfach nicht aus dem Kopf. Ständig sehe ich vor mir, wie Brindia auf mich zugestürmt kommt, wie ich instinktiv mein Schwert hebe, den Schlag ausführe und sich alles blutrot färbt.« Er seufzte. »In diesem Moment wusste ich nichts anderes zu tun. In ihrem Blick hat solch unerbittliche Entschlossenheit gelegen, dass ich wusste, sie würde alles daransetzen, mich zu töten. Und jetzt habe ich ihr ganzes Volk gegen mich. Ihre Soldaten werden nicht eher Ruhe geben, als bis sie mich getötet haben.«

Eine schwere Last lag auf ihm, und immer wieder musste er sich fragen, welchen Weg er einschlagen sollte. So viele Feinde sammelten sich bereits um ihn, es stand außer Frage, dass er bald angreifen musste, wenn er verhindern wollte, dass sie sich am Ende doch noch miteinander verbündeten und gemeinsam gegen ihn in den Krieg zogen.

Er erhob sich und schaute aus dem Fenster in die Ferne. »Es tut mir leid, dass ich dich da hineingezogen habe. Ich weiß, dass du dich nie auf eine Seite stellen wolltest.«

»Das habe ich auch nicht«, erwiderte sie. »Und ich habe auch nicht vor, mich an einem Kampf zu beteiligen. Ich denke, das weißt du auch.«

Er nickte. Ein trauriges Lächeln lag auf seinen Lippen, als er sich ihr zuwandte. Es tat ihr leid, dass sie ihm nichts anderes sagen konnte, aber sie hatte sich geschworen, sich aus diesen Herrschaftsspielchen herauszuhalten. Ihr Großvater selbst hatte ihr dazu geraten, ihren eigenen Weg zu gehen. Und dieser sah nicht so aus, dass sie sich zwischen die Fürsten stellen würde.

»Ich verstehe dich«, sagte er leise, während sein Blick erneut nach draußen glitt. Plötzlich trat er vom Fenster weg und meinte: »Wie ich sehe, sind gerade ein paar Kundschafter zurückgekehrt. Ich muss hören, was sie in Erfahrung gebracht haben. Ich bin gleich wieder zurück.« Bevor er den Raum verließ, schenkte er ihr noch ein warmes Lächeln.

Gwen schaute für einige Minuten hinunter auf den Hof, wo gerade drei berittene Männer von ihren Pferden abstiegen. Gleich darauf gesellte sich Ahrin zu ihnen. Nachdem sie den vieren eine Weile zugeschaut hatte, wandte sie sich ab und blickte sich erneut im Zimmer um. Besonders die vielen Bücher hatten es ihr angetan. Sie betrachtete die Bände und Folianten näher und entdeckte alte Karten darunter, ganze Reihen von Enzyklopädien sowie Schriften von Philosophen und Kriegsherren, wie sie beim Durchblättern feststellte. Von einigen Texten überflog sie ein paar Zeilen, die allesamt handschriftlich verfasst waren. Hier und da fand sie sogar schön gefertigte Zeichnungen, die von geübten Pinselstrichen stammten. Diese Bücher mussten sehr alt und wertvoll sein. Vorsichtig stellte sie einen großen Folianten zurück ins Regal und schaute sich eine kleine Marmorbüste an, die nur eine Reihe höher stand. Sie stellte eine wunderschöne Frau dar, in deren lockigem Haar ein Lorbeerkranz steckte. Dieses kleine Kunstwerk sowie eine Statue aus Stein waren die einzigen Dekostücke, die sie in dem Raum fand.

Gerade als sie sich wieder zurück auf ihren Stuhl gesetzt hatte und noch einen Schluck von ihrem Tee trinken wollte, fiel ihr etwas anderes ins Auge. Der Lichteinfall hatte sich ein wenig verändert, vermutlich war die Sonne durch die Wolken gebrochen. Jedenfalls glitzerte dort etwas. Sie wandte sich danach um und sah im Regal schräg hinter sich etwas zwischen mehreren dicken Büchern hervorschimmern.

Sie stand auf und schob vorsichtig die Bücher beiseite. Als sich ihre Finger um den Gegenstand schlossen, spürte sie die Kühle des Metalls. Für einen Moment war sie wie erstarrt: Es gab keinerlei Zweifel daran, um welches Behältnis es sich dabei handelte. Gwen hatte die Schatulle lange genug bei sich getragen, um jedes Detail zu kennen. Es war das Kästchen ihres Großvaters, in das er Mirac gesperrt hatte. Aber wie kam es in Ahrins Besitz? Wieso war es plötzlich hier? Sie drehte es in ihren Händen. Eine Kleinigkeit war anders: An einer der Seiten befand sich nun ein kleiner rostfarbener Fleck, der fast wie ein Fingerabdruck aussah. War das etwa getrocknetes Blut?

Ihr Herz pochte unruhig, während sie nach einer plausiblen Erklärung suchte. Immer und immer wieder hörte sie nur eine Antwort: *Das kann nicht sein! Das ist unmöglich.*

Doch das Metall lag kühl in ihren Händen und machte ihr allzu deutlich, dass es so war: Ahrin hatte die Schatulle. Nur warum und wie lange schon? Und was war das für ein seltsamer Abdruck?

»Tut mir leid, es hat etwas länger –«

Sie fuhr erschrocken zusammen, und beinahe wäre ihr das Kästchen aus der Hand geglitten.

Ahrin stand in der Tür. Sein Blick wanderte von Gwens Gesicht zu ihren Händen, die noch immer die Schatulle umklammerten.

Zu ihrer Verwunderung schien er weder wütend noch besorgt zu sein. Stattdessen ließ er sich in einen Sessel sinken und nahm einen Schluck aus seiner Tasse.

Sie baute sich vor Ahrin auf und hielt ihm das Kästchen hin: »Was soll das? Wieso finde ich bei dir diese Schatulle? Was hat das alles zu bedeuten?«

Er blieb ganz ruhig und suchte ihren Blick. »Ich hatte dir doch erzählt, dass es neue Beweise dafür gibt, dass die Thungass in die Sache mit diesem Nephim verwickelt sind.«

Sie nickte.

»Die Schatulle ist einer dieser Beweise. Vor einigen Wochen ist meinen Leuten bei einer ihrer Patrouillen ein Mann aufgefallen. Sie haben ihn durchsucht und dieses Kästchen bei ihm gefunden. Auf ihre Fragen hin, hat er behauptet, er habe einen Mann mit der Schatulle in einem Waldstück bei Wasserburg gesehen. Wasserburg liegt ganz in der Nähe von Eschatron, der Stadt, die Mirac zuletzt ausgelöscht hat. Der Fremde sagte, dieser Mann habe das Kästchen weggeworfen, dabei etwas von einer Belohnung gemurmelt und die Thungass erwähnt. Seither ist das Kästchen hier. Ich habe es von meinen Gelehrten untersuchen lassen. Es besteht kein Zweifel, dass dies das Behältnis ist, in dem der Nephim eingesperrt war.«

Gwen sah den Ernst in Ahrins Augen und eine Entschuldigung dafür, dass er ihr nicht eher davon erzählt hatte. Er stand auf und nahm vorsichtig ihre rechte Hand. »Ich wollte dir davon berichten, sobald die Untersuchungen abgeschlossen sind, und dir die Schatulle dann zurückgeben. Erst gestern sind meine Leute damit fertig geworden. Seither warte ich auf den richtigen Moment, mit dir darüber zu sprechen. Ich weiß, dass du sie von deinem Großvater bekommen hast und sie dir daher viel bedeutet. Du musst nur verstehen, dass ich erst wissen musste, dass es sich hierbei auch um das Gefäß des Nephim handelt.«

»Und was ist das hier?« Sie deutete auf das Gebilde, das wie ein blutiger Fingerabdruck aussah. »Das war vorher nicht da.«

Ahrin nickte langsam. »Meine Gelehrten haben versucht, etwaige Zauber aufzudecken, die noch auf dem Kästchen lagen, und dabei ist dieser Abdruck zum Vorschein gekommen. Er stammt von einem Zauber, der für deinen Großvater und wahrscheinlich auch für dich von Bedeutung ist. Was du da siehst, ist der Fingerabdruck des Göttlichen. Er hat die Schatulle mit einem Spruch versehen, der dafür sorgte, dass die Bande zwischen ihm und allen Menschen, die dieses Kästchen zu Gesicht bekamen, etwas gelockert wurden. So kam ihnen die Abwesenheit deines Großvaters nicht allzu lange vor und sie haben sich nicht ständig den Kopf über ihn und seinen Verbleib zerbrochen. Da du und der Göttliche aus derselben Blutlinie stammt, wird der Zauber wohl auch bei dir Wirkung gezeigt haben.«

Sie dachte über seine Worte nach. Ihre beste Freundin Fee hatte Gwens Erklärungen für ihre Abwesenheit immer schnell akzeptiert. Sie war weniger hartnäckig gewesen, als es eigentlich typisch für sie war. Gwen hatte angenommen, sie und ihre Freundin hätten sich im Laufe der Monate auseinandergelebt. Auch ihre Eltern, Pia und Jule hatten das Kästchen zu Gesicht bekommen. War der Zauber verantwortlich dafür, dass sie alle Gwens Abwesenheit relativ gelassen hingenommen hatten?

»Ich denke, das war wichtig für deinen Großvater. Andernfalls hätte er kaum immer wieder so leicht die Welten wechseln können.«

Wahrscheinlich hatte er diesen Zauber zu einem Zeitpunkt durchgeführt, als das Verhältnis zu seinem Sohn noch etwas besser gewesen war.

»Ich verstehe nur nicht ganz, warum er dafür ausgerechnet die Schatulle benutzt hat, immerhin ist sie relativ groß und unhandlich.«

»Ich denke, diese Frage kann ich dir beantworten«, meinte Ahrin. »Bei den Untersuchungen kam heraus, dass dem Metall Palachart beigemischt ist. Darum ist das Kästchen besonders stabil und konnte einem so starken Zauber, wie der Göttliche ihn ausgeführt hat, überhaupt erst standhalten.«

Sie nickte langsam und wand ihre Hand aus Ahrins Griff.

Die Schatulle umgaben weit mehr Geheimnisse, als sie gedacht hatte. Schon die Art und Weise, wie man sie gefunden hatte, war mysteriös: Ein Mann hatte das Kästchen in seinem Besitz gehabt, er war in der Nähe von Eschatron gewesen, hatte etwas von den Thungass und einer Belohnung gemurmelt, und ein Fremder hatte dies alles beobachtet … Gwen konnte sich durchaus vorstellen, dass Beragal und Baldras jemanden dafür bezahlt hatten, das Kästchen zu stehlen und Mirac in Ahrins

Reich freizulassen. Ob Brindia davon gewusst hatte? Wohl eher nicht, auch wenn sie oft davon gesprochen hatte, dass ihr Vater und ihr Bruder einen bestimmten Plan verfolgten.

»Ich weiß, dass es kein stichhaltiger Beweis ist«, wandte Ahrin ein. »Keiner weiß genau, ob es stimmt, was der Kerl erzählt hat.« Er zuckte mit den Schultern. »Aber möglich wäre es, und momentan passt es sehr gut zu dem Bild, das wir haben.«

Diese Information veränderte zwar nicht viel an der aktuellen Situation, zeigte jedoch, dass die Thungass zu allem fähig waren und Ahrin aus dem Weg räumen wollten.

Ohne auf Niris Rücksicht zu nehmen, die ihm kaum folgen konnte, eilte Tares voraus. Auch wenn er wusste, dass Gwen recht hatte, war es ihm schwergefallen, sie und Asrell zurückzulassen. Wäre er allerdings geblieben, hätten Revanoff und seine Soldaten ihn als Nephim erkannt und ihn umgebracht. Oder es zumindest versucht. Er hatte also gar keine andere Möglichkeit gehabt, als zu fliehen.

Seitdem fraßen ihn die Sorgen um Gwen schier auf. Er hatte aus der Ferne beobachtet, wie sie mittendrin gesteckt hatte, als der Kampf zwischen den Soldaten beider Fürsten ausgebrochen war. Zu Beginn hatte er noch gehofft, dass sich eine Seite zurückziehen würde, aber dann hatten die thungassischen Soldaten kurz die Oberhand gewonnen. Revanoff hatte Gwen daraufhin auf sein Pferd gehievt und war mit ihr davongeritten. Asrell war von einem anderen Soldaten gepackt worden, und nach und nach hatten sich auch Revanoffs übrige Männer davongemacht.

Anfangs hatte Tares noch geglaubt, dass der Fürst Gwen und Asrell nur außer Reichweite der thungassischen Soldaten bringen wollte. Inzwischen wusste er es besser. Sie war in Melize. Dank des Zeichens, das er ihr gleich zu Beginn ihrer langen Reise auferlegt hatte, wusste er immer, wo sie sich aufhielt. Noch heute war er froh um diese Weitsicht. Es bereitete ihm erhebliches Kopfzerbrechen, dass sie sich offenbar noch nicht auf den Weg zu ihm gemacht hatte. Was, wenn man sie doch festhielt?

»Kannst du nicht etwas langsamer gehen?«, japste Niris hinter ihm.

Er wusste, dass er die Asheiy an ihre Grenzen brachte und ihr nur wenig Pausen gönnte, aber sie mussten sich beeilen. Er wollte auf keinen Fall, dass Gwen noch länger bei diesem Kerl festsaß. Er war immerhin ein Fürst, und auch wenn er Gwen gernhatte, war es nicht ausgeschlossen, dass er versuchen würde, sie für seine Zwecke zu missbrauchen. Vor allem in diesen Zeiten wäre es für ihn von Nutzen, die Enkelin des Göttlichen an seiner Seite zu haben.

»Wir dürfen nicht trödeln. Ein Krieg naht, und ich will nicht, dass Gwen da hineingezogen wird. Sobald fremde Truppen in Revanoffs Reich einfallen, wird es zu spät sein, sie da rauszuholen.«

»Das weiß ich ja. Aber die Thungass haben sich doch hinter die Landesgrenzen zurückgezogen. Wenn jemand, dann werden sie es ja wohl sein, die den ersten Schritt machen.«

»Mag sein«, wandte er ein, »trotzdem haben wir keine Zeit zu verlieren.« Er würde sich erst wieder wohlfühlen, wenn er Gwen und Asrell aus diesem Palast herausgeholt hatte. Momentan hatte er noch keine Ahnung, wie er das bewerkstelligen sollte, immerhin wurde das Schloss gut bewacht, aber er wollte nichts unversucht lassen.

»Mir behagt es gar nicht, nach Melize zu gehen«, gestand Niris. »Was machen wir, wenn jemand erkennt, dass du ein Nephim bist und ich eine Asheiy?«

Dann, so antwortete er in Gedanken, hatten sie ein echtes Problem. In diesem Fall würden sie kämpfen müssen, was nur noch mehr Aufsehen erregen würde.

»Wenn wir vorsichtig sind, wird das schon nicht passieren«, versuchte er sie zu beruhigen, hatte aber selbst Zweifel. Es würde nicht einfach werden, seine rubinroten Augen zu verbergen.

Tares sprang über den Felsbrocken vor ihm und hörte, dass Niris ihm folgte. Wie es Gwen wohl ging? Auch wenn Revanoff sie vermutlich gut behandelte, wollte er sie lieber so schnell wie möglich wieder bei sich wissen. Nicht nur wegen des anstehenden Krieges. Malek durften sie bei all den letzten Geschehnissen nicht vergessen. Er würde sich von den Streitigkeiten der Fürsten nicht von seinen Plänen abhalten lassen. Und die waren eindeutig: Malek wollte um jeden Preis gegen Tares kämpfen und ihn töten. Und sollte Gwen ihm noch einmal in die Hände fallen, würde er sie nicht mehr so leicht davonkommen lassen. Ein Gedanke, der Tares einen eisigen Schauer über den Rücken jagte.

»Das Frühstück war richtig gut.« Asrell strich sich zufrieden über den Bauch. »So ein Leben hat schon was für sich.«

Gwen hob leicht die Augenbrauen. »Dir ist schon aufgefallen, dass Ahrin heute wieder nicht beim Essen war, oder? Was unter anderem daran liegen wird, dass er gerade ziemlich große Sorgen hat, immerhin steht ein Krieg an.«

Sie kamen gerade aus dem Speisesaal und gingen einen der langen Flure entlang. Gwen würde sich gleich ein Buch aus der Bibliothek nehmen, die Ahrin ihr am gestrigen Abend gezeigt hatte. Asrell hingegen wollte noch mehr Erkundigungen über seinen Vater einholen. Bislang hielten sich seine Erfolge diesbezüglich in Grenzen.

»Ich muss ja auch kein Fürst sein«, fuhr er fort. »Mir würde es schon reichen, dauerhaft Gast eines Herrschers zu sein.«

»Mir wäre es lieber, wir könnten endlich wieder gehen«, meinte Gwen. Sie wusste allerdings, dass es vorerst besser war, hier in Melize auf Tares zu warten. Seit Ahrin ihr gestern von der Schatulle erzählt hatte, ging ihr diese Angelegenheit nicht mehr aus dem Kopf. Zum einen wusste sie, dass das Auffinden des Kästchens Ahrins Hass erst recht geschürt hatte, sodass er nun ebenso entschlossen war, in die Schlacht zu ziehen, wie die Thungass. Zum anderen fragte sie sich, ob sie die Schatulle wieder an sich nehmen sollte. Es befand sich kein Nephim mehr darin, es wäre also ungefährlich, das Kästchen bei sich zu haben. Aber wollte sie immer daran erinnert werden, dass dieses gefährliche Geschöpf, das ihr Großvater einst darin gebannt hatte, mittlerweile wieder frei herumlief?

Sie bemerkte, dass Asrell sie musterte.

»Kommst du einigermaßen zurecht?«, fragte er. »Denkst du gerade an Tares?«

»Mir wäre einfach nur wohler, wenn wir alle wieder zusammen wären. Allerdings kann ich auch Ahrin verstehen. Wenn ich den Thungass jetzt, nach Brindias Tod, in die Arme laufe, werden sie nicht so zimperlich vorgehen wie bei unserem letzten Aufenthalt in ihrem Palast. Er will sichergehen, dass mir nichts zustößt, allerdings ist es fraglich, ob er diese Gewissheit jemals bekommen wird.«

»Tares ist bestimmt auf dem Weg hierher oder vielleicht sogar schon da«, wandte er ein. »Er und Niris haben gesehen, dass Revanoff und seine Leute uns fortgebracht haben. Er ist nicht dumm und kann auf sich aufpassen.« Asrell öffnete den Mund, um noch etwas zu sagen, hielt aber inne, als sie in einen anderen Flur abbogen.

Gwen sah zwei Männer in ihre Richtung kommen. Einer davon war Ahrin, der andere Kerl war hochgewachsen, hatte eine blasse, fast fahle Haut und trug eine lange graue Hose sowie einen schmucklosen dunklen Mantel. Er wirkte dünn und schmächtig; sein kurzes blondes Haar war ziemlich schütter.

»Ich denke, dass wir in den nächsten Tagen noch drei weitere Kugeln des Himmelschwarz fertigstellen können. Aber seid Ihr auch sicher, dass Ihr sie schon so bald anwenden wollt?«

Der Mann hatte eine nasale Stimme, die jedoch kräftig genug war, dass die Worte bis zu Asrell und Gwen vordrangen. Gwen wusste seit Längerem, dass Ahrin an dieser Waffe forschen ließ, und seit ihrem letzten Besuch auch, dass er inzwischen einen Durchbruch erzielt hatte. Die Information, dass das Himmelschwarz bereits so bald zum Einsatz kommen sollte, war ihr allerdings neu. Sie hatte selbst gesehen, wie gefährlich diese Waffe war. Drei Kugeln würden genügen, um ganze Städte zu zerstören und Tausende Soldaten in Stücke zu reißen …

Sowohl der fremde Mann als auch Ahrin bemerkten Gwen und Asrell, kaum dass die Worte ausgesprochen waren. Ahrin hob kurz die Hand, um seinen Gesprächspartner zu unterbrechen. »Wir machen alles wie besprochen und unterhalten uns später noch einmal über die Details.«

Dem Fremden war sofort klar, dass die Unterhaltung damit beendet war. Er verbeugte sich vor seinem Fürsten, wandte sich um und ging denselben Weg wieder zurück, den sie eben gemeinsam gekommen waren.

Ahrin dagegen beschleunigte seine Schritte und kam auf Gwen zu. Seine Augen musterten sie, als versuche er, in sie hineinzuschauen.

»Was ist mit Mirac? Wisst ihr inzwischen, wo er ist?«, kam sie ohne große Vorrede zum Punkt. Das Himmelschwarz war vor allem als Waffe gegen die Nephim gedacht, insofern lag die Vermutung nahe, dass es neue Hinweise auf Miracs Verbleib gab.

Er zögerte einen Moment, schaute immer wieder zu Asrell, der den Wink sofort verstand.

»Ich lass euch beiden mal allein. Ich habe ohnehin noch was zu erledigen.« Er winkte ihr zum Abschied und eilte davon.

Auch jetzt, wo die beiden unter sich waren, zögerte Ahrin. Einige Sekunden verstrichen, bis er schließlich hörbar Luft holte, sich durchs Haar strich und meinte: »Mir ist bewusst, dass du Vorbehalte gegen diese Waffe hast. Wir haben uns schon oft darüber unterhalten und du weißt, dass ich es ähnlich sehe wie du: Es ist schrecklich, was das Himmelschwarz anrichten kann und dass es die Nephim vernichtet. Solche Geschöpfe sollte man nicht sinnlos zerstören.«

Während ihrer Aufenthalte bei den Verisells hatten Ahrin und sie immer wieder genau darüber gesprochen. Gwen war damals verwundert gewesen, dass er ihre Ansichten teilte und nicht unnötig das Blut der Nephim vergießen wollte.

»Ich kann deine Bedenken nachvollziehen«, fuhr er fort, während seine Augen noch immer auf ihr ruhten.

»Und ich verstehe, dass du handeln musst. Trotzdem wünschte ich, es gäbe einen anderen Weg.« Sie zögerte kurz, ihre weiteren Zweifel auszusprechen, sah dann aber ein, dass sie es einfach tun musste: »Zumal man das Himmelschwarz nicht nur gegen Nephim anwenden könnte. Es ist eine äußerst mächtige Waffe. Gerade jetzt, wo ein Krieg ansteht, muss es doch verlockend sein, auf solch eine Macht zurückzugreifen.«

Ahrin schaute sie beinahe erschrocken an, schwieg einen Moment und schüttelte schließlich den Kopf. »Du hast eine völlig falsche Vorstellung von dem Himmelschwarz – wir haben lange daran gearbeitet, sodass es nun auf ganz andere Weise zum Einsatz kommt.« Beinahe euphorisch fuhr er fort: »Ich werde mich meinen Feinden stellen und eine neue Ordnung schaffen. Es ist ein Anfang von etwas vollkommen Neuem.« Er schaute Gwen erwartungsvoll an. »Wenn du erst gesehen hast, was meine Leute geschaffen haben und was wir alles erreichen können, wirst du gewiss ein Teil davon sein wollen.« Er lächelte und strich ihr sanft über die Wange. »Komm mit mir.«

Mit diesen Worten nahm er ihre Hand und führte sie den Korridor entlang.

Malek beugte und streckte seinen Arm ein paar Mal. Die Verletzung schien langsam zu verheilen, sodass er den Arm wieder einigermaßen ohne Schmerzen bewegen konnte.

Er winkelte sein linkes Bein an und schaute sich gelangweilt um. Schon seit Tagen hockte er nun in den Ruinen dieses Hauses, zur Untätigkeit verdammt. Während seine Augen über die Steinbrocken und die Wände glitten, die nach all den Jahren zwar noch standen, von der Natur jedoch langsam verschlungen wurden, dachte er an früher. Aylen und er waren oft hier gewesen und hatten voller Eifer Pläne geschmiedet.

Er seufzte tief und testete erneut die Kraft seines Arms. Wenn er an diese Tage zurückdachte, überfiel ihn eine tiefe Traurigkeit. Hätte er irgendetwas anders machen können, um seinen Freund von diesen falschen Entscheidungen abzuhalten?

Er schüttelte den Kopf. Es war unerheblich. Aylen würde niemals wieder zu dem werden, der er einmal gewesen war. Sie würden nicht mehr gemeinsam mordend durch die Welt ziehen – diese Zeiten waren vorbei. Das war während des letzten Kampfes allzu deutlich geworden. Er sollte die Vergangenheit ruhen lassen und stattdessen an die Zukunft denken.

Und trotzdem konnte er die Sache nicht einfach so stehen lassen. Aylen hatte ihn gedemütigt, ihn betrogen und in dem Glauben gelassen, der Göttliche hätte ihn getötet. Er hatte ihn einfach vergessen und ein neues Leben beginnen wollen. Aber so leicht würde Malek es ihm nicht machen. Er würde ihn erneut finden und dann noch einmal gegen ihn antreten. Und vorher würde er sich noch diese Gwen schnappen und ihr den Garaus machen. Das würde Aylen gewiss treffen.

Ein sanftes Lächeln stahl sich auf Maleks Lippen, während er an Aylens Schmerz und an all die Dinge dachte, die er ihm antun wollte.

Nephim

Gwen folgte Ahrin minutenlang durch die endlosen Korridore und Treppenaufgänge des Palastes. Dabei durchquerten sie Bereiche, die weit schmuckloser wirkten als der Rest des Gebäudes. Es gab kaum Bilder und keine zierlichen Kommoden oder kleinen Schränkchen mit wertvollen Gegenständen wie prachtvollen Vasen, silbernen Krügen oder steinernen Figuren darauf. Stattdessen sah sie nur nackte Steinwände und blanke Böden, die im besten Fall mit einem abgenutzten Teppich bedeckt waren.

Schließlich wandte sich Ahrin einer kleinen schmalen Wendeltreppe zu, die sie nach unten führte. Gwen nahm sogleich die Kälte wahr, die von dort aufstieg, und ihr ungutes Gefühl verstärkte sich. Was hatten Ahrins Leute herausgefunden? Inwiefern hatten sie das Himmelsschwarz verändert? Letztendlich blieb es trotz allem eine Waffe, die dafür geschaffen worden war, zu vernichten. Sie musste unbedingt in Erfahrung bringen, über welche Fähigkeiten das Himmelschwarz nun genau verfügte. Allein schon für Tares wäre dies wichtig zu wissen.

Ahrin ging ein paar Schritte vor ihr, seine Körperhaltung war angespannt. Für ihn schien es von größter Bedeutung zu sein, ihr die Neuerungen der Waffe zu zeigen. Es gab nicht viele, die er ins Vertrauen zog. Als Fürst musste er vorsichtig sein und konnte seine Gedanken nicht gegenüber jedem frei äußern. Die Tatsache, dass er, was die Nephim anging, vieles anders sah als die übrigen Bewohner dieser Welt, hatte ihn und Gwen zu Vertrauten gemacht.

Sie erreichten das Ende der Treppe und befanden sich nun in einem langen, dunklen Kellergang. Der Korridor war aus grobem Stein gehauen, an den Wänden hingen Fackeln, die Licht spendeten, und in der Luft lag ein muffiger Geruch. Rechts neben sich entdeckte Gwen ein paar alte morsche Bretter, die vermutlich einst als Wandverstärkung gedient hatten. Sie schlang die Arme um sich, als ihr die Kälte, die hier unten herrschte, eine Gänsehaut bescherte, und sah sich gespannt um. Wo brachte Ahrin sie nur hin? Natürlich konnten die Forschungsarbeiten an keinem Ort stattfinden, der für jeden zugänglich war, und doch verstärkte sich ihr beklemmendes Gefühl zunehmend. Ihr war fast so, als könnte sie keine Luft mehr bekommen, als würde sich die Kälte um ihre Lunge legen und diese fest umklammern.

Ahrin ging auf eine Eisentür am Ende des Ganges zu. Als er sie öffnete, zerriss ein lautes Quietschen die Stille.

Gwen folgte ihm in den dahinterliegenden Raum und vernahm kurz darauf ein leises Wimmern. Noch ehe ihr Verstand dieses einzuordnen wusste, sah sie bereits die vielen Käfige. Sie standen überall, waren teilweise gestapelt, sodass bis zu fünf Stück übereinanderlagen, und waren mit Eisengittern versehen. Gwens Herz schien gleich mehrere Schläge auszusetzen, während sie versuchte, in dem nur von Fackeln erhellten Raum irgendetwas zu erkennen. Sie konnte die Gefangenen nicht genau erkennen, doch ihr Jammern, ihre weinenden Stimmen vernahm sie allzu deutlich.

»Was hat das zu bedeuten?« Sie sah Ahrin fragend an.

Der war ein paar Schritte weitergegangen und stand nun vor einem langen Tisch, auf dem mehrere Apparaturen aufgebaut waren. An der Wand über dem Tisch hing ein Eisenschrank.

Ahrin antwortete nicht, zog stattdessen eine kurze Kette aus seiner Hosentasche, an der ein goldener Schlüssel befestigt war. Mit diesem öffnete er nun den Schrank.

»Ahrin, was geht hier vor?«, fragte sie erneut. Ihr Blick schweifte unruhig umher. Wer waren all diese Gefangenen und warum waren sie hier? Was hatte er ihnen angetan? Das leise Wimmern und Seufzen hallte weiterhin durch den Raum und machte es ihr fast unmöglich, noch länger zu bleiben. Es war markerschütternd und zutiefst beängstigend.

Nachdem Ahrin etwas aus dem Schrank hervorgeholt hatte, wandte er sich wieder Gwen zu. Seine Augen flackerten eigentümlich im diffusen Licht der Fackeln. Er breitete die Arme aus, während in seinem Gesicht unbändiger Stolz aufglomm: »Das hier ist das Resultat unserer langwierigen Arbeit. Es hat Jahre gedauert, bis alles so weit perfektioniert und einsatzfähig war. Immer wieder haben wir schwere Rückschläge hinnehmen müssen. Allerdings haben wir nie aufgegeben, und am Ende hat es sich gelohnt!«

Sie trat ein paar Schritte vor ihm zurück, dieses Flackern in seinen Augen verlieh ihm einen eigenartigen, fast bedrohlichen Ausdruck.

»Redest du vom Himmelschwarz? Was haben all diese Gefangenen damit zu tun?«

»Das wirst du gleich sehen.« Seine Stimme klang rau. Er streckte den Arm aus, und als er die Hand öffnete, konnte Gwen eine durchsichtige Kugel darin erkennen, in der schwarzer Rauch waberte. Sie sah so ganz anders aus als das Himmelschwarz, das Gwen kannte. Es handelte sich zwar ebenfalls um ein rundes, gläsernes Behältnis, doch war jenes, das sie damals gegen Malek anzuwenden versucht hatte, etwa faustgroß gewesen, mit dunkelrotem Rauch im Inneren. Dieses Behältnis hier war hingegen etwa so groß wie ein Wachtelei und der Dunst darin tiefschwarz.

Zu ihrem Erstaunen führte Ahrin nun seine Hand zum Mund und schluckte das Himmelschwarz hinunter.

»Was …?«, brachte sie noch hervor. Dann trat er auch schon zu einem der Käfige.

»Ich wusste von Anfang an, dass wir uns ähnlich sind«, sagte er. »Es besteht eine Verbindung zwischen uns, wir denken ähnlich und sehen das große Ganze. Ich wollte nie, dass die Nephim ausgerottet werden. Diese Tode sind so sinnlos. Als ich mich mit dir darüber unterhalten habe und erkannte, dass du genauso denkst, dass du ebenfalls ihr Potenzial siehst«, er wandte sich ihr mit flammendem Blick zu, »da wusste ich, dass ich dich an meiner Seite brauche.« Ein schiefes Grinsen erschien auf seinen Lippen, als er hinzufügte: »Dass du die Enkelin des Göttlichen bist, ist natürlich das i-Tüpfelchen.«

»Ich habe keine Ahnung, wovon du da sprichst.«

Was war nur plötzlich in ihn gefahren? Es war, als hätte er eine Maske abgelegt, sodass sie zum ersten Mal sein wahres Gesicht sah. Und dieses machte ihr Angst.

»Ich habe hin und her überlegt, wann ich dich am besten in alles einweihe. Inzwischen hast du das Kästchen bei mir gefunden, hast das Gespräch über das Himmelschwarz mitbekommen ... Ich denke, es ist an der Zeit, dass du Bescheid weißt. Zumal der Krieg immer näher rückt und ich dich an meiner Seite wissen will.«

Er griff durch die Gitterstäbe, zog an einer Kette und zerrte damit langsam eine Gestalt ins Licht.

Da begriff Gwen es endlich: Ahrin hatte ihr die ganze Zeit etwas vorgespielt. Ihr war oft aufgefallen, wie schnell er sich beruhigen konnte, plötzlich ganz kühl und gelassen wurde. Damals, als sie ihm von ihrer Beziehung zu Tares erzählt hatte, war es genauso gewesen. Sie hatte zunächst ein Flackern in seinen Augen gesehen, Schmerz und Wut – doch im nächsten Moment war er wieder völlig ruhig gewesen. Was an Ahrin war überhaupt ehrlich? Waren seine Sorgen wegen des bevorstehenden Krieges echt? Und die Vorwürfe, die er sich angeblich wegen Brindias Tod machte? Mittlerweile bezweifelte sie es. Sie hatte geglaubt, in ihm einen Freund zu haben, nun wurde ihr jedoch klar, dass hinter dieser Fassade etwas steckte, das sie nicht einzuordnen wusste – etwas Fremdes und Kaltes.

»Wir beide sind zu Höherem bestimmt«, sagte er nun. »Meine Leute haben mit den Verisells zusammengearbeitet, jahrelang deren Ergebnisse begutachtet und im Geheimen an unserem eigenen Projekt weitergeforscht. Inzwischen haben wir die perfekte Waffe entwickelt, um diese Welt zu verändern.«

Er zog weiter an der Kette; Gwen vernahm das Geräusch des klirrenden Metalls und das Kreischen einer Frau, das immer lauter wurde. Genau vor den Gitterstäben kam die Gestalt schließlich zum Stehen. Ihr rotblondes Haar war vor Dreck und Schweiß verkrustet. Der ganze Körper wirkte ausgezehrt, war übersät mit Schmutz und Blessuren. Als Gwen die rubinroten Augen sah, mit der die Gestalt voller Angst zu Ahrin aufschaute, durchfuhr sie ein eisiger Schauder: Die Frau war eine Nephim und hatte offenkundig Todesangst.

Ahrin grinste und trat ganz nah an die Gitterstäbe, ohne die Nephim aus den Augen zu lassen: »Ihr seid viel zu wertvoll, um euch einfach zu töten. In euch steckt so viel Potenzial, so viel Kraft, und die brauche ich.« Er öffnete den Mund, und ein gleißend helles Licht trat daraus hervor, jagte in Form eines blitzenden Strahls auf die Frau zu, die gellend aufschrie, als das Licht in ihren Körper jagte. Ihr Mund klappte auf und schwarzer Rauch waberte daraus hervor, der von dem hellen Licht umschlossen und gelenkt wurde. Langsam kehrte Strahl zu Ahrin zurück, drang in ihn ein und zog den dunklen Rauch mit sich, bis dieser vollständig in seinem Körper verschwunden war.

Ahrin warf den reglosen Leib der Nephim von sich und machte sich nicht einmal die Mühe, ihren Körper zu töten. Gwen wusste, dass er der Nephim gerade das Anmagra entzogen hatte, ohne das sie nicht mehr leben konnte. Ein Verisell hätte auch ihre sterbliche Hülle getötet, doch Ahrin scherte sich nicht mehr um die junge Frau. Stattdessen wandte er sich erneut an Gwen.

»Es ist immer wieder ein berauschendes Gefühl, die Macht eines Nephim in sich zu spüren. Es hat lange gedauert, bis wir so weit waren, ihnen das Anmagra entziehen zu können, ohne dass es dabei zerstört wird. Noch schwerer war es, dafür zu sorgen, dass es sich nicht aus dem neuen Körper befreien kann. Aber mit dem Lichtzauber ist es nun geschafft. Er bindet die Kraft sowie das Anmagra und hält sie in mir fest, sodass ich mich der Macht bedienen kann.«

Gwen hatte das Gefühl, in einen schrecklichen Albtraum geraten zu sein. Das konnte alles nicht wahr sein! Wie war es möglich, dass Ahrin zu so etwas fähig war – dass er solch eine

Waffe geschaffen hatte, ohne dass irgendwer etwas davon ahnte?

»Du raubst ihnen das Anmagra und ihre Kraft?«, stammelte sie vollkommen fassungslos.

»Im Grunde bin ich nur hinter ihrer Macht her. Entzieht man diesen Kreaturen ihr Anmagra, so bleibt nur ihr leerer Körper zurück. Uns war schnell klar, dass wenn man ihnen dieses entfernt, auch etwas anderes aus ihnen herausreißen kann: ihre Kraft und – was ganz entscheidend ist – ihre besonderen Fähigkeiten.«

Gwen schüttelte langsam den Kopf, als ihr ein unheimlicher Gedanke kam. Die Schatulle …

»Sag nicht, dass du was mit Mirac zu tun hattest …« Es ergab keinen Sinn, doch sie sah immer wieder das Kästchen in Ahrins Zimmer vor sich.

»Du meinst, ob ich ihn gesucht habe und mir seine Kraft und seine besondere Eigenschaft einverleibt habe?« Sein eisiges Lächeln sprach Bände. »Ja, das habe ich, und es war unglaublich!« Er streckte die Arme aus; Euphorie und Machthunger tanzten in seinem Blick. Er griff zu einem Messer, das auf dem Tisch lag, und stieß es sich in den Bauch.

Gwens Augen weiteten sich vor Erstaunen, denn obwohl die Klinge tief ging, war kein Blut zu sehen.

»Mirac hat mich unbesiegbar gemacht. Kein Schwert, nicht einmal ein Zauber vermag nun, meine Haut zu durchstoßen. Kein Verisell kann mir die Anmagras entreißen, die bereits in mir sind.« Er lächelte und betrachtete die Waffe in seinen Händen. »Es war nicht einfach, an diesen ganz besonderen Nephim zu gelangen und ihm dann auch noch die Kräfte zu nehmen. Immerhin kann ihn keine Magie durchdringen.« Er legte den Kopf schief und grinste breit: »Wenn man jedoch versucht, einen Nephim in etwas zu bannen, werden sein Körper, sein Anmagra und seine Kraft in ein gleißendes Licht verwandelt. Ich habe Mirac mitsamt seinem Körper in mir aufgenommen und so seine besondere Fähigkeit umgangen.«

»Du bist wahnsinnig«, stammelte Gwen. »Du hast also Mirac suchen lassen und ihm mit der neuen Form des Himmelschwarz seine Kräfte genommen, nur um dich unbesiegbar zu machen.«

Ahrin lachte und schüttelte den Kopf. »Nein, das hast du falsch verstanden. Mirac war niemals frei.«

Diese Worte riefen in ihr nichts als Entsetzen hervor. Obwohl sie die Antwort bereits ahnte, fragte sie: »Was hast du getan?«

Er lachte erfreut, als würde er ihr von einem gelungenen Streich erzählen: »Als ich bei den Verisells war und erfahren habe, warum du dort bist, wusste ich, dass diese Schatulle etwas Besonderes sein musste. Immerhin stammte sie vom Göttlichen und etwas Seltsames ging damit vor sich, andernfalls hättest du den Ältesten nicht aufgesucht.

Ich kannte einen heruntergekommenen Soldaten namens Rugis, der bereit war, für ein paar Münzen besondere Aufträge zu erledigen. Ich habe ihm gesagt, dass die Schatulle im Verisell-Dorf in der Medrill-Kammer aufbewahrt wird, und habe ihm den Schlüssel für die Kammer ausgehändigt. Er hat die Schatulle für mich gestohlen und hierher in dieses Kellergewölbe gebracht.«

Gwen schaute in Ahrins tiefgrüne Augen und fragte sich, wie sie sein wahres Gesicht nie hatte sehen können. Wie hatte er all diese Dinge tun können, ohne dass sie oder irgendwer anders Verdacht geschöpft hatte?

»Nun ruht Miracs Kraft ebenso wie die von zwei weiteren Nephim in mir und macht mich unbesiegbar. Leider muss man stets ein paar Wochen verstreichen lassen, bis man sich die Macht eines neuen Nephim nehmen kann, denn der Körper muss sich an die neue Belastung erst gewöhnen, damit er davon nicht zerstört wird.« Er zuckte mit den Schultern. »Dennoch bin ich inzwischen stark genug, um meine Pläne in die Tat umsetzen zu können: Ich werde es sein, der diese Welt verändert, und vorher werde ich all meine Feinde vernichten.«

Gwen ballte vor Wut die Fäuste, während ihr all die Momente mit Ahrin einfielen, in denen sie ihn für einen Freund gehalten hatte. Immer deutlicher sah sie, was er getan hatte: »Du hast also diese Lüge mit der Schatulle in die Welt gesetzt. Du hast so getan, als würdest du annehmen, es seien die Thungass gewesen, die das Kästchen an sich genommen haben. Du hast es so aussehen lassen, als wäre Mirac von deinen Feinden in deinem Reich ausgesetzt worden. Und das nur, um einen Grund zu haben, sie anzugreifen?«

»In gewisser Weise hast du recht«, erwiderte er mit einem selbstherrlichen Grinsen. »Ich musste meine neu gewonnenen Kräfte testen, und das ging natürlich nur am lebenden Objekt. Was hätte sich da besser angeboten, als zwei Fliegen mit einer Klappe zu schlagen und diesen Angriff meinen Feinden zuzuschreiben, sodass es einen plausiblen Grund gibt, ihnen den Krieg zu erklären?

Du darfst nicht vergessen, dass man sich in dieser Welt vor den Nephim fürchtet. Es hätte bei meinem Volk nicht allzu viel Anklang gefunden, wenn es herausgefunden hätte, dass ich nun die Kraft gleich mehrerer dieser Kreaturen in mir habe. Aber wenn sie sehen, dass wir von Feinden umzingelt sind und dass man uns vernichten will, werden sie froh sein, dass ihr Herrscher zu solch einem Opfer bereit war und sich die Kräfte nimmt, die er braucht, um das Reich vor all seinen Feinden zu retten.« Er ging ein paar Schritte auf Gwen zu, ließ sie nicht aus den Augen und meinte: »Also ja, ich bin in meine eigenen Städte gegangen, habe die Einwohner umgebracht und alles vernichtet. Es sah alles so aus, als hätte ein Nephim darin gewütet. Selbst meine Verisells konnten zu gar keinem anderen Schluss kommen.«

Als er seine Hand auf ihren Kopf legte und sie durch ihr Haar gleiten ließ, spürte sie vor Ekel und Widerwillen ein eisiges Kribbeln auf der Haut. Am liebsten hätte sie Ahrin von sich gestoßen, aber vorher musste sie in Erfahrung bringen, was er alles getan hatte.

»Das heißt, deine Leute wissen nicht, was du hinter ihrem Rücken getrieben hast?«

Er prustete verächtlich: »Du meinst Dengars, die anderen Verisells und meine Armee? Nein, sie glauben fest an die Geschichte, dass Mirac von den Thungass in meinem Reich freigesetzt wurde, um uns zu zerstören. Sie sehen, wie sich die anderen Fürstenhäuser gegen mich sammeln, und wissen, dass ein Kampf unvermeidlich ist.« Er grinste schief. »Allerdings musste ich natürlich einige wenige in einen Teil meiner Pläne einweihen. Ein paar sehr treue und vor allem verschwiegene Verisells schickte ich mit Soldaten los, Nephim zu fangen. Sie wussten natürlich nicht, was ich mit diesen vorhatte, nur dass man an ihnen forschen würde. Sie haben einige dieser Kreaturen für mich gefangen, ein paar meiner Soldaten sind dabei gestorben, aber das war die Sache wert. In Zukunft werden sie noch weitere dieser Wesen für mich finden und zu mir bringen. So kann meine Stärke weiter wachsen.«

»Dann gab es wohl auch niemals diesen Mann, der gesehen haben will, wie ein Fremder das Kästchen weggeworfen und von einem Auftrag der Thungass gefaselt hat?«

»Oh doch, den gab es sehr wohl. Allerdings war ich es, der ihm die Schatulle gegeben hat. Ich war es auch, der ihm den Auftrag erteilt hat, genau diese Geschichte zu erzählen. Ich brauchte einfach noch ein weiteres kleines Indiz, das den Verdacht zusätzlich auf die Thungass lenkte. Nur so habe ich all meine Leute hinter mir, wenn sie von meinen Kräften erfahren und wir in die Schlacht ziehen. Es war alles von langer Hand geplant und der gute Kisame hat meinen Auftrag nur allzu gerne erfüllt. Es versteht sich wohl von selbst, dass ich ihn am Ende nicht am Leben lassen konnte.«

Ahrin ließ seine Finger über Gwens Wange streichen und war ihr dabei so nah, dass sie seinen Atem auf ihrer Haut spürte.

»Ich erzähle dir all das nicht ohne Grund. Ich will, dass du mein wahres Gesicht kennst. Du als Einzige sollst hinter die Fassade schauen, wie du es schon einige Male getan hast. Wir sind uns ähnlich, wir haben beide das Potenzial der Nephim erkannt und dass man sie nicht einfach abschlachten darf.

Jemanden wie dich finde ich nie wieder. Zusammen werden wir diese Welt verändern, und wer sich uns in den Weg stellt, den vernichten wir. Ich kann es kaum erwarten, das Wimmern und Schreien meiner Feinde zu hören, ihr Blut zu riechen und ihnen in die Augen zu sehen, während das Leben aus ihnen weicht. Ich werde als alleiniger Herrscher an der Spitze dieser Welt stehen und eine neue Ordnung schaffen. Und ich möchte, dass du währenddessen an meiner Seite bist. Es wird nicht mehr lange dauern. Ich sammle bereits meine Armee und werde von der Schwarzsandebene aus spätestens in zwei Monaten zuschlagen. Von dort haben wir eine gute Sicht auf etwaige Angreifer und ich kann mit meinen Kräften, wenn nötig, alles in ein Flammenmeer verwandeln.«

Sein Blick glitt über ihr Gesicht, blieb schließlich an ihren Lippen hängen, während sich Gwen schier der Magen umdrehen wollte.

»Denkst du wirklich, dass ich nach allem, was du mir gerade erzählt hast, auf deiner Seite bin? Ich war niemals dafür, Nephim umzubringen, das stimmt. Aber nicht, weil ich finde, dass ihre Kraft zu wertvoll ist, um sie ungenutzt zu lassen.« Sie stieß ihn von sich und blitzte ihn voller Zorn an: »Ich sehe in ihnen keine Monster, sondern Wesen, die sehr wohl eine Seele besitzen. Auch sie kennen Gefühle und dürfen nicht wahllos abgeschlachtet werden, genauso wenig wie wir. Was du getan hast, ist schrecklicher als alles, was ich mir jemals hätte ausmalen können! Du bist ein Monster!«, brüllte sie ihm entgegen. »Und ich werde dich bei deinem Vorhaben ganz bestimmt nicht unterstützen. Im Gegenteil – ich werde dich aufhalten, bevor du dir weitere Nephim einverleiben kannst und diese Welt gänzlich vernichtest!«

Ahrin lächelte noch immer, was die Situation seltsam unwirklich erscheinen ließ. Hatte er sie überhaupt gehört?

»Ich glaube, du verstehst nicht.« Er legte den Kopf schief. »Wir sind uns ähnlich und verstehen uns, und deshalb wirst du meine Partnerin. Egal, ob du mich liebst oder nicht, du wirst an meiner Seite sein, weil ich dich brauche. Schließlich bist du die Nachfahrin des Göttlichen. Das wird auch die Letzten, die vielleicht mit Misstrauen sehen, dass ich über Nephim-Kräfte verfüge, zum Schweigen bringen. Dein Ansehen hat Gewicht.«

»Du spinnst doch!«, war alles, was ihr darauf einfiel.

Er fuhr sich durchs Haar, holte tief Luft und ließ seine Arme auf ihre Schultern sinken, aber sie stieß ihn sogleich von sich. Ahrin ließ sich von dieser Geste nicht beirren, es schien ihm sogar zu gefallen, dass sie sich sträubte. »Wenn es wegen diesem Kerl ist – diesem Tares ... Du hattest gewiss eine nette Zeit mit ihm und ich spreche dir deine Liebschaften auch nicht ab – die hatte jeder von uns. Aber eine Beziehung zu ihm kannst du ja wohl nicht ernst gemeint haben. Er ist nur ein Mercatis, ich dagegen bin Fürst eines ganzen Reiches und schon bald Herrscher über diese gesamte Welt – da ist es ja wohl klar, zu wem du halten wirst.«

Wieder legte er seine Hand auf ihre Wange, während die andere sich fest um ihre Hüfte krallte. Gwen spürte die Kraft seiner Hände, den Schmerz, den sie in ihr auslösten. Er würde sie nicht entkommen lassen ...

»Ich will dich. Und ich bekomme immer das, was ich will.« Er fuhr mit seiner Rechten durch ihr Haar, dann legte er die Hand um ihren Hinterkopf und umklammerte diesen. Als er sich zu ihr hinunterbeugte und die Augen schloss, stieg ihr sein Duft in die Nase und nahm ihr schier die Luft zum Atmen.

In dem Moment, als seine Lippen sich auf die ihren legten und sich sein Griff ein wenig lockerte, holte sie aus und trat ihm mit aller Kraft zwischen die Beine. Er knickte kurz nach vorne, schnappte nach Luft, doch dieser Augenblick, und wenn er noch so kurz war, genügte, dass sie losrennen konnte. Noch immer hörte sie die durch das Gewölbe hallenden Schreie der gefangenen Nephim.

Sie wusste, dass Ahrin die Tür nicht abgeschlossen hatte. Er schien nicht in Erwägung gezogen zu haben, dass sie ihn zurückweisen könnte. Dafür fühlte er sich mit seiner neu gewonnenen Macht viel zu sicher. Als sich ihre Hand um das kalte Metall der Türklinke legte und sie diese betätigte, vernahm sie seine Schritte hinter sich. Sie wusste, dass er viel schneller war als sie. Er würde sie einholen ...

Tares musterte jeden Angestellten, der durch den schmalen, schmucklosen Nebeneingang des Palastes kam und ging. Keine Bewegung entging ihm.

»Wie lange soll das noch so weitergehen?« Niris saß neben ihm auf einer kleinen Anhöhe, von wo aus sie auf die Rückseite des Schlosses schauten.

Durch den prachtvollen Garten oder gar den Haupteingang wären sie nie gekommen, deshalb hatte Tares nach einem anderen Weg gesucht und war auf diese Seite des Palastes gestoßen, wo sich vor allem Angestellte aufhielten. Allerdings patrouillierten auch hier Soldaten, der Nebeneingang und das Gelände davor waren zu keiner Minute unbewacht.

»Wir müssen auf einen geeigneten Zeitpunkt warten«, erklärte er, ohne das Geschehen vor sich aus den Augen zu lassen. »Im Moment sind einfach zu viele Soldaten dort. Wir würden nie unbemerkt an ihnen vorbeikommen, sondern müssten uns den Weg freikämpfen.«

Niris streckte sich und seufzte. »Ich weiß, ich weiß. Du willst versuchen, durch den Personaleingang in den Palast zu gelangen. Du nimmst an, dass uns keiner der Angestellten aufhalten wird. Und sind wir erst mal im Schloss, wird man uns in dem riesigen Gebäude nicht so schnell finden.« Sie blickte nun ebenfalls auf das Gelände, wo Wachen unermüdlich umhergingen, dann schaute sie zu der Eisentür und ihre Miene nahm einen nachdenklichen Ausdruck an. »Ich weiß nicht, ob das gut geht.«

»Zumindest werde ich Gwen und Asrell nicht weiter dort drinnen sitzen lassen. Sie sind schon seit Tagen bei Revanoff, und wenn sie es bisher nicht geschafft haben, zu gehen, nehme ich an – « Wie ein Stromschlag durchfuhr ihn die Erkenntnis, und ein ungutes Gefühl überkam ihn, das sich wie eine glühende Hand um seinen Magen spannte. »Ich kann sie nicht mehr wahrnehmen.«

Niris runzelte die Stirn. »Wovon redest du da?«

Es durchlief ihn heiß und kalt. Tares sprang auf, wusste genau, in welche Gefahr er sich begab, wie schlecht die Chancen gerade standen, und dennoch ... »Die Markierung, die ich Gwen auferlegt habe. Ich kann sie nicht mehr spüren. Irgendetwas muss passiert sein.«

In dem Moment, als Gwen die Klinke drückte, nahm sie einen kalten Lufthauch hinter sich wahr und wusste sofort, dass Ahrin gerade auf sie zusprang und den Arm nach ihr ausstreckte. So schnell sie konnte, riss sie die Tür auf, hastete in einem Satz hindurch und schlug die Tür hinter sich wieder zu. Ihr war klar, dass Ahrin das nicht aufhalten würde. Sie hatte keine Möglichkeit, die Tür zu verschließen oder den Zugang mit irgendetwas zu versperren. Sie schaute sich um, und da fielen ihr die alten Bretter ins Auge, die sie bereits beim Hereinkommen gesehen hatte. Sie schnappte sich eines davon und klemmte es zwischen Griff und Boden. Genau in diesem Moment drückte Ahrin von der anderen Seite die Klinke.

Gwens Herz raste, sie hatte keine Ahnung, wie stabil die Bretter noch waren, aber da Ahrin mittlerweile die Kräfte gleich mehrerer Nephim in sich trug, würde ihn dieses Hindernis kaum aufhalten.

Sie rannte los, die Kühle legte sich um sie, der muffige Geruch des Korridors wollte ihr schier die Luft zum Atmen nehmen, und das diffuse Licht zauberte bedrohliche Schatten an die Wände. Wie sollte sie aus dem Palast herauskommen? Und vorher musste sie noch Asrell finden. Sie konnte ihn unmöglich hier zurücklassen.

Sie begriff nicht, wie sie sich so in Ahrin hatte täuschen können. Er war ihr stets offen und freundlich begegnet, sie hatte geglaubt, ihm vertrauen zu können. Die Erkenntnis, dass er in Wahrheit machtgierig und grausam war, bereitete ihr Angst. Dennoch schien Ahrin sich in gewisser Weise zu ihr hingezogen zu fühlen. Er hatte ihr Aufbegehren gegen alte Denkmuster als Zeichen dafür interpretiert, dass er und sie ähnliche Gedanken und Pläne hatten – eine erschreckende Vorstellung. Ja, sie hatte sich gewünscht, diese Welt würde sich verändern, doch nicht so, wie er sich das vorstellte. Sie hatte immer nur gewollt, dass man Asheiys und Nephim nicht grundlos jagte und tötete. Ahrin hingegen sah in den Nephim nur Geschöpfe, mit deren Kraft und besonderen Fähigkeiten er seine eigene Macht vergrößern konnte. Noch immer hallten in ihrem Inneren die Schreie der gefangenen Nephim nach. Er hatte sie von seinen Leuten gefangen nehmen und in die Verliese bringen lassen.

In diesem Moment ertönte ein lautes Quietschen. Eine Tür schlug gegen die Wand, und Gwen wusste, dass Ahrin nun nichts mehr im Wege stand. Sie eilte die Wendeltreppe hinauf, ihr Herz donnerte und pumpte heißes Adrenalin durch ihre Adern, während es in ihrem Kopf arbeitete: Sie konnte nicht vor ihm davonlaufen, weil er wesentlich schneller war als sie, also musste sie sich etwas einfallen lassen.

Sie hörte die Schritte hinter sich, die sich mit dem Geräusch ihres keuchenden Atems vermischten. Endlich hatte sie die letzte Stufe erreicht und rannte den Korridor entlang, der vor ihr lag. Sie riss an jeder Zimmertür, an der sie vorbeikam, bis sie endlich eine fand, die nicht verschlossen war. Sie lehnte die Tür an und drängte sich zurück im Flur zwischen die Wand und einen wuchtigen Schrank.

Gwen versuchte, sich auf ihren Atem zu konzentrieren und ihn ruhig zu halten, damit Ahrin ihn nicht hören konnte. Die Schritte hinter ihr verlangsamten sich, als würde sich ihr Verfolger umschauen.

»Gwen, was soll das? Du weißt, dass ich dir nichts tun würde. Ich brauche dich. Ich würde dich gut behandeln und dir jeden Wunsch von den Augen ablesen.«

Er kam immer näher.

»Nun werd endlich vernünftig. Den Palast kannst du ohne meine Zustimmung sowieso nicht verlassen.«

Nun blieb er plötzlich stehen, und sie konnte das Grinsen förmlich auf seinen Lippen sehen, als er die angelehnte Tür entdeckte. Wahrscheinlich nahm er an, sie hätte in all der Eile vergessen, sie zu schließen. Die Schritte entfernten sich, wurden dumpfer, als er in das Zimmer trat. Das war der Moment, auf den sie gewartet hatte: So schnell und leise sie konnte, eilte sie weiter. Ihr fiel förmlich ein Stein vom Herzen, als sie in einen anderen Gang einbog und weiterrannte.

»Gwen, hör auf, dich zu verstecken!« Ahrins Stimme klang wütend und war voller Ungeduld. »Jetzt reicht es mir langsam!« Während sie weiterhastete, konnte sie deutlich vernehmen, wie er die Verfolgung aufnahm. Sie sah einen weiteren Treppenaufgang vor sich, hastete aber daran vorbei. Ihr Herz schlug ihr bis zum Hals. Was sollte sie tun? Sie würde nicht ewig vor ihm davonlaufen können. Sie musste erst Asrell finden und dann mit ihm zusammen einen Weg nach draußen suchen.

Als sie das Ende des Flurs erreichte, vernahm sie Stimmen und lief gleich darauf in zwei Soldaten hinein. Die schauten sie erst verdutzt an, sahen dann wohl ihr erschrockenes Gesicht und beschlossen daraufhin, dass es besser wäre, sie festzuhalten. Sie streckten ihre Arme nach Gwen aus, die tauchte darunter hinweg und rannte los. Sie spürte, wie eine Hand durch die Luft glitt, um sie zu fassen zu bekommen. Die Hand streifte ihr T-Shirt, fand allerdings keinen Halt.

Gwen hetzte weiter, schaffte es durch den Flur und gelangte in eine kleinere Halle.

In diesem Moment vernahm sie den Klang einer drohenden Stimme: »Hat man dir nicht gesagt, dass du hier nicht rumzuschnüffeln hast?! Als Gast sollte man sich zu benehmen wissen. Ich bin gespannt, was unser Fürst sagen wird, wenn er erfährt, wo ich dich gefunden habe!«

»Das alles ist ein Missverständnis! Ich hatte ja keine Ahnung, dass das der Waschraum der Mägde ist.«

Ein großer Mann mit einer Lederschürze um den opulenten Bauch kam mit Asrell im Schlepptau durch die Halle. Vermutlich war er ein Knecht oder einer der Küchenangestellten. Er führte seinen Gefangenen mit festem Griff vor sich her.

»Gwen, was …?«, fragte Asrell noch, der Knecht schaute überrascht zu ihr, dann waren auch schon die Soldaten da, denen sie kurz zuvor entkommen war.

Sie schrie schmerzerfüllt auf, als die Männer sie bei den Armen packten.

»Haltet den Kerl da fest! Lasst ihn nicht entkommen, er gehört doch zu ihr! Sie ist vor uns weggelaufen, das kann nichts Gutes bedeuten«, sagte einer der Wachen zu dem dicklichen Mann, der Asrell sogleich noch fester hielt, sodass der aufschrie: »Was soll das? Da verläuft man sich einmal und wird gleich wie ein Schwerverbrecher behandelt.«

Er konnte nicht wissen, dass dieser Aufstand nicht ihm, sondern Gwen galt. Sie wusste genau, dass sie verloren hatte. Sie würden nicht mehr entkommen ...

»Wir schließen Euch erst einmal weg und sagen dann unserem Herrn Bescheid. Derweil könnt Ihr schon mal versuchen zu erklären, warum Ihr weggelaufen seid. Unser Fürst wird dann entscheiden, was mit Euch passieren soll.« Damit führten sie Gwen und Asrell fort und ließen den überrascht drein blickenden Knecht stehen.

»Gwen, was ist hier los?«

Sie schüttelte nur den Kopf. Jetzt war nicht der rechte Zeitpunkt, ihn über die Geschehnisse der letzten Minuten aufzuklären. Sie hatte ja selbst Mühe, das alles zu begreifen, wie sollte sie es da ihm erklären?

Die beiden Soldaten stießen ihre Gefangenen rüde vor sich her und brummten: »Wie ein Gast verhaltet Ihr Euch jedenfalls nicht. Ihr lauft davon wie ein Dieb und Euer Freund hier schleicht ständig in den Fluren umher. Wir werden schon herausbekommen, was Ihr im Schilde führt.«

Gwen vernahm ein lautes Zischen und sah im nächsten Moment einen glühenden roten Lichtstrahl auf sich zujagen. Er war so grell, dass sie die Augen schließen musste. Das Geräusch, das von ihm ausging, verwandelte sich in einen fast kreischenden Ton und schmerzte in ihren Ohren. Als sie das Donnern einer Explosion hörte, schaute sie auf und sah, wie sich das Licht direkt über ihr in Tausende Funken teilte. Die Männer, die sie festhielten, griffen nach ihren Schwertern, auch wenn ihnen klar sein musste, dass diese ihnen nichts nützen würden. Als sich der Griff der Soldaten lockerte, sprang sie beiseite. Die sprühenden Lichter drangen in die Körper der Männer ein, woraufhin die Soldaten zu schreien anfingen und ihre Leiber unter einer unsichtbaren Macht zitterten. Einer der Kerle rannte los, als könnte er so den entsetzlichen Schmerzen entkommen, der andere sank ohnmächtig zu Boden und blieb dort regungslos liegen.

Gwen blickte in die vor Schmerz verzerrten Gesichter, vernahm dann Schritte und schaute erneut auf. Ihr Herz machte vor Erleichterung einen Sprung, als sie Tares auf sich zueilen sah. Dicht hinter ihm folgte Niris. Sie rannte sogleich zu Asrell, der noch immer fast erschrocken die Soldaten anblickte, die regungslos am Boden lagen.

»Gwen, was ist passiert?«, fragte Tares und zog sie an sich.

Das Gefühl, in seinen Armen zu sein, war überwältigend. Sie hatte nicht zu hoffen gewagt, ihn so bald wiederzusehen, und war einfach nur erleichtert. Ihr Kopf ruhte an seiner Brust, während sie nicht wusste, was sie auf seine Frage antworten sollte.

»Hier steckst du also«, stellte eine Stimme in fast amüsiertem Tonfall fest. »Und wie ich sehe, sind deine Freunde nun auch hier.« Ahrins Blick glitt über seine Soldaten, dann runzelte er die Stirn. »Ich möchte ja zu gerne wissen, wie ihr das geschafft habt.«

Er schaute zu Tares. »Rubinrote Augen. Du bist ein Nephim …« Ahrin legte den Kopf schief, als versuche er, aus dem Bild vor sich schlau zu werden. »Warst du schon immer einer und hast es geschafft, das zu verbergen? Oder hast du dir diese Kräfte gerade erst angeeignet?«

»Ich wüsste nicht, dass ich dir Rechenschaft schuldig bin«, erwiderte er und ließ seinen Gegenüber dabei nicht aus dem Blick. Auch wenn er nicht wissen konnte, welche Gefahr von dem jungen Fürsten ausging, spürte er wohl, dass er vorsichtig sein musste.

»Ich bin gespannt, wie stark du wirklich bist. Vielleicht kann ich dich für meine Sammlung noch gebrauchen.«

Dann ging alles ganz schnell. Ahrin hob die Hand, und schwarze Symbole glommen in der Luft auf, die wie Geschosse auf Tares zurasten. Der schob Gwen hastig hinter sich, riss den rechten Arm empor und fing den Zauber ab. Die Zeichen trafen ihn und fraßen sich in seine Haut. Sein Arm leuchtete rot, während die Zeichen in sein Fleisch eindrangen und dabei schwarzen Qualm absonderten.

»Mal sehen, wie lange du standhältst, bevor der Schmerz dir die Sinne raubt und du ohnmächtig wirst.«

Tares funkelte seinen Gegner finster an, hob seine linke Hand, die daraufhin blau zu strahlen begann, und legte sie sich auf die Stelle, wo die Symbole in ihn eingedrungen waren. Als er die Hand wieder wegnahm, sah Gwen zu ihrer großen Verwunderung eine schwarze Spitze aus seinem Arm ragen. Es handelte sich um eines der Zeichen. Kaum hatte er es sich aus der Haut gezogen, ging es in blauen Flammen auf. Nach nur wenigen Sekunden hatte sich Tares auf diese Weise von dem fremden Zauber befreit.

»Nicht schlecht. Du scheinst stark zu sein. Wie ist dein richtiger Name, doch sicher nicht Tares, oder?«

»Woher kannst du diese Magie?«, ignorierte der die Frage.

»Während du den Spruch gewirkt hast, haben sich deine Augen verändert. Sie sind rubinrot geworden – eigentlich das Zeichen dafür, dass du ein Nephim bist.«

Gwen musterte Ahrin. Seine Augen waren grün.

Er zuckte mit den Schultern. »Sie verändern sich offenbar nur, wenn ich auf die Nephim-Kräfte in mir zurückgreife. Leider bin ich trotz dieser kein vollständiger Nephim und werde es wohl auch nie sein. Wobei das keine Rolle spielt, solange ich diese Macht nutzen kann.«

Er riss erneut die Hände empor, woraufhin sich ein dunkler Wirbel um ihn bildete. Blitze tanzten darin, der Boden begann zu beben, die Wände zitterten.

»Ihr solltet besser machen, dass ihr hier wegkommt«, sagte Tares an Gwen gewandt und blickte dann zu Asrell und Niris, die wie erstarrt dastanden und ungläubig zu Ahrin schauten.

»Eine Flucht ist zwecklos!«, erklärte dieser. »Ich lasse euch nicht entkommen. Ich habe meine Pläne.« Seine kalten Augen legten sich auf Gwen. »Und sie ist ein Teil davon.«

»Ich hab keine Ahnung, was mit dir passiert ist«, erwiderte Tares, »aber du hast sie nicht mehr alle!«

Genau in diesem Moment formte sich der schwarze Wirbel zu einem dunklen Strahl – es sah aus, als würde eine Rauchwolke auf sie zurasen. Tares eilte ihr entgegen und riss die Arme empor, woraufhin sich ein grünes Licht um ihn bildete und in gleißenden Strahlen, die fast wie die Blüte einer Blume aussahen, um ihn herumtanzten. Der schwarze Rauch schien davon regelrecht angezogen zu werden. Mit kreischendem Donner raste er auf Tares zu, und als er sein Ziel traf, war die Kraft so enorm, dass sich Tares' Füße in den Boden gruben und die Steinplatten auseinandersprengten. Der Rauch kam stetig näher, doch Tares hielt der Wucht weiterhin stand. Sein Körper zitterte, seine Füße sanken immer tiefer in den Untergrund. Das grüne Licht schien das Schwarz einzusaugen, denn die Farbe wurde zusehends dunkler. Als auch der letzte Rest in Tares' Zauber untergegangen war und das zuvor noch hell leuchtende Grün nun finster und trüb aussah, stieß Tares die Arme nach vorn und ein grüner Strahl, in dem der schwarze Rauch eingeschlossen war, jagte auf Ahrin zu.

Der stand einfach nur da, sah den Angriff kommen und lächelte. Mit einem ohrenbetäubenden Knall, der die Decke und die Wände wackeln ließ, schlug der Spruch ein. Qualm stieg von der Stelle des Körpers auf, an der der Zauber Ahrin getroffen hatte, aber er wies nicht den Hauch eines Kratzers auf.

Tares runzelte erstaunt die Stirn. »Was hast du mit dir gemacht?«

Ein kaltes Lachen hallte durch den Raum, als er antwortete: »Ich bin die perfekte Waffe. Nichts und niemand kann mir etwas anhaben. Ich werde all meine Feinde vernichten und diese Welt erobern. Ich werde alleiniger Herrscher sein und eine neue Ordnung schaffen. Mit dem neuen Himmelsschwarz kann ich mir die Kräfte eines jeden Nephim einverleiben – nicht nur ihre physische Stärke, sondern auch ihre besonderen Gaben.«

»Das kann nicht sein!«, rief Asrell.

»Du hast Mirac in dir«, stellte Tares sogleich fest. »Ich habe zwar keine Ahnung, wie du an die Schatulle gelangt bist, aber es gibt keinen Zweifel. Du besitzt seine Kraft.«

»Und nicht nur die!« Wieder stieß er einen Zauber in Tares' Richtung, dieses Mal ein blitzendes, violettfarbenes Licht.

Tares antwortete sogleich mit einem Spruch in Form eines weißen Blitzes.

»Du wirst mich niemals besiegen!«, rief Ahrin voller Euphorie, während er seinen Zauber weiter vorantrieb.

»Im Moment vielleicht nicht«, entgegnete Tares und riss seinen Spruch empor, kurz bevor er auf den von Ahrin traf und zersprang. Ahrins Zauber prallte gegen die Wand hinter ihnen, ein Grollen ging durch den Raum, dann packte Tares Gwen und warf sich mit ihr zur Seite. Nur eine Sekunde später stürzte die Wand ein.

Sogleich zerrte Tares Gwen wieder auf die Füße und wandte sich zu Asrell und Niris um, die bereits auf sie zuliefen.

»Los, beeilt euch!«

Das ließen sie sich nicht zweimal sagen. So schnell sie konnten, rannten sie weiter, während hinter ihnen eine weitere Wand einstürzte. Gwen war sich sicher, dass Ahrin keine Mühe haben würde, den herabstürzenden Trümmern zu entkommen. Selbst wenn sie ihn tatsächlich trafen, würden sie ihm dank Miracs Fähigkeit nichts anhaben können. Doch immerhin versperrten sie ihm den Weg.

Drei Soldaten, die auf den Lärm aufmerksam geworden sein mussten, hasteten ihnen entgegen, rannten jedoch zu Gwens Erleichterung an ihnen vorbei, ohne ihnen Beachtung zu schenken.

»Hab ich das richtig verstanden?«, fragte Niris, während sie weiter Richtung Nebeneingang liefen. »Ahrin hat sich mithilfe des Himmelschwarz Nephim-Kräfte einverleibt? Wie ist das möglich?«

»Es hat ihn wohl Jahre gekostet, die Waffe so zu verändern, aber letztendlich ist es seinen Leuten gelungen«, erklärte Gwen.

»Was er auch getan hat, es hat ihn so verändert, dass er tatsächlich unbesiegbar ist«, stellte Tares fest. »Er ist nicht nur unheimlich stark, sondern dank Miracs Fähigkeit auch unverwundbar.«

»Wir müssen etwas unternehmen«, meinte Gwen. »Du hast gehört, was er vorhat: Er will diese Welt unterwerfen, sich weitere Nephim einverleiben …« Ihr kam dieses Glühen in Ahrins Augen in den Sinn – sie hatte es gesehen … wie er Tares angeschaut hatte. »Er hat es auch auf dich abgesehen.«

»Ich weiß, aber mich bekommt er nicht. Zunächst müssen wir jedoch von hier fort. Dann brauchen wir einen Plan und wahrscheinlich auch Hilfe.«

Da hatte er vermutlich recht. Allein würden sie Ahrin nicht aufhalten können. Immer mehr Soldaten strömten herbei, die meisten wollten nur die Ursache des Lärms und der Erschütterungen finden, aber dann stellten sich ihnen doch einige Wachen in den Weg.

Tares zögerte nicht lange und stieß ihnen einen Zauber entgegen, der sie von den Füßen riss und gegen die Wand schleuderte. Gwen hörte ein Krachen, als einem von ihnen dabei das Genick brach …

Sie hasteten weiter durch den Flur, der vor allem von den Angestellten benutzt wurde. Hier versuchte niemand, sie aufzuhalten, und endlich gelangten sie zum Nebeneingang und damit in die Freiheit. Sie liefen noch ein ganzes Stück weiter, bis in den Wald hinein. Erst als Melize ein gutes Stück hinter ihnen lag, blieben sie stehen und Gwen ließ sich erschöpft ins Gras sinken.

Heiligtum

»Was ist da eigentlich gerade alles passiert? Da ist man in einem Palast zu Gast, lässt es sich gut gehen, versucht ein bisschen was über seinen Vater herauszubekommen, um sich endlich rächen zu können, und dann erfährt man, dass der Herr des Hauses sich in ein Monster verwandelt hat.« Asrell schaute die anderen hilfesuchend an. »Der Kerl hat doch den Verstand verloren!«

»Ich dachte, er wäre ein Freund, der eine schwere Last zu tragen hat und gegen den sich die anderen Fürsten gestellt haben. Nun zu erfahren, dass er all diese Intrigen geschmiedet hat, nur um einen Grund zu haben, sich gegen die restlichen Herrscher aufzulehnen …« Gwen schüttelte fassungslos den Kopf. »Ihr habt die Schreie der gefangenen Nephim nicht gehört … Es war furchtbar. Und so wie es aussieht, hat er seinen Machthunger noch lange nicht gestillt. Er wird weitere Nephim gefangen nehmen und sich ihre Kraft nehmen.«

Ihr Blick glitt neben sich zu Tares, der bislang still geblieben war, nun jedoch sein Schweigen brach: »Wenn er denkt, dass er mich irgendwann in seine Finger bekommt und mir mein Anmagra entziehen kann, hat er sich gewaltig geschnitten.«

»Solange wir uns von ihm fernhalten, kann er uns nichts anhaben. Soll er doch gegen die anderen Fürsten kämpfen – die liegen ohnehin ständig miteinander im Clinch. Mich interessiert das alles nicht.« Niris verschränkte die Arme hinter dem Kopf und ließ sich an einen Baum sinken.

»So einfach ist das leider nicht«, wandte Tares ein. »Ich bezweifle, dass nach diesen Kämpfen noch viel von unserer Welt übrig sein wird, wenn er auf all die Nephim-Kräfte in sich zurückgreift. Und sollten doch ein paar Bewohner überleben, werden sie es unter ihrem neuen Herrn nicht einfach haben. Von uns Nephim und all den Asheiys ganz zu schweigen.«

Gwen nickte langsam. »Er ist gierig und wird keinen verschonen. Und auch mit den Asheiys wird er nicht zimperlich umgehen. Er wird sie vielmehr allesamt auslöschen, da sie kaum einen Wert für ihn haben.«

Niris biss sich auf die Unterlippe. »Und was sollen wir eurer Meinung nach machen? Es ist doch wohl klar, dass er zu stark ist. Wir können ihn unmöglich aufhalten.«

»Allein nicht«, gab Tares zu und schaute in die Runde, »aber vielleicht, wenn wir Verbündete hätten.«

»Und wer sollte das sein?«, hakte Asrell nach. »Wer soll uns denn diese Geschichte abkaufen? Ich kann das alles ja selbst kaum glauben und war immerhin dabei.«

»Zuallererst sollten wir die Verisells aufsuchen. Sie sind stark und könnten uns eine echte Unterstützung sein. Vielleicht schenkt uns Kalis ein offenes Ohr.«

Sein verschlossener, harter Gesichtsausdruck verriet Gwen, dass es ihm nicht leichtfiel, zu Kalis zu gehen. Tares griff nach Gwens Hand, seine warmen Finger schlossen sich sanft um die ihren und drückten sie leicht. Sein Blick war voller Anteilnahme – als befürchtete er, ihr Schmerzen zuzufügen, wenn sie zu Kalis gingen. Und Gwen konnte es nicht ganz abstreiten. In der Tat verletzte es sie auf eine gewisse Art, die beiden zusammen zu sehen, diese Vertrautheit zwischen ihnen, die selbst nach all der Zeit noch zu spüren war.

»Also gut, dann lasst uns aufbrechen.« Tares erhob sich.

»Als ob man uns dort auch nur ein Wort glauben wird«, brummte Niris leise vor sich hin, setzte sich aber dennoch in Bewegung.

»Irgendwo müssen wir ja anfangen. Obwohl ich selbst bezweifle, dass wir von den Verisells Hilfe erwarten können.«

»Es ist nur eine erste Anlaufstelle«, erwiderte Gwen. »Früher oder später werden wir zu den anderen Fürsten gehen und ihnen erzählen müssen, was wir über Ahrin in Erfahrung gebracht haben.«

»Das wird ein Spaß«, schnaubte Asrell voller Hohn.

In der Tat war es fraglich, ob sie überhaupt so weit vordringen würden, dass sie mit einem von ihnen sprechen konnten. Vermutlich würden die Wachen sie schon vorher vertreiben oder sie – im schlimmsten Fall – sogar festnehmen. Die meisten Fürsten wussten inzwischen, dass Gwen sich gut mit Ahrin verstand. Sie dürfte daher kaum irgendwo ein gern gesehener Gast sein.

»Ich hab mir große Sorgen um dich gemacht«, gestand Tares nun, während seine Hand sich von ihr löste und ihren Arm hinaufwanderte. »Die Markierung hat nicht mehr gewirkt. Da wusste ich, dass irgendetwas nicht stimmt. Im Nachhinein denke ich, dass der Raum, in den Ahrin dich gebracht hat, mit etlichen Zaubern geschützt war, sodass keine Magie und somit auch nicht die Kraft der Markierung entweichen konnte. Wahrscheinlich hat er das getan, damit sein Vorhaben unentdeckt bleibt.«

Gwen lehnte den Kopf an Tares' Schulter und sog seinen Duft nach Honig, Wald und Erde ein. Die Nähe zu ihm half ihr, die schrecklichen Erlebnisse ein wenig in den Hintergrund rücken zu lassen.

»Ich bin sofort losgerannt«, erzählte er und ließ seine Fingerspitzen durch ihr Haar gleiten. »Hättest du es nicht geschafft, diesen Raum zu verlassen, hätte ich dich nicht aufspüren können.«

Sie sah in seine rubinroten Augen, die wie Feuer brannten, und küsste ihn sanft. Seine Lippen waren weich, seine Zunge, die mit ihrer spielte, die reinste Versuchung. Hastig schlang sie ihre Arme um seinen Nacken und lauschte ihrem rasenden Puls.

»Ich bin unendlich froh, dass du wieder bei mir bist und wir entkommen konnten«, sagte sie, nachdem sie sich von ihm gelöst hatte.

Sein lodernder Blick ruhte weiterhin auf ihr. »Ich werde immer an deiner Seite sein.« Er küsste sie erneut – tief, drängend und voller Sehnsucht.

Gwen blickte auf die prasselnden Flammen vor sich, das Funkenspiel, das durch die finstere Nacht stob. Dunkle Äste streckten sich wie dürre Finger in den Himmel und bewegten sich im Wind, als würden sie zu einer leisen Melodie tanzen.

Fünf Tage waren mittlerweile vergangen, und schon bald würden sie das Dorf der Verisells erreichen. Je näher sie kamen, desto mehr rasten auch Gwens Gedanken. Würde man ihr Gehör schenken? Was würde der Älteste zu ihren Anschuldigungen sagen? Er schätzte Ahrin sehr und kannte ihn, seit dieser ein kleiner Junge gewesen war. Er würde Gwen nicht so einfach glauben, zumal sie keinerlei Beweise hatte. Ihre einzige Hoffnung bestand darin, ihn wenigstens zum Nachdenken zu bringen. Womöglich waren ihm doch ein paar Dinge an Ahrin aufgefallen, die den Fürsten erst jetzt, mit all den neuen Informationen, in ein anderes Licht rückten.

Sie schmiegte sich fester an Tares' Brust. Er saß direkt hinter ihr an einen Baum gelehnt, hatte eine Decke um sie beide gewickelt und die Arme um Gwen geschlungen. Sie genoss das Gefühl seiner festen Muskeln an ihrem Rücken und seinen warmen Atem, der immer wieder über ihren Hals strich.

Er war in den letzten Tagen sehr schweigsam gewesen. Sie wusste, dass es auch für ihn nicht leicht war, erneut in Richtung Verisell-Dorf zu ziehen. Er und Kalis hatten sich zwar ausgesprochen, aber vielleicht war genau das das Quälende daran. Zu wissen, dass sie eine gemeinsame Zukunft hätten haben können, wenn Malek nicht gewesen wäre.

Während Tares' Finger sich um Gwens Hände schlangen, sie streichelten und langsam ihren Arm hinaufwanderten, schaute sie zu Niris und Asrell. Sie lagen etwas weiter von ihnen entfernt unter einer großen Buche und schliefen bereits seit Stunden tief und fest. Gwen selbst war noch immer nicht müde, dafür ging ihr zu viel im Kopf herum.

Sie spürte, wie Tares seinen Kopf auf ihre Schulter sinken ließ. Seine Haarspitzen kitzelten an ihrer Wange.

»Mach dir nicht zu viele Gedanken wegen der Verisells«, sagte er. »Wir können nicht mehr tun als es ihnen erzählen. Was danach passiert, liegt nicht in unseren Händen.«

»Du hast selbst gesagt, dass wir Verbündete brauchen.«

»Ja, und es wäre schön, wenn wir ihre Unterstützung bekämen ...«

Sie spürte, dass ihm ein Aber auf der Zunge lag, doch er ließ es unausgesprochen.

»Auch wenn sie sich uns wider Erwarten anschließen, können wir nicht mit ihnen zusammen weiterziehen«, sprach Gwen den Gedanken aus. »Sie dürfen nicht erfahren, was du bist, denn dann würden sie sich bestimmt nicht davon abbringen lassen, dich zu töten.«

Er nickte. »Nur du kannst mit ihnen reden. Du musst ihnen alles über Ahrin erzählen und hoffen, dass sie ein Einsehen haben. In den Kampf müssten wir allerdings getrennt ziehen. Wobei die Chancen wohl recht gut stehen, dass sie mir auf dem Schlachtfeld trotzdem an die Gurgel gehen werden.«

»Vielleicht könnte Kalis etwas für deinen Schutz tun.«

Er schüttelte den Kopf. »Nein, ich will nicht, dass sie sich meinetwegen gegen ihr Volk stellt. Ich habe ihr in der Vergangenheit genug Kummer beschert.«

Gwen strich nachdenklich über Tares' Finger, die nun ineinander verschränkt auf ihrem Bauch lagen. Dann spürte sie, wie er ihren Hals küsste. Es war eine so zärtliche Berührung, dass ein sanftes Kribbeln ihren Magen erfasste.

»Ich bin froh, dass sowohl ich als auch sie die Wahrheit nun kennen. Manchmal sehe ich wieder die Bilder von damals vor mir, wie meine blutverschmierten Hände das Schwert halten, und dann verspüre ich erneut diese unsagbar tiefe Schuld. In solchen Augenblicken muss ich mir immer wieder ins Gedächtnis rufen, dass nicht ich diese Dinge getan habe, sondern Malek. Trotzdem: Meine Beziehung zu Kalis gehört der Vergangenheit an, meine Gefühle zu ihr haben sich verändert.

Ich habe mich verändert. Alles, was ich jetzt will, ist ein Leben an deiner Seite.«

Sie lehnte den Kopf an seine Brust, seine Lippen wanderten erneut über ihre Halsbeuge, küssten jeden Zentimeter ihrer Haut.

Gwen lauschte dem Säuseln des Windes, dem Schlag ihres rasenden Herzens und fuhr mit den Fingern über Tares' starke Arme. Sie drehte den Kopf leicht zur Seite, damit sich ihre Lippen finden konnten. Augenblicklich öffnete er mit seiner Zunge Gwens Mund, spielte mit ihrer Zunge und entfachte so in ihrem Inneren ein Feuer, das von ihrem ganzen Körper Besitz ergriff.

Er schob ihr Shirt beiseite und glitt mit den Fingerspitzen über ihre erhitzte Haut. Ihr Brustkorb hob und senkte sich hastig unter seinen Berührungen, während sie sich noch immer voller Begehren küssten. Seine Linke strich ihr durchs Haar und hielt ihren Nacken, während ihr Kuss leidenschaftlicher und drängender wurde.

Als sich seine Finger um ihre Brust schlossen, sog sie scharf Luft ein, spürte, wie ihr Herz vor Wonne stetig lauter klopfte. Er streichelte über ihre Brust, schob den BH beiseite und reizte sie weiter mit seinen Fingerspitzen.

Langsam ließ er die linke Hand tiefer sinken, zog Gwen noch näher zu sich, sodass sie seine Hitze spürte. Dann öffnete er ihren Reißverschluss. Seine Hand schob sich in ihren Slip und begann sie zu streicheln. Ihre Atmung beschleunigte sich, eine unbändige Hitze erfasste sie, die von kribbelnden Schauern begleitet wurde.

Hastig drehte sie sich um, vergrub ihre Hände in sein Haar, küsste ihn voller Leidenschaft.

Noch immer hingen die Äste über ihnen, streckten sich dunkel in den Himmel, doch hatten sie jegliche bedrohliche Form verloren.

Gwen war einfach nur glücklich und erfüllt in diesem Moment, war eins mit Tares, während ihre Lippen aufeinanderlagen und sich nur kurz trennten, um sich ihre Liebe zu schwören.

»Ab hier müsst ihr allein weitergehen«, erklärte Niris. Sie schaute sich schon seit geraumer Zeit ängstlich um und lugte, nach einer möglichen Gefahr Ausschau haltend, an Bäumen und Büschen vorbei. Sie waren dem Dorf der Verisells mittlerweile sehr nahe, und natürlich befürchtete sie, auf einen von ihnen zu treffen. Wäre es nach ihr gegangen, vermutete Gwen, hätte Niris sich schon viel früher von ihnen verabschiedet.

Tares' Stirn runzelte sich. Vermutlich wollte er der Asheiy widersprechen und Gwen und Asrell noch ein Stück weiter begleiten.

»Niris hat recht«, sprang sie ein. »Es sind nur noch wenige Meter bis zum Dorf. Die Gefahr, dass man euch entdeckt, ist einfach zu groß.«

»Ich pass schon auf sie auf«, versuchte Asrell ihn zu beruhigen und grinste breit. »Außerdem wollen wir ja auch nur kurz mit dem Ältesten sprechen und uns nicht lange bei ihm aufhalten.« Er zuckte mit den Achseln. »Keine große Sache also.«

»Wenn ihr euch das mal nicht zu einfach vorstellt. Ihr werdet ein paar sehr schreckliche Dinge über Revanoff sagen, das wird dem Ältesten nicht gefallen. Ich könnte mir sogar vorstellen, dass er euch eine Weile festhalten wird, um euch im Auge zu behalten. Vielleicht hat er auch schon davon gehört, dass wir im Palast des Fürsten waren, und Revanoff lässt euch suchen.«

Gwen trat auf Tares zu, stellte sich auf die Zehenspitzen und küsste ihn sanft. »Ich denke nicht, dass er irgendwem von unserer Flucht erzählt hat. Der Älteste weiß, dass ich mich gut mit Ahrin verstanden habe. Wieso sollte dieser also Kontakt zu den Verisells aufgenommen haben, um sie vor mir zu warnen? Es müsste schon einen sehr guten Grund für unsere plötzliche Feindseligkeit geben.«

Asrell nickte bekräftigend: »Er hat bestimmt nur ein paar seiner treuesten Männer auf uns angesetzt, die im Geheimen nach uns suchen.«

»Hoffen wir es«, erwiderte Tares hörbar angespannt. Er strich Gwen noch einmal durchs Haar, und in seinen rubinroten Augen erkannte sie Sorge und Furcht. Sie verstand seine Bedenken, und doch hatten sie keine andere Wahl, wenn sie verhindern wollten, dass Ahrin seine Pläne in die Tat umsetzte.

Tares küsste sie. Seine Lippen waren weich und lagen so zärtlich auf den ihren, dass sie sich am liebsten nie wieder von ihnen getrennt hätte.

»Los jetzt«, mischte sich Asrell ein. »Je früher wir da sind, desto eher können wir wieder gehen.«

Sie trennte sich von Tares, der ihr mit einem dunklen Blick nachschaute.

»Beeilt euch, ich will hier nicht länger als nötig warten«, rief ihnen Niris noch nach.

Als sie das Dorf erreichten, fiel Gwen sofort die hektische Stimmung in den Straßen und Gassen auf. Selbst der Verisell, der ihnen das Tor öffnete, wirkte seltsam angespannt.

Die Frauen und Männer waren dabei, ihre Rüstung anzulegen, und waren zum Teil schwer bewaffnet. In keinem ihrer Gesichter erkannte Gwen Furcht vor dem, was auf sie zukam. Sie wirkten allesamt konzentriert, und jeder Einzelne schien genau zu wissen, was zu tun war.

»Der Krieg steht also kurz bevor« Asrell ging neben ihr und beobachtete die Dorfbewohner mit nachdenklichem Blick

»Ahrin hat es tatsächlich geschafft, die Seiten gegeneinander aufzuwiegeln. Nur weiß keiner von ihnen, worauf sie sich da einlassen ...«

»Genau deshalb sind wir ja hier«, stellte Asrell fest.

Jetzt, wo sie sah, wie entschlossen die Verisells wirkten, kamen neue Zweifel in ihr auf. Sie waren Ahrin absolut ergeben, die meisten kannten ihn, seit er ein kleines Kind gewesen war, und hatten schon seinem Vater gedient. Sie würden ihnen höchstwahrscheinlich kein Wort abkaufen.

Vor dem Haus des Ältesten tummelten sich gerüstete Verisells, die offenbar nur auf den Befehl warteten, loszuziehen. Viele der Männer schenkten Gwen und Asrell schiefe Blicke, sprachen sie jedoch nicht an. Gwen war es gewohnt, dass sie im

Dorf keinen Schritt tun konnte, ohne von irgendwem angestarrt zu werden, dennoch war es unangenehm.

Sie klopfte an die Eingangstür, die nur wenige Sekunden später von Larin geöffnet wurde.

Er runzelte wenig erfreut die Stirn, als er sie erblickte. »Ihr seid es? Was führt Euch her?« Er machte keinen Hehl daraus, dass er von ihrer Anwesenheit wenig begeistert war. »Wie Ihr seht, habt Ihr für Euer Erscheinen wieder einmal einen ungünstigen Zeitpunkt gewählt.«

»Ich möchte mit dem Ältesten sprechen, es geht um eine dringende Angelegenheit«, erklärte sie und ignorierte den schroffen Tonfall des Angestellten.

»Das tut es doch immer«, knurrte Larin leise, trat ein Stück von der Tür weg und ließ die beiden eintreten.

»Es wird dauern, bis der Älteste Zeit für Euch findet. Wie Ihr selbst sehen könnt, sind gerade wichtige Dinge in die Wege zu leiten, es wäre also besser, wenn Ihr ein anderes Mal wiederkämt. Aber wie ich Euch kenne, schlagt Ihr diesen gut gemeinten Rat erneut in den Wind.«

Sie erwiderte nichts darauf, folgte Larin stattdessen schweigend in das geräumige Wohnzimmer.

»Wirklich reizend, dieser Kerl«, zischte Asrell leise.

»Du hast ja keine Ahnung.«

Gwen ließ sich auf das Sofa sinken, auf das der Angestellte deutete. Asrell nahm neben ihr Platz.

»Ich werde dem Ältesten Bescheid geben, aber wie gesagt, es kann dauern«, wiederholte Larin und ließ die beiden allein.

Der Älteste ließ sich tatsächlich eine Menge Zeit. Erst am späten Nachmittag erschien er, und das, obwohl Gwen und Asrell bereits gegen elf Uhr im Dorf angekommen waren. Zwischendurch war sie aufgestanden, hatte mehrere Bedienstete nach dem Ältesten gefragt und war immer wieder aufs Neue vertröstet worden.

Als er endlich eintrat, reichte er Gwen und Asrell die Hand und nahm ihnen gegenüber Platz. »Entschuldigt bitte, dass ich euch so lange habe warten lassen, aber ihr seht ja selbst, was hier los ist.«

»Ihr zieht in den Krieg«, hakte sie nach.

Er nickte. »Die Thungass sind auf dem Weg in Ahrins Gebiet. Wir werden uns seiner Armee anschließen und versuchen, das feindliche Fürstenhaus aufzuhalten. Wir bereiten gerade alles für unseren Aufbruch vor, doch es wird noch etwas dauern, bis wir losziehen können.«

Genau das hatte sie befürchtet. Ihre Hand krallte sich in den dunklen Sofastoff, während sie nach den richtigen Worten suchte. »Ich weiß, dass Ahrin Euch und Eurem Dorf sehr am Herzen liegt, Ihr vertraut ihm, kanntet ihn bereits als Kind …«

Der Älteste runzelte die Brauen, versuchte wohl zu verstehen, worauf sie hinauswollte. »So ist es. Wir kennen ihn gut und unterstützen ihn daher mit Freude. Gerade in solch einer schweren Zeit werden wir für ihn da sein und zu ihm stehen.«

Sie hob den Blick und schaute ihrem Gegenüber direkt in die Augen. »Und wenn er uns alle zum Narren gehalten hat? Wenn er nur eine Rolle gespielt hat und in Wahrheit Dinge tut, die man nur als schrecklich bezeichnen kann?«

»Wie meinst du das? Ich glaube, ich verstehe nicht ganz.«

»Revanoff ist wahnsinnig und von Machtgier zerfressen«, sprang Asrell erklärend ein. »Er war es, der die Schatulle stehlen ließ, nur um den Anschein zu erwecken, die Thungass würden einen Anschlag auf ihn planen. Währenddessen hat er die ganze Zeit weiter am Himmelschwarz gearbeitet, es perfektioniert und sich damit die Anmagras etlicher Nephim einverleibt. Er ist ein Monster geworden und will all seine Widersacher in die Knie zwingen.«

Der Älteste schaute Asrell an, als habe der den Verstand verloren.

»Es stimmt, was er sagt. Ich habe die Nephim selbst gesehen und auch, wie Ahrin ihre Anmagras in sich aufgenommen hat. Mirac ist niemals freigekommen, auch seine Kraft trägt Ahrin nun in sich. Und als wäre das nicht schlimm genug, verfügt er zudem über Miracs besondere Gabe. Das alles war von langer Hand geplant, er hat alles dafür getan, damit jeder glaubt, die Thungass wollen ihn vernichten. Er hat diesen Krieg angezettelt in dem Wissen, dass sich auch die anderen Fürsten nicht raushalten würden. Er hat sogar selbst die beiden Städte zerstört, um seine neu gewonnene Kraft zu testen und die Schuld dem angeblich freigelassenen Mirac in die Schuhe schieben zu können.«

Gwen ließ den Ältesten nicht aus den Augen. Dessen Miene schwankte zwischen Unglauben und Entsetzen. Dann glomm eindeutig Wut darin auf.

»Ich weiß nicht, was ihr mit euren Worten bezweckt, aber was ihr da erzählt, ist absoluter Unsinn!« Er stand abrupt auf und lief sichtlich aufgebracht auf und ab. »Es ist unfassbar, welch absurde Beschuldigungen ihr hier vorbringt. Einen Fürsten so zu beleidigen, ihm derartige Abscheulichkeiten zu unterstellen ...« Er schüttelte den Kopf. »Ich begreife nicht, was in dich gefahren ist. Ahrin hat dich gut behandelt, ich dachte sogar, ihr stündet euch nahe.« Er musterte sie prüfend, und schließlich schien ihm etwas klar zu werden. »Natürlich, das ist es, oder? Er hat dich zurückgewiesen, und nun versuchst du, seinen Ruf zu schädigen!«

Sie konnte nicht glauben, was sie da hörte. »Warum sollte ich dann gerade solche Behauptungen vorbringen, von denen mir selbst klar sein muss, wie schwer man sie glauben wird?«

»Ich weiß nicht, was in deinem Kopf vorgeht«, fuhr der Älteste fort. »Ich habe immer wieder Joras in dir gesehen oder es zumindest gewollt. Vielleicht habe ich deshalb die Wahrheit nicht erkannt, denn du bist ganz offensichtlich nicht wie er. Du diskreditierst andere, nur um dich zu rächen, und treibst mit uns allen deine Spielchen. Doch eines lass dir gesagt sein: Das hier ist kein Spiel! Wir sind Krieger, wir sind zu allem entschlossen und wir stehen hinter Ahrin. Und daran wird auch eine dahergelaufene Nachfahrin von Joras mit ihren Lügengeschichten nichts ändern!«

Er war von Satz zu Satz lauter geworden und schrie nun regelrecht; sein Gesicht war vor Wut verzerrt. »Ich will, dass du und dein Freund augenblicklich von hier verschwindet. Und kommt ja nicht wieder. Sollte ich erfahren, dass du weiterhin diese Verleumdungen verbreitest, werde ich eigenhändig dafür sorgen, dass du an diesen erstickst. Haben wir uns verstanden?!« Seine Augen blitzten, die Adern an seinem Hals traten bedrohlich hervor.

Es war unübersehbar, dass sie verloren hatten und nichts erreichen würden. Gwen nickte langsam und schaute ihm noch einmal in die Augen: »Ich hoffe, dass auch Ihr bald die Wahrheit erkennt. Und ich wünsche Euch und den anderen Verisells, dass es dann noch nicht zu spät ist.«

Damit verließen sie und Asrell das Zimmer, traten aus dem Haus und machten sich auf den Weg. Gwen wollte auf keine weiteren Verisells treffen und nahm darum einen etwas abgeschiedenen Pfad. Eine Weile ging Asrell schweigend neben ihr, dann sagte er: »Das ist irgendwie ziemlich in die Hose gegangen.«

Sie zuckte mit den Schultern. »Ich habe eigentlich nichts anderes erwartet. Er vertraut Ahrin, kennt ihn seit Jahren, und dann komme ich daher und bringe solche Anschuldigungen vor – noch dazu ohne den geringsten Beweis.«

»Ich bin nur froh, dass er uns nicht dabehalten hat.«

»Trotzdem denke ich, dass unsere Worte ihn noch eine ganze Weile beschäftigen werden. Wir können nur hoffen, dass er irgendwann doch Zweifel bekommt.«

Kurz bevor sie die Mauer erreichten, passierten sie eine kleine Häusergruppe. Allem Anschein nach waren die Bewohner nicht da, hatten sich vermutlich für die Schlacht gesammelt.

Gwen schrak zusammen, als plötzlich jemand hinter einer Häuserwand hervortrat. Ihr Herz pochte noch immer, als sie in Tares' Augen sah. »Was machst du denn hier?« Sie schaute sich sogleich um, ob irgendwer in der Nähe war.

»Ihr seid seit einer halben Ewigkeit weg, da habe ich mir Sorgen gemacht.«

»Wir mussten lange warten. Die Verisells werden in den Krieg ziehen, darum konnten wir gerade erst mit dem Ältesten sprechen.«

»Und?« Er schaute die beiden erwartungsvoll an.

Asrell schüttelte den Kopf: »Ungefähr so, wie wir es uns gedacht haben. Er war außer sich vor Wut und hat uns kein Wort geglaubt.«

»Wenigstens hat er euch nicht festgenommen.« Tares griff nach Gwens Hand und strich sanft darüber.

»Es ist ja auch schwer zu glauben«, erwiderte sie.

»Da hast du allerdings recht«, hörte sie gleich darauf eine Stimme hinter sich.

Kalis kam auf sie zu, sie musste sich hinter einem der Gebäude versteckt haben.

Gwens Herzschlag beschleunigte sich, ein Anflug von Angst erfasste sie, während sie die Verisell beobachtete. Diese ließ Tares nicht aus den Augen, trat auf ihn zu und stellte sich ihm gegenüber. Ihr Blick glühte regelrecht. »Ich habe das Gespräch zwischen euch und meinem Großvater mit angehört.«

»Du hast uns belauscht?!«, hakte Asrell verwundert nach.

Die Verisell zuckte mit den Schultern. »Ich wollte wissen, was euch erneut hierherführt. Ich habe geahnt, dass es etwas Wichtiges sein muss, wobei ich niemals mit solchen Behauptungen gerechnet hätte.« Sie wandte sich an Tares, der mittlerweile Gwens Hand losgelassen hatte: »Stimmt es denn?«

Er nickte, und das allein schien für sie Gewicht zu haben. »Ich weiß, dass es sich verrückt anhört. Ich hätte solch eine Verwandlung selbst nicht für möglich gehalten. Aber Ahrin hat sich verändert und mit all den Nephim-Kräften in sich ist er unfassbar stark. Wir werden alle Mühe haben, ihn aufzuhalten.«

»Ich kann noch immer nicht fassen, was ihr da erzählt. Und ein Teil von mir will es auch gar nicht glauben.« Es schien, als würde Kalis´ Blick in dem von Tares versinken. »Ich habe damals einen großen Fehler gemacht. Ich habe dir eine solche Tat eigentlich nicht zugetraut, und doch habe ich nicht auf mein Gefühl gehört. Heute sagt mir dieses erneut, dass ich dir glauben sollte, auch wenn jegliche Vernunft dagegenspricht.«

»Es ist die Wahrheit«, bestätigte er noch einmal.

»Gut, ich werde mit meinem Großvater sprechen. Allerdings glaube ich kaum, dass ich viel ausrichten kann. Wir alle kennen Ahrin, dienen ihm aus vollem Herzen. Ich kann nicht fassen, dass er all diese Dinge getan haben – und dass er nun sogar über Nephim-Kräfte verfügen soll. Aber ich verspreche, dass ich, wenn es nötig ist, mit euch gegen ihn kämpfen werde.«

Auf Tares' Gesicht erschien der Anflug eines Lächelns. »Das ist ein großes Entgegenkommen.«

Sie zuckte mit den Schultern: »Warum solltet ihr solch eine Geschichte erfinden?« Sie streckte die Hand nach ihm aus und ergriff sie vorsichtig. »Außerdem will ich dir diesmal vertrauen.«

»Das bedeutet mir sehr viel«, sagte er, schaute sogleich neben sich zu Gwen, legte ihr den Arm um die Schulter und sagte: »Wir können jede Unterstützung gebrauchen.«

Kalis verstand die Geste wohl, denn sie ließ seine Hand wieder los und lächelte fast zögerlich. »Wenn er auch die besonderen Fähigkeiten der Nephim in sich trägt, wird es schwer.«

»Miracs Gabe besitzt er bereits«, erklärte Gwen. Sie konzentrierte sich auf Tares' Arm um ihre Schulter. Es tat gut, zu wissen, dass er für sie Stellung bezog.

»Und damit ist er unbesiegbar«, fuhr Tares fort. »Wir müssten jemanden finden, der ihn in ein Behältnis bannen kann. Wie Gwens Großvater es mit Mirac getan hat.«

Gwen schaute überrascht auf. An diese Möglichkeit hatte sie gar nicht gedacht. Hatte er darum zu den Verisells gewollt? Besiegen konnte man Ahrin in seiner jetzigen Verfassung nicht, aber vielleicht konnte man ihn bannen? Voller Hoffnung schaute sie zu Kalis, die schüttelte jedoch den Kopf.

»Bei dieser Methode wird der komplette Nephim gebannt, in eine Art Licht verwandelt und in ein Behältnis gesperrt, nicht nur seine Kraft. Allerdings ist Ahrin trotz allem kein richtiger Nephim, sein Körper ist anderer Natur und würde auf diese Magie nicht ansprechen. Es ist ausgeschlossen, auf diese Weise etwas anderes als einen echten Nephim wegzuschließen.«

Gwen spürte die Enttäuschung in sich und zugleich die drängende Frage, was sie nun machen sollten.

»Er ist also unbesiegbar und im Grunde noch schrecklicher, als Mirac es je war, weil es keine Chance gibt, ihm beizukommen«, stellte sie fest.

Die Verisell zögerte einen Moment, biss sich nachdenklich auf die Unterlippe und schaute dann zu Tares. »Es hätte nur eine Möglichkeit gegeben, allerdings war sie damals zu gefährlich, um sie auch nur in Betracht zu ziehen.«

Gwen erinnerte sich an eine ähnliche Bemerkung des Ältesten, als er ihr davon erzählt hatte, dass Mirac in der Schatulle gefangen gehalten wird.

»Das Schwert Ressgar vermochte jede Rüstung zu durchdringen und jede Seele, jedes Anmagra zu zerstören. Vor dieser Waffe hätte selbst seine besondere Gabe Mirac nicht geschützt. Trotzdem war es nie eine Option, die Macht des Schwertes zu nutzen«, sagte die Verisell.

»Und warum hat man es nicht ausprobiert? Es wäre doch immerhin eine Chance gewesen«, wollte Gwen wissen.

Kalis wandte sich ihr zu, ihr Gesicht war ernst. »Du verstehst nicht ganz, wie mächtig die Heiligtümer sind. Niemand weiß, ob derjenige, der ein solches zu benutzen wagt, tatsächlich in der Lage sein wird, die darin gefangene Macht unter Kontrolle zu halten. Falls nicht, hätte das verheerende Folgen, die Kraft könnte sich unkontrolliert entfalten und unsere ganze Welt in Stücke reißen.«

»Aber du hast das Schwert doch immer wieder benutzt, als es noch intakt war, oder etwa nicht?«, wandte Asrell ein und schaute zu Tares, der nachdenklich zu der Klinge an seinem Gurt blickte.

»Ja, aber ich habe nie auf die Kraft zurückgegriffen, die sich darin befand. Sobald man das Schwert in der Hand hielt, spürte man, wie stark diese Waffe war. Mir war klar, dass alles vorbei wäre, wenn ich die Kontrolle verlieren würde. Aus diesem Grund habe ich das Schwert nur als normale Waffe gebraucht.«

»Das alles spielt eh keine Rolle mehr«, erklärte Kalis. »Das Schwert ist zerbrochen und hat damit seine Macht verloren. Es hat nichts mehr zu bieten als eine scharfe Klinge.«

Tares nickte bestätigend. »Als ich gegen den Göttlichen gekämpft habe, hat er am Ende das Schwert zerbrochen. Er wollte wohl sichergehen, dass ich nicht doch in Versuchung gerate, die Kraft zu nutzen, um damit diese ganze Welt in den Untergang zu stürzen.«

»In den Händen eines Einzelnen sind die Heiligtümer unfassbar gefährlich. Es könnte so viel Unheil damit angerichtet werden. Genau aus diesem Grund verwahrt jedes Verisell-Dorf nur ein Heiligtum, und das an einem geheimen Ort.«

Gwen verstand die Vorsicht der Verisells. Die Tatsache, dass sie lieber einen offenen Kampf mit einem schier unbezwingbaren Gegner wie Mirac suchten, als auf das Heiligtum zurückzugreifen, zeigte, wie gefährlich diese Objekte waren.

»Ich werde auf jeden Fall noch mal mit meinem Großvater sprechen«, wechselte Kalis das Thema. »Ich habe nicht viel Hoffnung, dass es etwas bringen wird, aber wenn der Krieg losbricht«, in ihrem Blick lag nun absolute Entschlossenheit, »dann werde ich an eurer Seite kämpfen.« Als sie zu Tares schaute, erkannte Gwen das verheißungsvolle Flackern in ihren Augen, die Sehnsucht, die daraus sprach. Sie empfand noch immer etwas für ihn ...

»Danke, ich weiß, wie schwer es für dich sein muss, dich gegen deine eigenen Leute zu stellen«, erwiderte er.

Die Verisell nickte nur, auf ihrem Gesicht lag ein trauriger Ausdruck. »Ich hoffe, sie kommen noch zur Vernunft.« Sie atmete tief durch und strich ihre Sorgen mit einem Lächeln fort, dann reichte sie Tares die Hand. »Also, passt auf euch auf, es sind gefährliche Zeiten.«

Er nickte. »Gib auf dich acht.«

Es schien ihr schwerzufallen, doch schließlich trennte sie sich von ihm, schenkte ihm noch einmal ein Lächeln und sagte dann: »Wenn ihr den Geheimgang benutzt, kommt ihr ungesehen aus dem Dorf.«

»Wir sollten uns ebenfalls auf den Weg machen«, meinte Tares, nachdem Kalis Richtung Haupthaus verschwunden war.

»Es war sicher ein Schock, als der Göttliche damals das Schwert zerstört hat«, unterbrach Asrell die Stille. Er schaute noch immer zu der zerbrochenen Waffe in Tares' Gurt. »Ich meine, du hast gesagt, du hättest es aufbewahrt, damit es dich an deine schreckliche Tat erinnert und so dafür sorgt, dass du nie mehr etwas Ähnliches tust.«

»Ich war auch unfassbar wütend. Nicht nur, weil er die Waffe vernichtet hatte, sondern natürlich auch, weil er mich besiegt und mir die Kräfte genommen hatte. Ich hatte zuvor noch nie eine Niederlage einstecken müssen und fühlte mich das erste Mal schwach und gedemütigt. In diesem Moment wollte ich einfach nur sterben. Im Nachhinein bin ich ihm fast dankbar, denn nur so konnte ich ein ganz neues Leben kennenlernen.« Sein Blick glitt zu Gwen und nahm einen warmen, sanften Ausdruck an. »Ohne Nephim-Kräfte konnte und musste ich mich in dieser Welt auf eine Art bewegen und verhalten, wie sie mir zuvor nicht möglich gewesen war.« Auch er schaute nun auf das Schwert. »Natürlich war es schrecklich, zu sehen, wie er es zerbrochen hat. Zu diesem Zeitpunkt dachte ich ja, dass ich es gewesen bin, der so viele getötet hat, nur um es in die Hände zu bekommen. Allerdings wäre ich niemals so dumm gewesen, die Kraft, die in der Waffe ruhte, auch zu benutzen. So habe ich im Kampf einfach weiterhin die zerbrochene Klinge angewandt.«

»Und was ist mit dem Rest des Schwertes passiert?«, wollte Gwen wissen.

»Der Göttliche hat mit einem Zauber die Klinge zerrissen. Ich kämpfte zu dem Zeitpunkt bereits mit dem Tod; ich sehe noch immer dieses helle Licht vor mir, mit dem er den abgebrochenen Teil der Schneide vernichtet hat, und seine kalten Augen, die auf mir lagen. ›Ich werde dich nicht umbringen‹, sagte er, ›denn das wäre zu einfach. Du sollst mit der Schuld weiterleben, die mit deinen Taten einhergeht. Das wird eine sehr viel schlimmere Strafe für dich sein als der Tod.‹ Heute verstehe ich, was er mit seinen Worten gemeint hat.«

Noch immer fiel es Gwen schwer, an den Kampf zwischen Tares und ihrem Großvater zu denken. Inzwischen wusste sie, dass er Tares nicht ohne Grund verschont hatte. Er hatte in ihm etwas anderes als ein gefühlloses Wesen gesehen, nämlich genau das, was auch Gwen von Anfang gespürt hatte: Er war kein Monster, sondern besaß durchaus eine Seele. Und möglicherweise hatte jeder Nephim eine. Vielleicht war es wie bei den Menschen: Es gab gute und schlechte. Manche konnten Gefühle stärker ausleben und empfinden als andere. Sie hätte gern mit ihrem Großvater über all das gesprochen, doch leider würde sie wohl niemals die Gelegenheit dazu bekommen.

»Ich gehe jedenfalls davon aus, dass von der abgebrochenen Schwertspitze nichts übrig geblieben ist«, fuhr Tares fort.

Vor einem großen Felsen, der mit Büschen, Farn und Unkraut bewachsen war, blieb er stehen und schob mit seinem Fuß ein paar Gewächse beiseite, sodass ein kleines quadratisches Symbol zum Vorschein kam. Als er es berührte, schien das Gestein in der Mitte an Festigkeit zu verlieren. Es wirkte durchscheinend, und Gwen war, als würde etwas Dunkles daraus hervordringen.

Tares streckte die Hand aus, die einfach hindurchglitt. Dann tat er einen Schritt und verschwand in dem Felsen.

Gwen und Asrell schenkten sich einen erstaunten Blick, taten es Tares dann jedoch nach und folgten ihm.

Ein unheilvolles Bündnis

Malek saß in seinem Versteck, fühlte die Kälte, die sich um ihn gelegt hatte, und streckte seinen verwundeten Arm. Er zischte leise auf, als er den Schmerz verspürte, und konnte die Wut kaum im Zaum halten. Die Verletzung heilte nur langsam, schlimmer wog allerdings sein gekränkter Stolz. Wieder und wieder ging er im Geiste den Kampf gegen Aylen und diese Verisell durch – nun sah er all die Fehler, die er begangen hatte.

Er war wieder einmal zu ungestüm gewesen und hatte nur auf seine Instinkte gehört. Wann würde er endlich aus diesen Fehlern lernen? Aylen hatte sie ihm so oft vorgehalten.

Bei dem Gedanken an seinen ehemaligen Freund wurde er erneut wütend. Er konnte sich nicht ewig in diesem Versteck verkriechen und seine Wunden lecken. Doch wenn er ehrlich zu sich selbst war, musste er zugeben, dass er sowieso nur noch hier war, weil er nicht wusste, wie es weitergehen sollte. Er hatte noch immer sein Ziel vor Augen: Er wollte sich mit Aylen messen. Er sehnte sich nach diesem Kampf, aus dem nur einer von ihnen lebend hervorgehen würde. Dafür wollte er in bester Verfassung sein, um sich nicht noch einmal eine Blöße geben zu müssen. Zugleich wusste er jedoch, dass er Gefahr lief, in alte Muster zu verfallen. Aus diesem Grund wollte er sich vorher einen Plan zurechtlegen, etwas, das ihm eigentlich gar nicht lag.

Er würde noch eine Woche warten, damit seine Wunden verheilen konnten. Sollte er dann immer noch nicht wieder gänzlich gesund sein, spielte es auch keine Rolle mehr. Länger würde er diese Unruhe in sich nicht ertragen. Er musste endlich wieder kämpfen.

Entschlossen ballte Malek die Fäuste. Er würde zunächst im Gebiet von Revanoff suchen. Dort lebte auch die kleine Verisell, und vielleicht trieb sich Aylen ja noch in deren Nähe herum. Er konnte nicht entkommen und dann würde er ihn umbringen …

Ein leises Knacken ließ Malek aufhorchen. Er konzentrierte sich auf das Geräusch und suchte mit geschärftem Blick die Umgebung ab. Wieder hörte er das Knirschen von Steinen, das Krachen von Ästen. Dann vernahm er auch eine Stimme: »Wir können nicht schon wieder eine Rast einlegen, Fürst Revanoff hat uns rufen lassen. Wir dürfen ihn nicht im Stich lassen.«

»Das werden wir auch nicht«, erwiderte ein anderer. »Wir sind bald da. Der Angriff wird ohnehin frühestens in sechs Wochen erfolgen. Wir müssen uns also nicht an den Rand der Erschöpfung laufen.«

»Je eher wir da sind, umso besser«, sagte eine dritte Person. »Dort werden wir wenigstens gut versorgt.«

Malek konnte sich ein Grinsen nicht verkneifen. Was für ein glücklicher Zufall, dass ein Trupp ganz in seiner Nähe vorbeizog. So eine Ablenkung konnte er gerade gut gebrauchen. Seine Muskeln spannten sich an, er erhob sich langsam und konnte die angsterfüllten Schreie der Soldaten kaum mehr erwarten.

Durch das Gebüsch sah Gwen Niris unter einer Gruppe von Bäumen sitzen. Sie kaute sichtlich lustlos auf einer trockenen Brotkante herum. Als die Asheiy den Blick hob, entdeckte sie Gwen, Asrell und Tares und sprang sogleich auf: »Da seid ihr ja endlich! Ich dachte schon, ihr kommt gar nicht mehr wieder.« Sie schenkte Tares einen strafenden Blick und stemmte die Hände in die Hüften. »Es war echt volle fies, dass du mich einfach allein gelassen hast. Ich hab doch gesagt, dass den beiden schon nichts passiert sein wird. Und so wie sie aussehen, hatte ich wohl recht.«

»Ich musste trotzdem sichergehen«, erwiderte er und rollte mit den Augen. »Außerdem ist dir in der Zwischenzeit ja allem Anschein nach nichts zugestoßen.«

»Das hätte allerdings auch ganz anders aussehen können«, beharrte Niris. Sie seufzte kurz. »Hat denn das Gespräch mit dem Ältesten etwas gebracht?«

Asrell ließ sich auf den Boden sinken, schnaufte erschöpft und kramte eine Wasserflasche aus seinem Rucksack. Er trank ein paar Schlucke, bevor er antwortete: »Der Älteste war ziemlich wütend über unsere Anschuldigungen. Geglaubt hat er uns jedenfalls kein Wort.«

»Das war auch zu befürchten«, wandte Gwen ein. »Aber versuchen mussten wir es.«

»Wenigstens haben wir Kalis auf unserer Seite, das ist doch schon mal was«, fuhr Asrell fort.

Die Asheiy runzelte die Stirn, während ihr Blick zu Tares wanderte. »Ihr habt noch mal mit ihr gesprochen?« In der Frage lag unterschwellig eine bestimmte Vermutung.

Er nickte. »Sie wird uns helfen und sich, wenn nötig, sogar gegen ihre Leute stellen. Allerdings hoffen wir alle, dass es nicht erst so weit kommen wird. Sie will noch mal mit ihrem Großvater reden.«

»Dir ist schon klar, dass sie noch etwas für dich empfindet, oder? Sonst würde sie das garantiert nicht machen.«

Tares ließ sich von ihren Worten nicht aus dem Konzept bringen, wahrscheinlich wusste er selbst nur zu genau, wie es um die Gefühle der Verisell stand. »Das alles gehört der Vergangenheit an, und das weiß auch Kalis. Uns verbindet viel. Das ändert jedoch nichts an meinen jetzigen Gefühlen.«

Niris nickte zwar, schien aber dennoch ihre Zweifel zu haben. Einige Sekunden verstrichen, dann fragte sie: »Also, wo dieses Abenteuer nun auch überstanden ist: Wie soll es weitergehen? Ich meine, die Verisells werden uns nicht helfen. Also ist es auch sinnlos, an einen Kampf gegen Revanoff zu denken. Ich bin dafür, dass wir uns irgendwo, möglichst weit weg von den Fürsten, ein schönes Plätzchen suchen und dort warten, bis alles überstanden ist.«

»So einfach ist das nicht«, wandte Tares ein. »Revanoff will diese Welt in ihren Grundfesten erschüttern. Nach diesem Krieg wird nichts mehr so sein wie vorher. Niemand ist vor ihm sicher, erst recht nicht wir Nephim und ihr Asheiys. Auch wenn es aussichtslos erscheint, können wir nicht einfach die Hände in den Schoß legen und so tun, als ginge uns das alles nichts an. Wir müssen kämpfen.«

Niris prustete verächtlich. »Und mit welcher Armee? Allein schaffen wir das nicht, und selbst mit Truppen im Hintergrund dürfte es schwer werden, jetzt, wo Revanoff über Miracs besondere Fähigkeit verfügt. Und wer weiß, was er sich sonst noch an Gaben und Kräften einverleibt hat.«

»Die Verisells haben uns nicht geglaubt, und ich gehe davon aus, dass uns die anderen Fürsten erst recht nicht zuhören werden. Sie denken, dass wir auf Revanoffs Seite stehen«, wandte Asrell ein.

»Früher oder später werden wir allerdings auch dieses Risiko eingehen und sie aufsuchen müssen«, erklärte Tares.

Gwen nickte bestätigend. »Ich denke, einige von ihnen sind so voller Hass, dass ihnen jeder Grund recht ist, gegen Ahrin anzutreten. Ich hoffe trotzdem, dass wir sie von der Wahrheit überzeugen können. Ansonsten rennen sie mit ihren Leuten in ihr Unglück.«

»Zunächst muss ich jedoch zu jemand anderem gehen«, erklärte Tares, nachdem er kurz geschwiegen und seinen Gedanken nachgehangen hatte. »Ich habe lange hin und her überlegt, aber es geht nicht anders. Wir sind auf seine Hilfe angewiesen.« Seine Stimme klang ernst, und seine Mimik verriet, wie sehr ihm allein der Gedanke zuwider war.

Niris holte entsetzt Luft: »Sag, dass das nicht dein Ernst ist! Du willst nicht wirklich zu *ihm*!«

Auch Gwen wusste, von wem Tares sprach, und sah die Sache mit gemischten Gefühlen.

»Doch, ich werde Malek aufsuchen und ihm von Revanoff erzählen. Ich wünschte, es gäbe eine andere Möglichkeit. Aber er ist stark und ein guter Kämpfer. Mit ihm auf unserer Seite wäre schon mal ein erster Schritt getan. Ich weiß, wie schwer das für dich sein muss, Niris, aber wir haben keine andere Wahl.«

Die Asheiy brachte in diesem Moment kein Wort über die Lippen.

»Weißt du denn, wo du ihn findest?«, hakte Asrell nach.

Tares nickte. »Wenn einer von uns verletzt war, haben wir uns meistens in ein ganz bestimmtes Versteck zurückgezogen. Ich könnte mir gut vorstellen, dass wir ihn dort antreffen.«

Niris wirkte weiterhin wie versteinert. Asrell hatte tröstend den Arm um sie gelegt, doch sie schien das gar nicht recht zu registrieren.

War es richtig, was sie da vorhatten? Konnten sie Malek vertrauen? Und würde er überhaupt mit ihnen kämpfen? Immerhin hatte er noch vor Kurzem versucht, sie umzubringen.

Tares schien Gwens Gedanken zu erraten: »Ich werde mit ihm reden. Keine Sorge, mir wird nichts geschehen.«

»Nein«, erklärte Niris plötzlich in erstaunt festem Tonfall, »wir begleiten dich. Ich will dabei sein, wenn du ihm gegenüberstehst. Ich will ihn sehen, wie er reagiert, und hören, was er zu sagen hat. Dann entscheide ich, was ich tun werde.«

Das klang ganz danach, als bestünde auch die Möglichkeit, dass sie auf ihn losgehen würde, um zu versuchen, ihn zu töten.

Tares nickte verständnisvoll. »Einverstanden. Es ist auch gut möglich, dass er gar nicht mit sich sprechen lässt, sondern an seinen Plänen, gegen mich anzutreten, festhält.«

Niris wusste wohl, was er damit meinte, denn ein Ausdruck von Zufriedenheit erschien auf ihrem Gesicht. Offenbar hoffte sie auf einen Kampf. »Dann mal los!«

Maleks Arm war weitestgehend verheilt, er streckte ihn, dass sich der Muskel und die Sehnen darin deutlich spannten. Er fühlte keinen Schmerz mehr und die Bewegung ging wieder so geschmeidig wie eh und je.

Vorsichtig berührte er mit dem Finger die Narbe an seiner Wange. Sie fühlte sich noch recht wulstig und breit an. Während er immer und immer wieder gedankenverloren über die Linie fuhr, brodelte Wut in ihm auf. Nicht weil er sich entstellt fühlte, sondern weil er die Schmach nicht auf sich sitzen lassen wollte. Er hatte gegen Aylen und eine Verisell verloren ... Ausgerechnet gegen sie, die die Schuld daran trug, dass damals alles in die Brüche gegangen war. Wäre sie nicht gewesen, wäre alles beim Alten geblieben und er würde noch heute mordend mit Aylen durch die Welt ziehen.

Er blickte zu seinem Rucksack, der längst bereitlag. Vor sechs Tagen hatte er sich geschworen, spätestens in einer Woche aufzubrechen, ganz gleich, ob seine Wunden bis dahin verheilt wären oder nicht. Die Pause hatte ihm in der Tat gutgetan – erst recht der Kampf gegen die Soldaten, auch wenn er sich von ihnen etwas mehr Gegenwehr erhofft hatte. Die meisten hatten nur versucht, vor ihm davonzulaufen. Jedenfalls gab es nun keinen Grund mehr, den Aufbruch noch länger hinauszuschieben.

Malek griff nach seinem Rucksack. Es würde nicht leicht werden, Aylen ausfindig zu machen – zumal sich gerade, wie er dem Gespräch der Soldaten entnommen hatte, überall Truppen zu einem bevorstehenden Krieg sammelten. Die Männer kümmerten ihn jedoch nicht. Natürlich würde er nicht mitten in die Reihen Tausender Soldaten laufen; vereinzelter kleiner Truppen nahm er sich jedoch gern an.

Ein Lächeln stahl sich auf seine Lippen. Er hatte nichts zu verlieren und würde seinen einstigen Freund schon irgendwann finden.

Er schulterte seinen Rucksack und ging auf den Ausgang der Höhle zu. Als er leise Geräusche vernahm, hielt er inne und lauschte einen Moment. Es waren eindeutig Schritte. Sie schienen noch ein ganzes Stück entfernt zu sein, aber wenn ihn nicht alles täuschte, kamen sie schnell und zielgerichtet näher.

Das Adrenalin strömte durch seine Adern, als er die Vorfreude in sich spürte. Vielleicht sollte er doch noch ein paar Minuten warten und jenen, die da kamen, einen netten Empfang bereiten, mit dem sie in dieser Form sicher nicht rechneten. Seine Hand legte sich um sein Schwert, während sein Herz dumpf vor sich hin schlug. Er war bereit ...

Niris war auffällig in sich gekehrt und schwieg beharrlich, was ihr gar nicht ähnlich sah. Seit ihrem Aufbruch war sie immer stiller geworden und sprach seit etwa zwei Tagen nur noch das Nötigste. Asrell versuchte sie aufzumuntern, wuselte ständig um sie herum und hatte ihr sogar angeboten, ihren Rucksack zu tragen. All seine Versuche hatte sie mit einem müden Lächeln abgetan.

»Jetzt komm schon«, versuchte er es erneut. »Lächle mal wieder oder mecker ein bisschen rum. Es kann doch nicht sein, dass du diesen langen Marsch einfach so ohne Wehklagen hinnimmst.« Er zwinkerte ihr verschwörerisch zu, aber die Asheiy hob nicht einmal den Kopf. Sie wirkte blass, hatte die Lippen zusammengekniffen und ihre Miene war ernst.

Als sie endlich aufsah, ignorierte sie Asrells Worte und wandte sich stattdessen an Tares: »Wie weit ist es noch?«

»Es dauert nicht mehr lange. Die Höhle liegt gleich hinter dem Hügel.«

Niris nickte, als habe sie mit keiner anderen Antwort gerechnet.

»Wir passen auf dich auf«, versprach Asrell. »Tares hat seine Kräfte zurück, und du hast gesehen, dass er Malek nun ebenbürtig ist. Es wird uns nichts passieren.«

»Ja, aber umbringen werden wir diesen Mistkerl auch nicht«, erwiderte sie leise.

»Noch ist nicht gesagt, dass er sich uns anschließt«, meinte Asrell. Auch das schien Niris wenig zu trösten.

Gwen konnte die Gefühle der Asheiy nachvollziehen, auch sie war angespannt und wusste nicht, was ihnen bevorstand, wenn sie Malek tatsächlich in dem Versteck antrafen. Würden sie ihn überzeugen können oder würde er sich sofort auf sie stürzen?

Sie schaute zu Tares, der entschlossen wirkte. Sie hatte jedenfalls nicht vor, bei diesem Kampf nur am Rand zu stehen und zuzuschauen. Sie würde versuchen, mit Malek zu reden, denn sie wusste, dass er auch vernünftig sein konnte. Und falls es doch kein Durchdringen zu ihm gab, würde auch sie kämpfen. Mit den Schwarzsonnen, die sich noch in ihrem Rucksack befanden, würde sie ihm zwar keinen großen Schaden zufügen können, aber vielleicht gelang es ihr, ihn für einen kurzen Augenblick abzulenken, sodass er kurz unachtsam war und Tares dadurch einen Vorteil erhielt.

Als sie die Kuppe des Hügels erreichten, befand sich nur wenige Meter entfernt eine Felsformation, in der eine Höhle lag. Man musste sehr genau hinschauen, um den mit Farnen und Efeu zugewachsenen Eingang zu entdecken. Tares allerdings kannte dieses Versteck, wie er berichtet hatte, nur zu gut. Er war auch der Meinung, dass es sinnlos war, sich anzuschleichen. Malek musste sie längst gehört haben. Während sie also direkt auf das Versteck zuhielten, zog sich Gwen der Magen zusammen. Sie bemerkte, dass Niris am ganzen Leib zu zittern begann. Es war überhaupt erstaunlich, dass sie sie so weit begleitete. Aber offenbar hatte sie endgültig entschieden, sich ihrem schlimmsten Albtraum erneut zu stellen.

Ein zischendes Geräusch erklang, und noch ehe Gwen begriff, was da geschah, spürte sie einen scharfen Windzug. Kurz darauf explodierte hinter ihr ein gleißender goldener Zauber und riss die Erde auf, sodass Dreck und Steine durch die Luft stoben.

Die Attacke hatte offenbar Tares gegolten, doch der hatte rechtzeitig den Kopf eingezogen und war somit entkommen.

»Wenn du mich schon angreifst, dann mach es richtig.« Er schaute Richtung Höhleneingang.

Gwen folgte seinem Blick und sah, wie sich dort etwas bewegte. Nur eine Sekunde später trat Malek aus der Dunkelheit. Auf seinen Lippen lag ein breites Grinsen. »Wer hätte gedacht, dass ich so viel Glück haben würde. Da wollte ich mich gerade auf den Weg machen, um nach dir zu suchen, und da läufst du mir in Begleitung deiner kleinen Freunde direkt in die Arme.« Er legte den Kopf schräg und musterte seinen einstigen Weggefährten. »Hast du plötzlich Todessehnsucht oder nur komplett den Verstand verloren?«

»Weder noch. Wir wollen dir einen Vorschlag machen«, erwiderte Tares. »Es geht um etwas, das dich interessieren dürfte.«

»Oh, momentan interessiert mich nur eines.« Malek kam ein paar Schritte auf sie zu und ließ sie dabei nicht aus den Augen. Gwen sah, dass er sich von seinen Wunden erholt hatte. Von seiner Wangenverletzung, die Kalis ihm mit ihrem Schwert zugefügt hatte, war lediglich eine wulstige rote Narbe zurückgeblieben.

In diesem Moment zog Malek die Klinge aus der Scheide und stürmte Tares entgegen: »Ich werde dich töten! Ich habe so lange auf diesen Kampf gewartet, dieses Mal wird sich niemand einmischen. Wir sind ganz unter uns und können herausfinden, wer von uns der Stärkere ist. Irgendwann hat es doch so kommen müssen.«

Die Klinge zischte durch die Luft, die Angriffe erfolgten so schnell, dass Gwen ihnen mit den Augen kaum folgen konnte. Tares zog den Kopf ein und wehrte mit der abgebrochenen Waffe einige Hiebe ab, ohne seinerseits einen Angriff zu starten.

»Hör mir endlich zu, du Idiot! Ich bin gekommen, um mit dir zu reden, und nicht, um gegen dich zu kämpfen. Beruhig dich endlich und hör dir an, was ich zu sagen habe!«

Die Schwerter klirrten, Malek stürmte weiter wie ein Besessener auf Tares los, seine Schläge waren kraftvoll und schnell, und er schien zu allem entschlossen.

»Es interessiert mich nicht, was du zu sagen hast. Alles, was ich will, ist, dich in Stücke zu reißen. Und danach sind deine kleinen Freunde dran!«

»Kannst du nicht wenigstens ein einziges Mal Vernunft annehmen?! Ich will dir einen Vorschlag machen: Wir brauchen deine Hilfe in einem großen Kampf. Das müsste dir doch gefallen, oder nicht?«

»Wie gesagt, das interessiert mich nicht!«, wiederholte Malek, ließ das Schwert auf Tares niedersausen und stieß gleichzeitig die Linke nach vorne, in der in diesem Moment ein gleißend blaues Licht auftauchte. Funken stoben durch die Luft, wurden zu glitzernden Strahlen und sausten wie ein Kometenregen auf Tares nieder.

Der wich den Geschossen aus, drehte sich gerade vor einigen der kleinen Splitter davon, als Malek das Schwert emporriss und auf ihn zujagte.

In diesem Augenblick warf Gwen eine der Schwarzsonnen und zielte dabei genau vor die Füße des Nephim. Dunkler Rauch stob auf und ging gleich darauf in einen Flammenball über. Wie erwartet blieb Malek unverletzt, aber immerhin war er kurz stehen geblieben und schaute nun überrascht zu ihr.

»Misch dich da nicht ein! Oder willst du, dass ich mich gleich um dich kümmere?!«

»Ich will, dass du uns zuhörst! Lernst du denn nie aus deinen Fehlern? Wie oft hast du mir gesagt, dass du in Zukunft erst nachdenken und dann handeln willst?!«, brüllte sie ihn an.

Ihre Mahnung schien ihn zu verwundern, denn seine Brauen zogen sich zusammen. Gleich darauf schenkte er ihr einen wütenden Blick. »Hast du immer noch nicht gelernt, wann es besser ist, mich nicht zu reizen?«

»Meinst du, wir hätten dich aufgesucht, wenn es nicht wichtig wäre?«, fuhr sie fort, ohne auf seine Worte einzugehen. »Du siehst, dass Tares nur versucht, sich zu verteidigen. Er bemüht sich, dich nicht zu verletzen, warum wohl?«

Ihre Worte schienen allmählich zu ihm durchzudringen, seine Wut war so weit verraucht, dass er anscheinend wieder einen klaren Gedanken fassen konnte. Misstrauisch beäugte er Tares.

»Du sehnst dich nach einer echten Herausforderung, nach einem nie da gewesenen Kampf«, erklärte Gwen. »Jetzt hast du die Möglichkeit dazu. Es gibt einen Gegner, der stärker ist als jeder Nephim. Keiner von euch ist in der Lage, ihn allein zu bezwingen, und deshalb sind wir hier.«

»Ich weiß nicht, wovon du da redest«, knurrte Malek. »Wenn du versuchst, mich reinzulegen, dann –«

»Das will sie nicht«, wandte Tares ein. »Es wurde eine Waffe entwickelt, mit der man die Kräfte eines Nephim rauben und auf sich übertragen kann. Einer der Fürsten, Ahrin Revanoff, hat diese Waffe herstellen lassen. Und er hat bereits mehrere Nephim-Kräfte in sich aufgenommen, darunter auch die besondere Fähigkeit von Mirac.«

Malek schaute sie erstaunt, wenn nicht gar ungläubig an. »Was redet ihr da für einen Unfug? Ein Fürst, der die Kräfte eines Nephim besitzt? Und dann auch noch die von Mirac?« Er schüttelte belustigt den Kopf. »Das glaubt euch doch niemand.«

»Und was, wenn es die Wahrheit ist?«, versuchte es Gwen weiter. »Dank Miracs Gabe ist Ahrin Revanoff unbesiegbar. Keine Waffe der Welt vermag ihn zu verletzen, nichts kann ihm das Anmagra entreißen, und er ist gerade dabei, einen Krieg vorzubereiten, in dem er alle Gegner vernichten will. Er hat vor, diese Welt zu beherrschen, und dafür nimmt er Nephim gefangen, raubt ihnen ihre Kraft und tötet sie. Glaub mir, solange er am Leben ist, ist keiner von euch mehr sicher.«

Noch immer lagen Zweifel in seinem Gesicht. »Ein Gegner, der unbesiegbar scheint? Ich verstehe nicht, warum ihr diesen Kampf suchen solltet.«

»Wenn Revanoff seine Pläne erst mal verwirklicht hat, wird keiner von uns mehr in Frieden leben«, erklärte Tares. »Außerdem werde ich nicht zulassen, dass er uns Nephim für seine Zwecke missbraucht und uns umbringt.« In seinen Augen glänzte nackter Hass.

»Und ihr denkt echt, dass ich euch diesen Unsinn abkaufe? Ich meine, habt ihr irgendwelche Beweise?«

»Warum sollten wir mit solch einer Geschichte zu dir kommen und dir anbieten, dich mit uns zusammenzuschließen? Ich weiß, es klingt unglaubwürdig, aber wir standen Ahrin

Revanoff bereits gegenüber und wissen daher, dass wir es allein nicht schaffen.« Gwen versuchte, all ihre Überzeugungskraft in ihre Stimme zu legen.

Er schaute sie an, kniff nachdenklich die Lippen zusammen, dann lächelte er. »Ein solcher Gegner wäre ganz nach meinem Geschmack. Ich denke, ich sollte das Risiko eingehen und herausfinden, ob ihr die Wahrheit sagt.« Nun schaute er wieder zu Tares, Zögern lag in seinem Blick. »Das heißt wohl, dass wir vorerst Waffenstillstand schließen müssen.«

»So ist es.«

»Tja«, sagte Malek, steckte sein Schwert zurück in die Scheide, ging auf Tares zu und reichte ihm die Hand. »Dann ist es jetzt wieder wie in alten Zeiten. Du und ich.«

»Täusch dich da mal nicht«, meinte sein einstiger Freund und ergriff die Hand. »Es wird nie wieder so sein wie früher, aber für eine kurze Zeit werden wir zumindest Seite an Seite kämpfen.«

»Einverstanden«, sagte Malek. »Und sobald das erledigt ist, setzen wir das hier fort.«

Tares nickte ihm mit kühlem Blick zu. Gwen war erleichtert, dass sie den Nephim überzeugt hatten. Nun blieb nur zu hoffen, dass sie am Ende auch den Kampf der beiden würde verhindern können.

Sie schaute zu Asrell und Niris, die ein Stück entfernt standen. Die Asheiy war kreidebleich, in ihren Augen funkelte Hass, und sie schien sehr bemüht, ihre Gefühle im Griff zu halten. Ob sie mit der Situation zurechtkommen würde? Hoffentlich war es kein Fehler gewesen, Malek um Hilfe zu bitten …

Malek rieb sich die Hände und hatte ein breites Grinsen auf dem Gesicht. Es fiel ihm offensichtlich nicht schwer, sich mit der neuen Situation zurechtzufinden – ganz im Gegensatz zu Gwen und den anderen.

»Dann lasst uns losziehen und diesen Fürsten auseinandernehmen. Ich hoffe, ihr habt nicht zu viel versprochen und er ist so stark, wie ihr sagt. Alles andere wäre eine echte Enttäuschung.«

»Du kommst schon noch früh genug zu deinem Kampf«, erklärte Tares in grobem Tonfall. »Und unterschätz Revanoff besser nicht. Es ist fraglich, ob es uns gelingen wird, ihm irgendetwas anzuhaben, selbst wenn wir mehrere Verbündete auf unserer Seite haben.«

Malek zuckte unbekümmert mit den Schultern: »Es braucht nur ein paar kraftvolle Angriffe. Er wird diesen nicht ewig standhalten können, auch nicht mit Miracs Fähigkeit. Ich meine, keiner von uns ist Mirac je begegnet. Alles, was wir über ihn und seine Gabe wissen, entstammt Geschichten und Gerüchten. Und wir wissen beide, wie viel man darauf in der Regel geben kann.«

»In diesem Fall dürften die Geschichten allerdings zutreffen«, wandte Gwen ein. »Der Älteste der Verisells hat mir selbst von Mirac erzählt, sie haben gegen ihn gekämpft, darum wissen sie nur zu gut, wie stark er ist.«

Malek zuckte mit den Achseln. »Wenn es keine Herausforderung wäre, wäre es auch ziemlich langweilig.« Er schaute zu Tares und schien auf etwas wie ein zustimmendes Nicken zu warten. Als das jedoch ausblieb, verdrehte er die Augen. »Früher war eindeutig mehr los mit dir.« Malek seufzte. »Egal, lasst uns endlich aufbrechen. Ich kann es kaum mehr erwarten, diesem Revanoff gegenüberzustehen.«

»Denkst du im Ernst, dass wir zu fünft losmarschieren, uns durch seine Armee kämpfen und ihn anschließend angreifen?«, hakte Tares ungläubig nach. Er atmete tief durch, als er Maleks verwunderten Blick sah. »Wir schaffen das unmöglich allein.«

»Was soll das nun wieder heißen?« In seiner Stimme schwang deutlich Wut mit. »Ihr kommt extra her, um mir dieses Angebot zu unterbreiten, und nun wollt ihr nicht kämpfen?! Muss ich das verstehen?«

Auch Gwen wusste nicht, worauf Tares hinauswollte.

»Wie oft habe ich dir schon gesagt, dass es wichtig ist, zuerst seinen Kopf zu benutzen und nicht immer gleich drauf loszustürzen. Irgendwann wird dir diese ungestüme Art noch zum Verhängnis.«

Sein Gegenüber prustete verächtlich. »So sind wir Nephim nun mal.«

»Tolle Ausrede«, erwiderte Tares, atmete tief durch und fuhr dann fort: »Wie dem auch sei. Alleine haben wir keine Chance gegen Revanoff. Aber in einem Punkt stimme ich dir zu: Vielleicht gelingt es uns doch, durch Revanoffs Körper zu dringen, um ihn zu verletzen, sofern unsere Angriffe stark genug sind und unerwartet kommen.«

Malek runzelte die Stirn: »Wie meinst du das?«

»Ganz einfach: Wir müssen etwas versuchen, was bisher noch niemand gewagt hat. Revanoff hat mehrere Nephim in sich, benutzt ihre Kraft und ihre besonderen Gaben. Vielleicht schaffen wir es, ihn zu besiegen, wenn wir mit etlichen Nephim angreifen.«

Gwen hob erstaunt die Brauen, und Malek schaute Tares an, als habe der den Verstand verloren.

»Du willst andere Nephim dazu bringen, sich uns anzuschließen?«, hakte Asrell nach.

»Ganz genau. Das ist die einzige Chance, die ich sehe.«

Malek lachte voller Hohn: »Du hast echt den Verstand verloren. Du weißt genau, dass das ein auswegloses Unterfangen ist. Niemals wirst du andere unserer Art dazu bringen, sich zu verbünden.«

Er zuckte mit den Schultern: »Und wieso nicht? Wir haben doch auch jahrelang Seite an Seite gekämpft.«

»Das war etwas anderes. Und wie du weißt, waren wir damit eine verdammte Ausnahme.«

»Und doch hat genau das unsere Stärke ausgemacht.«

Sein einstiger Freund nickte widerwillig und fügte noch knurrend hinzu: »Und wir wissen beide, wie diese Sache letztendlich ausgegangen ist.« Malek schien einen Moment über Tares' Worte nachzudenken. »Ich meine, wen wolltest du da überhaupt fragen? Nicht, dass ich glaube, dass auch nur einer von ihnen bereit wäre, uns zu begleiten. Das wird eher in Mord und Totschlag enden.« Nun erschien ein breites Grinsen auf seinen Lippen. »Wobei das natürlich auch nicht schlecht wäre. Ich bin schon lange gegen keinen anderen Nephim mehr angetreten.«

»Ich weiß nicht, ob sie uns anhören werden«, gab Tares zu. »Aber vielleicht gelingt es uns, ihr Interesse zu wecken, wenn wir ihnen von Revanoffs Kraft erzählen und davon, was er mit den Nephim vorhat. Ich könnte mir gut vorstellen, dass diese Information sie nicht kaltlassen wird.«

»Möglich, jedoch sehr unwahrscheinlich«, erwiderte Malek.

»Wir müssen es wohl versuchen«, meinte nun auch Gwen. Der Gedanke, mordenden Nephim gegenüberzutreten, die nur zu gerne gegen sie kämpfen würden, war ihr nicht gerade angenehm. »Du hast schließlich auch angebissen, als du erfahren hast, dass es um einen Gegner von nie da gewesener Stärke geht.«

Malek verschränkte die Arme vor der Brust und blitzte sie wütend an: »Glaub nicht, dass es so einfach ist, mit anderen Nephim zu sprechen. Die meisten fackeln nicht lange und stürzen sich sofort auf dich. Es wird bestimmt nicht leicht, auch nur einen Satz mit ihnen zu wechseln.« Er wandte sich an Tares. »Hast du schon irgendwen Bestimmtes im Sinn?«

Er nickte nachdenklich. »Wie wäre es mit Karnas? Wir haben ihn damals in der Nähe des Kitmar-Sees getroffen, weißt du noch? Nach unserem Kampf hatte er sich doch schnell wieder gefasst und wirkte recht zugänglich.«

Malek prustete verächtlich. »Nachdem wir ihn fast umgebracht hätten, war er nur noch ein Häufchen Elend, das sich kaum mehr rühren konnte. Er wollte nichts anderes, als dass wir verschwinden und ihn in Ruhe lassen. Ich glaube kaum, dass er diese Schmach überwunden hat.«

Tares legte nachdenklich die Hand ans Kinn. »Stimmt, er sah nach dem Kampf nicht mehr allzu gut aus und hat ziemlich viel gejammert.«

»Was ist mit dieser einen … dieser Meriel? Die war doch ganz nett. Gegen sie haben wir auch nicht gekämpft. Wir saßen mit ihr am Feuer, haben Brand getrunken und ich bin ihr sogar ein bisschen nähergekommen.« Er grinste breit. »Ich glaube, mit ihr könnte man sprechen.«

Tares schüttelte den Kopf. »Du hast sie abgefüllt, bis sie kaum mehr gerade laufen konnte. Nachdem sie ein bisschen mit dir rumgemacht hatte, ist sie eingeschlafen. Du hast ihre Sachen durchwühlt und ihr ein Säckchen Gold und mehrere Schmuckstücke geklaut. Du hast sie komplett ausgenommen. Bestimmt will sie dir heute noch an den Kragen.«

»Stimmt, sie hatte ein paar echt tolle Sachen bei sich«, erinnerte sich Malek.

»Wir könnten es bei diesem silberblonden Kerl versuchen. Wir sind im Kadras-Gebirge auf ihn gestoßen, weißt du noch?«

Malek schüttelte sofort den Kopf. »Meinst du diesen Obrid, der sich uns damals anschließen wollte? Ein paar Tage ist er uns hinterhergelatscht und hat immerzu gelabert. Es war nicht auszuhalten. In einer Nacht saß er mit mir am Feuer, du hast schon geschlafen. Er hat unentwegt davon geredet, was wir zusammen alles erreichen könnten, welche Schätze wir erobern sollten. Hat von seinen Kämpfen erzählt … Er konnte einfach nicht still sein. Da hab ich ihm die Kehle durchgeschnitten.«

Tares schaute ihn überrascht an. »Du hast mir damals erzählt, er sei wutentbrannt davongelaufen, nachdem ihr euch gestritten habt.«

Malek grinste. »Nun ja, hätte er ein bisschen mehr Feingefühl für seine Umwelt gehabt, wäre ihm aufgefallen, wie nervig er war. Wir wären darüber in Streit geraten und vielleicht hätte ich ihn entkommen lassen …«

Tares rollte mit den Augen.

»Habt ihr eigentlich jeden Nephim, dem ihr begegnet seid, umgebracht oder so gereizt, dass sie euch nun an die Gurgel wollen?!«, mischte sich Asrell ein.

»Es war eine aufregende Zeit«, erwiderte Malek und schenkte ihm ein breites Grinsen. Niris stand direkt hinter Asrell, und als Maleks Augen auf sie fielen, wich sie einen Schritt zurück. Allerdings nicht, ohne ihm einen hasserfüllten Blick zu schenken.

»Du bist echt witzig«, erklärte er, als er ihr Gesicht sah, lachte belustigt und wandte sich wieder an Tares. »Also, was nun? Offenbar gibt es keine Nephim, die noch gut auf uns zu sprechen sind.«

»Dann sollten wir es vielleicht erst mal bei jemandem versuchen, den wir noch nicht kennengelernt haben«, schlug er vor. »Was ist zum Beispiel mit Hudrill?«

Malek schüttelte den Kopf. »Keine Ahnung, wo der sich rumtreibt.« Er dachte einen Moment nach, dann weiteten sich seine Augen. »Ich glaube, dass sich Leglas hier in der Gegend aufhält. Ich habe gehört, er wurde öfter am Grünberg gesehen.«

»Leglas wäre nicht unbedingt meine erste Wahl«, gestand Tares. »Er scheint sich eher zurückgezogen zu haben und nicht mehr allzu viel zu kämpfen.«

»Mag sein«, gab Malek zu. »Er soll etwas verschroben sein. Aber vielleicht hört er uns darum auch eher zu.«

Tares schaute fragend zu Gwen, die nickte.

»Irgendwo müssen wir wohl anfangen.«

Er zögerte einen Moment und sagte dann: »Gut, also versuchen wir es.«

Malek klatschte erfreut in die Hände. »Na endlich! Es geht los.«

»Freu dich nicht zu früh«, bremste Asrell ihn. »Du wirst dich zusammenreißen müssen und darfst niemanden töten.«

Malek winkte ab. »Das wird sich noch zeigen. Der ein oder andere Nephim wird gegen uns kämpfen, und dann bin ich bereit.«

Er lächelte und folgte den anderen, die sich langsam in Bewegung setzten. »Das wird ein Spaß«, freute er sich weiter und fing dabei Niris' eiskalten Blick auf. Sie ging ein Stück vor ihm, sah jedoch immer wieder zu ihm zurück und hatte eine Miene aufgesetzt, die voller Abscheu war.

»Warum schaust du denn so finster? Ich weiß ja, dass du als Sigami keine geborene Kämpferin bist, aber dir passiert schon nichts.« Er blinzelte ihr verschwörerisch zu. »Außerdem kann uns deine Fähigkeit vielleicht doch noch von Nutzen sein.«

Augenblicklich wurde die Asheiy kreidebleich. Offensichtlich kam gerade die Erinnerung in ihr hoch, wofür Malek sie damals eigentlich hatte nutzen wollen und weshalb er sie vor der Meute im Dorf überhaupt gerettet hatte.

»Halt die Klappe!«, fauchte Asrell ihn wütend an und stellte sich so, dass er Niris vor ihm abschirmte. »Weißt du eigentlich, was du da für einen abartigen Mist von dir gibst?! Du wirst Niris in Ruhe lassen! Du hast ihr in der Vergangenheit bereits genug angetan.«

»Ich habe ihr etwas angetan?« Er schaute die Asheiy fragend an. »So wie ich das sehe, hat sie eher mir etwas angetan. Immerhin ist sie davongelaufen und hat mich wie einen Trottel dastehen lassen.«

»Wie kannst du es wagen!«, zischte sie voller Hass. »Du hast mein Leben zerstört. Ich hatte keine ruhige Minute mehr, ständig saß mir die Angst im Nacken. Ich konnte niemandem mehr vertrauen und wollte es auch gar nicht. Ich dachte, du wärst mein Retter. Ich … Ach, vergiss es! Du bist und bleibst ein Monster!« Damit beschleunigte sie ihre Schritte und drehte sich nicht mehr nach Malek um.

Der schüttelte verwirrt den Kopf und murmelte: »Das soll mal einer verstehen. Dabei kann sie froh sein, dass ich sie überhaupt so lange am Leben gelassen habe …«

»Lass sie besser in Ruhe«, sagte Gwen. »Du solltest tatsächlich noch mal gründlich über alles nachdenken und dir die damalige Zeit gut durch den Kopf gehen lassen. Ich glaube nämlich durchaus, dass du sehr genau weißt, was du ihr angetan hast.«

In Maleks Gesicht zuckte kurz Wut auf, doch ein Blick von Tares genügte, dass er sich die Worte verkniff, die ihm wohl auf der Zunge lagen. Stattdessen verfiel der Nephim in nachdenkliches Schweigen.

Verbündete

Malek begleitete sie mittlerweile seit einer Woche und schien sich in ihrer Gruppe wie zu Hause zu fühlen. Zumindest war er um kein Wort, keine Forderung und keinen Scherz verlegen. Er verhielt sich, als wären sie schon immer zusammen umhergezogen, und zeigte sich nie distanziert oder gar zögerlich ihnen gegenüber. Vielleicht lag es daran, dass er sich an die Zeit mit Tares erinnert fühlte, als sie jahrelang Seite an Seite durch die Welt gezogen waren. Wieder mit seinem alten Freund vereint zu sein, schien ihm so zu gefallen, dass er dafür auch dessen Begleiter in Kauf nahm.

Niris hatte weiterhin am meisten unter Maleks Gegenwart zu leiden. Aber mit der Zeit schien ihre Angst der Wut zu weichen. Sie ging dem Nephim zwar aus dem Weg, so gut es ging, doch ihre hasserfüllten Blicke sprachen Bände. Sie ignorierte ihn weitestgehend, doch genau dieses Verhalten schien Malek zu reizen, denn er kniff die Lippen zusammen, runzelte wütend die Stirn und schaute sie finster an.

Seit Stunden liefen sie nun schon die Anhöhe des Grünberges hinauf, Steine bohrten sich in Gwens Schuhe und ließen sie hin und wieder umknicken. Die Sonne stand hoch am Himmel und strahlte heiß auf sie herab. Nur ein leichter Wind sorgte für etwas Abkühlung. Immer wieder schaute sich Gwen suchend nach einem Zeichen dafür um, dass sich hier vor Kurzem jemand aufgehalten hatte – vergebens. Das Gebiet war ziemlich groß, und sie fragte sich, ob sie Leglas, falls er sich denn in dieser Gegend herumtrieb, auch finden würden. Es bestand jedenfalls kein Zweifel daran, dass er, falls er keinen Wert auf eine Begegnung mit ihnen legte, dieser leicht würde entgehen können.

»Ist das anstrengend«, beschwerte sich Niris. »Ständig dieses Bergaufgelatsche, das raubt einem noch die letzte Kraft.« Sie wischte sich mit der Hand den Schweiß von der Stirn und schenkte Asrell einen Seitenblick. Der ließ sie, seit Malek sie begleitete, nicht mehr aus den Augen. »Was ist mit dir, Asrell, willst du nicht auch eine Pause einlegen? Wir könnten eine Kleinigkeit essen, kurz die Beine ausstrecken und neue Kräfte sammeln.«

Bevor er etwas erwidern konnte, mischte sich Malek mit einem amüsierten Lachen ein: »So träge kenne ich dich ja gar nicht. Als ich dich damals vor den Dorfleuten gerettet habe, hast du dich nicht ein einziges Mal beschwert, sondern bist gelaufen, ohne zu murren. Ich musste vielmehr dafür sorgen, dass du dich zwischendurch auch mal ausruhst. Mit der Zeit scheinst du ganz schön faul geworden zu sein.«

Niris funkelte ihn voller Abscheu an. »Ich werde niemals wieder die sein, die ich damals war, und das habe ich dir zu verdanken!«

»Heißt das, du willst mir die Schuld dafür in die Schuhe schieben, dass du träge geworden bist?«

Er schien nicht zu verstehen. Dabei konnte Gwen sich durchaus denken, was damals in Niris vorgegangen war. Sie hatte in Malek ihren Retter gesehen, hatte sich in ihn verliebt und sich vor ihm keine Blöße geben wollen. Statt sich zu beschweren, hatte sie also alles getan, um ihm zu gefallen und ihm keine Last zu sein.

»Ignorier ihn einfach.« Asrell legte der Asheiy den Arm um die Schulter. »Der Kerl ist es nicht wert, dass du mit ihm sprichst.«

Malek lachte erneut. »Dass du dich immer einmischen und ihren Beschützer spielen musst.« Er schüttelte den Kopf. »Du lässt dich wohl gerne wie der letzte Trottel vorführen.«

»Niris ist meine Freundin, und ich stehe ihr bei – vor allem, wenn es darum geht, sie vor jemandem wie dir zu schützen.«

Asrell schenkte dem Nephim einen abfälligen Blick.

»Ihr zwei seid schon echt seltsam. Allerdings warst du das damals schon«, erinnerte er sich zurück. »Ich habe mich wirklich gewundert, wie leicht es war, dich dazu zu überreden, mich zu begleiten. Du hast nie ein falsches Wort gesagt, bist mir gefolgt, ohne Fragen zu stellen, und das immer mit diesem verklärten Lächeln auf den Lippen. Ab und an habe ich mich gefragt, ob du nur dumm oder verrückt bist.«

Die Asheiy senkte bei Maleks Worten verlegen den Kopf und rückte ihren Rucksack zurecht.

»Du bist einfach nur grausam«, erwiderte sie leise und traurig. Sie beschleunigte ihre Schritte, doch das Gelände war unwegsam und sie hatte bereits eine Menge ihrer Kräfte aufgezehrt, weshalb sie mehr stolpernd vorankam.

»Komm, ich helfe dir«, meinte Asrell sogleich und wollte ihr seine Hand reichen.

Tiefe Falten auf der Stirn, schaute Malek den beiden zu und sann offenbar Niris' Worten nach. Dann eilte er los, ging auf sie zu und zog ihr den Rucksack von den Schultern. »Früher habe ich deinen Kram auch immer getragen, vielleicht kommst du dann wieder ein bisschen schneller voran. Wenn das nämlich so weitergeht, brauchen wir Jahre, um ans Ziel zu kommen.«

Die Asheiy schaute ihm verwundert hinterher, wie er an ihr vorbeiging, ihren Rucksack schulterte und so tat, als sei das alles nichts Besonderes.

In Asrells Blick dagegen mischten sich Wut und Misstrauen.

Gwen und Tares hatten die Szene mit ungutem Gefühl beobachtet. Vielleicht war das Maleks Versuch gewesen, seine harschen Worte wiedergutzumachen, doch diese Geste würde auch nicht viel ändern.

Er lief jedenfalls mit großen Schritten voraus und tönte nun: »Na, hat schon irgendwer eine Idee, wie wir Leglas hier finden sollen? Ich meine, der Berg ist ganz schön groß.«

Noch ehe einer von ihnen etwas erwidern konnte, vernahmen sie eine Stimme: »Ihr sucht nach mir, dabei habt ihr mich längst gefunden.«

Erschrocken wandte sich Gwen um. Zunächst entdeckte sie niemanden. Erst als sich ein paar Blätter eines Busches links neben ihr zu bewegen begannen, wusste sie, wohin sie schauen musste. Kurz darauf sah sie eine kleine Gestalt mit krummem Rücken aus dem Dickicht hervortreten. Der Mann trug einen dunklen, schäbigen Mantel, der vor Dreck nur so starrte. Er hatte einen langen, vollkommen verfilzten schwarzen Bart, dürre Arme und leichte O-Beine. Das wenige Haar auf seinem Kopf war strähnig und stand ihm wirr vom Kopf. Auf den ersten Blick machte er einen völlig verwahrlosten Eindruck, nur seine rubinroten Augen, mit denen er sie alle genau musterte, verrieten, dass sein Verstand hellwach war.

»Ihr habt mich gesucht, da bin ich. Was wollt ihr Fremden hier auf meinem Berg?«

»Seit wann gehört der Berg ihm?«, wisperte Malek leise. »Hoffentlich hat er sich ein bisschen Verstand bewahrt, auch wenn es momentan nicht danach aussieht.«

»Wir wollen dir ein Angebot machen«, erklärte Tares.

Der Nephim legte den Kopf schief. »Ihr könnt meinen Berg nicht kaufen. Ich lebe seit zig Jahrzehnten hier und vertreibe jeden, der in mein Revier eindringt.« Nun erschien ein unheimliches Grinsen auf seinen Lippen. »Und wenn ich das richtig sehe, seid ihr genau das: Eindringlinge.«

»Du kannst deinen dämlichen Berg gern behalten, wir sind nur gekommen, um mit dir zu reden«, erklärte Malek laut.

»Reden?« Leglas' lange dürre Finger stoben aufgebracht durch die Luft. »Seit wann reden Nephim?« Ein schauriges Grinsen zierte seine Lippen, als er fortfuhr: »Und dann ausgerechnet ihr beiden. Malek und Aylen. Ja, glaubt nicht, dass ich euch nicht erkannt habe. Man hat viel über euch erzählt. Ich weiß alles über euch und kann mir schon denken, warum ihr gekommen seid. Aber ich gebe euch meinen Berg nicht. Das alles hier, jeder Strauch, jeder Baum, jedes bisschen Erde, gehört mir!«

Tares rollte mit den Augen. »Wenn du von uns gehört hast, dann sicher auch, dass wir uns normalerweise nur für Schätze und Kämpfe interessieren. Dieser Berg kümmert uns nicht. Wir sind nur hier, weil wir deine Unterstützung brauchen.«

Leglas schien ins Grübeln zu kommen. »Meine Hilfe?«

»Es gibt einen Fürsten «, begann Tares, und sogleich spuckte der Nephim angewidert aus.

»Fürsten, ich verabscheue dieses Pack! Sind immer hinter uns her und schicken uns ständig ihre verfluchten Verisells auf den Hals. Sie sollten alle in Stücke gerissen und ihre Köpfe auf Stöcke aufgespießt werden!«

Malek konnte sich ein Grinsen nicht verkneifen: »Ganz deiner Meinung.«

»Es geht um Fürst Revanoff«, fuhr Tares fort, »er hat eine Methode gefunden, um magische Kräfte auf sich zu übertragen. Er fängt Nephim und raubt ihnen unter Schmerzen die Macht, nur um sie dann elendig sterben zu lassen. Dieser Fürst ist gerade dabei, einen Krieg anzuzetteln, aus dem er als alleiniger Herrscher hervorgehen will. Und wenn wir nichts dagegen unternehmen, wird ihm genau das gelingen.«

»Er bestiehlt uns Nephim und tötet uns?«, hakte Leglas nach.

Malek nickte. »Mirac hat es bereits erwischt. Revanoff verfügt nun über dessen besondere Gabe.«

»Dann ist er hinter uns allen her? Auch hinter mir und meinem Berg? Er will sich hier breitmachen, mir alles nehmen und mich töten?« Ein Grinsen erschien auf seinen Lippen. »Da hat er sich getäuscht. Man sollte mich nicht unterschätzen.«

»Das heißt, du hilfst uns?« Gwen konnte kaum fassen, dass dieser seltsame Kerl so leicht zu überzeugen gewesen war.

Er musterte sie, als würde er sie jetzt erst richtig wahrnehmen. »Du bist ein hübsches Mädchen«, stellte er fest. »Pass bloß auf, dass dein nettes Gesicht im Kampf nicht zerkratzt wird.«

Sie wollte gerade etwas erwidern, doch da hatte er sich schon wieder von ihr abgewandt und richtete sich erneut an Tares und Malek: »Ich mache alles, um meine Heimat zu schützen, und auf einen Kampf gegen einen Fürsten, der mir alles nehmen will, freue ich mich.«

»Dann solltest du dich uns anschließen«, sagte Malek grinsend.

»Nein, nein.« Leglas schüttelte energisch den Kopf. »Ich folge euch gewiss nicht. Nur weil ich mit euch kämpfen will, heißt das nicht, dass ich euch bedingungslos vertraue. Außerdem mag ich es nicht, mit anderen Nephim zusammen zu sein. Da ist immer Vorsicht angebracht. Sagt mir nur, wann ich wo sein soll.«

»Ahrin wird in etwa fünf Wochen von der Schwarzsandebene aus angreifen«, erklärte Gwen.

Er nickte. »Ich weiß, wo das ist, und werde rechtzeitig dort sein«, versprach der kauzige Kerl. »Und unterwegs werde ich noch ein paar andere Nephim aufsuchen. Es ist gewiss von Vorteil, noch etwas Unterstützung zu bekommen. Meinem Berg darf um keinen Preis etwas geschehen!«

»Das wird es auch nicht«, versprach Tares.

»Gut, dann mache ich mich gleich auf den Weg. Es bleibt nicht mehr viel Zeit.« Er klang entschlossen, nickte ihnen noch ein letztes Mal zu, wandte sich dann um und verschwand wieder im Dickicht.

»Hoffentlich können wir uns auf ihn verlassen«, murmelte Asrell, der von Leglas offenbar nicht allzu viel hielt.

»Ganz bestimmt«, meinte Tares und grinste. »Er würde doch niemals das Risiko eingehen, seinen Berg zu verlieren.«

Über eine Woche war vergangen, seit sie auf Leglas getroffen waren. Ein neues Ziel zu finden, war zunächst gar nicht so einfach gewesen, aber schließlich hatte Malek erneut vorgeschlagen, es bei Meriel zu versuchen.

»Allzu viel Auswahl haben wir nicht. Und wenn wir Glück haben, ist sie nicht allzu nachtragend. Immerhin hatten wir damals einen sehr netten Abend.« Malek lächelte vielsagend.

»Und wo finden wir diese Meriel?«, hakte Niris nach.

Malek wusste nur, wo sie damals auf die Nephim getroffen waren und dass sie ihrem Dialekt nach aus dem Süden kommen musste. Er erinnerte sich noch daran, dass sie vom Quadras-See gesprochen habe.

Es würde noch einige Tage dauern, bis sie dort ankämen, und Gwen war gespannt, ob sie sie antreffen würden. Malek war weiterhin gut gelaunt, auch wenn hin und wieder seine Stimmungsschwankungen zutage traten. Ein falsches Wort konnte genügen, um ihn zu reizen. Da Asrell und Niris keinen Hehl daraus machten, wie wenig sie von ihrem neuen Begleiter hielten, kam es öfter vor, dass in Maleks Augen Wut aufflackerte und er zu harschen Worten griff.

»Dort vorne ist eine kleine Stadt«, erklärte er. Dank seiner guten Augen hatte er keine Probleme, Dinge zu erkennen, die in weiter Ferne lagen. Ein Lächeln stahl sich auf seine Lippen, als er sich an Tares wandte: »Wollen wir dort eine kleine Pause einlegen? Könnte nett werden.«

Die Art, wie er die Worte betonte, verriet, dass er nichts Gutes im Schilde führte.

»Schlag dir das gleich wieder aus dem Kopf. Ich habe dir gesagt, dass es niemals mehr so wie früher werden wird. Ich greife keine Städte mehr an und werde auch nicht zulassen, dass du es tust.« Tares' kalter Blick sprach Bände, und Malek wirkte aufgrund der Abfuhr ein wenig enttäuscht.

Plötzlich hob der Nephim erneut den Kopf, seine Augen verengten sich leicht, und dieses Mal erschien ein ganz neuer Ausdruck auf seinem Gesicht. Er hatte etwas Lauerndes, fast

Aufgeregtes und zugleich sehr Bedachtes. Seine Atmung wurde eine Spur flacher, dafür spannten sich seine Muskeln an. Ein freudiges Flackern glomm in seinem Blick auf.

»Wenn das mal kein Glück ist«, stellte er fest und tat ein paar erste Schritte. »Das kommt genau richtig. Ich hatte schon so lange keinen Kampf mehr. Ich habe den Geruch von Blut richtig vermisst.«

Noch ehe einer von ihnen realisieren konnte, was da genau geschah, rannte er auch schon los. Gwen hörte noch, wie Tares fluchte, dann hastete auch er davon. Es ging alles so schnell, dass sie kaum mit den Augen folgen konnte. Sie sah nur, wie Tares plötzlich verschwand, dann spürte sie den Luftzug, der an ihr vorbeizischte, und vernahm das laute Krachen eines Baumes. Als sie sich umwandte, lag Malek auf dem Boden. Tares war über ihn gebeugt und hielt ihn fest. Durch den Schwung, mit dem er seinen einstigen Freund zurückgerissen hatte, war eine tiefe Schneise in den Untergrund gegraben, in der Malek nun lag. Den Baum, gegen den er geprallt war, hatte es entwurzelt, sodass er umgestürzt war.

»Lass mich sofort los!«, schrie Malek und sein Blick war kalt wie Eis. »Oder du wirst es bereuen!«

»Ich lasse nicht zu, dass du irgendwen angreifst und umbringst. Es ist nicht mehr wie damals, verstanden? Wir sind nur zusammen, um gegen Revanoff zu kämpfen. Danach trennen sich unsere Wege wieder, und ich hoffe, dass wir uns dann nie wieder sehen müssen.«

Maleks Brauen runzelten sich, auf seinem Gesicht erschien Wut. »Ich habe es nicht vergessen, allerdings scheint dir entfallen zu sein, dass ihr mich braucht. Passt also besser auf, dass ihr mich nicht verärgert. Ihr könnt froh sein, wenn ich meine Wut lieber an fremden Soldaten auslasse als an einem von euch.«

Sein Blick und sein Tonfall verrieten, dass er seine Worte ernst meinte. Er würde nur zu gerne einen von ihnen töten.

»Du solltest nie vergessen, wozu ich fähig bin.«

Tares hielt ihn weiterhin fest und erklärte: »Das würde ich niemals, dazu kenne ich dich viel zu gut.« Er klang dabei, als wisse er ganz genau, dass man Malek keinen Moment aus den Augen lassen durfte.

Ein finsteres Lächeln stahl sich auf dessen Lippen. »Verscherz es dir nicht mit mir. Ich begleite euch nur, weil mich dieser Kampf reizt. Einen Gegner von solcher Stärke gab es noch nie, und ich bin gespannt, ob er halten kann, was seine vermeintliche Kraft verspricht. Das bedeutet allerdings nicht, dass es mir gefällt, mit euch umherzuziehen. Ich habe schnell gemerkt, dass nichts mehr so ist, wie es mal war.« Sein Blick schweifte hastig über Gwen, Asrell und Niris. »Mit solchen Schwächlingen hättest du dich früher niemals eingelassen. Es ist einzig und allein meinem unbändigen Wunsch zu verdanken, diesen Revanoff zu töten, dass ich euch allesamt in Frieden lasse. Also reize mich nicht, sonst überleg ich es mir noch anders.«

Dieses Mal war es Tares, dem ein kaltes Lächeln über die Lippen huschte. »Natürlich brauchen wir dich im Kampf, das heißt jedoch nicht, dass es andersherum nicht genauso ist. Du bist nicht dämlich und kannst dir denken, dass an meinen Worten Wahres dran sein muss, wenn ich extra zu dir gekommen bin, um dich um Hilfe zu bitten. Deine Instinkte sagen dir vielleicht, du solltest es versuchen, aber anscheinend hast du mit der Zeit ein wenig dazugelernt und schaltest den Kopf ein. Fest steht, dass du uns ebenfalls brauchst. Und darum wirst du dich in Zukunft zusammenreißen, ist das klar?!« Für einen Moment hingen ihre Blicke aneinander, dann ließ Tares Malek los.

Der schien noch immer voller Zorn zu sein, während er sich aufrappelte und sich von Staub und Dreck befreite. »Sei dir da mal nicht zu sicher. Ich weiß, dass ich die Vergangenheit nicht mehr zurückholen kann, wir sind keine Freunde mehr und es hat mich von Anfang an gereizt, meine Kräfte zu testen. Irgendwann werde ich gegen dich antreten und vielleicht ändern sich meine Prioritäten, sodass es mir wichtiger ist, dich umzubringen.«

Tares wirkte überhaupt nicht eingeschüchtert von dieser Drohung. »Schon immer wolltest du dich mit den Stärksten messen, weshalb dein momentanes Ziel einzig und allein Revanoff ist. Also reiß dich bis dahin zusammen.«

Malek biss sich auf die Zähne, seine Kiefermuskeln spannten sich an, doch blieb er tatsächlich ruhig.

»Du willst ihn nach all diesen Drohungen weiter mit uns kommen lassen?«, hakte Asrell verwundert nach, als er beobachtete, wie Tares seinen Seesack schulterte und weitergehen wollte.

»Ich sehe keinen Grund, es nicht zu tun. Außerdem haben wir ohnehin keine andere Wahl. Er wird euch nichts tun.«

»Er ist ein Monster und hätte beinahe diese Leute, die dort irgendwo im Wald sein müssen, angegriffen.«

»Ein paar Soldaten«, erklärte Malek nun wieder vollkommen ruhig. »Ihren Worten nach sind sie unterwegs zu Revanoff, um sich dort für den Kampf zu sammeln. Früher oder später müssen wir sie also ohnehin töten.«

»Wie gesagt, du wirst sie in Ruhe lassen«, mahnte Tares noch einmal.

Der Angesprochene zuckte mit den Schultern: »Wie du meinst, allerdings wirst du auf lange Sicht nicht jedem Kampf ausweichen können.«

»Wir werden sehen«, erwiderte er und trat zu Gwen. Während sie ihren Weg fortsetzten, nahm er ihre Hand und strich mit seinen warmen Fingern sanft darüber.

Asrell und Niris gingen ein paar Schritte vor ihnen, Malek hinter ihnen.

Dieser Ausbruch hatte erneut gezeigt, dass der Nephim keineswegs so harmlos war, wie er ab und an zu sein schien. Aber vor allem hatte er noch immer nicht von seinem Plan Abstand genommen, gegen seinen einstigen Freund zu kämpfen.

»Mach dir keine Sorgen.« Tares drückte aufmunternd Gwens Hand und schenkte ihr ein Lächeln. »Ich weiß, er ist oft unbeherrscht, doch er wird sich zusammenreißen. Er will unbedingt gegen Revanoff antreten und weiß, dass er uns dafür braucht.«

»Und was ist, wenn wir diesen Krieg heil überstehen? Was wird er dann tun?«

»Dann wird er mich herausfordern«, antwortete Tares vollkommen überzeugt. »Aber er wird nicht gewinnen.«

Gwen hoffte, dass er damit recht hatte. Sie selbst wollte jedenfalls alles dafür tun, damit es gar nicht erst dazu kam.

»Das Zeug schmeckt irgendwie seltsam.« Malek blickte leicht angeekelt auf die Spaghetti Carbonara auf seinem Teller.

»Iss es oder lass es. Denkst du, einen von uns interessiert es, ob du Hunger hast?«, schnauzte Asrell zurück und führte eine volle Gabel zum Mund.

Malek hatte sich immer noch nicht an die Fertiggerichte aus Gwens Welt gewöhnt und aß sie jedes Mal nur misstrauisch und zögerlich. »Ich hätte vorhin jagen gehen sollen. Es fehlt einfach ein ordentliches Stück Fleisch, richtig schön über dem Feuer zubereitet. Darauf hätte ich jetzt Lust.«

Gwen beschäftigten weit wichtigere Dinge, als dass sie sich um Maleks Essenswünsche hätte Gedanken machen können. Es würde nicht mehr lange dauern, bis Ahrin und die Thungass im Kampf aufeinandertrafen. Höchstwahrscheinlich hatten auch die anderen Fürsten vor, in der nächsten Zeit einzuschreiten. Schon bald würde jedes Fürstenhaus dieser Welt in einen Krieg verwickelt sein und keine der Familien wusste, auf was für einen Gegner sie sich dabei einließen. Alle dachten, Ahrin wäre ein leichtes Opfer – und er hatte auch alles dafür getan, genau diesen Eindruck zu erwecken. Er hatte Schwächen offenbart und sogar das Gerücht in die Welt gesetzt, ein Nephim treibe in seinem Reich sein Unwesen. Es war verständlich, dass die anderen Familien versuchten, sich daraus einen Vorteil zu verschaffen, und ihren geschwächten Feind vernichten wollten. Doch sie würden eine schreckliche Überraschung erleben.

Tares stellte seinen Teller beiseite und legte den Arm um Gwen. Seine Finger fuhren über ihren Hals, die Berührung war unglaublich warm und zärtlich.

»Ich weiß, dass es momentan nicht besonders gut aussieht, aber wenn wir es schaffen, noch einige Nephim auf unsere Seite zu bringen, könnten wir eine Chance haben.«

Er wusste also genau, worüber sie sich den Kopf zerbrach. Und doch konnten seine Worte ihre Zweifel nicht verdrängen.

»Mirac war unbesiegbar«, erwiderte sie. »Seine besondere Gabe hat ihn vor jeglichen Angriffen geschützt. Denkst du, dass ein paar Nephim etwas daran ändern können?«

Ein dunkles Flackern huschte durch seine rubinroten Augen, mit denen er sie eingehend betrachtete: »Ein einzelner Nephim ist bereits außergewöhnlich stark und für jeden Gegner eine ernst zu nehmende Gefahr. In der gesamten Geschichte ist es noch nie vorgekommen, dass sich mehrere zusammengeschlossen haben. Malek und ich waren nur gemeinsam unbezwingbar, ich denke, dass vieles möglich ist, wenn wir die Unterstützung von anderen Nephim haben.«

Er streichelte ihren Nacken, ließ seine Finger durch ihr Haar gleiten und sie dann über die nackte Haut ihrer Halsbeuge wandern. Damit nahm er ihr zumindest einen Teil ihrer Anspannung.

»Wie viele Nephim kennt ihr noch? Es scheint nicht einfach zu sein, welche zu finden, die man noch fragen könnte.«

Er zuckte mit den Schultern. »Das stimmt. Nephim sind nicht gerade für ihren freundlichen Umgang miteinander bekannt. Malek und ich waren da eine Ausnahme. Es gibt noch zwei, drei, bei denen man es versuchen könnte. Danach werden wir wohl solche aufsuchen müssen, die man eigentlich besser in Ruhe lässt.«

»Und das alles muss in sehr kurzer Zeit geschehen. Es dauert nicht mehr lange, bis der Krieg losbricht.«

Tares zog sie ein Stück näher zu sich, sodass ihr Kopf nun auf seiner Schulter ruhte. Dann küsste er sie sanft aufs Haar und auf ihre Schläfe.

»Es wird uns wohl nichts anderes übrig bleiben, als auch die anderen Fürsten zu informieren«, meinte er.

Sie nickte bestätigend. »Mal sehen, ob sie uns glauben werden.« Gwen seufzte, hob den Blick und schaute Tares an. »Ganz gleich, was uns erwartet, ich werde auf jeden Fall mitkämpfen. Mit den Schwarzsonnen bin ich zwar keine große Hilfe, und offenbar kann ich Ahrin ja auch nicht das Anmagra der Nephim entziehen, aber ich werde nicht einfach tatenlos herumsitzen.«

Tares' Stirn runzelte sich. »Es wird gefährlich werden, und ich will nicht, dass dir irgendetwas geschieht.«

»Das weiß ich«, sagte sie, während sie ihm mit den Fingerspitzen sanft über Wange und Lippen strich. »Aber ich könnte es nicht aushalten, nichts zu tun. So bin ich nicht und vielleicht kann ich dir und den anderen ja doch irgendwie hilfreich sein. Ihr könnt jede Unterstützung gebrauchen.«

Bevor er etwas erwidern konnte, legte sie ihre Lippen auf die seinen und küsste ihn lang und intensiv. Sein Atem war warm und ging nun eine Spur schneller. Auch ihr Puls begann zu rasen und trieb heißes Blut durch ihre Adern.

Tares legte seine Hand auf ihren Hinterkopf und zog sie noch näher zu sich heran, sodass sie die Kraft seines Mundes voll auskosten konnte. Ganz langsam rückte alles andere in den Hintergrund, sie nahm nur noch diesen leidenschaftlichen Kuss wahr, der alles in ihr zum Tosen brachte und ein unbändiges Verlangen auslöste.

»Ist ja nicht auszuhalten«, hörte sie plötzlich eine Stimme. Ein Blick in Maleks Richtung genügte. Seine Augen waren dunkel. »Wie damals mit dieser Verisell. Bist du es nicht leid, immer wieder dieselben Fehler zu machen?«

Tares bedachte ihn mit einem eisigen Blick. »Sei besser vorsichtiger mit dem, was du sagst.«

Der Nephim schwieg, auch wenn seine angespannte Miene verriet, dass es ihm schwerfiel.

»Na, wenn das mal kein Anblick ist. Zwei Nephim, die zusammenarbeiten wollen und sich am Ende doch anfeinden.«

Während Gwen, Asrell und Niris sich noch suchend nach der fremden Stimme umschauten, sprangen Tares und Malek bereits auf.

Im nächsten Moment trat eine junge Frau hinter einem Baum hervor und grinste sie mit kühlem Lächeln an. Ihr Haar war von einem unnatürlichen Rot und schimmerte im Schein des Lagerfeuers. Das schmale Gesicht war recht blass, die Augen dafür rubinrot und mit einem durchdringenden Ausdruck. Sie hatte eine durchtrainierte Figur, Gwen konnte in dem kurzärmeligen Lederwams die Muskeln ihrer Arme erkennen und in der dunklen Hose zeichneten sich lange, starke Beine ab.

»Was führt euch hierher? Wisst ihr denn nicht, dass das Gebiet rund um den Quadras-See mir gehört?« In ihren Augen lag etwas Lauerndes und Aufgeregtes, das deutlich zeigte, dass all die Worte im Grunde nur unnützes Geplänkel waren und sie sich längst zu einem Angriff entschlossen hatte.

»Wir wussten nicht, dass du dein Reich inzwischen erweitert hast. Immerhin ist es noch ein Stück bis zum See. Das letzte Mal, als wir uns gesehen haben, hast du dich stets in Ufernähe herumgetrieben«, erklärte Malek. Er schien wenig beeindruckt von ihren Worten.

Die Nephim runzelte erstaunt die Stirn.

Malek griff zu seinem Rucksack und zog eine Flasche hervor: »Das hat dir doch letztes Mal besonders gut geschmeckt, habe ich nicht recht? Ist ein ausgesprochen edler Tropfen aus Melize. Kommt man nicht allzu leicht ran.«

Gwen wusste, dass er alles Mögliche in seinem Rucksack mit sich herumtrug, und wahrscheinlich war das meiste davon gestohlen. Dass er auch Alkohol bei sich hatte, war ihr allerdings neu.

Die Nephim ließ ihren Blick erst über die Flasche wandern, dann wieder über Malek und Tares. Schließlich trat sie auf die beiden zu, nahm die Flasche an sich und setzte sich zu ihnen ans Feuer. Sie öffnete den Schnaps und nahm einen großen Schluck. »Das ist einfach der Beste, den man bekommen kann«, verkündete sie zufrieden. Sogleich schenkte sie der Runde einen finsteren Blick. »Bildet euch aber bloß nichts ein! Ich vertrag eine Menge und werde selbst dann noch spielend mit euch zwei Witzfiguren fertig.«

Sie trank noch ein paar Mal, und so langsam machte sich ein zufriedener, wohliger Ausdruck auf ihrem Gesicht breit.

Malek lachte: »Genau wie damals. Erst hast du uns ständig damit gedroht, du würdest uns umbringen, und dann wurdest du von Minute zu Minute umgänglicher und redseliger.«

»Ich weiß nicht, wovon du sprichst«, erklärte Meriel und nahm einen weiteren Schluck. »Ich habe euch und diese Schwächlinge«, sie nickte in Gwen, Niris und Asrells Richtung, »noch nie gesehen.«

»Wundert mich nicht, dass die Erinnerung ein wenig verblasst ist«, entgegnete Malek. »Wir hatten an dem Abend jedenfalls eine Menge Spaß, oder?«, wandte er sich an Tares.

Der verdrehte die Augen. »Ihr beide hattet den ganz sicher.«

Malek konnte sich ein breites Grinsen nicht verkneifen. »Das war ein Abend. Anfangs hast du immer wieder getönt, wie grausam du uns umbringen würdest. Je mehr Zeit du allerdings mit uns verbracht –«

»Wohl eher getrunken«, unterbrach Tares ihn, woraufhin sein einstiger Freund lachte.

»Ja, das stimmt wohl. Je mehr du getrunken hattest, desto lockerer und zugänglicher wurdest du.«

Die Nephim setzte erneut die Flasche an die Lippen, runzelte anschließend die Stirn und meinte: »Ich glaube, ich erinnere mich an euch. Du warst der Kerl, der mich am nächsten Morgen bestohlen hat, während ich noch geschlafen habe.«

Malek lachte. »Nun tu nicht so unschuldig. Später musste ich feststellen, dass du mich ebenfalls beklaut hattest. Mir fehlte eine wertvolle Brosche.«

Die Nephim winkte ab. »So wertvoll war das Teil gar nicht. Der Rubin hat nicht viel getaugt.« Ein vielsagendes Lächeln huschte über ihre Lippen. »Aber es stimmt, wir hatten eine Menge Spaß.«

»Das hatten wir, und es ist auch kein Zufall, dass wir jetzt hier sind. Ehrlich gesagt waren wir auf der Suche nach dir, Meriel«, erklärte Malek.

»Ist das so?«

Tares nickte. »Wir brauchen Verbündete.«

Die Nephim hob erstaunt die Braue und erwiderte: »Keine Ahnung, was ihr euch da habt einfallen lassen. Ihr müsstet doch wissen, dass es unüblich für uns ist, sich zusammenzutun. Ich fand es damals schon seltsam, dass ihr zwei Seite an Seite gekämpft habt. Wie ich sehe, ist eure Gruppe inzwischen noch größer geworden, auch wenn ich nicht verstehe, wie man sich mit solchem Ballast das Leben schwermachen kann. Besonders starke Kämpfer sind die ja wohl nicht.«

Asrells Blick wurde eine Nuance dunkler. »Ich hoffe, dass da vor allem Unwissenheit und der Alkohol aus dir sprechen. Denn dir mag entgangen sein, dass ich ein äußerst gut ausgebildeter Vendritori bin.«

Meriel nickte. »Also ein Dummschwätzer und Scharlatan. Schön, selbst die haben wohl ihre Daseinsberechtigung, wobei ich solche Schwächlinge normalerweise gleich in Fetzen reiße.«

Wieder trank sie.

Gwen beobachtete Asrell und Niris. Während Asrell eingeschnappt wirkte, schien sich die Asheiy immer weiter in sich zurückzuziehen. Sie verfolgte das Gespräch zwischen Malek und Meriel ganz genau, hin und wieder flackerte Zorn in ihrer Miene auf, dann war wieder ein fast schmerzvoller Ausdruck zu erkennen.

»Jedenfalls wollten wir unbedingt mit dir sprechen«, nahm Malek den Faden wieder auf. »Ich weiß, dass du äußerst stark bist und einen scharfen Verstand hast.«

Er war inzwischen ein Stück näher zu ihr gerückt und die Nephim schien der Nähe nicht abgeneigt. Sie schlug ihm mit dem Arm freundschaftlich auf die Schulter: »Ach, spar dir die Schmeicheleien. Ich fall auf solches Süßholzgeraspel nicht rein.« Langsam wurde ihre Zunge ein wenig schwerer, die Aussprache etwas undeutlicher, dafür lag immer öfter ein Lächeln auf ihren Lippen. Sie schenkte ihm einen schelmischen Seitenblick. »Aber das heißt nicht, dass ich es nicht gerne höre.« Sie lachte, als hätte sie gerade einen besonders gelungenen Witz gemacht, und Malek stimmte mit ein. Er legte ihr den Arm um die Schulter und die beiden bogen sich schier vor Lachen.

»Ab und zu ist es wirklich nett, mit jemandem zu reden, der einem ebenbürtig ist und weiß, wie es ist, als Nephim zu leben.«

»Wir sind eben anders und etwas Besonderes«, stimmte Malek zu, während er sie mit glühendem Blick betrachtete.

»Da hast du recht! Wir sollten an der Spitze dieser Welt stehen und uns nicht verstecken müssen. Doch stattdessen werden wir ständig gejagt und getötet.«

»Wobei man nicht unerwähnt lassen sollte, dass auch wir einer ganzen Menge Leute das Leben nehmen«, verkündete Malek stolz.

»Genau!«, tönte Meriel und legte ihren Kopf auf seine Schulter. »Wir sind stark und außergewöhnlich.«

»Das sind wir!« Er strich ihr eine Haarsträhne aus dem Gesicht. »Und deshalb sind wir auch die Einzigen, die etwas an unserer Lage ändern können. Nur wir können verhindern, dass sie noch schlechter wird.«

»Du redest und redest«, lallte die Nephim mit verklärtem Blick. »Du bist echt nicht übel und wärst auch irgendwie mein Geschmack, nur leider kannst du einfach nicht die Klappe halten.« Sie stupste ihm mit dem Finger auf die Nasenspitze und ließ ihre Kuppen dann über seine Wange streichen.

»Du bist noch so schön und stark wie damals, hast dazu einen messerscharfen Verstand«, sagte Malek. Die beiden schauten sich an, als hätten sie längst alles um sich herum vergessen. Dass Meriel vollkommen betrunken war, war nicht zu übersehen. Gwen konnte allerdings nicht genau sagen, ob Malek diese Gelegenheit nur auszunutzen versuchte oder ob er tatsächlich Gefallen an der Nephim gefunden hatte. Vielleicht war es auch beides, und er hatte nicht vor, sich diese Chance entgehen zu lassen.

»Ich würde dich gerne auf unserer Seite wissen«, fuhr er fort, während er Meriel über die Wange strich und seine Hand langsam an ihrem Hals hinabgleiten ließ. Sie rückte daraufhin noch näher zu ihm und begann, mit ihren Fingern behutsam über seinen Oberkörper zu streicheln. »Sprich weiter«, hauchte sie und beugte sich noch näher zu seinem Gesicht.

In diesem Moment sprang Niris auf. »Ich muss mal. Bin gleich wieder da!« Kaum waren die Worte verklungen, hastete sie auch schon davon.

Gwen zögerte keinen Augenblick und eilte ihr nach. Sie konnte sich denken, dass es nicht angenehm war, denjenigen, den man einst geliebt hatte, nun mit einer anderen zu sehen. Es war nicht leicht, all diese Gefühle in Einklang zu bringen, denn immerhin empfand Niris auch einen unfassbaren Hass auf ihn.

Gwen fand die Asheiy einige Meter vom Lagerplatz entfernt. Sie hatte sich an einen Baum gelehnt, die Beine angezogen und schaute nachdenklich gen Himmel. Als sie Gwens Schritte hörte, wandte sie sich erschrocken um und setzte sogleich eine Miene auf, die deutlich machte, dass sie momentan lieber allein wäre.

Gwen ließ sich neben der Asheiy sinken und schaute ebenfalls in den dunklen Himmel hinauf. Sterne prangten dort, ein paar Wolken schoben sich vor den milchigen Mond und der kühle Wind ließ die Blätter rascheln.

»Alles okay bei dir?«

Niris zuckte mit den Schultern, sagte jedoch nichts.

»Tut mir leid, dass du das gerade durchmachen musst und an die Zeit von damals erinnert wirst. Nun ist auch noch diese Nephim bei uns, mit der Malek flirtet ... Sicher ruft das Erinnerungen wach.«

Die Asheiy schüttelte den Kopf. »Ich bin nicht eifersüchtig, falls du das denkst. Wie könnte ich auch, nach allem, was er mir angetan hat? Ich war damals einfach nur dumm genug, zu glauben, dass ihm etwas an mir liegen könnte. Heute sehe ich klarer.« Sie seufzte, griff nach einem kleinen Ast, der neben ihr auf dem Boden lag, und begann, kleine Stücke davon abzubrechen. »Es ist seltsam, ihn mit dieser Nephim zu sehen. Er ist so ganz anders, als ich ihn damals erlebt habe. Anfangs war er freundlich zu mir, hat sich um mich gekümmert, mit mir gelacht und geredet. Ich hatte das Gefühl, ihm nahe zu sein, und glaubte, ihm würde etwas an mir liegen. Doch dann, als wir das Versteck erreichten, zeigte er sein wahres Ich. Er ist grausam, ein Monster ohne Gewissen.« In ihrer Stimme schwangen Schmerz und Enttäuschung mit.

»Wenn ich ihn nun mit Meriel sehe, erkenne ich ihn nicht wieder. Dieses Gesicht hat er mir nie gezeigt, mit diesem Blick hat er mich nie angeschaut, und ich frage mich, wie der echte Malek ist. Ist er das Monster? Oder der Kerl, der stets zu Scherzen und zum Flirten aufgelegt ist? Oder der Beschützer, der sich so um mich gekümmert hat? Ich weiß es nicht, und eigentlich will ich auch gar nicht darüber nachdenken. Ich will nicht, dass sich meine Gedanken um dieses Scheusal drehen, ich will ihn vergessen, ihn aus meinem Leben streichen. Aber es fällt mir so schwer. All die Jahre hat er mich beherrscht, obwohl er weit weg war. Ich fürchtete mich vor dem Tag, an dem er mich finden würde, und nun ist er ununterbrochen bei uns ...« Sie seufzte. »Ich weiß einfach nicht, wie ich damit umgehen soll.«

Gwen legte ihr kurzerhand den Arm um die Schulter, was die Asheiy kommentarlos geschehen ließ.

»Wir sind bei dir, und wenn es dir schlecht geht, kannst du jederzeit mit uns reden. Wir wissen alle, dass die Situation für dich besonders belastend ist. Ich wünschte auch, wir wären nicht auf Maleks Unterstützung angewiesen.«

»Ich weiß ja, dass wir ihn brauchen. Mir wäre es am liebsten, wir könnten uns aus all dem heraushalten und müssten nicht kämpfen, doch wenn es Revanoff gelingen sollte, seine Pläne umzusetzen, wird hier nie wieder etwas so sein, wie es einmal war. Keiner wird mehr friedlich leben können. Erst recht kein Asheiy oder Nephim. Er wird nichts unversucht lassen, noch stärker zu werden, und dabei alle Nephim und Asheiys auslöschen. Deshalb brauchen wir Malek, auch wenn es mir anders lieber wäre. Es ist gut, dass wir ihn auf unserer Seite haben.«

Sie brach ein weiteres Stück von dem Zweig ab und warf ihn schließlich weg.

»Aber was ist, wenn wir den Fürsten tatsächlich besiegen?«

Gwen wusste genau, was sie meinte. Wäre Ahrin erst mal bezwungen, würde Malek sich, getrieben von dem inneren Drang, sich mit starken Gegnern zu messen, Tares vorknöpfen.

»Nein, er wird weder Tares noch uns etwas tun«, erklärte Gwen entschlossen. »Ich bin zwar nicht besonders stark oder geübt, aber sollte er uns angreifen, werde ich ihm das Anmagra entreißen, das schwöre ich.«

Niris schaute sie erstaunt an und meinte: »Hoffen wir mal, dass es nie dazu kommen wird.«

Als sie zum Lager zurückkehrten, fanden sie Meriel schlafend neben dem Feuer vor. Sie hatte sich dort zusammengerollt und schnarchte mit halb offenem Mund. Malek hockte ein Stück von ihr entfernt und grinste immer wieder, wenn sie ein sägendes Geräusch von sich gab.

Asrell machte sich an seinem Rucksack zu schaffen und holte eine Decke hervor, während Tares aufstand, als er Gwen und Niris kommen sah. »Da seid ihr ja wieder.«

»Wir wollten nur kurz reden«, antwortete Gwen.

Tares verstand wohl und hakte nicht weiter nach.

»Was ist mit Meriel? Hat sie die ganze Flasche geleert und ist daraufhin eingeschlafen?«

Asrell schenkte Niris einen besorgten Blick und antwortete dann auf ihre Frage: »Sie und Malek haben zusammen noch eine zweite Flasche getrunken, er hat ihr währenddessen alles von Revanoff erzählt und sie dazu überredet, sich uns anzuschließen.« Er schaute kurz zu der schlafenden Nephim. »Falls sie sich morgen früh noch an das Gespräch erinnert und sich an ihr Wort hält.«

»Das wird sie«, versprach Malek, »so einen Kampf lässt sich kein Nephim entgehen.«

»Alles okay?« Asrell legte Niris behutsam einen Arm auf die Schulter, den sie jedoch sogleich mit einem Lächeln abschüttelte.

»Natürlich, was soll auch sein?«

»Ich frag ja nur. Ich bin immer für dich da, das weißt du hoffentlich. Schließlich hast du es gerade nicht leicht.« Sein Blick glitt unübersehbar Richtung Malek, der nur die Brauen zusammenzog.

»Wieso schaust du dabei mich an? Ich hab ihr nichts getan, worüber sie echt froh sein kann. So nervig, wie sie ist, muss ich wirklich an mich halten. Seid also lieber dankbar, dass ich mich dermaßen gut im Griff habe.«

»Du bist einfach widerlich und hast offenbar nicht die Spur eines Gewissens«, giftete Asrell ihn an.

Bevor Malek darauf anspringen konnte, mischte sich Niris ein: »Ist schon gut. Hör auf, dich mit ihm zu streiten. Ich danke dir für dein Angebot, Asrell, aber mir geht es gut.« Damit ließ sie ihn stehen, ging zu ihrem Schlafplatz und zog sich eine Decke aus ihrem Rucksack, mit der sie sich nun auf den Boden legte.

Asrell blieb noch für einen Moment stehen und wirkte enttäuscht. Er hatte der Asheiy helfen und für sie da sein wollen, und sie hatte ihn erneut von sich gestoßen. Es war klar, dass sie niemanden – erst recht nicht ihn – an sich herankommen lassen wollte.

Auch Asrell machte sich nun fürs Schlafengehen fertig.

Malek setzte sich an einen Baum, verschränkte die Arme vor der Brust und schloss die Augen.

Gwen und Tares wickelten sich in der Nähe des Lagerfeuers in eine Decke und legten sich ebenfalls hin.

»Wie geht es Niris?«, fragte er leise.

Sie zuckte mit den Schultern. »Den Umständen entsprechend, würde ich sagen. Es ist nicht einfach für sie, aber ich finde, sie geht sehr gut mit der Situation um.«

»Ich wünschte auch, wir bräuchten ihn nicht. Nach allem, was er getan hat, hätte ich so gut wie jeden anderen lieber um mich als ihn.«

Auch für Tares musste es schrecklich sein, ausgerechnet denjenigen jeden Tag zu sehen, der ihn jahrelang hatte glauben lassen, er sei für den Tod von Kalis' Familie und so vieler anderer Verisells verantwortlich.

»Aber immerhin haben wir mit ihm insgesamt drei weitere Nephim auf unserer Seite. Das ist schon mal ein Anfang«, meinte er.

Gwen nickte vage. »Das wird jedoch nicht reichen. Bislang ist es nicht mehr als eine Hoffnung, dass wir mit mehreren Nephim etwas gegen Ahrin ausrichten können. Wir wissen nicht, ob es gelingen wird.«

»Das stimmt«, gab er zu. »Je mehr wir sind, desto besser sind unsere Chancen.«

»Die Zeit rennt uns allerdings davon.« Gwen biss sich nachdenklich auf die Unterlippe. Die ganzen letzten Tage hatte sie bereits darüber nachgedacht. Langsam sah sie ein, dass es keinen anderen Weg gab. »Ich werde die Fürsten aufsuchen.«

»Wie meinst du das?«

Selbst in der Dunkelheit, die nur vom Schein des Feuers durchbrochen wurde, konnte sie das Entsetzen in seinen Augen sehen.

»Wir brauchen weitere Nephim auf unserer Seite, doch dabei kann ich dir nicht helfen. Allerdings benötigen wir auch die Unterstützung der anderen Fürsten. Zumindest müssen sie wissen, was sie in diesem Kampf erwartet. Es bleibt nicht mehr viel Zeit, darum ist es besser, wenn ich möglichst bald mit dem einen oder anderen Herrscher spreche. Wenn wir Glück haben, glauben sie mir. Und wenn nicht, werden sie spätestens in der Schlacht erkennen, dass ich die Wahrheit gesagt habe.«

»Gwen, ich halte das für keine gute Idee. Was machen wir, wenn sie dich festnehmen? Sie glauben noch immer, dass du Ahrin nahestehst, vielleicht sogar auf seiner Seite kämpfst.« Sein Blick war voller Sorge. Er legte ihr die Hand auf die Wange und strich zärtlich darüber. »Ich könnte es nicht ertragen, wenn dir etwas passieren würde.«

»Wir müssen es riskieren«, beharrte sie. »Du weißt, dass wir gar keine andere Wahl haben. Es dauert zu lange, wenn wir erst weitere Nephim suchen und dann zu den Fürsten gehen. Das schaffen wir nie, bevor die Schlacht losbricht. Es ist die einzige Möglichkeit, die wir haben.«

Sie streichelte über sein Gesicht, schaute in seine rubinroten Augen, in denen der Schein des Feuers glänzte. »Wir vereinbaren einen Treffpunkt, an dem wir uns wiedersehen. Wenn ich nicht dort bin, weißt du, dass man mich nicht hat gehen lassen. Doch dazu wird es bestimmt nicht kommen. Sie haben gerade andere Sorgen, als eine Gefangene mit in die Schlacht zu nehmen. Und vielleicht glauben sie mir ja sogar. Immerhin misstrauen sie einander und suchen stets nach Gründen, um sich gegenseitig umzubringen.« Sie ließ ihre Hände durch sein dunkles Haar gleiten. »Ich will nicht untätig herumsitzen. Ich schaffe das!«

Sie legte sanft die Lippen auf die seinen und küsste ihn.

»Ich habe kein gutes Gefühl dabei«, erklärte Tares, streichelte ihren Hals und ihren Nacken. »Allerdings kann ich dich sowieso nicht davon abhalten, hab ich recht?« Sein Blick schimmerte. »Ich will dich nur bald wieder in die Arme schließen können, also pass auf dich auf.«

Nun war er es, der sie küsste und ihre Lippen voll brennender Sehnsucht schloss, die sich nur allzu schnell auf sie übertrug.

Seine Hände gruben sich in ihr Haar, zogen sie noch näher an sich, als könnte er sie nicht nahe genug bei sich haben, um sein Verlangen zu stillen.

Gwen spürte seinen erhitzten Atem über die nackte Haut ihres Nackens streichen, dann legte er seine Lippen auf die Stelle unter ihrem Ohr, küsste sie, leckte daran und reizte sie immer weiter. Ein Gefühl der Lust machte sich in ihr breit, glühte in jeder ihrer Adern und ließ sie wiederholt nach Atem ringen. Er rückte ein Stück, sodass er nun direkt hinter ihr saß, umschlang sie mit beiden Armen, sodass sich eine seiner Hände unter ihr Shirt schieben und die andere in ihre Hose wandern konnte. Das Gefühl seiner kühlen Fingerspitzen auf ihrer Haut trieb ihre Lust weiter an. Nur zu gern gab sie sich seinen heißen, drängenden Lippen hin, die ihren Nacken küssten, an ihrem Hals und an ihrem Ohrläppchen knabberten. Seine Hände begannen derweil über ihre nackte Haut zu wandern, setzten dort jeden Millimeter in Flammen. Er strich ihre Taille hinauf, löste dabei prickelnde Schauer in ihr aus, die sie aufkeuchen ließen. Schließlich schob er ihren BH beiseite, spielte mit ihren Brüsten und liebkoste sie, bis sie schier den Verstand verlor. Derweil schob er ihr behutsam die Hose ein Stück von den Beinen, sodass er die Innenseiten ihrer Schenkel und ihren Po berühren konnte.

Gwen warf den Kopf zurück und drehte sich ein wenig, sodass sie Tares' Lippen fand. Sie küsste ihn lang und ausgiebig. Ihr Herz schlug ihr bis zum Hals, die Lust hatte jeden anderen Gedanken in ihr zum Erliegen gebracht. Allzu bald würde sie ihn für einige Zeit nicht mehr sehen, und bei ihrem Wiedersehen würde ein Kampf unmittelbar bevorstehen, dessen Ausgang ungewiss war. Sie wollte nicht daran denken und stattdessen diesen einen Moment voll und ganz auskosten, alles andere von sich schieben. Das Einzige, was jetzt zählte, war Tares – seine Hände, seine Berührungen und seine Küsse, die ihren Körper in Flammen aufgehen ließen. Sie setzte sich ein Stück auf ihn, schlang die Arme um seinen Nacken und küsste ihn erneut. Ihre

Zunge spielte mit der seinen, während ihre Lippen immer und immer wieder zueinanderfanden.
Tares streichelte weiterhin ihre Brüste, drückte und reizte sie so, dass Gwen leise aufstöhnte. Schließlich schob sich seine andere Hand in ihren Slip und trieb ihr Verlangen ins Unermessliche. Sie befreite ihn von seinem Gürtel, streifte die Hose beiseite, sodass sie die Hitze seines nackten Körpers direkt unter sich spürte. Auch er stöhnte leise auf, als sie sich erneut auf seinen Schoß sinken ließ und sie einander immer wieder unter dem fahlen Licht des Mondes ihre Liebe schworen.

Am nächsten Morgen erwachte Gwen in Tares' Armen, dick eingewickelt in eine Decke. Malek rührte sich bereits, war gerade dabei, aufzustehen. Auch die anderen schienen langsam wach zu werden. Meriel war nicht mehr ganz so guter Laune wie am Vortag. Sie hielt sich immer wieder den Kopf, als habe sie Schmerzen, und verzog voller Leid das Gesicht. Ihr Blick huschte nachdenklich über Gwen und die anderen. Möglicherweise versuchte sie, sich an die Ereignisse der vergangenen Nacht zu erinnern.

Nachdem sich alle für den neuen Tag zurechtgemacht hatten, stärkten sie sich mit etwas Brot, Äpfeln und Käse und überlegten gemeinsam, wie es weitergehen sollte. Meriel saß ein Stück abseits der Gruppe und kaute schweigsam auf einem Brotkanten herum.

»Ich hoffe, du hast gut geschlafen.« Auf Maleks Gesicht lag ein süffisantes Lächeln, er amüsierte sich offensichtlich köstlich über ihre leidende Miene.

»Wenn man von den Geräuschen ausgeht, die sie letzte Nacht fabriziert hat, muss sie jedenfalls tief und fest geschlafen haben«, erwiderte Niris leise.

Die Nephim ging nicht darauf ein, schaute stattdessen nur Malek an und meinte: »Ich weiß schon, was du vorhattest. Du wolltest mich abfüllen, damit ich euch nicht gleich angreife und allesamt umbringe.«

Er wiegte den Kopf hin und her. »Nicht ganz«, gab er zu. »Ich wollte vor allem, dass du in guter Stimmung bist, damit du dir unseren Vorschlag anhörst. Und das hat ja auch geklappt. Du warst ganz angetan davon, mit uns in die Schlacht zu ziehen.«

Asrell zog die Brauen zusammen, als er sagte: »Wahrscheinlich kann sie sich gar nicht mehr daran erinnern, und alles war umsonst.« Meriel blitzte ihn wütend an und prustete verächtlich. »Denkst du, das bisschen Alkohol vernebelt mir so sehr die Sinne?! Da bedarf es doch einiges mehr.« An Malek gewandt fuhr sie fort: »Ich weiß noch sehr genau, was du mir über diesen Revanoff erzählt hast, und ich kann nicht abstreiten, dass es mich reizt, ihm selbst gegenüberzustehen und zu sehen, ob du mit deinen Worten recht hast.«

»Es wäre eine echte Herausforderung«, stimmte er ihr zu.

»Hast du es dir inzwischen anders überlegt?« Tares musterte sie durchdringend.

Die Nephim zögerte kurz mit ihrer Antwort. »Ich bin es nicht gewohnt, mit anderen meiner Art zusammenzuarbeiten. Ihr beide seid eine Ausnahme, wie ihr sehr wohl wisst. Ich bin mir noch unschlüssig, ob ich es wagen soll. Ich kämpfe lieber allein und verlasse mich auf meine eigene Stärke und meine Intuition. Andere stören mich dabei nur.« Sie hielt kurz inne. »Wenn es aber stimmt, was ihr sagt, dann haben wir selbst gemeinsam kaum eine Chance gegen diesen Kerl. Es fällt mir schwer, das zu glauben, doch immerhin seid ihr extra zu mir gekommen, um mir diesen Vorschlag zu machen. Das zeigt wohl, dass ihr in arger Bedrängnis seid und eure Worte wahr sein müssen.« Sie stand auf. »Ich werde rechtzeitig zu euch stoßen und euch im Kampf unterstützen. Aber bis dahin mit euch ziehen, das kann ich nicht. Vielleicht suche ich doch noch den ein oder anderen mir bekannten Nephim auf.« Sie zuckte mit den Schultern. »Ich weiß es nicht, es wäre mal etwas Neues, nicht gegen meine Art zu kämpfen, sondern sie stattdessen zu einer Schlacht einzuladen.« Ein amüsiertes Lächeln huschte über ihre Lippen. »Wer hätte gedacht, dass ich einmal über solche Dinge nachdenke.« Sie schüttelte den Kopf. »Ein solcher Gegner ist mehr als nur reizvoll.«

Damit wandte sie sich ab, hob kurz die Hand zum Abschied und verschwand im Dickicht.

Malek lehnte sich entspannt zurück. »Na also, wieder eine Verbündete mehr. Läuft doch wie am Schnürchen.«

»Es geht trotzdem zu langsam und wir sind noch immer zu wenige«, erklärte Tares.

Nun war wohl der Zeitpunkt gekommen, zu besprechen, wie es weitergehen sollte. »Darum werde ich den Fürsten einen Besuch abstatten. Ich will ihnen von Ahrin und dessen Plänen erzählen. Vielleicht haben wir Glück und einer von ihnen glaubt mir.«

»Ist das dein Ernst? Was, wenn sie dich gefangen nehmen oder gar umbringen?« Asrell schaute sie entsetzt an.

»Warum sollten sie das tun? Ich bin die Enkelin des Göttlichen und damit lebendig deutlich wertvoller als tot. Es könnte höchstens sein, dass sie mir nicht glauben und mich festhalten.« Sie zuckte mit den Schultern. »Das Risiko muss ich eingehen. Die Herrscher müssen wissen, worauf sie sich in dem Kampf einlassen.«

»Mach, was du willst. Ich denke nicht, dass es etwas bringen wird. Und selbst wenn sie sich mit uns verbünden, was nützt uns das? Diese Leute sind Schwächlinge und sterben bei dem kleinsten Hieb. Wie könnten die uns weiterbringen?«, wandte Malek ein.

»Sie mögen einzeln nicht so stark sein wie wir«, wandte Tares ein, »aber sie kommen immer zu mehreren, und das macht ihre Stärke aus.«

Er wirkte nicht überzeugt, sagte jedoch nichts mehr dazu.

»Dann werde ich dich begleiten«, verkündete Asrell. »Irgendwer muss auf dich aufpassen. Niris, du kommst bestimmt auch mit, oder?«

Die Asheiy zupfte schweigend an ihrem Stück Brot herum und ließ einige Krumen zu Boden fallen. Es dauerte einen Moment, bis sie den Kopf schüttelte: »Nein, ich bleibe bei Tares und Malek.«

»Was? Aber warum?«

Das fragte Gwen sich auch. So viele Jahre war die Asheiy vor Malek davongelaufen, warum wollte sie nun ausgerechnet bei *ihm* bleiben?

»Ich muss mich meinen Ängsten stellen«, erklärte sie mit loderndem Blick. »Ich bin lange genug davongelaufen und will diesen Kerl nun nicht mehr aus den Augen lassen. Nur so kann ich mit der Vergangenheit abschließen.«

Malek runzelte verständnislos die Stirn. »Redest du von mir?«

Sie schüttelte den Kopf. »Denk nicht weiter drüber nach, du begreifst das eh nicht.« Damit stand sie auf und griff sich ihren Rucksack, um ihre Sachen zu packen.

Tares wandte sich an Gwen. »Du solltest zuerst Fürst Lorell aufsuchen. Sein Reich liegt von hier aus am nächsten.« Er kramte in seinem Seesack und zog ein paar Karten hervor. Mit dem Finger deutete er auf einer der Landkarten auf einen Punkt mitten in einer Wüste und zeigte ihr, wo das Reich des Fürsten lag. »Am besten nehmt ihr diesen Weg hier. Es ist eine gut besuchte Straße, auf der ihr hoffentlich keine Angriffe zu befürchten habt. Wenn nach eurem Besuch bei Lorell noch Zeit bleiben sollte, wird es das Sinnvollste sein, als Nächstes zu Fürst Bergstill zu gehen. Sein Gebiet erreicht ihr von Westen her.«

Sie nickte und steckte die Karte ein.

Der Abschied fiel Gwen schwer, und Tares' Blick verriet ihr, dass es ihm nicht anders ging. Er streichelte ihr durchs Haar, betrachtete sie, als wolle er sich jedes Detail ihres Gesichts einprägen.

»Bitte pass auf dich auf«, bat er sie.

»Und du auf dich.«

»Hoffentlich sehen wir uns schon bald wieder«, wisperte er, schenkte ihr noch einen glühenden Blick und küsste sie – süß, lang und innig. Ein Versprechen, dass er immer bei ihr sein würde.

Ahrin saß in dem kleinen, stilvoll eingerichteten Lesezimmer, in dem er sich am liebsten aufhielt. Hier konnte er ungestört Pläne schmieden. Momentan lief alles genau, wie er es sich gewünscht hatte. Die Thungass sammelten sich im Grenzgebiet, und auch seine Leute kamen aus allen Teilen des Landes, um an seiner Seite ihre Heimat zu verteidigen.

Seine Späher hatten ihn darüber unterrichtet, dass sich auch die anderen Fürstenhäuser bereit machten – die ganze Welt war in Aufbruchstimmung. Jeder Fürst wollte die Chance auf mehr Land und mehr Macht nutzen und dafür in den Krieg ziehen.

Ahrin blickte lächelnd auf das bauchige Rotweinglas in seiner Hand, das er langsam schwenkte, sodass das tiefe Rot im Licht der Sonne strahlte. Wenn sie wüssten, dass sie dem Tod alle geradewegs in die Arme liefen ... Keiner von ihnen konnte es mit ihm aufnehmen – jetzt erst recht nicht mehr. Er hatte die Kraft dreier Nephim in sich vereint und würde sich, war er erst einmal an der Spitze der Macht, weitere einverleiben. Man konnte nie genug Stärke besitzen, und Feinde gab es immer. Er war nicht so dumm, sich einzubilden, dass es, sobald er alle Fürsten besiegt hätte, niemanden mehr geben würde, der ihm seine Position streitig machte. Und für diesen Fall wollte er gewappnet sein. Zudem war es ein großartiges Gefühl, die Kraft eines Nephim in sich aufzunehmen und eins mit ihr zu werden – diese Empfindung wollte er niemals mehr missen.

Erneut musste er an den Kerl an Gwens Seite denken, der nun ein Nephim war. Wie hatte er es nur geschafft, an diese Macht zu kommen? Zumindest wusste Ahrin, dass er die Kraft dieses Tares unbedingt besitzen musste. Allein schon, um Gwen wehzutun. Er lächelte bei dem Gedanken an ihr schmerzverzerrtes Gesicht und ihre großen, ängstlichen Augen, wenn sie dabei zusehen würde, wie er die Stärke ihres Liebsten in sich aufnahm und nur eine tote Hülle zurückließ.

Dass es ihm nicht gelungen war, Gwen von seinem Vorhaben zu überzeugen, war das Einzige, was er bedauerte. Doch dass sie es einmal geschafft hatte zu entkommen, bedeutete nicht, dass sie sich ihm auch weiterhin würde entziehen können. Schon bald würde er sie wieder in die Finger bekommen, und dann konnte ihn nichts mehr aufhalten. Sie musste an seiner Seite stehen, und sei es nur, um ihren Liebsten und ihre Freunde zu schützen. Wenn sie sich erst einmal zu ihm bekannt hätte, würde ihm das vieles erleichtern. Noch mehr würden sich ihm anschließen. Sie würden erkennen, dass die anderen Fürsten vernichtet werden mussten, und ihn am Ende dabei unterstützen, diese Welt zu unterwerfen. Er hatte alles genau durchdacht und würde niemals zulassen, dass irgendwer diese Pläne zunichtemachte. Erst recht nicht eine dahergelaufene junge Frau aus einer anderen Welt.

Ein unbeugsamer Herrscher

Eine Woche waren Gwen und Asrell bereits unterwegs, und die Landschaft um sie herum hatte sich mit der Zeit gewandelt. Die satten Wiesen mit den unzähligen Blumen, die sich im Wind wiegten, waren einer Wüste gewichen, und auch von den vielen Bäumen mit den dichten grünen Baumkronen war nichts mehr zu sehen. Außer kakteenähnlichen Gewächsen entdeckte sie nur vereinzelte Büsche, die ihre kahlen Äste der gleißenden Sonne entgegenstreckten.

Gwen versuchte, im Gehen ihre Schuhe auszuschütteln, in denen sich mit der Zeit eine Menge Sand gesammelt hatte.

Asrell fuhr sich über sein schweißnasses Haar. Sein hellgrünes T-Shirt war dunkel von Schweiß und ein ums andere Mal ächzte er unter den drückenden Temperaturen. »Hoffentlich erreichen wir Alarchas bald«, meinte er.

Sie konnte es ihm nicht verdenken, der Weg war anstrengend, nirgends fand man Schatten und die Hitze war kaum mehr zu ertragen.

»Ich will so schnell wie möglich zu den anderen zurück.«

»Ich weiß es zu schätzen, dass du mich begleitest«, sagte Gwen. »Es ist dir nicht leichtgefallen, Niris bei Malek zurücklassen.« Es war keine Frage, vielmehr eine Feststellung, doch er schüttelte nur ausweichend den Kopf.

»Ich verstehe sie einfach nicht. Da ist sie jahrelang vor diesem Kerl geflohen, und nun bleibt sie freiwillig in seiner Nähe. Hat sie denn schon vergessen, was er ihr alles angetan hat?«

»Du hast gehört, was sie gesagt hat«, sagte Gwen. »Sie will nicht länger davonlaufen, sondern sich ihren Ängsten stellen. Und sie will Malek im Auge behalten. Wenn sie bei ihm ist, ihn jeden Tag auch mit seinen Schwächen sieht, dann verliert er vielleicht irgendwann seine Macht über sie.«

»Sie war schon so angespannt und in sich gekehrt, als dieser Kerl um Meriel herumscharwenzelt ist.«

»Denkst du etwa, sie hat noch Gefühle für ihn?«

»Wäre das denn so unwahrscheinlich? Sie wäre nicht die Erste, die von einem Kerl nicht loskommt, obwohl er nicht gut für sie ist.«

Sie legte ihm die Hand auf die Schulter, damit er stehen blieb und sie anschaute: »Ich verstehe, dass du dir Sorgen um sie machst, aber ich glaube, das ist völlig unnötig. Sie hat mir selbst gesagt, wie durcheinander sie gerade ist. Niris kämpft mit ihren Erinnerungen an Malek, sie war einst sehr in ihn verliebt, aber er hat mit seiner Tat so viel zunichtegemacht. Sie versucht im Moment nur, ihre Gefühle irgendwie zu ordnen, damit sie ohne Angst weiterleben kann. Dass sie dich gerade immer wieder von sich stößt und dich nicht an ihren Gedanken teilhaben lässt, hat nichts mit dir zu tun.«

Asrell schwieg einen Moment, dann nickte er und lächelte verlegen. »Wahrscheinlich hast du recht. Vielleicht ist es ganz gut, wenn sie etwas Zeit hat, über alles nachzudenken. Wenn wir wieder zurück sind, ist sie möglicherweise schon ein Stück weiter. Ich werde auf jeden Fall für sie da sein.«

Sie freute sich, dass Niris ihm inzwischen so wichtig war. Natürlich fragte sie sich, ob er Gefühle für sie hegte, doch sie bezweifelte, dass er sich selbst darüber im Klaren war. Zudem wusste sie auch nicht, wie die Asheiy über Asrell dachte – es konnte gut sein, dass sie in ihm nur einen Freund sah.

Schweigend folgten sie der kleinen Straße, die sie bereits seit Stunden entlanggingen und die sie nun eine steile Anhöhe hinaufführte. Beide kamen schwer ins Atmen, jeder musste sich auf seine Schritte konzentrieren, die sie alle Kraft kosteten.

Als sie endlich das Plateau erreichten, war Gwen dankbar für die Brise, die dort oben wehte, und zugleich schlug ihr Herz vor Freude ein wenig schneller. Unter ihr im Tal lag eine Stadt. Das konnte nur Alarchas sein. Die Straßen sahen selbst von hier oben staubig aus, nirgends waren Bäume zu sehen. Lediglich dorniges Gestrüpp zog sich durch die Gassen – hin und wieder erblickte man Kakteen. Die Häuser selbst waren überwiegend einstöckig, und vor die Eingänge waren bunte Tücher gespannt, um die Sonne und den Sand fernzuhalten. In der Mitte der Stadt entdeckte Gwen ein mehrstöckiges Gebäude, es war das einzige, in dessen Garten grüne Pflanzen und Blumen zu sehen waren.

»Das muss der Palast sein.«

Sie gingen die Straße entlang, die sie ins Zentrum von Alarchas führte. Die Sonne hatte mittlerweile ihren Höchststand erreicht, was sich auch deutlich in der Stadt bemerkbar machte. Kaum ein Bewohner befand sich auf der Straße, sie waren entweder in ihren kühlen sandfarbenen Steinhäusern oder saßen draußen unter den gespannten Vordächern, die Gwen bereits vom Hügel aus gesehen hatte. Die Einwohner, an denen sie vorbeigingen, schenkten ihnen kaum Beachtung, sondern erfrischten sich mit Getränken aus großen, schwungvoll gearbeiteten Karaffen oder mit frischem Obst, während sie darauf warteten, dass es kühler wurde.

Die Gebäude hatten keine Fensterscheiben, nur Aussparungen, die ebenfalls mit Stoff verhängt waren. In die Hauswände waren wundervolle Figuren und Bilder gemeißelt, Statuen säumten die Eingänge und an den Fassaden ragten imposante Säulen in die Höhe.

Als Gwen und Asrell den Palast erreichten, bot sich ihnen ein atemberaubender Anblick. Das Anwesen war zwar wesentlich kleiner als das von Ahrin, aber dennoch wunderschön. Der Garten war trotz der sengenden Hitze grün, überall wuchsen exotische Pflanzen in bunten, kraftvollen Farben, die im Sonnenlicht geradezu strahlten: Dicke weiße Blüten mit violetten Sprenkeln, die fast an einen Stern erinnerten, tanzten ebenso im sanften Wind wie hohe Gewächse mit kleinen Blüten, die wie blaue Federn aussahen. Inmitten all dieser Pracht stand ein opulenter Brunnen, der mehrere Frauen darstellte, an deren

Krügen das Wasser herabfloss. Auch an diesem Kunstwerk gingen die beiden vorbei und hielten auf den von mehreren Soldaten bewachten Eingang zu.

»Was wollt Ihr?«, fuhr sie ein Mann in leichter Rüstung an. Er hielt einen Speer in der Hand und sein Blick war schneidend.

»Ich bin die Enkelin des Göttlichen. Ich möchte Tristas Lorell in einer wichtigen Angelegenheit sprechen. Wenn Ihr also so freundlich wärt, Euren Herrn zu informieren.«

Der Kerl betrachtete sie weiter, und für einen Moment befürchtete Gwen, er würde sie wieder wegschicken. Dann jedoch nickte er hinter sich und befahl einem etwas kleineren Mann schräg links von sich: »Geh und hol Iffrail. Er soll sich darum kümmern.« Der Angesprochene nickte und eilte davon.

Es dauerte ein paar Minuten, bis sich die breite Eingangstür öffnete und ein Mann in fließenden Gewändern und mit langem schwarzem Haar aus dem Gebäude trat. Er musterte die beiden misstrauisch und verzog seine lange, fast hakenförmige Nase. »Was wünscht Ihr?«

»Wir möchten mit Tristas Lorell sprechen«, wiederholte Gwen ihr Anliegen, nun etwas gereizter. »Ich bin die Enkelin des Göttlichen.«

»Ich bin Iffrail, der Berater des Fürsten«, erklärte der Angestellte mit nasaler Stimme. »Unser Herr ist gerade sehr beschäftigt. Wie Ihr sicher wisst, steht ein Krieg kurz bevor.«

»Aus diesem Grund sind wir hier«, erklärte Asrell. »Wir haben wichtige Neuigkeiten, die für die Schlacht entscheidend sein werden.«

Der Mann runzelte die Stirn, offenbar wusste er nicht ganz, was er von dieser Aussage halten sollte: »Nun, dann teilt mir mit, was Ihr zu sagen habt. Ich werde alles höchstpersönlich an unseren Fürsten weitergeben.«

Gwen schüttelte den Kopf: »Das geht nicht. Es handelt sich um eine heikle Angelegenheit, die auch einiger Erklärungen bedarf. Wir müssen ihn persönlich sprechen.«

Der Kerl schürzte seine blassen, schmalen Lippen und erwiderte in herablassendem Ton: »Dann folgt mir, aber wie gesagt, es könnte etwas dauern, bis unser Herr Zeit für Euch findet – falls überhaupt. Es wäre besser, Ihr würdet mich einweihen.«

Sie schüttelte erneut den Kopf, was Iffrail mit einem kühlen Blitzen zur Kenntnis nahm. Anschließend brachte er die zwei ins Innere des Palastes. Auch hier hielten mit Speeren ausgerüstete Soldaten Wache.

Als sie über den weißen Marmorboden gingen, wurde das Geräusch ihrer Schritte von den hohen Wänden zurückgeworfen und hallte durch den Eingangsbereich. Er war geschmackvoll eingerichtet, die Decken waren mit Stuck verziert und mit Fresken, die die Gestirne und die Mondphasen zeigten. Statuen von wohlgeformten Frauen und athletischen Männern standen auf Sockeln. Bilder oder Teppiche suchte man hier jedoch vergebens. Auch goldene oder silberne Kelche, Kerzenständer oder andere Schmuckstücke waren nirgends zu sehen.

Iffrail führte sie eine lange Treppe hinauf und blieb schließlich vor einer breiten Flügeltür stehen. Er hieß die beiden warten: »Ich werde Fürst Lorell von Eurem Anliegen berichten.«

Damit öffnete er die Tür, die ebenfalls von zwei Soldaten bewacht wurde, und trat ein.

Gwen war verschwitzt und erschöpft von der Reise. Sie hätte sich gerne noch frisch gemacht, denn in diesem Zustand wollte sie dem Fürsten nur ungern gegenübertreten. Und sie hätte sich gern hingesetzt, doch Stühle waren weit und breit nicht zu sehen.

Nach über einer halben Stunde kehrte Iffrail zurück, ein überhebliches Grinsen auf den Lippen. »Unser Herr lässt Euch ausrichten, dass es noch etwas dauern wird, bis er Euch empfangen kann, und dass Ihr gern auch mit mir sprechen könnt.«

Allmählich überkam Gwen Zorn. Wie oft musste sie diesem Kerl noch sagen, dass sie nicht mit ihm reden würde? »Wie gesagt, wir müssen persönlich mit Fürst Lorell sprechen.«

Die Miene des Mannes verfinsterte sich schlagartig: »Dann werdet Ihr wohl warten müssen. Ich habe noch einiges zu tun, aber in ein paar Stunden komme ich wieder und werde nach Euch sehen.«

Damit rauschte er an ihnen vorbei und ließ sie stehen.

»Hat er gerade *in ein paar Stunden* gesagt?«

Gwen nickte. »Ob der Kerl mit Lorell gesprochen hat? Es scheint ihm jedenfalls sehr wichtig zu sein, selbst in Erfahrung zu bringen, was wir wissen. Und ich frage mich, warum das so ist.«

»Ich frage mich vielmehr, wie lange wir hier nun warten sollen.«

Darauf hatte sie auch keine Antwort. Nach einigen Minuten ließ sie sich auf den blanken Boden sinken. Es war ihr egal, dass die Wachen sie pikiert ansahen. Die Füße taten ihr weh und sie konnte keinen Moment mehr stehen. Je mehr Zeit verstrich, desto mehr war sie davon überzeugt, dass dieser seltsame Berater gar nicht bei Tristas Lorell gewesen war.

Natürlich war es möglich, dass der Fürst beschäftigt war und keine Zeit hatte. Allerdings hatte sie ihn als einen aufmerksamen und strategisch denkenden Mann kennengelernt. Er würde sie niemals einfach unbeachtet stehen lassen – zumal sie wichtige Informationen hatte. Nur warum versuchte der Berater sie dann abzuwimmeln?

Ihr Blick wanderte immer wieder zu den Wachen. An ihnen würden sie nicht so einfach vorbeikommen.

»Ich glaube nicht, dass wir noch zu Lorell gerufen werden«, murmelte sie leise zu Asrell, der mittlerweile neben ihr saß.

Er nickte. »Wir werden hier mit Absicht hingehalten.«

»Wir müssen irgendwie an den Kerlen vorbei«, erklärte sie.

»Lass mich nur machen.« Über Asrells Gesicht huschte ein Grinsen.

Er stand auf, ging ein paar Schritte den Gang entlang und tat so, als würde er sich die Beine vertreten. Dann schnappte er sich plötzlich eine kleine Büste von einem der Sockel und eilte blitzschnell damit davon.

»Halt! Bleib sofort stehen!« Einer der Soldaten hastete Asrell hinterher, während der andere seinem Kollegen nachschaute und versuchte mitzubekommen, was da weiter vor sich ging.

Diese Chance nutzte Gwen. So schnell sie konnte, rannte sie los. Der zweite Soldat nahm sie aus den Augenwinkeln wahr, konnte aber nicht mehr rechtzeitig reagieren. Sie versetzte ihm einen harten Stoß, sodass er zur Seite taumelte, dann riss sie die Tür auf und hastete in den dahinter liegenden Flur. An dessen Ende entdeckte sie eine weitere Tür. Der Soldat war bereits dicht hinter ihr, und gerade als sie die Klinke heruntderdrückte und in den nächsten Raum stürzte, legten sich auch schon zwei schwere Hände auf ihre Schultern.

Sie konnte Tristas Lorell an einem großen Schreibtisch sitzen sehen, dann wurde sie von dem Soldaten zurückgezerrt.

»Lass mich los, verdammt!«, brüllte sie und versuchte sich zu wehren.

»Was geht hier vor?« Der Fürst schaute von seinem Schreibtisch auf und sah Gwen überrascht an. »Kennen wir uns nicht? Seid Ihr nicht die Enkelin des Göttlichen? Was führt Euch her?« Eine Mischung aus Misstrauen und Verwunderung stand ihm ins Gesicht geschrieben. Er gab seinem Soldaten das Zeichen, sie loszulassen, was der Mann nur widerstrebend tat.

»Ich muss mit Euch sprechen«, erklärte Gwen nach Atem ringend. »Es geht um Ahrin Revanoff und den anstehenden Krieg.«

In diesem Moment war ein lautes Krachen vom Ende des Flurs zu hören, dann Schreie.

»Was ist da los?«, fragte der Fürst.

»Das wird mein Begleiter sein«, gestand Gwen. »Man wollte uns nicht zu Euch lassen, also mussten wir nach einem Weg suchen, um an Euren Männern vorbeizukommen.«

Nun endlich erschien ein kleines Lächeln auf Lorells Lippen. »Offenbar wart Ihr erfolgreich«, stellte er sichtlich amüsiert fest. Zu seinem Wachposten sagte er: »Lass ihren Begleiter ebenfalls zu mir und zieh dich anschließend zurück.«

Es dauerte einen Moment, bis Asrell bei ihnen war, er richtete seine Kleidung und schenkte dem Soldaten einen bösen Blick: »Das nächste Mal trete ich dir woanders hin, das verspreche ich dir!«

Kaum hatte er den Fürsten erblickt, verbeugte er sich und sagte kleinlaut: »Verzeiht, dass wir auf so ungewöhnlichem Weg zu Euch kommen. Doch wir müssen dringend mit Euch sprechen.«

Asrell schaute zu Gwen, die bestätigend nickte.

Der Fürst ließ sich in seinen Stuhl zurücksinken und faltete die Hände ineinander. »Ich bin gespannt, was Ihr zu sagen habt. Aber zunächst möchte ich wissen, welche Widrigkeiten das Schicksal Euch in den Weg gestellt hat, dass Ihr zu solchen Mitteln greifen musstet, um zu mir zu gelangen.«

Die beiden tauschten einen kurzen Blick, und schließlich war es Gwen, die die Wahrheit zur Sprache brachte. Sie sah nicht ein, warum sie diesen Kerl schützen sollte.

»Wir trafen auf Euren Berater – Iffrail war sein Name. Er sagte uns, dass Ihr momentan recht beschäftigt wärt, und bat uns, unsere Nachrichten stattdessen ihm mitzuteilen. Er wollte sie dann später an Euch weitergeben. Als wir uns weigerten, wirkte er wenig erfreut, wollte Euch unseren Besuch ankündigen und bat uns, zu warten, bis Ihr Zeit fändet.«

Lorell hatte sich alles schweigend angehört, nicht ein einziges Zucken war währenddessen über seine Miene gehuscht, das seine Gedanken hätte erahnen lassen. In aller Ruhe griff er nun zu einer langen Pfeife, die auf seinem Schreibtisch lag und entzündete sie. Ein schwerer Tabakduft strömte sogleich aus, und kleine graue Rauchwolken verließen seinen Mund, wenn er ausatmete.

Gwen wusste von ihrem Besuch im Verisell-Dorf, wo sie auf die Fürsten getroffen war, dass Lorell gerne Fliederhutkraut rauchte. Es hatte offenbar eine leicht berauschende Wirkung, denn der Fürst schien öfter in anderen Sphären zu weilen.

Tristas Lorell paffte weiter gedankenversunken an seiner Pfeife. »Waro!«, rief er plötzlich in Richtung seiner Männer, die vor seiner Tür Wache hielten, »Lass Iffrail kommen. Und sag ihm, er soll sich beeilen.«

Der angesprochene Soldat verneigte sich und eilte sogleich davon. Gwen hatte angenommen, der Fürst würde sich ihnen nun wieder zuwenden, doch da hatte sie sich getäuscht. Er hatte sich in seinen schweren Ledersessel zurückgelehnt, betrachtete seine Gäste ausführlich und paffte weiter. Allmählich verteilte sich der Pfeifenrauch im ganzen Raum. Gwen spürte eine leichte Übelkeit in sich aufsteigen und der schwere, süßliche Duft brannte ihr in der Nase.

Unruhig trat sie von einem Bein aufs andere und überlegte, ob sie einfach ihr Anliegen vortragen sollte. Doch der stechende Blick Lorells war eine Mahnung, sich ruhig zu verhalten, und sie wollte ihn nicht vor den Kopf stoßen. Dennoch gab sie sich nur noch wenige Minuten, denn so langsam neigte sich ihre Geduld dem Ende zu.

In diesem Moment öffnete sich die Tür und der Soldat erschien. Er nickte in die Richtung seines Fürsten, während hinter ihm ein Mann in dunklem Gewand vortrat. Iffrail verbeugte sich tief, doch in seinen Augen blitzte für einen kurzen Moment etwas wie tiefe Verachtung auf. Während der Soldat sich zurückzog, trat der Berater vor seinen Herrn.

»Ihr habt mich rufen lassen?«

Er verbeugte sich nochmals.

Lorell nickte, nahm die Pfeife aus dem Mund und ließ sie gedankenversunken durch seine Finger gleiten. »Du hast mir gar nicht erzählt, dass wir Gäste haben.« Er richtete seinen Blick auf Iffrail. Seine Stimme klang ruhig, gewählt und war frei von jeglichem Vorwurf. Gwen versuchte, in Lorells Zügen zu lesen.

Auch sie strahlten Freundlichkeit aus, die jedoch offenkundig nur Fassade war.

»Ihr hattet zu tun und ich wollte Euch nicht stören. Als Euer Berater ist es meine Aufgabe, Euch so gut wie möglich zu entlasten. Darum habe ich mich um die beiden Besucher gekümmert und wollte Euch bei der nächsten sich bietenden Gelegenheit über ihre Ankunft informieren.«

Iffrail klang absolut unterwürfig. Seine Stimme und seine Haltung sprachen dafür, dass es sich hier um einen getreuen Vertrauten des Fürsten handelte – wäre da nicht dieses heimtückische Flackern gewesen, das hin und wieder in seinem Blick auftauchte. Doch es erschien nur so kurz, dass Gwen sich jedes Mal aufs Neue fragte, ob sie es sich vielleicht nur eingebildet hatte.

Noch immer drehte Lorell seine Pfeife zwischen den Fingern hin und her. Als er erneut das Wort ergriff, schwang in seiner Stimme ein rauer Unterton mit: »Du bist wie immer nur um mein Wohlergehen besorgt, bist ein treuer Diener, der alles dafür tut, um mich zu unterstützen.« Er hob den Blick, jetzt schauten seine Augen eiskalt drein. »Ist es nicht so, Iffrail?«

Der Angesprochene nickte, auch wenn ihm bestimmt nicht entging, dass die Stimme seines Herrn voller Hohn war. »Wenn ich Euch verärgert habe, so tut es mir leid. Ich habe nach bestem Gewissen gehandelt und wollte Euch keineswegs schaden.«

»Nein, das wolltest du gewiss nicht. Als du hörtest, dass die Enkelin des Göttlichen mich in einer wichtigen Angelegenheit sprechen möchte, da war es dein vorrangiges Ziel, in Erfahrung zu bringen, was sie zu sagen hat.« Lorell legte die Pfeife beiseite, seine Pupillen waren leicht geweitet, und als er erneut nach seinen Wachen verlangte, wurden seine Worte von den Wänden zurückgeworfen.

Sogleich erschienen zwei Männer, die sich vor ihrem Herrn verbeugten und auf seinen Befehl warteten.

»Ich möchte Iffrail, *meinem treuen Berater*,« spie er voller Hohn aus »dafür danken, dass er endlich sein wahres Gesicht zeigt.

Bringt ihn in die Kellergewölbe, sperrt ihn für zehn Tage ein und verpasst ihm zusätzlich fünfzehn Stockschläge dafür, dass er versucht hat, mich zu hintergehen.«

»Aber, mein Herr, so hört mich an!« Iffrail warf sich um Erbarmung flehend auf den Boden, doch der Fürst würdigte den Mann keines Blickes mehr. Als ob er nichts weiter als ein Insekt vor sich hätte, wedelte er mit der Hand, woraufhin die Wachen sich den Kreischenden schnappten und ihn davonzerrten.

»War das nötig?« Gwen konnte sich einfach nicht zurückhalten.

Der Fürst steckte sich die Spitze seiner Pfeife in den Mund und rauchte weiter, als sei nichts geschehen. »Iffrail ist einer meiner größten Widersacher. Er versucht seit Jahren, meine Entscheidungen zu untergraben und selbst an Macht zu gewinnen. Er scheint zu glauben, dass er im Falle eines Putsches selbst Chancen auf den Thron hätte.« Er zuckte unbekümmert mit den Schultern. »Mir ist durchaus bewusst, was er da hinter meinem Rücken treibt. Umso erfreulicher ist es, wenn ich ihm ein Vergehen einmal nachweisen und ihn dafür zur Rechenschaft ziehen kann.«

Gwen schaute den Fürsten erstaunt an. »Wieso habt Ihr solch einen gefährlichen Mann in Euren Reihen und ihm dann auch noch den Posten eines Beraters gegeben? Wäre es nicht besser, ihn aus dem Palast zu verbannen?«

»Hier kann ich ihn im Blick behalten. Ich habe genug Leute, die Augen und Ohren offen halten und mir mitteilen, was er gerade treibt.«

Lorells Vorgehen passte zu dem Eindruck, den sie im Verisell-Dorf bei ihrer ersten Begegnung mit ihm gewonnen hatte. Auf den ersten Anschein wirkte er harmlos, sogar nett und freundlich. Doch im Hintergrund schmiedete er seine Pläne.

»Nun«, fuhr er fort, »kommen wir also zu dem Anlass, der Euch zu mir geführt hat. Was möchtet Ihr mit mir besprechen?«

Gwen und Asrell wechselten erneut einen kurzen Blick. Von dieser Unterhaltung hing eine Menge ab.

»Wir haben eine wichtige Information über Ahrin Revanoff für Euch«, begann sie und erntete dafür einen erstaunten Blick.
»Ich dachte, Ihr würdet Euch so gut mit Revanoff verstehen. Es gab sogar Gerüchte, wonach Ihr auf seiner Seite stündet. Ich bin also sehr gespannt, was Ihr mir zu berichten habt, auch wenn Ihr verstehen müsst, dass ich an dem Wahrheitsgehalt Eurer Worte so meine Zweifel haben werde. Immerhin könnte dies auch eine Falle sein.« Ein kaltes Schmunzeln huschte über seine Lippen. »Ich glaube zwar an Vorsehung und denke, dass das Schicksal unsere Begegnung mit Absicht herbeigeführt hat ...« Nun schaute er sie durchdringend an. »Aber ich bin nicht so dumm, alle Vorsicht fallen zu lassen. Nun sagt mir aber erst einmal, was es so Dringendes gibt.«

Gwen erzählte Lorell alles: von der Schatulle ihres Großvaters, davon, dass Ahrin sie festgehalten und ihr die gefangenen Nephim gezeigt hatte, sowie von seinen Plänen und seiner neu gewonnenen Stärke.

Der Fürst hörte sich alles mit ausdrucksloser Miene an. Nachdem sie geendet hatte, schwieg er einen Moment. »Wenn es stimmt, was Ihr berichtet, steht unserer Welt eine schwere Prüfung bevor. Ein solches Monster hat es nie zuvor gegeben, und es braucht neue Denkweisen und Strategien, um dagegen vorzugehen. Ich kann mir kaum vorstellen, dass jemand bereit ist, seine eigene Natur so sehr zu verändern, sich selbst zu einer derartigen Scheußlichkeit zu machen ...«

Er legte die Pfeife beiseite, starrte nachdenklich ins Leere und meinte schließlich: »Wie ich schon sagte, ich bin weder dumm noch leichtgläubig. Ihr müsst selbst zugeben, dass Eure Geschichte weit hergeholt klingt. Es wäre möglich, dass Ihr noch immer auf Revanoffs Seite steht und mich nur dazu bringen wollt, mich an einem Krieg zu beteiligen, damit er die Möglichkeit erhält, mich auszuschalten.« Er wiegte nachdenklich den Kopf hin und her. »Andererseits hättet Ihr dafür nicht eine derart abenteuerliche Geschichte erfinden müssen, die selbst einem Märchenerzähler nicht eingefallen wäre.«

»Es ist die Wahrheit«, versuchte Asrell es nun. »Wir haben alles mit eigenen Augen gesehen und –«

»Ihr wolltet doch ohnehin in den Krieg ziehen, habe ich recht?« Gwen begriff, dass Beteuerungen nichts bringen würden, also musste sie es auf eine andere Weise versuchen. »Warum sollte er uns schicken, um Euch mit einer derartigen Lüge gegen sich aufzubringen?«

»Genau das frage ich mich auch«, gestand Lorell. »Was hättet Ihr davon, warum seid Ihr eigentlich hier und können die Götter selbst solch eine Verwandlung wider die Natur zugelassen haben?« Er legte sich nachdenklich die Hand ans Kinn und musterte Gwen eine Weile. »Bitte lasst mich einen Moment allein. Ich muss Zwiesprache mit mir, den Göttern und dem Schicksal halten, um zu einer Entscheidung zu gelangen. Wartet so lange. Man wird sich derweil um Euch kümmern.«

Zwei Soldaten brachten Gwen und Asrell bis vor die Tür. »Es wird gleich jemand kommen, der Euch zu Eurer Unterkunft bringt.«

Gwen gefiel es gar nicht, noch länger warten zu müssen, aber sie hatten keine andere Wahl. Wahrscheinlich konnten sie froh sein, dass der Fürst sie nicht sofort hinausgeworfen oder gar hatte festnehmen lassen.

»Und, was meinst du?«, fragte Asrell, während sie auf den Bediensteten warteten, der sie zu ihren Zimmern bringen sollte.

Sie zuckte mit den Schultern. »Ich denke, es hätte schlechter laufen können.«

»Ich weiß nicht so recht, ich hatte nicht das Gefühl, dass er uns glaubt.«

»Was man ihm kaum verübeln kann.« Die Geschichte, die sie ihm erzählt hatten, war sehr absonderlich.

»Ich wünschte, wir könnten auf die Hilfe der Fürsten verzichten und es irgendwie allein schaffen.«

Selbst mit der Unterstützung der Herrscher würde es unglaublich schwer werden. Wenn das Schwert Ressgar intakt gewesen wäre, hätten sie mit diesem zumindest eine Chance gehabt. Sie seufzte. Was nützten all diese Gedanken? Gwen dachte an die Briefe ihres Großvaters, an das, was er über Tares gesagt hatte, an die Gründe, warum er sich letztendlich aus dieser Welt zurückgezogen hatte … Wie gern hätte sie über all das mit ihm gesprochen … Gerade in diesem Moment wünschte sie sich so sehr, sie könnte mit ihm reden und auf seine Unterstützung bauen. Auf ihn hätten die Fürsten gehört …

Hinterhalt

Tares schaute mit unbewegter Miene zu Malek, der auf einem umgestürzten Baum saß und ein Stück Brot aß. Er war so unbekümmert wie eh und je und schien mit der Situation bestens zurechtzukommen. Und das, obwohl er Tares noch vor Kurzem hatte umbringen wollen. Wobei dieses Anliegen wohl längst noch nicht vom Tisch war. Er kannte Malek gut genug, um zu wissen, wie schnell sich dessen Laune wandeln konnte. Aktuell schien er friedlich zu sein, aber ein falsches Wort, irgendetwas, das ihm nicht passte, konnte bewirken, dass er auf sie alle losging. Diese Unbeherrschtheit hatte Tares damals schon gestört und er hatte seinen einstigen Freund zig Mal gewarnt, dass ihm genau die irgendwann einmal zum Verhängnis werden würde. Allerdings fiel es den meisten Nephim schwer, sich im Zaum zu halten.

Tares hatte den Eindruck, dass Malek sich in ihrer Gruppe wohlfühlte. Vielleicht erinnerte ihn die gemeinsame Reise an früher, an eine Zeit, die Malek sich offenbar so sehr zurückwünschte. Allerdings würde es niemals wieder so werden wie damals. Das hatte sich Tares geschworen. Zu viel war seither geschehen, zu viel hatte sich verändert, und er würde Malek seine Taten niemals verzeihen.

Doch ganz, gleich wie er sich dabei fühlte, sie brauchten ihn und jede Hilfe, die sie bekommen konnten.

»Es dürfte nicht einfach werden, noch mehr Nephim ausfindig zu machen. Nur bei wenigen habe ich eine ungefähre Ahnung, wo sie sich aufhalten könnten«, erklärte Malek und biss erneut von seinem Brot ab.

Tares ging es da nicht anders.

»Auf gut Glück herumzulaufen wird auch nicht viel bringen. Die Wahrscheinlichkeit, dabei auf einen Nephim zu treffen, ist nicht besonders hoch.«

»Und was wollt ihr dann machen?«

Niris saß ein ganzes Stück von Malek entfernt und funkelte ihn immer wieder wütend an, der schien es allerdings nicht zu bemerken. Für die Asheiy musste dessen Anwesenheit die reinste Qual sein, doch sie versuchte alles, um die Schatten der Vergangenheit abzulegen.

»Ihr sagt ständig, wir brauchen zusätzliche Unterstützung und dass wir nur den Hauch einer Chance haben, wenn wir weitere Nephim auf unsere Seite bringen. Bislang haben wir nicht gerade viel vorzuweisen, findet ihr nicht?!«

Malek runzelte die Stirn, ein eindeutiges Zeichen dafür, das Wut in ihm aufkochte. Er spannte seine Fäuste an, seine Kiefermuskeln zuckten, gleich würde er losbrüllen …

Doch zu Tares' Verwunderung brach er stattdessen in lautes Gelächter aus: »Du hast dich sehr verändert. Damals warst du wie ein kleines Hündchen, das mir schwanzwedelnd überallhin gefolgt ist – total nervig. So wie heute gefällst du mir deutlich besser.«

Tares bemerkte, wie bei diesen Worten alle Farbe aus Niris' Gesicht verschwand und sie Maleks Blick auswich …

»Was weißt du schon?!«, erwiderte sie leise und voller Schmerz.

»Jetzt sei nicht gleich eingeschnappt. Ich meinte das als Kompliment.«

Die Asheiy stand abrupt auf, ging mit energischen Schritten auf Malek zu und baute sich direkt vor ihm auf. »Du machst mir Komplimente?! Nach allem, was du mir angetan hast, hast du nicht mal mehr das Recht, auch nur ein Wort an mich zu richten! Hast du überhaupt eine Vorstellung, welche Angst ich hatte? Wie ich mich gefühlt habe?! Du warst der Erste, der nett zu mir war, ohne dass ich meine Kräfte anwenden musste. Du hast dich mir gegenüber verhalten, als würde es keine Rolle spielen, dass ich eine Sigami bin. Ich war so glücklich …« Tränen schimmerten in ihren Augen, während sich ihre Stimme schier zu überschlagen drohte.

Malek hielt noch immer das Brot in den Händen und schaute Niris an, als würde er sie zum ersten Mal sehen.

»Du hast mir alles bedeutet, dabei war ich die ganze Zeit nur als Spielzeug für Tares gedacht. Als du mir vor der Höhle dein wahres Gesicht gezeigt und mir klargemacht hast, dass dir rein gar nichts an mir liegt, da ist eine Welt für mich zusammengebrochen. Und nicht nur das, du hast auch noch versucht, mich zu töten. Du hast mir gedroht und mir damit die nächsten Jahre zur Hölle gemacht.« Sie zeigte mit dem Finger auf ihn, Tränen liefen ihre Wangen hinab, während der Schmerz offen in ihrem Gesicht stand. »Du hast kein Recht, so zu tun, als wäre das alles nie passiert. Du hast meine Hoffnungen, meine Träume und meine Liebe zerstört. Nur ein Wesen ohne Seele und Gewissen kann einem anderen so etwas Schreckliches antun.« Ihre Stimme zitterte, ihr Brustkorb hob und senkte sich hektisch, doch ihr Blick war fest und wirkte fast wie befreit. Offenbar hatte es ihr gutgetan, den Schmerz der vergangenen Jahre endlich herauszulassen.

Malek schien verunsichert, noch immer schaute er Niris an, seine Miene wirkte nachdenklich, fast verlegen. Ein Ausdruck, den Tares bisher nur selten bei ihm gesehen hatte.

Er schaute genauer hin. Empfand sein einstiger Freund tatsächlich etwas wie Bedauern?

»Du hast recht«, meinte der nun mit rauer Stimme. »Ich bin ein Monster ohne Seele, und es liegt in meiner Natur, andere zu verletzen. Ich habe dir Schlimmes angetan ...« Mehr sagte er nicht.

Einen Moment schauten sie einander an, dann ging die Asheiy zurück zu ihren Sachen und räumte sie zusammen. »Wir sollten uns bald wieder auf den Weg machen. Lasst euch also besser etwas einfallen, wie wir weitere Nephim finden.«

»Uns bleibt wohl nichts, als Gerüchten zu folgen und uns selbst zu überzeugen, ob wir an den besagten Orten auf andere Nephim stoßen.« Auch Malek schien sich gefangen zu haben.

Die beiden verhielten sich wieder vollkommen normal und dennoch warfen sie sich ab und zu Blicke zu, in denen Zorn, Wehmut, Reue und Bedauern lagen ...

Als die große Flügeltür für sie und Asrell geöffnet wurde, atmete Gwen noch einmal tief durch, bevor sie den kurzen Flur betraten. Die zweite Tür öffnete sich, und sie konnten Tristas Lorell sehen. Er saß wieder an seinem Schreibtisch, dieses Mal über ein paar Papiere gebeugt.

Zwei Tage waren seit ihrer Unterredung mit dem Fürsten vergangen. Seitdem hatten sie nichts von ihm gehört und hatten somit keine Ahnung, wie er sich entscheiden würde. Natürlich hoffte Gwen, dass er ihre Worte ernst nahm und sich auf ihre Seite stellen würde, doch sie hatte da so ihre Zweifel. Auch Asrell wirkte wenig überzeugt. Immer wieder huschten seine Augen unruhig umher, als suche er bereits nach einem Ausweg für den Fall, dass man sie gefangen nehmen wollte.

Als sie vor dem wuchtigen Schreibtisch stehen blieben, blickte Lorell nicht auf. Er ließ die Feder in seiner Hand schwungvoll über ein Papier gleiten. Einige Minuten verstrichen, in denen nichts als das Kratzen des Schreibinstruments zu hören war. Dann endlich legte der Fürst den Federkiel beiseite und schaute auf. Er lehnte sich entspannt in seinem Stuhl zurück und faltete die Hände ineinander. »Ich habe Euch lange warten lassen und dafür möchte ich mich entschuldigen, aber Ihr werdet verstehen, dass eine solch schwerwiegende Entscheidung gut durchdacht sein will.«

Gwen fühlte, wie sich ihr Puls beschleunigte und sich alles in ihr vor Erwartung anspannte. Zu welchem Schluss war Lorell wohl gekommen?

»Ihr könnt Euch denken, dass Eure Geschichte – nun, sagen wir mal – alles andere als glaubwürdig klingt. Niemand, der klaren Verstandes ist, würde auch nur einen Satz davon ernst nehmen. Ich habe hin und her überlegt, ob das Schicksal solch abstruse Wege gehen würde, ob es möglich wäre, eine Waffe wie dieses Himmelsschwarz zu erschaffen.« Er hielt kurz inne, während seine Augen sie kühl musterten. »Ich bin zu dem Ergebnis gekommen, dass das ziemlich unwahrscheinlich ist. Ich kenne Revanoff und traue ihm einiges zu, aber das …« Er schüttelte den Kopf. »Das kann ich mir beim besten Willen nicht vorstellen.«

Gwen hatte es geahnt und nun fiel langsam die Anspannung von ihr. Lorell glaubte ihnen also nicht und würde darum auch nicht mit ihnen gegen Ahrin kämpfen.

»Ihr könnt das nicht einfach als Lüge abtun«, mischte sich Asrell aufgebracht ein. »Glaubt Ihr tatsächlich, wir würden uns so etwas ausdenken und extra hierherkommen, um Euch das alles zu erzählen? Warum sollten wir so etwas tun?«

Lorell hob die Hand, um ihn zum Schweigen zu bringen. »Genau das frage ich mich auch und finde keine Antwort darauf. Doch letztendlich spielt das ohnehin keine Rolle. Ich hatte längst beschlossen, in den Krieg zu ziehen. Es ist eine wunderbare Möglichkeit, einen meiner Feinde auszuschalten und mein Gebiet vielleicht sogar zu erweitern. Im Grunde ist es also unerheblich, ob Ihr die Wahrheit sprecht oder nicht. Ich glaube Euch nicht, bin jedoch nicht so dumm, Eure Warnung vollkommen zu ignorieren. Ich werde sie im Hinterkopf behalten und daran denken, wenn ich Revanoff gegenüberstehe. Spätestens dann wird sich zeigen, ob Ihr mich belogen habt.«

Gwen runzelte erstaunt die Stirn: »Das heißt, Ihr glaubt uns nicht, wollt aber trotzdem gegen Ahrin kämpfen und Eure Leute über die mögliche Gefahr informieren, die von ihm ausgeht?«

»Genau das habe ich vor, und nicht nur das. Ich werde den anderen Fürsten einen Brief zukommen lassen und sie warnen. Wohlgemerkt, ich werde klarstellen, dass Ihr mich aufgesucht habt und dass ich große Zweifel an Euren Worten habe, sie aber nicht in den Wind schlagen werde. Es ist immer gut, einen Anlass zu haben, gegen einen Feind vorzugehen, und sei dieser auch noch so unglaubwürdig. Sollte sich tatsächlich herausstellen, dass Revanoff zu einem derartigen Monster geworden ist …« Ein fast erfreutes Lächeln legte sich auf seine Lippen. »Dann bleibt uns Fürsten nichts anderes übrig, als gnadenlos gegen ihn vorzugehen. Seine Länder werden neu verteilt werden, und gewiss wird sich dieser Einsatz im Krieg für jeden von uns lohnen.«

Lorell war wirklich berechnend, er tat nichts aus moralischen Gründen, sondern nur, weil er Chancen in diesem Krieg sah. Allerdings musste Gwen sich wohl oder übel damit zufriedengeben. Immerhin würde er gegen Ahrin kämpfen und die anderen Fürsten warnen.

»Ihr solltet noch wissen, dass nicht mehr viel Zeit bleibt. In etwa zwei Wochen will Revanoff von der Schwarzsandebene aus angreifen.«

»Ich hoffe, dass Ihr Euch in der Schlacht zu uns gesellen und gemeinsam mit uns gegen Revanoff kämpfen werdet.«

Sie nickte. »Das werde ich tun.«

»Gut, auch ich habe meine Truppen gesammelt, und wie ich höre, sind die Thungass ebenfalls so weit. Überall bereiten sich die Herrscher auf den Krieg vor und auf die Möglichkeit, dass er alles verändern wird.«

Genau das befürchtete Gwen auch …

Gleich am nächsten Tag brachen Gwen und Asrell auf. Sie verließen Alarchas bei sengender Hitze, sodass ihnen allzu bald der Schweiß den Rücken hinabfloss. Es war noch früh am Morgen, und Gwen dachte mit Unbehagen an die voraussichtlichen Tageshöchsttemperaturen in den Nachmittagsstunden.

Asrell wischte sich mit dem Arm den Schweiß von der Stirn. »Sobald wir ein schattiges Plätzchen finden, sollten wir eine Pause einlegen.«

Gwen nickte, sie hatten einen weiten Weg vor sich und sollten sich ihre Kräfte gut einteilen. Vor ihrem Aufbruch hatte sie mit Asrell ihr weiteres Vorgehen besprochen und war schnell mit ihm darin übereingekommen, dass die Zeit nicht reichte, um noch einen anderen Fürsten aufzusuchen. Es blieb nur zu hoffen, dass Lorell in seinem Schreiben die richtigen Worte fand, sodass die Fürsten die Warnung ernst nahmen.

»Ob die anderen auch schon auf dem Weg zur Schwarzsandebene sind?« Asrells Stirn war leicht gerunzelt. Gwen konnte sich denken, welche Angst ihm durch den Kopf jagte. Er fragte sich wohl, wie es Niris ging und wie sie mit Malek zurechtkam. Auch Gwen konnte es kaum mehr erwarten, die anderen wiederzusehen. Tares fehlte ihr jeden Tag mehr, sie wollte endlich seine Stimme hören, ihre Sorgen mit ihm teilen können, ihn wieder spüren ... Allerdings bezweifelte sie, dass sie ihn bereits allzu bald wieder in die Arme würde schließen können.

»Ich denke, sie werden eine Weile länger unterwegs sein als wir. Sie werden jede noch verbleibende Minute nutzen, um Verbündete aufzutreiben«, meinte Gwen. Wenn sie also nun zur Schwarzsandebene gingen, würden sie dort noch geraume Zeit auf die anderen warten müssen.

»Sobald wir uns der Ebene nähern, müssen wir aufpassen, nicht einem von Ahrins Soldaten in die Arme zu laufen. Wir sollten nicht zu dicht herangehen, sondern warten, bis Tares, Niris und Malek mit den anderen Nephim und die Truppen von

Lorell eintreffen.« Asrell schenkte ihr ein aufmunterndes Lächeln. »Es wird schon gut gehen. Zusammen mit den Nephim werden wir eine Chance gegen Revanoff haben.« Sein Blick verdüsterte sich bei der Erwähnung dieses Namens. »Wir werden ihn ausschalten …« Er sprach zwar noch immer von Ahrin, doch sein Blick war so finster, dass Gwen vermutete, dass er an jemand ganz anderen dachte.

»Du weißt, dass du wahrscheinlich auch auf deinen Vater treffen wirst.«

»Ja, das tue ich.« Eine Ader trat an seiner Stirn hervor, seine Fäuste spannten sich voller Zorn. »Ich werde gegen ihn kämpfen, allerdings werde ich es dieses Mal schlauer angehen. Tares hatte recht, im Zweikampf habe ich keine Chance gegen Attarell, doch auf dem Schlachtfeld wird sich bestimmt eine Möglichkeit ergeben, einen unbedachten Moment zu nutzen, um ihn zu töten. Das mag zwar nicht ehrenhaft sein, aber was spielt das letztendlich für eine Rolle?«

Gwen sah die Entschlossenheit in seinem Blick und spürte eine tiefe Unruhe in sich. Schon bald würden sie alle kämpfen müssen, Soldaten würden in die Schlacht ziehen, und es war klar, dass entweder sie ihr Leben lassen würden oder Gwen und ihre Freunde …

Tares lauschte den Schritten, die er, Niris und Malek von sich gaben. Auch wenn sie für andere kaum wahrnehmbar waren, so konnte er sie selbst doch deutlich hören. Der Wind säuselte leise durch die Äste des Waldes, hin und wieder knackte es hoch oben in den Bäumen und das Zwitschern der Vögel war zu hören. Bis auf diese wenigen Geräusche war alles still, keiner von ihnen sprach viel. Auch wenn Malek sich wieder wie vor dem Gespräch mit Niris verhielt, so war sein Blick ein anderer. Tares konnte ihn nicht so recht deuten. Lag tatsächlich etwas wie Bedauern darin, das immer wieder von einem Funken Wut abgelöst wurde? Er konnte es nicht sagen, und im Grunde musste er sich auch um andere Dinge kümmern als um Maleks Gefühlsleben. Es war für sie alle besser, wenn sich ihre Wege bald wieder trennten, und dann wollte er nichts mehr mit seinem einstigen Freund zu schaffen haben.

Moment, war das …?

Er blieb wie angewurzelt stehen. Auch Malek hielt im selben Augenblick inne – er musste ihn ebenfalls wahrnehmen, den Geruch von frischem Blut.

Tares sah, wie Maleks Gesicht einen gierigen Ausdruck annahm.

»Hier hat jemand gekämpft«, erklärte der leise und ließ den Blick bereits wandern. »Ich frage mich, wer das war und was genau passiert ist.« Noch ehe er den Satz zu Ende gesprochen hatte, rannte er auch schon los.

»Lass den Unfug!«, rief Tares ihm hinterher. »Wir werden uns nicht einmischen, hörst du?«

Er versuchte Malek einzuholen, aber der war durch nichts aufzuhalten. Sein Instinkt hatte bereits übernommen, und der verlangte nach einem Kampf. Tares hörte, wie Niris ihnen nacheilte, während er den Blick weiter nach vorne auf seinen einstigen Weggefährten gerichtet hielt.

»Wie oft habe ich dir schon gesagt, du sollst vorher nachdenken?! Bleib endlich stehen!«

»Nichts da! Vielleicht haben wir Glück und treffen noch den Angreifer an. Es ist schon viel zu lange her, dass ich gekämpft habe.«

Tares fluchte leise, konnte seinen Freund jedoch nicht aufhalten. Der süßliche Geruch nach Blut nahm immer weiter zu, und dann sah Tares auch schon die ersten Leichen. Vor ihnen lag ein kleines Dorf, aus den Schornsteinen der Häuser schlängelte sich dunkler Rauch empor, alles lag friedlich und still da. Ein harmonisches Bild, wären da nicht die toten Frauen und Männer gewesen, die in den Feldern lagen und mit entstellten Gesichtern ins Leere starrten. Tares, Malek und Niris rannten weiter und gelangten zu einer Straße, die ins Dorf führte. Dort bot sich ihnen das gleiche Bild. Alle Bewohner waren dahingeschlachtet worden. Einige sahen so aus, als hätten sie noch versucht zu entkommen. Ihre Augen waren weit aufgerissen, und auf ihren verstümmelten Leibern tummelten sich Fliegen.

»Sie sind noch nicht lange tot«, erklärte Malek nüchtern, während er ungerührt an den Leichen vorbeischritt.

»Allerdings.«

Alle drei schauten augenblicklich hoch.

Auf einem Häuserdach saß ein junger Mann mit blutbefleckter Kleidung, die Hände, die ein Schwert hielten, starrten geradezu vor dunklem Rot. Er hatte kurze blonde Haare, helle, makellose Haut und auf den Lippen ein amüsiertes Lächeln. Sein rechtes Bein war locker angewinkelt und er sah weder ängstlich noch besorgt aus. Im Gegenteil, er schien geradezu erfreut über ihre Ankunft.

In den rubinroten Augen des Mannes erkannte Tares sofort die Mordlust. Mit diesem Kerl würden sie auf keinen Fall reden können. Tares griff ganz langsam zu seinem Schwert.

»Gleich zwei Nephim auf einmal. Glück muss man haben«, sagte der Fremde und meinte offenbar jedes seiner Worte ernst.

»Du hast hier ja ganze Arbeit geleistet«, stellte Malek fest und ließ den Blick noch einmal über die vielen Toten wandern. »Mir stünde auch mal wieder der Sinn nach einem kleinen Gemetzel«, murmelte er leise, doch immer noch hörbar.

Der Nephim zuckte mit den Schultern. »War leider ziemlich unspektakulär. Bauern, einfache Handwerker – alles in allem kam da keine große Gegenwehr.« Ein Ausdruck von hämischer Vorfreude legte sich auf seine Lippen. »Umso schöner ist es, euch zu sehen. Ich denke, mit euch beiden wird es nicht so langweilig.«

Mittlerweile verstand Tares, dass andere einen solchen Schrecken empfanden, wenn sie die kalten, emotionslosen Augen eines Nephim sahen. Sie fühlten keine Schuld dabei, andere auf so grausame Weise abzuschlachten. Das Schlimme daran war, dass es ihm einst genauso gegangen war. Heute hingegen empfand er nur noch Ekel, wenn er andere seiner Art so reden hörte. Ihm war klar, dass dieser Kerl nicht mehr von seinem Vorhaben abzubringen war. Er würde auf jeden Fall gegen sie kämpfen.

»Lass das Geschwätz«, rief er ihm darum zu. »Wenn du kämpfen willst, bring es endlich hinter dich oder verzieh dich!«

Ein Lächeln huschte über die kalten Lippen des anderen. »Da hat es aber jemand eilig. Das gefällt mir!« Er sprang vom Dach, zog sein Schwert aus der Scheide und holte in der Luft zum Schlag aus.

»Wurde auch Zeit«, freute sich Malek und zog ebenfalls seine Waffe.

Der Fremde ließ seine Klinge auf Tares niedersausen, der den Hieb abwehrte. Sofort war Malek hinter dem Angreifer und holte ebenfalls aus, doch der andere war schnell. Hastig wandte er sich um, ließ seine Waffe auf Malek niederfahren, der einen Schritt zurückspringen musste, um der tödlichen Wunde zu entkommen.

Tares sah aus den Augenwinkeln, wie sich Niris ein Stück zurückzog, ohne das Geschehen aus den Augen zu lassen. Er hoffte, die Sigami würde nicht in den Kampf hineingezogen werden.

»Gar nicht übel, so mag ich es«, verkündete Malek und stürmte erneut nach vorn. Er tauschte einige schnelle Schwerthiebe mit seinem Gegner aus, der jeden davon parierte. Dann ging alles ganz schnell. Tares sah gerade noch, wie der Fremde die Hand ausstreckte, dann erschien auch schon ein schwarzer Wirbel und erfasste Malek. Es riss ihn von den Füßen zu seinem Gegner hin, als würde er von einer unsichtbaren Macht angesogen werden. Dann plötzlich streckte der Nephim den Arm aus und Malek wurde durch die Luft geschleudert. Er rutschte über den Boden, riss dabei den Untergrund auf und prallte schließlich gegen einen Baum, der von der Wucht entwurzelt wurde.

Tares wusste, dass Malek nicht ernsthaft verletzt sein konnte, und nutzte die Gunst der Stunde. Er rannte auf den Gegner zu, der ihm den Rücken zugekehrt hatte, und holte mit dem Schwert aus – in diesem Moment wandte sich der Nephim nach ihm um, lächelte und konterte den Hieb ohne Probleme.

Doch damit hatte Tares gerechnet. Er drehte sich vor dem gegnerischen Angriff weg, streckte die Hand aus und rief einen Zauber. Sofort stoben überall goldene Lichter auf und schwebten in die Höhe. Der Fremde beobachtete sichtlich amüsiert, wie die Lichter wie Glühwürmchen um die Gruppe herum tanzten.

Dann schloss Tares die Faust, und wie auf Kommando flammten die kleinen Lichtpunkte auf. Sie entzündeten sich, verbanden sich zu einem einzigen Feuerwirbel, der sich um den fremden Nephim legte und ihn umschloss. Auch Tares spürte die Hitze, die von dem Flammenmeer ausging. Er hörte das Knacken des Feuers, das sich an dem Nephim hinauffraß, und dennoch machte er sich keine falschen Hoffnungen.

Malek hatte sich mittlerweile wieder aufgerafft, er war wie vermutet unverletzt geblieben und schaute nun ebenfalls auf den brennenden Gegner.

Da bildete sich eine helle Wolke über dem fremden Nephim. Sie glühte in einem bläulichen Ton auf und augenblicklich gefroren die wild brennenden Flammen zu Eis. Sie erstarrten um den Gegner und zerbrachen schließlich mit einem splitternden Geräusch.

»Netter Versuch.« Der Kerl grinste Malek und Tares erfreut an. »Ich hatte gehofft, ihr würdet es mir nicht so einfach machen. Langsam wird es Zeit, das alles zu beenden.«

Tares spürte, wie sich in diesem Moment eine elektrisierende Spannung über den Platz legte. Ein leises Knistern stob durch die Luft.

»Lauf!«, rief er Niris zu, doch es war bereits zu spät. Die Umgebung verdunkelte sich, als würde das Licht ganz langsam von etwas Unsichtbarem verschluckt werden.

Und dann sah er sie: eine schwarze Kugel, um die lila Blitze zuckten und die alles Licht in sich aufzunehmen schien. Sie wurde immer größer, blähte sich geradezu auf.

Niris versuchte davonzulaufen, aber sie war zu langsam. Der fremde Nephim grinste und meinte: »Es hat mir großen Spaß mit euch gemacht!«, dann stieß er den Arm nach vorne und die Kugel folgte seinem Befehl. Sie raste in einer unfassbaren Geschwindigkeit los, teilte sich in Abertausende kleine Gebilde, die wie schwarze Flecken umherschossen. Die Umgebung begann vor Tares' Augen zu verschwimmen, und der Boden schwankte, sodass er kaum mehr sagen konnte, wo oben und wo unten war. Ein seltsames Dröhnen donnerte in seinen Ohren, dann spürte er die Kraft des gegnerischen Zaubers.

Die Flecken legten sich um ihn, brannten auf seiner Haut und nahmen ihm die Luft zum Atmen. Er konnte sich kaum mehr bewegen und wusste zugleich, dass er es musste, wenn er nicht hier und jetzt sterben wollte. Auch Niris wurde von den Flecken ergriffen, ebenso wie Malek, der sich noch dagegen zu wehren versuchte.

Tares sah den amüsierten Blick des Fremden, der glaubte, dass er nun gewonnen hätte. Die Luft ging Tares immer weiter aus, der Druck und das Brennen der schwarzen Gebilde nahmen zu. Niris schrie, doch ihre Stimme klang, als würde sie von sehr weit weg kommen.

Malek versuchte, die schwarzen Flecken von sich zu reißen, und tobte wie ein Berserker.

»Hör auf, das bringt nichts!«, rief Tares ihm zu und war erstaunt, wie krächzend seine Stimme klang. »Konzentrier dich! Hör nicht nur auf deine Instinkte!«

Malek blieb augenblicklich stehen. Er schaute zu Tares, der aufgehört hatte, sich aufzubäumen. Auch wenn er sich am liebsten genau wie Malek gegen die Flecken zur Wehr gesetzt hätte, um den schrecklichen Schmerz zu beenden, so wusste er, dass er ihn noch einen Moment länger ertragen musste. Tares regte sich nicht mehr, sammelte all seine Kräfte und schloss die Augen. Als er sie das nächste Mal öffnete, hatte Malek es ihm gleichgetan. Er hatte wohl verstanden.

Tares wusste, dass das, was er nun tun musste, verdammt schmerzhaft werden würde, aber wenn er überleben wollte, hatte er keine Wahl. Er rief blaue Flammen, die sich augenblicklich auf seinen Körper legten, sich hineinbrannten, aber auch die schwarzen Flecken wegfraßen. Er roch, wie seine Haut langsam versengt wurde, wusste zugleich, dass er das Feuer rechtzeitig wieder löschen musste, um keine größeren Verletzungen davonzutragen, aber noch waren die Flammen nicht gänzlich verschwunden.

Er schaute zu Malek, auch er war von dem blauen Feuer umgeben. Als die letzten Flecken verschwunden waren, nickte Tares Malek zu, und die beiden stießen die gleißenden Flammen von sich. Diese bündelten sich und vereinigten sich zu einem einzigen riesigen Feuerball, der kurz darauf explodierte und damit einen Feuersturm auslöste, der sich über die ganze Ebene fraß.

Da sah Tares Niris. Sie stand wie erstarrt da, während die Flammen auch auf sie zurasten. Er wollte schon losrennen, doch Malek war schneller. Er riss die Asheiy zur Seite, grinste sie an und meinte: »Du solltest besser auf dich aufpassen.« Die folgenden Worte gingen in dem Schrei des fremden Nephim unter, der nun von den Flammen ergriffen wurde. Sie fraßen sich in sein Fleisch und waren so heiß, dass er sie selbst mit seinem Eiszauber nicht zu löschen vermochte.

Malek nickte Tares zu und die beiden rannten mit erhobenem Schwert los. Während der Fremde noch unter Qualen brüllte, stießen sie ihm die Klingen in die Brust. Tares spürte die Hitze der Flammen, von denen der Nephim -dessen Schreie nun langsam erstickten -noch immer eingeschlossen war. Er sah die aufgerissenen Augen und wie etwas darin erlosch. Der Fremde kippte nach vorne, sank auf den Boden und blieb regungslos liegen. Aus seinem leicht geöffneten Mund drang schwarzer Rauch, das Anmagra verließ als dunkler Strahl seinen Körper, stieg immer weiter empor und raste schließlich davon. Tares wusste, was das bedeutete. So war es immer. Gelang es nicht, das Anmagra zu vernichten – und so etwas konnten in der Regel nur die Verisells, dann entkam das Anmagra als schwarzer Rauch. Es würde nun umherwandern, bis es eine Schwangere fand, in deren Leib es dringen konnte, um ihr ungeborenes Kind zu besetzen. Auch wenn es schrecklich war – so war jeder von ihnen entstanden …

Tares schaute dem Anmagra noch einen Moment hinterher, wie es an Bäumen vorbeizog, bevor es letztendlich verschwand. Dann spürte er, wie sich Malek neben ihn stellte.

»Das war gar nicht mal schlecht. Fast wie in alten Zeiten«, freute er sich.

Tares schüttelte nur den Kopf. »Täusch dich mal nicht. Es wird nie wieder so sein wie damals.«

Damit wandte er sich ab, um nach Niris zu schauen. Sie saß noch immer auf dem Boden und der Schreck stand ihr ins Gesicht geschrieben … Tares konnte nicht sagen, ob es daran lag, dass sie beinahe umgekommen wäre, oder daran, dass ausgerechnet Malek sie gerettet hatte.

Im feindlichen Lager

Gwen schaute auf die Rücken der drei Männer, die vor ihnen gingen, und lugte danach über die Schulter zurück zu den Soldaten, die die Nachhut bildeten. Vor etwa einer Stunde waren sie und Asrell in einem kleinen Waldstück einige Kilometer von der Schwarzsandebene entfernt von thungassischen Soldaten entdeckt und festgenommen worden.

»Wir hätten noch vorsichtiger sein müssen«, murmelte Asrell.

Das stimmte wohl, aber sie hatten die Männer im Unterholz einfach nicht kommen hören. Die Kerle mussten sie schon vor einiger Zeit entdeckt haben, denn sie hatten sich offenbar an sie herangeschlichen und dann war alles ganz schnell gegangen. Die Soldaten waren auf sie zugestürmt, und noch ehe Gwen und Asrell überhaupt wussten, wie ihnen geschah, hatte man sie auch schon gefasst.

Obwohl sie bezweifelte, schon mal einem der Kerle begegnet zu sein, hatte jeder sofort gewusst, wen sie da vor sich hatten. Sie hatten ihnen die Hände gefesselt und zogen sie nun an einem langen Strick wie Vieh hinter sich her. Ab und zu riss der Mann mit den breiten Schultern, der das Seil hielt, daran und machte sich geradezu einen Spaß daraus, sie zum Stolpern zu bringen. Sie wollten die Herrschertochter rächen, und dabei spielte es für sie keine Rolle, dass Gwen und Asrell mit Brindias Tod nicht direkt etwas zu tun hatten. Man nahm an, dass Gwen noch immer mit Ahrin verbündet war, und offenbar schürte allein die Tatsache, dass sie während des schrecklichen Verbrechens anwesend gewesen war, den Zorn der Soldaten.

Mehrfach hatten die beiden versucht, mit den Männern zu reden und ihnen von Ahrins Vorhaben zu erzählen, doch die Kerle hatten sie mit ein paar heftigen Schlägen immer wieder zum Schweigen gebracht.

»Haltet den Mund!«, hatte ein großer Kerl mit breiten Schultern gebrüllt. »Ihr könnt euch noch früh genug in eure Lügen verstricken. Spart euch also eure Worte für den Fürsten auf, er wird entscheiden, was mit euch geschehen soll.« Ein fürchterliches Grinsen erschien auf seinen Lippen, als er fortfuhr: »Im Grunde spielt es gar keine Rolle, womit ihr euch zu retten versucht, das Urteil ist längst über euch gesprochen, und ich kann es kaum erwarten, die Täter für den Tod unserer hochwohlgeborenen Fürstentochter leiden zu sehen.«

Da hatte Gwen gewusst, dass jedes weitere Wort an die Soldaten verschwendet war. Sie musste mit Beragal und Baldras Thungass sprechen und sie davon überzeugen, dass sie nichts mit Brindias Tod zu tun hatte.

Sie mussten es also schlau angehen und sich unentbehrlich machen. Nur dann hatten sie eine Chance, am Leben zu bleiben. Vielleicht, wenn Gwen bereit war, sich als Enkelin des Göttlichen auf die Seite der Thungass zu stellen ... Zudem hatte sie noch immer die Informationen über Ahrin und dessen neu gewonnene Kräfte. Wenn man ihr diesbezüglich Glauben schenkte, wäre bereits eine Menge gewonnen.

Sie würde den beiden Männern schon klarmachen, dass man sie und Asrell noch brauchte.

Sie schaute zu Asrell, der neben ihr ging. Sie sah den Zorn in seinen Augen, aber auch die Angst davor, was nun mit ihnen geschehen würde.

»Wir schaffen das schon«, versprach sie und schenkte ihm einen aufmunternden Blick. »Man wird uns anhören und uns ganz bestimmt nicht einfach umbringen.«

Durch die Lücken zwischen den Baumwipfeln erkannte sie erste Zelte. Stimmen drangen an ihr Ohr, das Wiehern von Pferden. Sie näherten sich offenbar dem Lager der Thungass.

Ihr Herz begann unruhig in ihrer Brust zu klopfen. Gleich würde sich alles entscheiden ...

Es dauerte nur wenige Minuten, bis sie die Lichtung erreichten, wo sich die Soldaten der Thungass sammelten.

Überall standen Zelte, vor denen sich die Truppen aufhielten. Keiner der Männer saß in voller Rüstung vor ihnen, die meisten trugen ein Lederwams, Stiefel und Hose. Sie würden sich wohl erst vollständig rüsten, wenn der Befehl zum Ausrücken kam. So lange saßen sie zusammen, würfelten, aßen, tranken und kümmerten sich um die Pferde. Die Stimmung schien bestens zu sein und eine gewisse Unruhe lag über dem Platz. Man wartete wohl sehnsüchtig darauf, dass es endlich losging.

Während Gwen und Asrell von den Soldaten durch das Lager getrieben wurden, musterte man sie von allen Seiten argwöhnisch. An den erstaunten Gesichtern konnte Gwen ablesen, dass einige genau wussten, wer sie war. Ein Mann fiel ihr besonders auf. Er trug ein graues Wams und eine dunkle Hose. Er war von eher schmaler Statur und sah nicht gerade wie der geborene Kämpfer aus. Seine Haut war blass, er hatte ausgeprägte Geheimratsecken und dünnes Haar. Doch was Gwen sofort aufgefallen war, war sein schneidender Blick. Sein Hass schien so viel größer zu sein als der der anderen. Was für ein seltsamer Kerl ...

»Los, schneller!«, mahnte der breitschultrige Kerl und stieß Gwen so hart in den Rücken, dass sie stolperte und mit ein paar hastigen Schritten den Sturz auffangen musste. »Wir sind gleich da.« Er schubste sie weiter, sodass sie den eigenartigen Mann aus dem Blick verlor.

In der Tat erreichten sie kurz darauf ein besonders großes Zelt, auf dessen Spitze eine Fahne mit dem Wappen der Thungass steckte. Gwen schluckte noch einmal, nahm all ihren Mut zusammen und machte sich dazu bereit, um ihr Leben zu kämpfen. Jetzt kam es ganz darauf an, was sie sagte ...

Einer der Wachen zog die Plane beiseite, die den Eingang zum Zelt verbarg, dann wurden Gwen und Asrell von zwei weiteren Männern, die hinter ihnen gingen, ins Innere gedrängt. Der Boden war mit dicken Teppichen ausgelegt, überall standen schwere Feuerschalen und große Kerzenständer, die Licht spendeten. Auf der rechten Seite des Raumes befand sich ein runder Tisch, auf dem Landkarten, Schreibutensilien und jede Menge Papiere lagen. In der Mitte war ein Esstisch zu sehen, um den mehrere rot gepolsterte Stühle gestellt waren, deren Armlehnen die Form eines Drachenkopfes zeigten.

Beragal Thungass stützte sich mit den Händen auf den runden Tisch und schaute auf die Karten vor sich. Sein Sohn stand hinter ihm und blickte seinem Vater über die Schulter. Als Gwen und Asrell hereingeführt wurden, schauten beide auf. Ihre Mienen verdüsterten sich schlagartig, in die Stirn des Fürsten grub sich eine tiefe Zornesfalte.

»So sieht man sich also wieder.« Er musterte die zwei. »Wer hätte gedacht, dass diese Begegnung unter solchen Umständen stattfinden würde.« Sein Tonfall war rau und es schwang eine einzige Drohung darin mit. »Da lädt man die Enkelin des Göttlichen zu sich nach Hause ein, bewirtet sie und ihre Freunde, umsorgt sie, behandelt sie wie ein Familienmitglied, und was macht sie ...« Er ließ einige Sekunden verstreichen. Als er weitersprach, donnerte seine Faust laut auf den Tisch, sein Kopf wurde rot vor Zorn und seine Stimme schien sich schier zu überschlagen: »Ihr überwältigt meine Tochter, fesselt sie, flieht und bringt auf Eurer Flucht meine Männer um. Als Brindia dann nach Euch sucht, um Unrecht wiedergutzumachen, wird meine Tochter von Euch in einen Hinterhalt gelockt und von diesem widerlichen Revanoff umgebracht!«

Er schien sich kaum mehr unter Kontrolle halten zu können, und seine Augen blitzten kalt, als er fortfuhr: »Wir sind eine stolze und starke Herrscherfamilie. Wir können und wir werden nicht ignorieren, was Ihr getan habt. Ihr habt meine Tochter umgebracht und dafür werdet Ihr mit Eurem Leben bezahlen. Ihr sollt am eigenen Leib erfahren, was es bedeutet, sich mit uns anzulegen!«

Gwen sah aus den Augenwinkeln zu Asrell. Er war blass und die Angst stand ihm ins Gesicht geschrieben. Auch ihr klopfte das Herz bis zum Hals, dabei wusste sie, dass sie ruhig bleiben und einen klaren Kopf bewahren musste. Es hing alles von ihren nächsten Worten ab.

»Ihr wisst selbst am besten, dass Ihr mich und meine Freunde niemals freiwillig hättet gehen lassen. Ich muss Euch also nicht erklären, warum wir damals aus Eurem Schloss geflohen sind. Ihr hättet an meiner Stelle genau dasselbe getan.«

Er runzelte die Stirn, auf diese Art von Erwiderung war er wohl nicht gefasst gewesen. Vielleicht hatte er eher damit gerechnet, dass sie sich entschuldigen oder um ihr Leben betteln würde.

Sein Sohn stand noch immer schweigend hinter ihm und ließ Gwen und Asrell keinen Moment aus den Augen. In seiner Miene lag ebenfalls Zorn, allerdings glaubte sie auch leichtes Interesse zu erkennen. Ihnen wäre schon viel geholfen, wenn sie wenigstens Baldras ein wenig von seiner Wut abbringen könnten.

»Als Brindia ihr Leben verlor, waren Eure Soldaten anwesend. Sie haben alles mit angesehen. Wenn sie also ehrlich zu Euch waren und keine Lügen erzählt haben, dann wisst Ihr, dass nicht ich oder einer meiner Freunde Eure Tochter umgebracht hat, sondern Ahrin Revanoff.«

Nun donnerte erneut die Faust des Fürsten auf den Tisch, was Asrell kurz zusammenzucken ließ.

»Wagt es nicht, diesen Namen auch nur auszusprechen! Wir wussten von Anfang an, dass Ihr ihm wohlgesonnen seid, das haben mein Sohn und ich mit eigenen Augen gesehen. Es war nur eine Frage der Zeit, bis Ihr Euch auf seine Seite stellt, und genau das habt Ihr getan. Ihr wart bei ihm, seid eine Freundin dieses Mistkerls, und auch wenn Ihr nicht selbst den tödlichen Schlag gegen Brindia ausgeführt habt, so seid Ihr doch mitverantwortlich! Ihr werdet dafür büßen, und sei es nur, um diesem Revanoff eins auszuwischen!«

Beragal redete sich immer mehr in Rage, eine Ader auf seiner Stirn war mittlerweile bedrohlich angeschwollen und pochte im Takt zu seinem Herzschlag.

Gwen wollte Ruhe und Gelassenheit ausstrahlen und ließ daher einige Sekunden verstreichen, bevor sie antwortete: »Ich habe Euch immer für einen gerechten und besonnenen Herrscher gehalten.« Das entsprach zwar nicht ganz der Wahrheit, war im Moment jedoch die beste Wortwahl. »Ihr würdet niemals unüberlegt handeln und Eure Wut an Unschuldigen auslassen.«

Die Brauen des Fürsten zogen sich bei diesen Worten zusammen; auch sein Gesichtsausdruck verriet, dass er sehr wohl Unschuldige bestrafte, doch er sagte nichts dazu.

»Ihr wisst, dass ich die Enkelin des Göttlichen bin und dieser Name noch immer viel Gewicht hat. Mag sein, dass Eure Wut momentan so groß ist, dass Ihr mich am liebsten umbringen und dafür sogar den Zorn der anderen Herrscher in Kauf nehmen würdet, aber rational betrachtet nütze ich Euch lebend mehr.«

»Was würde es bringen, dich am Leben zu lassen?«, brach Baldras sein Schweigen. Er prustete verächtlich und schüttelte fast amüsiert den Kopf. »Du warst dabei, als dieses Scheusal meine Schwester umgebracht hat! Du bist seine Verbündete! Damit hast du den Tod ebenso verdient wie er!«

Gwen schüttelte ruhig den Kopf. »Das magst du im Augenblick so sehen«, sagte sie und schaute ihm direkt in die Augen. »Es stimmt, ich war mit Ahrin befreundet, doch für mich stand von Anfang an fest, dass ich mich auf keine Seite stellen werde.«

Baldras schüttelte verächtlich den Kopf. »Erzähl diesen Blödsinn jemand anderem.«

Sie ging auf diesen Einwand gar nicht erst ein, sondern fuhr fort: »Aber nun ... nach allem, was ich herausgefunden habe, habe ich gar keine andere Wahl. Ich muss mich entscheiden. Und ich wähle Euer Haus.« Beragal und Baldras schauten sie sprachlos an; Fassungslosigkeit stand ihnen ins Gesicht geschrieben, dann murmelte Baldras etwas wie: »Das ist an Dreistigkeit nicht mehr zu überbieten.«

Sein Vater dagegen hob die Hand, um ihn zum Schweigen zu bringen, und hakte nach: »Was redet Ihr da für einen Unsinn? Ihr habt gar nichts zu entscheiden. Hier geht es nur darum, wann und wie wir Euch umbringen, und um nichts anderes.«

»Das solltet Ihr Euch noch mal überlegen«, wandte sie ein. »Ihr werdet uns brauchen. Wir haben wertvolle Informationen über Ahrin Revanoff.«

Der Fürst zögerte kurz, dann schüttelte er den Kopf. »Wir wollen nichts von Euch hören.«

»Das aber schon!«, brachte sich Asrell schließlich ein. »Ihr solltet es wissen, denn diese Information wird nicht nur über den Sieg, sondern auch über Leben und Tod entscheiden.«

»Was redest du –«, begann Baldras, doch Gwen unterbrach ihn und erzählte von ihrer letzten Begegnung mit Ahrin. Sie berichtete von seinen Absichten, von dem Himmelschwarz und dem ausgeklügelten Plan, den er verfolgte.

»Ich weiß, das alles ist schwer zu glauben«, endete sie schließlich, »aber es ist die Wahrheit. Warum sollte ich mir solche Dinge ausdenken?«

Beragal nickte, und als er erneut zu sprechen anhob, klang seine Stimme zu Gwens Überraschung um einiges ruhiger: »Ich habe diesem Mistkerl Revanoff schon immer alles zugetraut. Er würde vor nichts zurückschrecken und sich nur zu gerne in ein Monster verwandeln, um mehr Macht zu gewinnen und seine Feinde auszuschalten.«

Gwen schaute wahrscheinlich ebenso verwundert drein, wie Asrell es gerade tat. Sie konnte es nicht fassen: War es möglich, dass die Thungass ihnen glaubten?!

»Wir müssen Maßnahmen ergreifen«, wandte Baldras sogleich ein. »Das sind vollkommen neue Informationen, die alles verändern. Wir müssen unsere Strategie anpassen und überlegen, wie wir nun vorgehen sollen.«

Sein Vater war im Geiste wohl ebenfalls bereits damit beschäftigt, Truppenbewegungen zu planen und seine Leute zu formieren, denn sein Blick schweifte immer wieder zu den

Karten vor sich. »Wir sind Euch dankbar für diese Mittteilung, denn sie könnte in der Tat kriegsentscheidend sein. Dieser Revanoff ist zu allem fähig, das war uns immer klar. Aber das ...«, er schüttelte den Kopf, »das grenzt schon an Wahnsinn. Wir werden versuchen, ihn aufzuhalten und ihn zu töten.« Sein Blick wurde nun wieder eine Spur kälter. »Dass wir Euch glauben, bedeutet nicht, dass wir Euch verzeihen. Ihr und Euer Freund hier werdet vorerst bei uns bleiben, bis wir entschieden haben, wie wir weiter verfahren werden.«

Er rief die Wachen zu sich, die vor dem Zelt gewartet hatten, und nickte in Gwens und Asrells Richtung. »Bringt sie in ein freies Zelt, schaut, dass es ihnen an nichts fehlt, und lasst sie keinesfalls aus den Augen. Sie sind unsere Gefangenen.«

Dann wandte er sich wieder seinem Sohn zu, der sich bereits über die Karten beugte, und schenkte weder Gwen noch Asrell weitere Beachtung. Die zwei wurden weggeführt, waren weiterhin Gefangene, aber immerhin am Leben. Ein Anflug von Erleichterung machte sich in Gwen breit, während sie und Asrell von den Soldaten nach draußen geleitet wurden. Sie wusste allerdings auch, dass die Gefahr längst noch nicht überstanden war.

Seit zwei Tagen waren sie nun schon im Lager der Thungass. Zu ihrer Erleichterung hatte man sie nicht eingesperrt oder irgendwo festgekettet. Sie konnten sich frei bewegen – zumindest hatte es auf den ersten Blick den Anschein. Denn im Grunde waren sie nie unbewacht. Ein paar Männer folgten ihnen stets und ließen sie nicht aus den Augen, auch wenn das gar nicht nötig gewesen wäre. Denn hier im Lager wimmelte es natürlich von Soldaten, und alle schienen inzwischen genau zu wissen, wer die beiden waren und warum sie sich hier aufhielten. So verging kaum ein Augenblick, in dem sie nicht schief betrachtet wurden oder man ihnen gar hasserfüllte Blicke zuwarf.

Gwen bemühte sich darum, alles stoisch hinzunehmen, aber es fiel ihr nicht leicht. Immer wieder kreisten ihre Gedanken um ihre Freunde. Tares fehlte ihr mit jeder Minute mehr, und sie fragte sich, wie es ihm ging und wann sie ihn wiedersehen würde. Sie hatte die Befürchtung, es könnte kurz vor der Schlacht sein, die über ihrer aller Schicksal, über ihr Leben und ihren Tod entscheiden würde.

»Ich hasse es, dass sie uns alle so anstarren«, murrte Asrell. Er saß neben ihr auf einer Bank vor dem Zelt, das man ihnen zugewiesen hatte.

»Wir können froh sein, dass wir so glimpflich davongekommen sind.«

Er prustete verächtlich. »Das nennst du glimpflich?! Wir werden wie Schwerverbrecher behandelt, und es sieht nicht danach aus, als würde man uns allzu bald gehen lassen. Du hast selbst gehört, was Fürst Thungass gesagt hat: Er überlegt sich, wie weiter mit uns verfahren werden soll. Klingt nicht gerade nach einer rosigen Zukunft, wenn du mich fragst.«

»Noch ist nichts entschieden«, meinte sie.

»Da bin ich anderer Meinung«, brummte Asrell. »Obwohl dem Fürsten doch klar sein muss, dass wir nichts mit Brindias Tod zu tun haben. Das war Ahrin – die thungassischen Soldaten haben es mit eigenen Augen gesehen. Es ist einfach nicht richtig, uns dafür zu bestrafen.«

»Ich war mit Ahrin befreundet, und das können sie nicht so einfach vergessen. Nach allem, was geschehen ist, misstrauen sie uns, immerhin haben wir nicht verhindert, dass Brindia getötet wurde. Da ist es doch eigentlich nachvollziehbar, dass sie uns eine gewisse Mitschuld geben.«

Asrell verdrehte die Augen. »Die spinnen doch! Wenn sie einmal genau über alles nachdenken würden, würden sie erkennen, dass wir alle gleichermaßen auf Revanoff reingefallen sind.«

»Immerhin haben sie mir sofort geglaubt, was ich erzählt habe. Sie müssen ein schlechtes Bild von ihm haben, wenn sie ihm ohne Zögern solche Taten zutrauen.«

»Oder sie kennen ihn besser, als wir dachten«, wandte Asrell ein.

Gwen nickte. Die Thungass und Ahrin hatten sich nie gut verstanden, was nach dem Tod von Ahrins Vater natürlich nicht besser geworden war. Die beiden Fürstenhäuser waren verfeindet – Ahrin hasste die Thungass regelrecht und wollte sie ausschalten. Und mit seinen neu gewonnenen Kräften hatte er die besten Chancen dazu. Es war fraglich, ob eine Armee – egal wie groß sie auch war – gegen ihn ankommen konnte. Diese Angst nagte ununterbrochen an Gwen: dass all ihre Bemühungen vergeblich waren und etliche Soldaten in ihren Tod zogen. Hoffentlich konnten Tares, Malek und Niris weitere Nephim ausfindig machen und sie dazu überreden, sich ihnen anzuschließen. Natürlich war es möglich, dass auch ihre gebündelte Kraft nicht ausreichen würde, um den Panzer zu durchbrechen, der Ahrin nun vor jeglichen physischen und magischen Kräften schützte. Aber es war die einzige Chance, die sie hatten.

Was ihr Großvater wohl in dieser Situation getan hätte? Sie fasste an den Rosenkranz, den sie sich am Morgen um den Hals gehängt hatte. Sie war der Ansicht gewesen, es könnte nicht schaden, all den Soldaten hier in Erinnerung zu rufen, dass sie die Enkelin des Göttlichen war. Sie hoffte darauf, dass diese Tatsache die Männer doch noch zum Umdenken brachte.

»Ich geh wieder rein«, sagte Asrell. »Es ist nicht auszuhalten, wie man hier angestarrt wird.« Er erhob sich und fragte: »Kommst du mit?«

Sie schüttelte den Kopf. »Nein, ich bleibe noch etwas.« Die Blicke waren auch ihr nicht angenehm, allerdings wollte sie sich nicht ständig verstecken. Es konnte nur besser werden, wenn sie der offenkundigen Feindseligkeit nicht auswich, sondern Stärke bewies.

Um wenigstens etwas zu tun zu haben, kramte sie in ihrem Rucksack und holte den Brief ihres Großvaters hervor, den sie im Buchrücken des Gedichtbandes gefunden hatte, und überflog noch einmal die letzten Zeilen:

Ich hoffe, dass Du dieser Welt eine Chance gibst und dort Freunde und Halt findest. Auch wenn in den schlimmsten Stunden alles verloren und ausweglos erscheint, denke immer daran: Man muss auf die göttliche Kraft vertrauen. Das habe ich in all den Jahren immer getan und bin von ihr zum Glück stets beschützt worden. Auch wenn es vielleicht nicht den Anschein erwecken mag, aber Gottes Kraft ist schärfer als jedes Schwert und durchdringt jeden Panzer. Suche also auch Du in schweren Zeiten dort Halt und Du wirst sicherlich erhört werden.

Liebste Gwen, ich hoffe, dass Dich diese Zeilen erreichen und Du ein Leben führst, auf das Du nicht eines Tages mit Bedauern zurückblicken wirst.

In tiefer Liebe
Dein Großvater Johann

Immer wieder las sie seine Worte. Sie sollte auf die göttliche Kraft vertrauen – etwas, das ihr nicht gelang. Sie war nicht religiös erzogen worden, ganz im Gegenteil. Nachdem ihr Großvater fast einen fanatisch-religiösen Eifer an den Tag gelegt und damit auch Gwens Vater überfallen hatte, hatte sich dieser stets von allem Spirituellen und Religiösen ferngehalten. Gwens Mutter war in diesem Punkt nicht anders – kein Wunder also, dass Gwen nichts mit Religion anfangen konnte und darin auch keinen Halt fand. Für sie hatten schon immer ein klarer Verstand, Wissen und überlegtes Handeln gezählt. Damit kam man am Ende immer weiter ...

Ihre Augen überflogen erneut den letzten Satz: *Liebste Gwen, ich hoffe, dass Dich diese Zeilen erreichen und Du ein Leben führst, auf das Du nicht eines Tages mit Bedauern zurückblicken wirst.*

Sie spürte einen dicken Kloß im Hals. Führte sie ein Leben, auf das sie später nicht mit Bedauern zurückblicken würde? Sie wusste, dass sie einiges falsch gemacht hatte, zum Beispiel, indem sie Ahrin vertraut hatte. Doch hätte es eine Möglichkeit gegeben, seine Maske zu durchschauen? Sie hätte auf jeden Fall vorsichtiger sein müssen. Während ihres Aufenthaltes im Verisell-Dorf war sie von allen gemieden worden und sie hatte sich einsam gefühlt. War es da nicht verständlich, dass sie keinerlei Argwohn verspürt hatte, als Ahrin ihr seine Freundschaft angeboten hatte? Und trotzdem machte sie sich immer wieder Vorwürfe deswegen. Vieles wäre anders gekommen und Brindia wäre noch am Leben, wenn Gwen ihm nicht ihr Vertrauen geschenkt hätte. Andererseits hätte er sie dann auch nicht in seine Pläne eingeweiht.

Sie schaute seufzend von dem Brief auf und bemerkte sogleich die vielen finsteren Blicke, die auf sie gerichtet waren. Sie setzte eine trotzige Miene auf, fasste noch einmal an die Kette ihres Großvaters, stand auf und ging ein paar Schritte durchs Lager. Sie würde sich von nichts und niemandem unterkriegen lassen.

Am Abend erschien ein hochgewachsener Mann bei Gwen und Asrell im Zelt. Er schenkte ihnen einen mürrischen Blick, sein schmaler Mund war wütend verzogen und seine rechte Hand ruhte in der Nähe seines Schwertes, das griffbereit im Gurt steckte.

»Los, mitkommen!«, verlangte er. »Fürst Thungass und sein Sohn wünschen, Euch zu sehen und mit Euch zu speisen.«

Asrell erhob sich von der provisorischen Holzpritsche, die aus nicht mehr als einer dünnen Decke und einem kleinen Kopfkissen bestand. Gwen tat es ihm gleich. Ihre Schlafgelegenheit, auf der sie gerade noch sitzend ihren Gedanken nachgehangen hatte, war nicht gemütlicher eingerichtet.

Vor dem Zelt umfing sie sogleich die Kühle der Nacht. Vier weitere Männer warteten am Eingang zu ihrer Unterkunft und bauten sich um sie herum auf, um ihnen jegliche Möglichkeit zur Flucht zu nehmen.

Überall hockten Soldaten vor ihren Zelten an Lagerfeuern zusammen, wärmten sich, aßen und tranken etwas oder vertrieben sich mit Würfelspielen die Zeit. Gwen fröstelte unter der Kälte und der Feindseligkeit. Vermutlich hielt nur das Wort des Fürsten die Soldaten davon ab, Asrell und sie umzubringen.

»Hast du eine Idee, was sie von uns wollen könnten?«, fragte Asrell. Auch er ließ seine Augen über die Männer wandern, an denen sie vorbeigeführt wurden. »Sie werden ja bestimmt nicht einfach nur nett mit uns zu Abend essen wollen. Wobei ich nichts dagegen einzuwenden hätte.«

»Wohl eher nicht«, erwiderte sie leise. »Vielleicht wollen sie uns nur im Blick behalten oder in Erfahrung bringen, ob wir noch mehr wissen.« Sie zuckte hilflos mit den Schultern. »Wir werden es gleich erfahren.«

Um das große Zelt waren mehrere Feuerschalen aufgereiht, in denen die Flammen tanzten. Auch dieses Mal standen mehrere Soldaten um die Unterkunft herum und bewachten sie.

Der Mann, der Gwen und Asrell abgeholt hatte, ging voran, sprach mit den Wachen, verschwand für einige Sekunden im Zelt, kam anschließend wieder heraus und führte die zwei ins Innere.

Kaum hatte Gwen die Unterkunft betreten, schlug ihr eine angenehme Wärme entgegen, begleitet von Essensdüften, die sie daran erinnerten, wie hungrig sie war.

Der Tisch war gedeckt und mit den verschiedensten Speisen beladen. Die zwischen den vielen Schüsseln und Platten aufgestellten großen Lüster spendeten ein angenehmes Licht.

Beragal führte gerade einen Becher zum Mund, als sie eintraten. Er sah auf und betrachtete die Neuankömmlinge. Sein Sohn saß neben ihm und musterte Gwen und Asrell ebenfalls. Ihren Blicken war nicht zu entnehmen, in welcher Stimmung sie waren, und erst recht nicht, warum man ihre Gefangenen hatte rufen lassen.

»Setzt Euch«, forderte Beragal sie auf und wies auf zwei freie Stühle auf der anderen Seite des Tisches.

Sie kamen der Aufforderung nach und sogleich schälten sich zwei Bedienstete aus dem Hintergrund, um Teller und Besteck zu bringen.

»Lasst es Euch schmecken«, fuhr der Fürst fort und deutete auf die vielen Speisen. Das ließ sich Asrell nicht zweimal sagen und langte ordentlich zu. Er spießte ein großes Stück Fleisch auf, nahm sich mehrere Kartoffeln, viel Soße und begann hastig zu essen.

Gwen dagegen nahm sich nur wenig und ließ den Fürsten und dessen Sohn nicht aus den Augen.

»Ich hoffe, Ihr hattet ein paar angenehme Tage bei uns«, ergriff Beragal wieder das Wort und schwenkte nachdenklich den Kelch mit Wein in seiner Hand. »Als wir das letzte Mal gemeinsam gespeist haben, standen die Dinge noch anders. Ich sah in Euch eine Verbündete, eine wertvolle Freundin, weshalb ich Euch in meinem Haus und in meiner Familie willkommen hieß. Wir wissen alle, wie Ihr diese Freundlichkeit angenommen und erwidert habt.« Seine Stimme nahm einen strengen Ton an, es war nicht zu überhören, dass er diese Schmach noch immer nicht verwunden hatte. »Und als hätte es nicht genügt, dass Ihr Brindia bereits dort angegriffen und sogar einige meiner Soldaten getötet habt, seid Ihr noch weitergegangen und habt etwas Unaussprechliches getan: Ihr habt meine Tochter hinterrücks ermordet.«

Asrell ließ augenblicklich seine Gabel fallen und hob zu sprechen an, doch der Fürst unterbrach ihn mit einer knappen Handbewegung. »Spart Euch Eure Worte. Ihr habt mehrfach erklärt, dass Revanoff der Mörder meiner Tochter ist, doch das ändert nichts daran, dass Ihr beteiligt wart. Ihr habt tatenlos dabei zugesehen, wie er sie umgebracht hat, und deshalb werdet Ihr nicht straffrei davonkommen!«

Hatte Beragal auf eine Reaktion von Gwen gewartet, so enttäuschte sie ihn. Sie versuchte mit Absicht, ruhig zu bleiben und so zu tun, als ließen sie seine Drohungen vollkommen kalt. Sie hob den Blick und schaute den Fürsten an. »Was habt Ihr nun also vor? Wollt Ihr uns umbringen? Oder habt Ihr Euch eine andere Strafe für uns ausgedacht? Was wollt Ihr tun, so kurz vor einem Krieg solchen Ausmaßes? Wolltet Ihr uns nur noch mal vor Augen führen, dass Ihr uns in der Hand habt?«

Beragals Lippen wurden schmaler, Wut tanzte in seinen Augen, aber auch etwas wie Sprachlosigkeit.

Baldras, der bisher geschwiegen hatte, faltete nun die Hände und beugte sich ein Stück weiter vor. »Du warst im Dorf der Verisells, die den Revanoffs unterstehen. Du hast dort mit ihnen trainiert und dich von ihnen ausbilden lassen. Und dein Großvater wird dir ebenfalls einiges beigebracht haben. Uns würde daher interessieren, wie stark du bist und mit wie vielen Gegnern du es aufnehmen kannst.«

Gwen war verwundert über den plötzlichen Themenwechsel und wusste nicht genau, wie sie darauf antworten sollte. Ihr Blick glitt zwischen Baldras und dessen Vater hin und her. War es klug, ihnen die Wahrheit zu verraten, oder sollte sie so tun, als sei sie ihrem Großvater ebenbürtig?

»Deshalb habt Ihr uns rufen lassen?«, wandte sie sich an den Fürsten. »Ihr wollt wissen, ob ich Euch in einem Kampf von Nutzen sein kann?«

Baldras schmunzelte und antwortete für seinen Vater: »Es ist doch nur verständlich, dass wir uns diese Frage stellen. Immerhin könnte das mit über euer weiteres Schicksal entscheiden und unsere Strafe für euch beeinflussen.«

Asrell schenkte Gwen bei diesen Worten einen mahnenden Blick, sie wusste, wozu er sie damit aufrufen wollte, allerdings hatte sie sich längst entschieden.

»Ich bin nicht so stark, wie mein Großvater es war. Ich verfüge weder über sein immenses Wissen, was Zauber und diese Welt angeht, noch kann ich kämpfen wie er. Ja, die Verisells haben mich trainiert, jedoch waren in der kurzen Zeit keine Wunder zu erwarten. Ich bin zwar in der Lage, einem Nephim das Anmagra zu entziehen, aber ich würde in einem Kampf mit einem solchen Wesen wahrscheinlich unterliegen, so käme ich gar nicht erst dazu, meine besondere Kraft zu nutzen.«

Beragal schaute zweifelnd, Baldras hingegen sagte: »So etwas habe ich mir schon gedacht. Ich habe mich damals bei den Verisells im Dorf umgehört und Ähnliches in Erfahrung gebracht. Zumindest bist du ehrlich.«

»Du glaubst, dass sie zu nichts taugt und wir sie nicht gebrauchen können?«, hakte sein Vater erstaunt nach.

Baldras ließ Gwen nicht aus den Augen. »So würde ich es nicht sagen«, erklärte er nachdenklich. » Sie kann einem Nephim das Anmagra entziehen – in der richtigen Situation ist diese Fähigkeit nicht zu unterschätzen. Ich denke, wir sollten an unserer Entscheidung festhalten und sie mit in die Schlacht nehmen. Soll sie sich dort beweisen. Wenn sie und ihr Freund sich gut schlagen und überleben, sehen wir vielleicht doch von unserer Rache für Brindia ab.«

Sein Vater wirkte wenig überzeugt. »Ich lasse die beiden gewiss nicht ungeschoren davonkommen.«

»Das werden sie auch nicht«, erwiderte Baldras, und Gwen konnte an seinem Blick sehen, dass der Fürstensohn davon überzeugt war, dass sie den Krieg niemals überleben würden. Er hatte vor, sie in den Tod zu schicken ... Sie ließ sich von ihren Gedanken nichts anmerken, spürte jedoch eine tiefe Angst in sich. Die Thungass würden sie in den Krieg mitnehmen und weder ihr noch Asrell zur Seite stehen. Sie wären ganz auf sich allein gestellt – zumindest bis Tares, Niris und Malek mit den anderen Nephim eintrafen ...

»Unterschätzt uns besser nicht«, erwiderte sie leise. »Wir sind stärker, als Ihr denkt, auch wenn wir keine geborenen Kämpfer sind.«

Beragal lachte lauthals los. »Das ist aber leider alles, was zählt, meine Liebe. Nur die Kraft eines Mannes und sein Geschick mit der Waffe entscheiden über sein Leben, über Gewinn und Niederlage.« Mit einem großen Schluck leerte er seinen Weinkelch und bedeutete dem Mundschenk, den Becher neu zu füllen. »Ihr werdet selbst noch erfahren, was im Leben von Bedeutung ist.«

Der schmale Mann mit dem dünnen Haar und den ausgeprägten Geheimratsecken goss aus einer Karaffe Wein nach. Dabei blitzten seine dunklen Augen immer wieder in Gwens Richtung. Sie waren schmal und kalt, so voller Hass. Gwen erkannte ihn sofort. Es war der Kerl, den sie gleich bei ihrer Ankunft im Lager gesehen hatte. Da war er schon so seltsam gewesen und hatte sie voller Feindseligkeit angeschaut. Natürlich taten die anderen Soldaten dies auch, aber bei ihm schien es fast, als verabscheue er Gwen aus tiefstem Herzen. Sie glaubte zu erkennen, dass er sie nicht nur sterben, sondern auch leiden sehen wollte. Nur warum, das verstand sie nicht.

Als der Kelch gefüllt war, zog er sich wieder in den hinteren Bereich des Zeltes zurück, allerdings nicht, ohne sie noch einmal anzuschauen und ihr damit einen Schauer über den Rücken zu jagen.

»Ich weiß, dass Ihr stark seid«, nahm sie den Faden wieder auf. »Doch Ihr werdet es nicht allein gegen Ahrin schaffen. Ihr habt keine Vorstellung, über welch enorme Kräfte er mittlerweile verfügt.«

»Es wäre gut, wenn Ihr die anderen Fürsten über Revanoff informieren und sie um Unterstützung bitten würdet«, schlug Asrell vor.

Beragal prustete und lachte polternd los. »Was denkt Ihr, wer wir sind?! Wir sind Thungass, wir bitten niemals um Unterstützung! Es gibt nichts, was wir mit unserer Armee und unseren eigenen Kräften nicht schaffen können. Wir sind stark und haben kein Erbarmen mit unseren Feinden. Niemand kann es mit uns aufnehmen.«

Baldras nickte bestätigend, auch wenn es nicht ganz so bestimmt aussah. Gwen schenkte sich weitere Worte. Sie wusste um den Stolz dieses Hauses, der ihnen allen womöglich noch zum Verhängnis würde. Vermutlich würden die Thungass erst auf dem Schlachtfeld erkennen, dass auch sie Schwächen hatten …

Ein finsteres Geheimnis

Asrells Atemzüge gingen ruhig und tief. Während er schnell in den Schlaf gefunden hatte, lag Gwen nun schon seit fast zwei Stunden wach und grübelte über den Abend bei den Thungass nach. So sehr sie sich auch den Kopf zerbrach, sie sah keine Möglichkeit zur Flucht. Folglich blieb ihr nichts anderes übrig, als abzuwarten und zu hoffen, dass sich kurz vor der Schlacht eine Chance ergäbe. Sie konnte auf keinen Fall im Lager der Thungass bleiben, so viel stand fest. Nicht nur, dass sie von diesen im Kampf keine Unterstützung erhalten würde, sie wäre auch nicht in der Lage, Tares und die anderen zu treffen. Die würden sich nicht einfach unter die Reihen der Thungass mischen können, ohne von diesen angegriffen zu werden.

Gwen musste also Augen und Ohren offen halten und die erstbeste Gelegenheit sofort nutzen. Sie blickte zu ihrem Taschenspiegel, den sie weiterhin bei sich trug und der ihr auch in diesem Fall keine Rettung war. Hier im Lager wie auch im Schloss der Thungass waren offenbar Zauber aufgebaut, die einfache magische Gegenstände wie ihren Spiegel wirkungslos machten. Das hatte sie bereits beim letzten Mal feststellen müssen, als die Thungass sie in ihrem Palast festgehalten hatten. Auf diesem Weg würde sie also auch nicht entkommen können. Mit Schrecken dachte sie an den bevorstehenden Krieg. Mirac galt als unbesiegbar – entsprach dies der Wahrheit oder konnte man ihn und damit Ahrin, der dieses Wesen momentan in sich trug, mit vereinten Kräften doch zerstören?

Hastig stand sie auf, blickte noch einmal zu Asrell, der weiterhin schlief, und verließ das Zelt. Sie brauchte frische Luft, um den Kopf freizubekommen. Es half nichts, wenn sie sich ununterbrochen Gedanken machte und dabei doch zu keinem Ergebnis kam.

Draußen drang kaum mehr ein Geräusch an ihr Ohr. Die meisten Soldaten hatten sich in ihre Zelte zurückgezogen und schliefen, nur einige wenige waren noch auf, liefen zwischen den Zelten auf und ab und hielten Wache. Dabei sahen sie auch immer wieder zu Gwen hinüber. Sie ließ sich davon nicht beirren und ging ein paar Schritte. Dabei versuchte sie die Soldaten zu ignorieren, die sich sogleich in einigen Metern Abstand an ihre Fersen hefteten.

Sie genoss die Kühle der Nacht und sah am Firmament Milliarden von Lichtern funkeln. Während sie den unendlich weiten Himmel betrachtete, fielen für einen Moment all ihre Sorgen von ihr ab.

Doch nur allzu schnell wurde sie erneut in die Gegenwart zurückgeholt. Als sie an zwei Zelten vorbeiging, sah sie jemanden auf einem Hocker sitzen und ebenfalls gedankenversunken gen Nachthimmel schauen. Als er ihre Schritte bemerkte, wandte er sich Gwen zu. Es war Baldras. Er hatte sich offenbar einen ruhigen Ort zum Nachdenken gesucht.

Er setzte ein schiefes Grinsen auf, als er sie erblickte, stand auf und trat zu ihr: »Konntest wohl auch nicht schlafen, was?«

»Wer hätte gedacht, dass du dir auch die Nacht um die Ohren schlägst. Ich dachte, ihr Thungass verlasst euch auf eure Stärke und seid darum ganz siegessicher.« Sie wusste, dass sie ihn mit ihren Worten provozierte, und genau das wollte sie. Sie wollte den Kerl aus der Reserve locken und ihm gleichzeitig klarmachen, dass sie keine Angst vor ihm, seinem Vater und ihren Soldaten hatte.

Baldras verzog den Mund, doch dann fand er zu seinem schelmischen Lächeln zurück: »Du bist so unvernünftig und frech wie immer. Dabei dachte ich, deine momentane Lage würde dich etwas zurückhaltender werden lassen.«

Sie zuckte mit den Schultern. »Das war noch nie mein Ding. Ich sage gerne, was ich denke.«

»Hoffen wir, dass dich das am Ende nicht den Kopf kostet.«

»Du und dein Vater habt doch eh schon über mein und Asrells Schicksal entschieden. Ihr glaubt, dass ich in der Schlacht sterben werde, und damit bekommt ihr eure ersehnte Rache, auch wenn nicht ich und meine Freunde es sind, die diese verdient haben. Der wahre Mörder läuft weiterhin frei herum.«

»Nicht mehr lange«, erwiderte Baldras. »Für das, was er getan hat, werden wir Revanoff umbringen. Auf so eine Gelegenheit warten wir schon lange. Und was dich betrifft«, er musterte Gwen ausgiebig, »so liegt es in deiner Hand und an deinem Können, ob du im Kampf erliegst oder nicht. Damit haben weder mein Vater noch ich etwas zu schaffen.«

»Die Chancen, dass ich umkomme, stehen eurer Ansicht nach allerdings ganz gut. Versuch also nicht, es schönzureden.«

»Zumindest wirst du in der Schlacht endlich begreifen, wie wichtig es ist, stark zu sein und sich nicht unterkriegen zu lassen.«

»Wir alle hätten bessere Aussichten, Ahrin zu bezwingen, wenn nicht jeder für sich kämpfen würde. Es wäre von großem Vorteil, wenn wir die anderen Fürsten auf unserer Seite hätten und wir alle gemeinsam gegen ihn vorgehen würden.«

»Das schließt dich wohl mit ein«, hakte Baldras nach. »Denkst du, mein Vater wäre bereit, sich mit dir zusammenzutun, obwohl du an Revanoffs Seite warst, als er Brindia getötet hat?« Er schüttelte den Kopf. »Ein echter Thungass bittet nie um Hilfe. Wir können für uns alleine kämpfen und brauchen niemanden, der uns währenddessen das Händchen hält.«

Sie hatte mit keiner anderen Antwort gerechnet. »Und dennoch findest du keinen Schlaf und sitzt stattdessen mitten in der Nacht hier draußen. Wie sehr glaubst du also an deine eigenen Worte?«

Baldras Lächeln verschwand schlagartig, und für einen kurzen Moment glaubte sie seine wahren Gefühle an seinen Augen ablesen zu können: Er hatte selbst Angst und Zweifel. Er stellte sich darauf ein, im Krieg zu sterben ...

»Ich hoffe, dass du und dein Vater noch rechtzeitig erkennt, dass auch ihr nicht alleine bestehen könnt. Es ist keine Schande, um Hilfe zu bitten.«

Sie wandte sich um und ließ den Fürstensohn stehen, dessen schneidenden Blick sie regelrecht in ihrem Rücken spüren konnte …

Niris saß vor dem Lagerfeuer, auf ihrem Schoß ruhte ihr Teller, auf dem das über dem Feuer gebratene Fleisch langsam kalt wurde. Malek hatte am Morgen zwei Hasen erlegt – er sagte, ein Mann könne nicht nur von Gemüse, Kräutern und diesem seltsamen Fertigessen leben.

»Schmeckt es dir etwa nicht?«, fragte er, als er sah, dass die Asheiy weiterhin keine Anstalten machte, etwas zu sich zu nehmen.

Stattdessen schaute sie entweder gedankenversunken ins Feuer oder wagte einen verstohlenen Blick in Maleks Richtung.

»Ich hab keinen Hunger«, erwiderte sie, ohne ihn anzusehen.

Er hingegen runzelte die Brauen. »Du hast keine Ahnung, was gutes Essen ist. Wie kann man solch ein Festmahl nur verschmähen?«

»Vielleicht liegt es ja daran, dass du es besorgt und zubereitet hast«, mischte sich Tares ein. Er konnte sich durchaus denken, was Niris momentan beschäftigte. Seitdem sie von dem Nephim angegriffen worden waren und Malek die Asheiy gerettet hatte, sah diese ihn immer wieder nachdenklich an.

»Du bist echt nachtragend«, erwiderte Malek unbekümmert und führte die Gabel mit einem Stück Fleisch zum Mund.

Tares sah das Donnerwetter schon kommen, kaum dass sein einstiger Freund den Satz zu Ende gesprochen hatte.

Und tatsächlich sprang die Asheiy mit einem Mal auf und stemmte die Arme in die Hüfte: »Nach allem, was du mir angetan hast, wagst du es, so mit mir zu reden?!« Sie spie vor ihm aus und funkelte ihn voller Zorn an.

Malek schwieg einen Moment, man konnte sehen, wie es in ihm arbeitete. Tares machte sich schon bereit, ihn aufzuhalten, sollte er auf die Asheiy losgehen wollen.

Doch stattdessen zuckte er nur mit den Schultern. »Es ist lange her und im Moment ist die Situation eine andere. Ich will gegen diesen Fürsten kämpfen, und dafür brauche ich wohl oder übel Aylens Unterstützung. Also werde ich dir vorerst nichts tun, du kannst ganz beruhigt sein. Was damals war, liegt lange zurück. Was nicht heißt, dass ich es vergessen habe. Du warst zu der Zeit ganz schön nervig und hast mich echt eine Menge Geduld gekostet.« Nun lächelte er verschmitzt, als er sie ansah. »So wie du heute bist, gefällst du mir deutlich besser. Du bist zwar immer noch anstrengend, aber wenigstens weiß man nun, woran man bei dir ist. Und hin und wieder bist du sogar ganz amüsant.«

Niris schienen diese Worte wieder mal allen Wind aus den Segeln zu nehmen. Sie starrte ihn hilflos an, als wüsste sie nicht, wie sie sich ihm gegenüber verhalten sollte, und wahrscheinlich war es genauso.

»Warum tust du das? Warum rettest du mir das Leben und sagst solche Dinge? Ich bedeute dir nichts, niemand tut das. Du bist nur ein grausames Monster ... Warum also versuchst du, nett zu sein?«

Malek schwieg einen Moment, jegliches Grinsen war aus seinem Gesicht verschwunden. »Tja, vielleicht hatte die Kleine recht und auch in uns Nephim steckt mehr, als man vielleicht ahnt. Ich werde jedenfalls nicht zulassen, dass ein Angreifer einfach daherkommt und jemanden umbringt, der mit mir umherzieht.« Er schüttelte den Kopf und nun tauchte wieder dieses überhebliche Grinsen auf. »Nein, wenn überhaupt, dann entscheide ich, wann derjenige zu sterben hat.«

Niris nickte langsam, als hätte sie nichts anderes erwartet. »Ich sollte nicht nach etwas suchen, was nicht da ist.« Damit wandte sie sich um und ging zu ihrem Schlafplatz, wo sie sich hinlegte und ihnen den Rücken zuwandte.

Tares beobachtete Malek, während dieser schweigend weiteraß. Ob er mit *die Kleine* Gwen gemeint hatte? Es sähe ihr jedenfalls ähnlich, so offen mit der Sprache herauszurücken.

Mit Wehmut dachte er an sie und sogleich überfiel ihn Sorge. Ob es ihr gut ging? Hoffentlich war bei den Fürsten alles gut gegangen. Er blickte hinauf in den Nachthimmel, wo die Sterne funkelten, und fragte sich, wo sie gerade war und was sie tat ... Sie waren etwa Hundert Kilometer von der Schwarzsandebene entfernt – es würde also nur noch wenige Tage dauern, bis er sie dort hoffentlich wiedersähe. Zeit, die sich bestimmt zu einer Ewigkeit zog …

Hinter den Baumwipfeln konnte man das Rot der Morgensonne sehen, die sich langsam am Horizont emporschob und alles in einem sanften Licht erstrahlen ließ. Die meisten Soldaten waren bereits auf den Beinen, zogen ihre Rüstungen an, saßen beim Frühstück oder schliffen ihre Schwerter, um sich die Wartezeit zu vertreiben. Nach und nach würde sich wieder ein Großteil von ihnen zusammentun, um Übungskämpfe zu absolvieren. So war es bisher jeden Tag abgelaufen, und Gwen hatte ihre Vermutung recht schnell bestätigt gesehen: Die thungassischen Soldaten fieberten dem Kampf regelrecht entgegen. In ihren Mienen war keinerlei Furcht oder Bedenken zu finden, ganz im Gegenteil: Sie wirkten eher ungeduldig und brannten darauf, ihr Können unter Beweis zu stellen. Gwen hatte sich mehrfach gefragt, warum diesen Männern so viel daran lag. Waren sie ihrem Fürsten derart treu ergeben, dass sie unbedingt für ihn in den Krieg ziehen wollten? Ging es ihnen um Geld, um die Kriegsbeute, die sie vielleicht machen konnten, oder um die Ehre, die ihnen zuteilwerden würde, wenn sie Ahrin in die Knie gezwungen hatten? Sie wusste es nicht.

Sie selbst spürte mit jedem weiteren Tag, der verging, dass ihre eigenen Sorgen und Ängste größer wurden. Bislang hatte sich keine Chance zur Flucht ergeben, und wenn das so weiterging, würden sie und Asrell sich wohl inmitten eines Schlachtfeldes wiederfinden.

Asrell saß auf einem schiefen Hocker und löffelte seinen Haferschleim, wobei er immer wieder missmutig das Gesicht verzog. Gwen blickte auf den pampigen grauen Inhalt in ihrer eigenen Schüssel. Der Brei war nahezu ungewürzt.

»Das Essen ist wohl ihre Art, uns zu foltern.«

»Sei froh, dass es nur das ist«, erwiderte sie und nahm noch einen Löffel. Auch wenn der Brei nicht besonders schmeckte, so füllte er wenigstens den Magen.

Plötzlich war das Schlagen von Hufen zu hören und gleich darauf preschte ein Reiter heran. Er schien es äußerst eilig zu haben, fegte an den Zelten vorbei, die Kleidung noch voller

Straßenstaub. Sofort sprangen die umstehenden Soldaten auf und schenkten dem Neuankömmling einen fragenden Blick.

Der ritt weiter, begann nun allerdings zu rufen: »Leondra Meratrill ist mit ihren Truppen eingetroffen. Sie hat zehn Kilometer weiter ihr Lager aufgeschlagen und macht sich dort für einen Angriff bereit.«

Während er weiter Richtung Fürstenzelt galoppierte, wiederholte er seine Aussage immer wieder, damit jeder Soldat von den Neuigkeiten erfuhr.

»Vielleicht gar nicht schlecht, dass ein weiteres Heer eingetroffen ist«, meinte Asrell. »Die Fürstin wird auf jeden Fall gegen Revanoff kämpfen, also eine Unterstützerin mehr.«

Gwen schüttelte vage den Kopf. »So wie es im Moment aussieht, werden die Thungass auf ihrem Entschluss beharren und keine Hilfe annehmen, auch wenn sie diese brauchen könnten. Die anderen Fürsten kenne ich nicht, aber was ich bisher über sie gehört habe, zeigt, dass sie sich alles andere als wohlgesonnen sind. Jeder ist auf seinen eigenen Vorteil bedacht. Wenn wir also Pech haben, bekämpfen sie sich in der Schlacht gegenseitig.«

»Sie werden schnell merken, dass es besser ist, sich zu verbünden. Spätestens, wenn sie Revanoffs neu gewonnene Kräfte am eigenen Leib zu spüren bekommen.«

»Hoffen wir mal, dass es dann nicht zu spät ist«, meinte Gwen leise, während sie dem Reiter hinterhersah, wie er langsam aus ihrem Blickfeld verschwand. Plötzlich hielt sie in der Bewegung inne und schaute sich suchend um. Gerade war ihr ein Gesicht aufgefallen, das voller Hass und Abscheu gewesen war. Hatte sie sich das nur eingebildet? Sie suchte die Umstehenden ab, schaute jeden prüfend an, und gerade als sie glaubte, sich doch geirrt zu haben, kam ein Mann hinter einem der Zelte hervor und sah sie abschätzig an.

»Der schon wieder«, murmelte sie leise vor sich hin, ohne den Mann aus den Augen zu lassen.

»Wen meinst du?«, fragte Asrell.

»Den Typen da neben dem Zelt. Er beobachtet uns schon, seit wir im Lager angekommen sind, und scheint nicht allzu viel von uns zu halten.«

»Wer von den Soldaten tut das schon?«, meinte er unbekümmert und widmete sich erneut seinem Frühstück.

Gwen schüttelte den Kopf. Vielleicht war es diese offene Abneigung, die er unverhohlen zum Ausdruck brachte – es reichte ihr jedenfalls endgültig. Sie hatte genug davon, wie eine Verbrecherin angesehen zu werden, diese Behandlung, die ihr in den letzten Tagen zuteilgeworden war, hatte sie einfach nicht verdient. Wenn der Kerl ein Problem mit ihr hatte, sollte er ihr das ins Gesicht sagen.

Entschlossen ging sie auf den Fremden zu. Der Mann schaute sich zweimal um. Als er wohl begriff, dass Gwen auf ihn zuhielt, beschleunigte er seinen Gang, wollte ganz offenkundig vor ihr fliehen, doch so einfach wollte sie es ihm nicht machen. Sie rannte los, und noch ehe der Kerl begriff, wie ihm geschah, hatte sie ihn eingeholt und hielt ihn am Arm fest.

»Ich wollte einmal mit Euch persönlich sprechen«, erklärte sie und funkelte ihn herausfordernd an. »Immerhin mustert Ihr mich ständig so eingehend, ich muss also von irgendeinem Interesse für Euch sein. Darf ich fragen, was Ihr von mir wollt?«

Der Kerl war klein, hatte Geheimratsecken; das wenige Haar klebte ihm am Kopf, die Nase war spitz und schmal und verstärkte somit den verkniffenen Gesichtsausdruck. Er musterte Gwen abschätzig von oben bis unten. »Ich will rein gar nichts von Euch, das könnt Ihr mir glauben.«

Eigentlich hatte sie gehofft, ihn aus der Reserve zu locken, wenn sie so direkt auf ihn zutrat und ihn ansprach. Doch dem schien ganz und gar nicht so. Der Mann wurde weder kleinlauter, noch zeigte er auch nur die Spur von Respekt. Seine Worte hatte er regelrecht ausgespien und auch sein Blick sprach Bände.

»Ihr habt ganz offensichtlich ein Problem mit mir, und ich will wissen, was für eins«, beharrte sie.

Seine Lippen wurden noch schmaler, falls das überhaupt möglich war: »Ich denke, jeder hier hat ein Problem mit Euch. Wir wollen alle, dass Ihr so schnell wie möglich Eurer Strafe zugeführt werdet. Ihr sollt endlich für Eure Verbrechen bezahlen.«

»Sprecht Ihr von Brindias Tod? Damit habe ich rein gar nichts zu tun! Aber das wird wohl niemand begreifen, ganz gleich wie oft ich es auch sage.«

»Spart Euch Eure Worte. Denen schenkt hier ohnehin niemand Glauben. Mir könnt Ihr jedenfalls nichts vormachen. Ihr seid eine Vertraute von Revanoff, und damit weiß ich im Grunde alles, was ich über Euch wissen muss.«

Er klang so überzeugt, dass Gwen ihn überrascht ansah. Wie konnte er sie derart verurteilen, nur weil sie mit Ahrin befreundet gewesen war?! Was wusste der Kerl über ihn, dass sein Hass so tief ging, dass er sich auch auf sie übertrug?

»Ihr scheint eine schlimme Begegnung mit Revanoff gehabt zu haben«, meinte sie und ließ den Kerl nicht aus den Augen.

Der schüttelte den Kopf. »Nein, für mich ist das alles noch glimpflich ausgegangen, es hätte weitaus schlimmer kommen können, wenn ich erwischt worden wäre. Pech hatte nur Ignar, aber das wisst Ihr ja – immerhin seid Ihr eine Freundin von diesem *Revanoff*.«

Gwen konnte kaum glauben, was sie da hörte. Ignar – der Kammerdiener von Ahrins Vater – war von den Thungass dafür bezahlt worden, den Wein, den Ellgeras Revanoff stets vor dem Schlafen trank, mit Gift zu versehen. Ahrin hatte ihn zur Rede gestellt und von ihm verlangt, dass er vor allen gestand, von wem er zu dieser Tat angestiftet worden war, doch Ignar hatte vor Angst so gestammelt und gezittert, dass keiner ihm glaubte. Also ließ Ahrin ihn in eine Zelle bringen, wo er die Nacht über bleiben sollte, um seine Anschuldigung am nächsten Tag gefasster wiederholen zu können. Am Morgen fand man ihn dann mit durchgeschnittener Kehle vor. Was also wusste dieser Kerl über Ignar und dessen Tat?

»Wie kann es sein, dass Ihr den Kammerdiener kanntet? Er war doch ein Angestellter der Revanoffs.«

Der Mann schmunzelte verächtlich. »Ich bin ein Bediensteter der Thungass und war es schon damals. Aus diesem Grund war auch ich dort, als diese schreckliche Tat verübt wurde. Ich war es, der in dieser unglückseligen Nacht die Stimmen aus dem Verlies hörte und ihnen nachging. Ich habe das Unfassbare mit angehört und auch die grauenhaften Schreie, die Ignar von sich gegeben hat. Sie verfolgen mich noch heute, aber hätte ich all das nicht in Erfahrung gebracht, wäre die Wahrheit wohl nie ans Licht gekommen.«

Gwens Herzschlag beschleunigte sich. Sie konnte kaum glauben, was sie da hörte, und erinnerte sich zugleich nur zu gut an Nemiria, eine von Ahrins Angestellten, die sie bei ihrem Aufenthalt in dessen Palast kennengelernt hatte. Sie hatte ihnen von Gerüchten erzählt, die die Thungass angeblich in die Welt gesetzt hatten: Ein Angestellter der Thungass habe in der Mordnacht seltsame Geräusche aus Richtung der Verliese gehört. Er hätte Stimmen vernommen, die eine wäre recht kühl gewesen, die andere voller Panik. Gleich darauf hätte er Schreie gehört und sei daraufhin vor Angst davongelaufen.

»Was ist denn Eurer Meinung nach geschehen?«, fragte Gwen mit möglichst ruhiger Stimme, auch wenn es in ihrem Inneren ganz anders aussah.

»Als ob Ihr das nicht wüsstet ...« Der Bedienstete schenkte ihr einen hasserfüllten Blick. »In dieser Nacht habe ich Schreie und ein Jammern gehört, weshalb ich nachgeschaut habe. Ich hörte schließlich Ignar in seiner Gefängniszelle schluchzen und wie er mit jemandem redete. Ich schlich durch den Gewölbegang, ganz nah an die Zelle heran, und konnte es mit eigenen Augen sehen: Ahrin Revanoff stand über seinem Kammerdiener und fragte mit eiskalter Stimme: ›Warum bist du so feige und schaffst es nicht, bei der Geschichte zu bleiben, die wir vereinbart haben? Du hast eine Menge Geld dafür bekommen, dass du meinem Vater das Gift verabreichst und aussagst, du seist von den Thungass dafür bezahlt worden. Und nun schaffst du es nicht, diese Anschuldigung vor allen so zu erzählen, dass man dir glaubt?!‹

Ignar zitterte vor Angst, er war kalkweiß, und seine Stimme bebte, als er sagte: ›Vergebt mir, mein Herr. Ich habe versucht, überzeugend zu klingen, aber mir gehen diese Bilder nicht aus dem Kopf. Fürst Revanoff, wie er auf dem Boden liegt, nachdem er von dem Gift getrunken hat, das ich in seine Karaffe gegeben habe. Wie er sich vor Schmerzen wälzt, sein ganzer Körper immer wieder krampft … Es war grauenhaft, und als ich vor den Thungass stand, konnte ich das alles einfach nicht vergessen. Sie haben mich angesehen und erkannt, dass ich es war. Was, wenn sie doch dafür sorgen, dass ich für meine Tat getötet werde? Immerhin war ich es, ich habe den Fürsten umgebracht.‹

›Die Thungass haben rein gar nichts zu sagen‹, erwiderte Revanoff. ›Sie halten sich in meinem Reich auf, hier herrsche ich und sie können niemanden für irgendetwas verurteilen. Bleib bei der Geschichte, die wir ausgemacht haben, und alles wird gut.‹

›Wie können meine Worte gegen die Thungass etwas ausrichten?! Ich habe ihre Augen gesehen, sie werden mich nicht mit dieser Behauptung davonkommen lassen. Sie werden alles tun, um die Wahrheit zu erfahren. Ich kann unmöglich noch einmal vor sie treten und lügen. Sie werden schon einen unbeobachteten Moment finden, um mich von ihren Leuten festnehmen zu lassen, und dann bin ich dran.‹

Ignar weinte und flehte, er war vollkommen außer sich: ›Ich hätte das alles nicht tun dürfen. Es wird ein grauenvolles Ende mit mir nehmen, das spüre ich. Sie werden mich erst leiden lassen und mich dann töten.‹

›Denkst du ehrlich, das würde ich zulassen? Du bist mein Angestellter, ich habe dir diesen Auftrag erteilt. Ich würde niemals zulassen, dass man die Wahrheit herausfindet.‹ Ein grausiges Lächeln erschien auf seinen Lippen, als er fortfuhr: ›Denn das wäre auch mein Ende.‹

›Ihr werdet mich wirklich beschützen? Ich habe solche Angst, was habe ich nur getan?‹

Revanoffs Blick verfinsterte sich, war plötzlich so voller Abscheu, als würde er auf ein ekliges Insekt blicken. Ich sehe die silberne Klinge noch jetzt im fahlen Schein der Fackeln schimmern, als er sie durch die Luft stieß.

›Du bist jämmerlich und hast mit einem recht: Es wird nun ein Ende finden. Tot nützt du mir wohl doch mehr als lebendig.‹

Noch ehe Ignar begriff, wie ihm geschah, schnitt Revanoff ihm auch schon die Kehle durch. Das Blut spritzte heraus, während Ignar mit weit aufgerissenen Augen auf seinen Herrn schaute. Das war der Moment, in dem mich die Panik vollständig erfasste. Ich wusste, was mit mir geschehen würde, sollte mich Revanoff entdecken. Also hastete ich so leise und schnell davon wie möglich, immer die Angst im Nacken.

Ich erzählte meinem Fürsten, was ich beobachtet hatte. Auch er und sein Sohn waren überrascht und überlegten zugleich, wie sie weiter vorgehen sollten. Ich bot an, allen die Wahrheit zu sagen, doch der Fürstensohn erklärte, dass das nicht viel bringen würde, da ich ein Untergebener von ihnen sei. Man würde einfach behaupten, ich erzählte diese Lügen auf ihren Befehl hin.

Letztendlich blieb ihnen nichts anderes übrig, als die Anschuldigungen über sich ergehen zu lassen und abzureisen.

Von diesem Tag an wurden wir von den anderen Fürstenhäusern verachtet, und die Thungass schworen sich, an Revanoff Rache zu nehmen. Und nun endlich ist die Chance gekommen. Sie werden ihn für seine Tat bezahlen lassen.«

Gwen war sprachlos und wusste zugleich, dass der Bedienstete die Wahrheit sprach. Ahrin hatte seinen Vater umgebracht und die Thungass anschließend der Tat bezichtigt. Er hatte nach der Macht gestrebt, wollte Herrscher über sein Reich sein und hatte dafür seinen eigenen Vater aus dem Weg räumen müssen. Dass er die Thungass angeschwärzt hatte, war das i-Tüpfelchen. So hatte er ein Feindbild erschaffen, gegen das er offen vorgehen konnte. Jeder würde Verständnis dafür aufbringen, wenn er letztendlich einen Krieg mit ihnen vom Zaun brach. Er hatte alles geplant …

»Versteht Ihr nun, warum ich Euch so sehr verabscheue? Ich habe erlebt, wie grausam dieser Revanoff ist. Er schreckt vor nichts zurück und ließ aus reiner Machtgier sogar seinen eigenen Vater umbringen. Und Ihr seid eine seiner Vertrauten. Das sagt im Grunde alles darüber aus, was für eine Person Ihr seid.«

Er spuckte vor Gwen aus und verzog angeekelt das Gesicht. »Ich hoffe, die Thungass lassen Euch ordentlich leiden, bevor Ihr getötet werdet.«

»Ich weiß in der Tat schreckliche Dinge über Ahrin«, erwiderte sie in ruhigem Tonfall. Es war vermutlich zwecklos, doch sie musste es ausgesprochen haben. »Ich wusste allerdings nicht, dass er seinen Vater ermorden ließ, sonst hätte ich viel früher Abstand von ihm genommen. Aber auch so ist mir inzwischen klar, was für ein Monster er ist. Genau darum muss er besiegt werden.«

Der Bedienstete schüttelte amüsiert den Kopf: »Erzählt Eure Lügen, wem Ihr wollt. Bei mir stoßt Ihr damit auf taube Ohren.« Damit wandte er sich um und ließ Gwen stehen.

Eine eisige Kälte schlang sich um ihr Herz und ließ sie frösteln. Ahrin war noch viel schlimmer, als sie gedacht hatte …

Einzelgänger

Asrell saß neben Gwen vor dem Zelt und schüttelte immer wieder fassungslos den Kopf.

»Das hätte ich ihm echt nicht zugetraut«, murmelte er. Er wirkte angespannt, und sie glaubte, den Grund dafür zu kennen. Auch Asrell wollte seinen Vater umbringen. Wahrscheinlich befürchtete er, er könnte genauso sein wie Ahrin. Immerhin gab es auf den ersten Blick Parallelen zwischen den beiden. Attarell hatte Asrells komplette Familie töten lassen und das gesamte Dorf vernichtet, in dem sie gelebt hatten, und auch der alte Revanoff musste grausam und kaltherzig gewesen sein, wobei das, wie es aussah, letztendlich nicht der Grund für seine Ermordung gewesen war. Und genau hierin lag der Unterschied zwischen Asrell und Ahrin: Während Asrell aus Wut, Trauer und Liebe zu seiner Familie töten wollte und allen Grund hatte, sich nach Rache zu sehnen, hatte Ahrin allein aus Machtgier gehandelt.

Gwen wünschte sich noch immer, Asrell würde seine Rachepläne aufgeben. Es würde nicht einfach werden, gegen einen so erfahrenen Kämpfer wie Attarell anzukommen.

»Es gibt vieles, was ich Ahrin nicht zugetraut hätte«, erwiderte Gwen und blickte in die Ferne, wo hinter einem Waldstück graue Rauchwolken von Lagerfeuern in den Himmel stiegen. Dort musste sich die neu angekommene Fürstin mit ihren Truppen befinden.

Asrell folgte ihrem Blick. »Ich fürchte, die Fürsten werden sich im Kampf alle gegenseitig töten und es Revanoff damit noch einfacher machen.«

»Ich hoffe, dass du damit nicht recht behältst«, wandte sie ein.

»Baldras sieht ebenfalls besorgt aus, findest du nicht?« Er nickte in Richtung eines Zeltes, wo gerade der Fürstensohn entlangging. Dieser schien seinen Gedanken nachzuhängen und machte eine bedrückte Miene.

»Ich bin gleich wieder da«, sagte Gwen und stand beherzt auf.

Als Baldras sie kommen sah, blieb er stehen und setzte ein Grinsen auf, als könnte er so seine Sorgen vor ihr verbergen: »Du siehst nicht allzu glücklich aus, ist alles okay?«

»Das könnte ich dich auch fragen. Dich scheint ebenfalls etwas zu belasten, und du bist immerhin kein Gefangener wie ich.«

Er lächelte kurz: »Mag sein, mir gehen gerade einige Dinge durch den Kopf.«

»Geht es dabei um diese Fürstin, die hier in der Nähe ihr Lager aufgeschlagen hat?«

Er musterte sie kurz und sagte: »Dir entgeht auch nichts, oder?« Schließlich seufzte er kurz, fuhr sich durchs Haar und meinte: »Ich überlege, was für uns alle das Beste ist, und gehe einige Möglichkeiten durch. Leondra Meratrill wird uns bald ihre Aufwartung machen. Sie wird nicht umsonst einen Platz so nah bei uns gewählt haben. Ich überlege, was sie für Absichten haben könnte und wie wir am besten damit umgehen sollten.«

»Ihr solltet euch mit ihr zusammenschließen. Es könnte sich lohnen, über den eigenen Schatten zu springen, zumal Ahrin eine größere Gefahr darstellt, als ihr ahnt.« Gwen wägte ihre nächsten Worte genau ab, bevor sie fortfuhr: »Du hast schon einmal gesehen, wozu er fähig ist, und das war nur ein kleiner Einblick in seine wahre Natur.«

»Worauf genau spielst du an?«

»Ihr Thungass wisst, dass er seinen eigenen Vater hat umbringen lassen.«

Sein Blick wurde kalt. »Toras, einer unserer Bediensteten, war mit im Schloss der Revanoffs und hat in der Nacht nach dem Mord Ahrin bei Ignar im Verlies gesehen. Der junge Revanoff hat seinen eigenen Vater umbringen lassen und versucht seitdem, uns diese Tat in die Schuhe zu schieben. Aus Angst, sein eigener

Angestellter könnte ihn am Ende verraten, hat er ihn getötet. Wir haben schon damals geahnt, von welcher Machtgier Ahrin Revanoff angetrieben wird, doch selbst wir hätten nicht geglaubt, dass er so weit gehen würde, seinen eigenen Vater umbringen zu lassen, nur um an die Krone zu gelangen ...« Er schüttelte fassungslos den Kopf. »Das ist selbst für diesen Kerl kaltblütig. Jedenfalls hat uns das die Augen geöffnet. Dass er uns öffentlich die Schuld dafür gegeben hat, hat Brindia fast rasend vor Wut gemacht. Wir sind ein stolzes Geschlecht und würden niemals zu solch erbärmlichen Mitteln wie Gift greifen. Wenn wir den alten Revanoff hätten töten wollen, hätten wir ihn zu einem Zweikampf herausgefordert oder mit unserer Armee gleich sein ganzes Volk angegriffen.

Von da an sah ein jeder in uns Giftmörder, feige, hinterhältige Attentäter. Das konnten und wollten wir nicht auf uns sitzen lassen – und so haben wir Rache geschworen. Brindia wäre am liebsten sofort losgestürmt, doch es war nicht der richtige Zeitpunkt. Nach Revanoffs Anschuldigung konnten wir nicht einfach auf ihn zurennen und ihn umbringen, denn das hätte unseren Ruf nicht wiederhergestellt. Es hieß vielmehr abwarten, bis sich eine Möglichkeit ergibt, die Wahrheit aufzudecken, oder bis ein anderer Grund es nötig macht, gegen ihn zu kämpfen.

Brindia konnte Ahrin Revanoff allerdings nicht mehr gegenübertreten, sonst hätte sie ihn wahrscheinlich eigenhändig umgebracht.«

Nun verstand Gwen auch, warum Brindia nicht dabei gewesen war, als die Thungass sich mit den anderen Fürsten im Verisell-Dorf getroffen hatten.

Baldras' Lippen waren schmal, der Blick distanziert und abschätzig. »Ich hätte nicht gedacht, dass Revanoff dich in dieses Geheimnis einweiht.«

»Hat er auch nicht«, erklärte Gwen. »Es war euer Angestellter Toras.«

Er nickte langsam. »Ich nehme an, er war nicht gerade gut auf dich zu sprechen.«

»So kann man das wohl sagen. Allerdings scheint das hier ohnehin niemand zu sein. Jeder wünscht sich nur, dass man mich für Brindias Tod zur Verantwortung zieht.« Sie machte eine kurze Pause. »Seltsam, wie die Dinge manchmal laufen. Auch mich will man für einen Mord zur Rechenschaft ziehen, den ich nicht begangen habe. Nur dass ich keine Familie habe, die hinter mir steht, geschweige denn eine ganze Armee, die für mich kämpfen würde. Ich bin euch ausgeliefert, du und dein Vater wisst das nur allzu gut.«

Baldras schwieg einen Moment, sie konnte nicht sagen, ob ihre Worte etwas in ihm bewirkten. »Du standest Revanoff sehr nahe, das können wir nicht einfach ignorieren. Wir sind dir dankbar für die Informationen, die du uns gegeben hast, und natürlich wissen wir auch, dass nicht du es warst, die den tödlichen Hieb verübt hat. Trotzdem können wir nicht so tun, als hättest du nie etwas mit Revanoff zu schaffen gehabt. Es wäre dumm, dir gänzlich zu vertrauen. Ich denke, wir haben dir dennoch eine faire Chance gegeben: Du kannst dich in der Schlacht beweisen und dich so vor dem Tod zu retten.«

Sie ächzte leise: »Ja, eine sehr faire Chance ist das. Ich, die das Kämpfen nie gelernt hat, soll gegen ausgebildete Soldaten ankommen. Da könnte dein Vater mich genauso gut gleich umbringen.«

»Es war mein Vorschlag«, gestand Baldras. »Zwar schätzt dich keiner unserer Soldaten, aber das müssen sie auch gar nicht. Solange du auf unserer Seite kämpfst, werden sie nicht gegen dich vorgehen, falls du das befürchten solltest. Momentan stehst du unter unserem Schutz, und das bedeutet mehr, als du vielleicht ahnst. Ich werde dich während der Schlacht nicht aus den Augen lassen. Und glaub mir, ich bin ein ziemlich guter Krieger.«

Diese Aussage überraschte Gwen und machte sie für einen Moment sprachlos. Auch wenn er es nicht offen ausgesprochen hatte, war doch klar, was er ihr sagen wollte: Er würde auf sie aufpassen.

»Warum willst du das tun?«

»Ich weiß nicht, wie nah du Ahrin Revanoff warst und ob du nicht doch auf seiner Seite gestanden hast, aber das spielt auch gar keine Rolle. Wichtig ist nur, dass letztendlich nicht du es warst, die den tödlichen Stich gegen Brindia gesetzt hat. Du hast es allerdings auch nicht verhindert. Aus diesem Grund habe ich meinem Vater diese Lösung vorgeschlagen, damit du dich selbst beweisen musst.«

In diesem Augenblick erkannte sie, dass Baldras sich viele Gedanken um sie und ihr Schicksal gemacht haben musste. Wahrscheinlich hatte er seinem Vater nichts von seinem Vorhaben erzählt, sie zu beschützen. Es war ihm bestimmt nicht leichtgefallen, sich zu diesem Schritt durchzuringen, aber am Ende hat wohl die Vernunft gesiegt. Es war eine Erleichterung, auch wenn das alles nicht bedeutete, dass sie die Schlacht nun unbeschadet überstehen würde. Es konnte viel geschehen und sie schwebte weiterhin in Gefahr, das war ihr bewusst. Doch immerhin würden nun zumindest die thungassischen Soldaten nicht bei der erstbesten Gelegenheit auf sie losgehen. Das war sehr viel wert. Und noch etwas konnte sie an Baldras' Verhalten erkennen: Er war durchaus in der Lage, über seinen Schatten zu springen. Vielleicht war es durch ihn also doch möglich, ein Bündnis mit den anderen Fürsten zu schließen – das wäre zumindest zu wünschen …

In diesem Moment ertönten laute Rufe, Soldaten liefen umher, und schließlich vernahm Gwen auch die Hufschläge herannahender Pferde. Sowohl sie als auch Baldras schauten sich nach der Quelle des Lärms um und erblickten mehrere Reiter, die herangepreschst kamen. Allen voran eine hochgewachsene, hellhäutige Frau von vielleicht fünfunddreißig Jahren mit streng zurückgebundenem Haar. Sie trug einen dunkelblauen Hermelinumhang, darunter ein beigefarbenes Kleid. An ihrer Seite war ein junger Mann, ebenfalls mit fahler Gesichtsfarbe. Von der Statur her wirkte er fast schmächtig, die Schultern waren schmal. Neben der Frau mit dieser imposanten

Ausstrahlung ging er fast unter. Auch er war in einen blauen Hermelinumhang gekleidet, trug ein helles samtenes Wams und dunkle Hosen. Im Schlepptau hatten sie eine Gruppe von Soldaten, die Harnische trugen und bewaffnet waren. Auf ihrer Brust prangte ein blaues Wappen, in deren Mitte sich ein goldener Schlüssel und eine Burg befanden.

Gwen erkannte an Baldras' Miene, dass er nicht allzu erfreut über diesen Besuch war. Mit einem kühlen Lächeln auf den Lippen ging er auf die Neuankömmlinge zu. »Leondra Meratrill, ich dachte mir schon, dass Ihr uns beehren würdet. Was kann ich für Euch tun?«

Die Frau musterte Baldras kurz und ließ anschließend ihren Blick über das Lager schweifen. »Ich denke, Ihr wisst sehr genau, warum ich gekommen bin. Eine Schlacht steht bevor, und ich wollte nur sicherstellen, dass wir einander nicht in die Quere kommen.« Ihre Stimme war schneidend und schien es gewohnt zu sein, Befehle zu geben.

»Ihr kommt wie immer sofort auf den Punkt«, stellte er fest. »Wie Ihr seht, kampieren wir hier bereits seit einer Weile und bereiten uns auf den Kampf gegen Ahrin Revanoff vor. Wir sind zu allem entschlossen und werden ihn besiegen. Falls Ihr Euch also ebenfalls in diesen Krieg einbringen wollt, so dürft Ihr dies gerne tun, allerdings werden wir es sein, die Revanoffs Armee bezwingen.«

»Ihr seid überheblich wie immer«, mischte sich der Mann neben Leondra ein. Aus der Nähe betrachtet erkannte man deutlich, dass er mindestens zehn Jahre jünger war als die Fürstin.

»Ihr erinnert Euch an meinen Bruder Lestar?«

»Wie könnte ich Euren jüngeren Bruder vergessen, wo er doch stets an Eurer Seite weilt und nicht nur Eure rechte Hand, sondern auch Euer Schatten ist. Gab es jemals eine Situation, in der er Euch nicht auf Händen getragen hat? Ich frage mich seit Langem, wo diese Ergebenheit herrührt. Ist es tatsächlich aus Wertschätzung Euch gegenüber oder vielleicht doch aus Angst?

Immerhin munkelt man seit Jahren, Ihr hättet den Auftrag erteilt, Euren älteren Bruder ermorden zu lassen.«

Gwen schaute Baldras überrascht an. Es war ein großes Wagnis, eine solche Anschuldigung so offen zu äußern. Es hätte sie nicht gewundert, wenn die Fürstin sogleich ihre Männer auf ihn losgelassen hätte.

Statt wütend zu werden, schmunzelte sie nur amüsiert: »Ihr riskiert mit dieser Frechheit eine Menge. Andererseits müsstet Ihr am besten wissen, wie es ist, fälschlicherweise für ein Verbrechen beschuldigt zu werden, für das man nicht verantwortlich ist. Ihr behauptet doch stets, Eure Familie hätte nichts mit dem Tod des alten Revanoff zu tun.«

»Die Wahrheit wird schon noch ans Licht kommen«, erwiderte er, und Gwen fragte sich, ob er von sich oder von Leondra sprach.

»Ich denke, wir haben nun genug Freundlichkeiten ausgetauscht. Kommen wir also auf mein Anliegen zurück. Ich spreche es ganz offen aus: Wir werden ebenfalls kämpfen und keinerlei Rücksicht auf diejenigen nehmen, die sich uns in den Weg stellen – ganz gleich, von welcher Seite sie auch kommen.«

Das war genau das, was Gwen befürchtet hatte …

»Ahrin Revanoffs Gebiet ist umfangreich, und wir warten schon lange auf eine Möglichkeit, es zu erobern. Nun, da die Chance gekommen ist, werden wir sie uns nicht so einfach entgehen lassen«, fuhr Leondra fort.

Baldras schwieg einen Moment, suchte wohl nach den richtigen Worten und erklärte dann: »Wie Ihr soeben selbst festgestellt habt, haben wir noch eine Rechnung mit Revanoff offen. Und natürlich erheben auch wir Ansprüche auf sein Reich. Ich würde sagen, wir werden am Ende klären müssen, wem von uns die Rechte zustehen.«

Gwen schaute ihn erstaunt an: Sprach er hier tatsächlich eine Kriegserklärung aus?

Leondras Lippen wurden schmal: »Ich dachte mir schon, dass Ihr nicht mit Euch reden lasst. Aber ich wollte Euch wenigstens eine Chance geben. Meine Armee ist groß, ich habe bestens ausgebildete Männer und jeder von ihnen ist bereit, sein Leben für diese Sache zu geben.«

»Ihr habt keine Chance«, mischte sich ihr Bruder ein. »Ihr solltet Leondra auf Knien dafür danken, dass Sie Euch überhaupt das Angebot gemacht hat, Euch zurückzuziehen. Wir werden Euch in den Staub treten, genau wie Revanoff selbst.« Seine kleinen braunen Augen glitzerten heimtückisch, als könne er es kaum mehr erwarten, dass der Kampf losbrach.

»Soldaten!«, erklang plötzlich ein lauter Ruf, der nun von weiteren thungassischen Männern weitergetragen wurde. »Es kommen Soldaten. Sie tragen das Banner der Bergstills!«

»Er trifft also endlich ein«, stellte die Fürstin fest. »Er hat sein Lager westlich von meinem errichtet. Ich habe einen Kundschafter zu ihm gesandt und ihn hier zu Euch eingeladen. Ich dachte, so können wir gleich alle zusammen die Gebietsansprüche klären.«

Baldras' Miene wurde noch finsterer, während er dabei zusah, wie ein weiterer kleiner Trupp in sein Lager drang. Gwen traute ihren Augen nicht, als sie an der Spitze des Trupps einen kleinen Jungen auf einem hochgewachsenen braunen Pferd sah. Er konnte höchstens zehn Jahre alt sein, wobei sein Gesicht deutlich älter wirkte, was vermutlich an seinen entschlossenen Zügen und der selbstbewussten Ausstrahlung lag. Aufgrund seines jungen Alters hatte er es wahrscheinlich nicht immer leicht, Gehör zu finden, doch seine ausdrucksstarke Art machte deutlich, dass man ihn nicht unterschätzen durfte.

»Ich habe Eure Nachricht erhalten«, erklärte der Junge, während er in Richtung Leondra blickte. »Ich bin gespannt, was Ihr zu sagen habt. Hoffentlich nehmt Ihr nicht ernsthaft an, Ihr könntet mich in irgendeiner Weise von meinem Vorhaben abbringen.«

Er ließ seinen Blick über die Runde schweifen. Es war erstaunlich, wie fest und tief seine Stimme bereits klang. Seine Augen sprachen deutlich von einer größeren geistigen Reife als der, die er in seinen jungen Jahren eigentlich haben konnte. Wie lange er wohl schon an der Macht war? Und was war mit seinen Eltern geschehen, dass er bereits so früh die Herrschaft hatte übernehmen müssen?

»Ich habe es bereits Fürstin Meratrill gesagt«, erklärte Baldras. »Mir ist es gleich, ob Ihr Euch in diesen Krieg einmischen wollt oder nicht. Solange Ihr Euch zurückhaltet und uns nicht im Weg seid, ist uns alles recht. Solltet Ihr uns jedoch in die Quere kommen, sehen wir Euch als Feinde an und werden gegen Euch vorgehen.«

»Denkt Ihr etwa, wir sind hier, um euch vom Rand des Schlachtfeldes aus zuzuschauen?« Die blauen Augen des jungen Fürsten blitzten wütend. »Meine Eltern waren große Krieger und haben keinen Kampf gescheut. Für sie stand immer der Wohlstand unseres Reiches an erster Stelle, und ich handhabe es ebenso. Nachdem die Siechpest über unser Land gezogen ist und etliche dahingerafft hat, wozu leider auch meine Eltern gehörten, will ich dafür sorgen, dass das Fürstentum Bergstill zu seinem alten Glanz zurückfindet. Aus diesem Grund werde ich mit allen Mitteln gegen Revanoff vorgehen und sein Reich mit dem unseren vereinen.«

»Dann müsst Ihr erst einmal uns besiegen«, erklärte Baldras.

»Und uns!«, mischte sich Leondra ein. Ihr Blick wanderte von einem Fürsten zum anderen und ein kleines Lächeln erschien auf ihren Lippen. »Im Grunde ist es gar nicht schlecht. Mit meiner Truppenstärke werde ich in der Lage sein, nicht nur ein Gebiet, sondern gleich drei zu erobern.«

Gwen konnte es kaum fassen. Da waren nun drei Fürstenreiche versammelt, und anstatt sich auf ihren gemeinsamen Feind zu besinnen, warfen sie sich Drohungen an den Kopf und träumten von der Vergrößerung ihres eigenen Fürstentums. Voller Entsetzen schüttelte sie den Kopf: »Es ist nicht zu glauben, dass Ihr nur aus diesem Grund zusammengekommen seid. Ihr werdet bald einem Feind mit bislang nie da gewesener Stärke gegenüberstehen. Anstatt sich dieser Gefahr bewusst zu sein und nach einem geeigneten Weg zu suchen, diesen Feind zu bezwingen, sucht jeder nur den eigenen Vorteil und ist bereit, sich dafür ins Verderben zu stürzen.«

Die Fürsten schwiegen und starrten Gwen mit großen Augen an, als würden sie diese nun zum ersten Mal richtig wahrnehmen.

»Wer bist du überhaupt? Und was erdreistest du dich, so mit uns zu sprechen und dich in unsere Angelegenheiten einzumischen?!«, donnerte Lestar los.

»Mein Name ist Gwen und ich bin die Enkelin des Göttlichen.«

»Du willst die Enkelin des Göttlichen sein?« Leondras Blick wanderte zu Baldras.

»Ich kann Euch versichern, sie ist die Nachkommin des Göttlichen«, bestätigte er. »Sie hat sich entschlossen, einige Zeit als unser Gast bei uns zu bleiben. Sie wird uns mit ihren Kräften im Kampf unterstützen, so gut sie kann. Wofür wir ihr sehr dankbar sind.«

Gwen hob ungläubig die Braue, beschloss aber, besser nichts zu sagen. Das war auch gar nicht nötig, denn Leondra zog von sich aus die richtigen Schlüsse: »Oh ja, ich kann mir nur zu gut vorstellen, dass sie äußerst gern Euer *Gast* ist.« Sie schenkte dem Fürstensohn erneut einen strafenden Blick, mit dem sie ihm unmissverständlich zu verstehen gab, dass er sie nicht für dumm verkaufen konnte. »Glaubt bloß nicht, dass ich oder einer meiner Männer zögern wird, sie auszuschalten, sollte sie sich uns entgegenstellen. Enkelin des Göttlichen hin oder her, am Ende ist sie nur jemand, der versucht, uns aufzuhalten, und das lasse ich nicht zu!«

»Ihr könnt an nichts anderes als an Eure eigenen Ziele denken«, murmelte Gwen. »Ich hoffe, dass Euch dieses Verhalten nicht letztendlich das Genick brechen wird. Ihr unterschätzt Ahrin. Er ist nicht mehr der, der er einmal war. Sein wahres Gesicht ist grausam und unerbittlich. Er hat nicht einmal davor zurückgeschreckt, diesen Krieg anzuzetteln, Nephim zu jagen und sich ihre Kraft einzuverleiben.«

»Ist sie übergeschnappt?«, hakte der junge Bergstill nach und schaute fragend zu seinen Begleitern. Die nickten bestätigend und murmelten etwas wie: »Es sieht ganz danach aus.«

»Ich bin nicht verrückt. Als ich ihm das letzte Mal gegenüberstand, verfügte er bereits über die Kraft dreier Nephim. Er hat sich zudem Miracs besondere Gabe zu eigen gemacht und ist damit unverwundbar.«

»Nun ergibt dieser Brief von Lorell auch endlich Sinn«, murmelte Leondra. »Ich habe mich schon gefragt, ob er sich diesen Unfug selbst ausgedacht hat. Aber offenbar war er nur verrückt genug, dir zu glauben.«

Gwen wusste, dass sie sich gerade um Kopf und Kragen redete. Niemand glaubte ihr, je mehr sie sagte, desto entrüsteter wirkten die Umstehenden. Alle glaubten, sie habe den Verstand verloren. Und dennoch war es ihr wichtig, diese Informationen ausgesprochen zu haben. Keinen Moment lang hatte sie angenommen, die anderen würden ihr glauben. Es ging ihr einzig und allein darum, dass sie sich an ihre Worte erinnerten, wenn sie auf Ahrin trafen und mit eigenen Augen sahen, wozu er fähig war.

»Lass gut sein«, raunte ihr Baldras zu und legte ihr beruhigend den Arm auf die Schulter. »Du hast sie gewarnt und damit getan, was du konntest.«

Er hatte sie also durchschaut und ihre Absicht erkannt.

»Unfassbar, dass die Enkelin des Göttlichen offenbar nicht ganz bei Sinnen ist!«, stellte Lestar fest. »Dass Ihr Euch mit solch einer Übergeschnappten abgebt …« Er schüttelte voller Entsetzen den Kopf.

»Ich hoffe, Ihr glaubt dieses Geschwätz nicht«, hakte Leondra nach.

Baldras wog für einen Augenblick seine Worte ab, erwiderte dann jedoch: »Ich weiß nur zu gut, dass Revanoff zu allem fähig ist. Sogar solch eine Gräueltat würde ich ihm zutrauen.«

Ein Raunen ging durch die Reihe der Fürsten und ihrer Soldaten.

»Dann könnt auch Ihr nicht ganz bei Sinnen sein«, stellte Taldor Bergstill fest und zuckte zugleich mit den Schultern. »Aber was solls. Ein geisteskranker Gegner wird uns nicht aufhalten, sondern es uns nur einfacher machen, ihn zu besiegen.«

»Das sehe ich genauso«, bestätigte Leondra. »Wir werden nicht nur Revanoffs Reich erobern, sondern auch das Eure nehmen.«

»Wer nimmt hier wem was?«, donnerte eine laute Stimme über den Platz. Beragal näherte sich ihnen mit imposantem Schritt und baute sich vor den Fürsten auf. »Man hat mich soeben über Eure Ankunft informiert«, erklärte er und ließ seinen Blick über den jungen Bergstill und die beiden Meratrills schweifen.

»Leondra und Lestar Meratrill, der junge Taldor Bergstill – dann habt also auch Ihr die Kunde erhalten, dass Revanoff in den Krieg zieht, und wollt versuchen, ein Stück des Kuchens abzubekommen.« Er wartete kurz und schüttelte dann bestimmt den Kopf: »Diesen Gedanken könnt ihr vergessen! Ahrin Revanoff ist unser Gegner, sein Reich wird mit dem meinigen vereint werden. Jeder, der sich uns dabei in den Weg stellt, wird unsere ganze Wut und Kraft zu spüren bekommen!«

»Das werden wir ja noch sehen«, zischte Leondra voller Abscheu. »Ich dachte mir schon, dass Ihr Euch als stur erweisen würdet. Wir treffen uns auf dem Schlachtfeld wieder. Wir sind bereit, meine Truppen stehen hinter mir und wir werden Revanoff angreifen. Macht Euch also auf etwas gefasst!« Damit wendete sie ihr Pferd und ritt langsam mit ihrem Bruder und ihren Gefolgsleuten davon.

Taldor schenkte den Thungass ein kühles Lächeln und erklärte: »Ich freue mich schon auf den kommenden Kampf. Wir werden ja sehen, wer sich am Ende behaupten wird. Schon bald werdet Ihr die Kraft der Bergstills zu spüren bekommen, die lange Zeit unterschätzt wurde.« Auch er zog sich nun mit seinen Leuten zurück und ließ die Thungass voller Zorn zurück.

»Wie sieht es mit unseren Truppen aus?«, hakte Beragal nach, während er den Fürsten nachsah.

»Es fehlen noch die Männer aus Ustamir und Rüdigsheim, und wir erwarten auch noch eine Waffenladung aus Niederstett. Ansonsten sind wir gerüstet, die Soldaten wissen über unsere Aufstellung Bescheid und warten auf den Befehl.«

»Dann gib ihn. Wir müssen dieser Meratrill und diesem kleinen Wicht von Bergstill zuvorkommen. Bei Morgengrauen greifen wir an.«

Ein eisiger Schauder fuhr Gwen durch die Knochen. Sie hatte gewusst, dass es irgendwann dazu kommen würde, und dennoch hatte sie nicht damit gerechnet, dass es so plötzlich geschehen würde.

Morgen schon würde sie mitten in eine Schlacht geraten … und Tares war nicht bei ihr.

Asrells Blick war sorgenvoll, seine Lippen hatte er nachdenklich zusammengepresst, während er stur nach vorn schaute, wo ein Teil der Soldaten voranschritt. Sie befanden sich inmitten des Trupps der Thungass, der nun in die Schlacht gegen Ahrin Revanoff zog. Gwen und Asrell hatten keine andere Wahl gehabt, als ihnen zu folgen.

Gleich nachdem die beiden Fürsten mit ihren Soldaten das Lager verlassen hatten, hatten die Thungass damit begonnen, alles für den bevorstehenden Angriff vorzubereiten. Die restlichen Männer aus Ustamir und Rüdigsheim waren zwar nicht mehr rechtzeitig eingetroffen und auch auf die neue Waffenladung mussten sie wohl verzichten, aber den Thungass war es vor allem darum gegangen, den anderen Fürstenhäusern mit einem Angriff zuvorzukommen.

»Das wird ein Massaker«, wisperte Asrell.

Gwen fröstelte ob dieser Aussage und des Anblicks der vielen Soldaten. Die Sonne war noch nicht aufgegangen, und so sah sie nur die schemenhaften Gestalten der Männer, die in der Dunkelheit verschwanden. Gwen vernahm die Stöße ihres eigenen Atems und die unzähligen Fußpaare, die unerschrocken voranschritten. Das Gras war nass und die Bäume wirkten wie finstere Riesen, die ihre Äste bedrohlich gen Himmel streckten.

»Meinst du, Tares und die anderen kommen noch rechtzeitig?« Asrell schaute sich um, als könnte er sie womöglich doch irgendwo ausmachen.

»Ich hoffe es«, erwiderte sie leise und verspürte die Angst, die sie allein bei dem Gedanken befiel, es könnte eben nicht so sein. Womöglich mussten Asrell und sie sich allein einer übermächtigen Armee und einem Feind, der alles Menschliche verloren hatte, stellen. Hinzu kamen die anderen Fürsten, die deutlich gemacht hatten, dass sie keine Sekunde zögern würden, sich auch gegen die Thungass zu wenden.

»Wenn wir das überleben, werd ich vieles anders machen. Ich werde mich mehr um Niris kümmern, mir vielleicht sogar eine andere Arbeit suchen, ein nettes Haus bauen ...«

Gwen sah die Angst in seinen Augen, aber auch die Trauer über die Dinge, die er glaubte falsch gemacht zu haben.

»Du wirst Niris bald wiedersehen. Noch ist nichts verloren.« Sie klammerte sich an diese Hoffnung und suchte zugleich nach einem Ausweg.

Sie blickte nach vorne, wo sich der Trupp zu einer endlosen Schlange zog. Es kam ihr unwirklich vor, als liefe sie direkt in ihr Verderben. Kaum hatten sie den Wald erreicht, ging es eine kleine Anhöhe hinauf. Die Kälte der Nacht umklammerte Gwen genauso wie die eisige Angst, die sich um ihr Herz geschlungen hatte. Sie versuchte, sie nicht übermächtig werden zu lassen. Sie musste einen klaren Kopf bewahren, ihre nächsten Schritte abwägen und, falls sie nicht mehr fliehen konnten, einen Weg finden, um diesen Kampf zu überleben.

Ihr Herz donnerte in ihrer Brust, während sie weitergingen und schließlich den Gipfel erreichten. In der Ferne am Horizont sah sie, wie sich langsam die Sonne in die Höhe schob und ihre sanften Strahlen aussandte, die über das Land krochen und somit die Dunkelheit vertrieben. Sie streiften über Gräser, Steine, Bäume und Büsche ... und schließlich über eine Ebene mit dunklem sandigen Untergrund. Überall standen Zelte. So weit das Auge reichte, erkannte Gwen nichts anderes als diese Unterkünfte, an denen Banner im Wind tanzten, die ihr nur allzu vertraut waren: ein Raubvogel im Sturzflug auf gelbem Hintergrund – das Wappen von Ahrin Revanoff.

Um sie herum bauten sich immer mehr Männer der Thungass auf, mit Entschlossenheit im Gesicht zückten sie ihre Schwerter. Aus den Augenwinkeln sah sie, wie sich Baldras neben sie und Asrell stellte.

Das Licht der Sonne war glühend rot, als es sich weiter über das Land streckte und die Zelte der Feinde beschien. Vielleicht ist das der letzte Sonnenaufgang, den ich erlebe, ging es Gwen durch den Kopf. Das Licht am Horizont sah aus wie eine rote Flamme und brannte sich regelrecht in den Himmel. Welch schönes Morgengrauen, dachte Gwen noch, als sie einen lauten

Ruf hörte, gleich danach ertönten mehrere Hörner, die einen dumpfen Ton ausstießen. Die Männer um sie herum setzten zu einem Kriegsschrei an und rannten los. Gwen schaute sich um, hoffte, dass sich vielleicht noch eine Möglichkeit zur Flucht ergäbe, da wurde sie auch schon von einigen Soldaten mitgerissen. Immer wieder wurde sie von fremden Schultern gestreift, von Händen gegriffen und nach vorn gestoßen. Die wenigen Meter genügten, dass sie sich kurz darauf inmitten des Abhanges befand und mit schnellen Schritten dem Gefälle entgegenwirken musste.

»Verdammt«, fluchte Asrell neben ihr, der ebenfalls bemüht war, nicht zu stürzen.

Schräg neben ihr tauchte Baldras auf. Er hatte denselben eisernen Ausdruck im Gesicht wie seine Männer. Er schien zu allem entschlossen und zeigte keinerlei Zeichen von Angst.

Als sie den Fuß des Hanges erreichten, kam der Fürstensohn auf sie zu und gab Asrell und ihr je ein Schwert: »Hier, ihr werdet sie gebrauchen können.«

Sie war froh, dass er in ihrer Nähe war. Sie dachte an seine Worte zurück und hoffte, dass er tatsächlich versuchen würde, ihnen beizustehen. Sie selbst wusste, dass sie sich nicht allein darauf verlassen durfte. Sie ballte die Fäuste und schaute auf die Schwarzsandebene vor sich. Der Angriff der Thungass war nicht unbemerkt geblieben. Ahrins Männer waren vorbereitet gewesen und stürzten ihren Feinden entgegen. Sie konnte die Rufe hören und das erste Aufeinandertreffen von Klingen. Ihr Magen schnürte sich zusammen und zugleich spürte sie eine eiserne Willensstärke in sich: Sie würde alles dafür tun, aus diesem Kampf lebend hervorzugehen und Ahrin aufzuhalten. Heute würde sich alles entscheiden …

Gemeinsam mit Asrell, Baldras und weiteren Soldaten rannte sie auf Ahrins Lager zu. Gwen hörte die Schreie der Männer, sie kam bereits an den ersten Toten vorbei, die mit starrem Blick, blutgetränkter Brust oder eingeschlagenem Schädel ins Leere starrten. Sie versuchte, ihre Körper auszublenden und nicht daran zu denken, dass ihr womöglich dasselbe Schicksal bevorstand.

»Gwen, Vorsicht!«, rief Asrell.

Gerade noch rechtzeitig zog sie den Kopf ein und sprang einen Schritt zurück. Vor ihr stand ein Soldat aus Ahrins Reihen, der erneut mit dem Schwert ausholte.

Sie zog ihre eigene Klinge, die sich in ihren Händen schwer und klobig anfühlte. Sie konnte sie kaum heben, geschweige denn richtig führen. Als sie den nächsten Schlag kommen sah, riss sie mit aller Kraft das Schwert empor und konnte den Hieb gerade so abfangen. Durch die Wucht der Attacke verlor sie das Gleichgewicht und musste einen Schritt tun – genau in diesem Moment schlug der Soldat erneut nach ihr. Seine Augen waren weit aufgerissen, dann wurde sein Blick starr und sein Mund öffnete sich zu einem stummen Schrei. Ein Schwall Blut schwappte daraus hervor, und erst jetzt sah Gwen die Schneide in seiner Brust, die nun mit einem schnellen Ruck zurückgezogen wurde. Der Mann fiel sofort nach vorne und sie erblickte Asrell, der die blutverschmierte Waffe hielt.

»Alles okay?«

Sie nickte und bemerkte in diesem Moment die blitzende Klinge eines weiteren feindlichen Soldaten, der ganz plötzlich hinter Asrell auftauchte. Sie konnte ihn nicht mehr rechtzeitig warnen und stieß darum reflexartig ihr Schwert nach vorne. Sie fühlte, wie die Klinge in die Brust des Mannes drang, das Fleisch durchtrennte und an den Knochen entlangschabte. Warmes, klebriges Blut floss die Schneide hinab auf ihre Hand. Ein unfassbarer Schrecken erfasste sie, als ihr klar wurde, dass sie gerade jemanden getötet hatte … Zugleich wusste sie, dass sie gar keine andere Wahl gehabt hatte. Sie hatte Asrell retten müssen …

»Da seid ihr ja endlich!«, donnerte eine laute Stimme über das Schlachtfeld. Sie klang so voller Hohn, so voller Vorfreude und Grausamkeit, dass Gwen kurz schauderte. Sie kannte diese

Stimme, hatte sie schon etliche Male vernommen, allerdings nie in diesem schrecklichen Tonfall.

Mit einem Mal tauchte in etwa zweihundert Meter Entfernung ein grüner Nebel über der Ebene auf. Gwen versuchte zu verstehen, was da geschah. Wahrscheinlich hatte Ahrin einen Zauber gerufen. Mit einem Mal senkte sich der grüne Dunst auf den Boden, es gab ein krachendes Geräusch, die Erde bebte und Männer begannen zu schreien. Es war nur ein einziger kurzer Laut, den sie von sich gaben, dann verstummten sie schlagartig. Hunderte Soldaten auf einmal waren von einer fremden Macht dahingerafft worden.

»Diesem Dreckskerl werd ich es zeigen«, knurrte Baldras. Er wollte gerade losstürmen, als plötzlich ein Horn ertönte.

Gleich darauf waren Pferde zu hören und wilde Rufe von Soldaten. Gwen erkannte das Banner der Meratrills, das von einigen Männern gehalten wurde, während sie in wildem Galopp und mit lautem Gejohle den Abhang herabpreschten. Ganz vorn ritt Leondra, direkt neben ihr, auf einem schwarzen Pferd, saß ihr Bruder Lestar. Kaum hatte er die ersten Gegner erreicht, schwang er seine Klinge und ließ sie auf seine Feinde niedersausen. Gwen vernahm die Schreie, als die ersten Soldaten zu Boden gingen, doch sofort waren weitere Männer von Ahrin zur Stelle und versuchten nun, Lestar und seine Schwester von ihren Pferden zu reißen. Ihre eigenen Leute schoben sich jedoch schützend zwischen sie, um das Schlimmste zu verhindern.

»Das wird ein unfassbares Gemetzel«, murmelte Asrell entsetzt.

Gwen sah die vielen Toten, das Blut, das den Boden tränkte, und vernahm das Ächzen der Sterbenden. Sie würde diese Bilder niemals vergessen.

Ein Teil der thungassischen Armee schaffte es gerade, eine Reihe von Ahrins Leuten zu durchbrechen und sich so Ahrin selbst zu nähern. Er stand einfach nur da und ließ zu, dass die Soldaten mit gezückten Klingen auf ihn zurannten.

Plötzlich zuckten Blitze um ihn herum auf, ein Knistern war zu hören, das bedrohlich über die Ebene streifte. Gerade als die Männer vor ihm ankamen und auf ihn losgehen wollten, gab es ein lautes Krachen und die Blitze schlugen auf die Gegner ein. Sie konnten nicht einmal mehr einen Schrei von sich geben, sondern kippten einfach um und blieben regungslos liegen. Einer nach dem anderen fiel, als sie von weiteren Lichtern mit einem donnernden Klang getroffen wurden. In Sekundenschnelle hatte Ahrin die komplette Angriffswelle getötet und einen Leichenberg um sich versammelt.

»Unfassbar«, entfuhr es Baldras mit entsetzter Stimme. Langsam schien er zu begreifen, dass Gwen nicht untertrieben hatte. Ahrin war kein normaler Gegner mehr ... Auch den Meratrills wurde dies langsam bewusst. Ein Teil ihrer Leute schirmte Leondra und Lestar weiterhin vor den Feinden ab, sodass kaum einer zu ihnen durchdrang. Der weitaus größere Teil des Trupps schlug sich zu Ahrin durch. Dessen Soldaten kämpften wild entschlossen und brachten eine Vielzahl der Gegner um. Gwen sah dabei zu, wie beide Seiten schwere Verluste einzubüßen hatten. Das Wimmern der Verletzten war markerschütternd. Die Männer lagen auf dem Boden in ihrem eigenen Blut. Unfähig, sich zu retten, waren sie ihren Feinden hilflos ausgeliefert.

Plötzlich sah sie eine hochgewachsene Gestalt in schwarzer Rüstung; Beragal thronte stolz und erhaben im Sattel eines braunen Pferdes und stürzte sich in das Kampfgeschehen. Gekonnt und mit voller Kraft schwang er sein Schwert, durchtrennte mit einem kräftigen Hieb die Halsschlagader eines von Ahrins Männern, einem anderen stieß er die Klinge mitten durch die Brust, ein dritter erhielt einen so heftigen Hieb in die Seite, dass es ihn fast spaltete. Beragal kannte kein Erbarmen und ging wie ein Berserker auf seine Feinde los. Seine eigenen Leute rückten zu ihm auf, unterstützten ihn voller Tatendrang, doch nun näherten sich ihnen auch die Männer der Meratrills. Gwen ahnte, dass sie keinen Halt vor den Thungass machen würden.

Und genauso war es: Sie töteten alles, was ihnen in die Quere kam und nicht aus den eigenen Reihen stammte.

»Ich muss etwas unternehmen«, stellte Baldras fest. Sein Vater kämpfte weiterhin wie ein Besessener und ließ sich von seinem Vorhaben, sich in Ahrins Richtung vorzukämpfen, von nichts und niemandem abhalten. Auch er machte keinen Unterschied zwischen den einzelnen Soldaten und nahm jedem das Leben, der nicht zu seinem Fußvolk gehörte.

»Ich muss näher ran und meinen Leuten helfen«, erklärte Baldras. Gwen erkannte den Zwiespalt in seinem Blick. Einerseits wollte er sein Versprechen halten, sie und Asrell zu beschützen, andererseits zog es ihn ins Getümmel, um seine Armee zu unterstützen.

»Bleibt erst einmal hier«, erklärte er. »Hier werdet ihr euch eine Weile allein verteidigen können. Ich werde so schnell wie möglich zurückkommen.«

Gwen war verwundert, dass Baldras das für sie tun wollte, und nickte ihm dankend zu. Sie würde sich und Asrell mit allen ihr zur Verfügung stehenden Mitteln schützen. Kurz schaute sie sich um: Es wäre eine gute Gelegenheit, sich von hier fortzustehlen. Bestimmt würde sie in diesem Moment niemand mehr aufhalten. Andererseits war Ahrin so nah … Nur was konnte sie schon ausrichten? Tares und die anderen waren noch immer nicht eingetroffen, und wer wusste schon, ob sie es überhaupt rechtzeitig schaffen würden. Sie biss sich nachdenklich auf die Unterlippe … Sie konnte nicht einfach fliehen und sich aus allem heraushalten. Irgendetwas musste sie doch unternehmen können … Ihr Blick streifte suchend umher, als bekäme sie so eine Antwort auf ihre Frage. Da sah sie am Hügelkamm weitere Leute stehen. Sie erkannte das Banner der Bergstills: ein grauer Fels auf rotem Banner und dass sie sich dort oben zu einem Angriff sammelten.

Und da geschah es: Ein ohrenbetäubender Knall erklang, der Gwen beinahe das Trommelfell zersprengte. Sie wurde von den

Füßen gerissen und landete unsanft auf dem Boden. Sie hustete kurz den Staub aus der Lunge und hob den Kopf.

In die Erde war eine zweihundert Meter lange Schneise gerissen worden. Darüber befand sich bedrohlich umherwabernder roter Rauch, in dem schwarze Blitze zuckten. Er musste von einem gerade gesprochenen Zauber herrühren, der auch für die Verwüstung verantwortlich war. Ein Frösteln überkam Gwen, als sich der Qualm allmählich auflöste und die Sicht auf das Schlachtfeld freigab. Der Spruch hatte sich nicht nur in den Untergrund gegraben, sondern dabei auch Tausende Männer getötet und dabei keinen Unterschied gemacht, ob es sich um Ahrins Soldaten, um Männer der Thungass oder der Meratrills handelte. Sie sah abgerissene Glieder, tote Körper, Schwerter und Rüstungsteile, die wie weggeworfen herumlagen.

Dann hörte sie Baldras' entsetzten Schrei: »Vater! Nein!!« Er kniete neben dem zerfetzten Körper des Fürsten, der vollkommen entstellt war. Er musste unmittelbar von dem Zauber getroffen worden sein. »Du elender Dreckskerl, was hast du mit ihm gemacht?!« Baldras blitzte Ahrin voller Zorn an. »Ich werde dich dafür umbringen, das schwöre ich dir.«

»Komm du nur und versuche es. Kommt alle und greift mich an. Ich werde jeden von euch töten!«, lachte Ahrin.

Gwen blickte auf die Verwüstung und die Toten. Er konnte sie tatsächlich allesamt vernichten ...

»Er ist ein Monster«, erklang die Stimme von Leondra, die alles aus wenigen Metern Entfernung beobachtet hatte. »Er tötet sogar seine eigenen Leute ohne Zögern. Was ist nur in ihn gefahren?« Der Schrecken war ihr anzuhören und ihr Bruder schien ebenfalls vor Entsetzen wie erstarrt. Auch Gwen war fassungslos. Für Ahrin hatte es offenbar keine Rolle gespielt, dass er mit seinem Zauber ebenso die eigenen Leute treffen würde. Für ihn zählte nur, seine neu gewonnene Kraft auszutesten und seine Feinde zu vernichten.

In den Gesichtern von Ahrins Soldaten lag Entsetzen, und doch schienen seine Männer es nicht zu wagen, von seiner Seite zu weichen. Gwen erkannte unter ihnen Dengars und die anderen beiden Verisells. Sie wirkten blass, blieben aber bei ihrem Herrn. Nur wenige Meter neben Ahrin entdeckte Gwen Asrells Vater. Auch er rang ganz offensichtlich mit sich, machte aber keine Anstalten, gegen seinen Fürsten vorzugehen.

Asrell schien Attarell ebenfalls bemerkt zu haben. Seine angespannte Miene zeigte nur zu deutlich, dass er krampfhaft überlegte, was er tun sollte.

»Ich werde dich für das, was du meiner Familie angetan hast, bezahlen lassen«, spie Baldras voller Abscheu aus. Er erhob sich und machte ein paar Schritte auf Ahrin zu. »Ich bringe dich um, das schwöre ich dir! Ich hoffe, dass endlich jeder sieht, was für ein Monster du bist. Ich wusste schon immer, was für einen abscheulichen Charakter du hast, dass du allerdings so weit gehen würdest«, er schüttelte den Kopf. »Gwen hatte recht: Du hast dir Nephim-Kräfte einverleibt.«

Ahrin lächelte amüsiert: »Ganz genau, und damit bin ich nun unbesiegbar, aber das werdet ihr schon bald selbst feststellen.«

Die Meratrills beobachteten alles und schienen zu überlegen, was als Nächstes zu tun war. Dann rief Leondra: »Los, wir müssen diesen Kerl vernichten. Wenn er gewinnt, wird diese Welt in seine Hände fallen und jeder wird ihm ausgeliefert sein. Wir müssen zusammenhalten!«

Unter ihren Soldaten ertönte ein Jubel, in den sowohl die Männer der Thungass als auch die von Fürst Bergstill einstimmten. Diese kamen nun vom Hang hinuntergestürmt, während die Meratrills und die Thungass zu einem weiteren Angriff ansetzten.

»Ihr seid so dumm«, erklärte Ahrin. Er ließ seine Gegner noch ein Stück herankommen, dann hob er die Arme. Augenblicklich brach der Boden auf; Erde, Sand und ganze Felsbrocken stoben durch die Luft. Manche Soldaten wurden von den Steinen getroffen und gingen daraufhin zu Boden, doch die meisten wurden von der Kraft erfasst, die auch den Untergrund zerfetzte. Viele wurden regelrecht in Stücke gerissen, andere wiederum flogen wie Spielzeugfiguren durch die Luft und zerschmetterten beim Aufprall.

»Sie werden es nicht schaffen«, stellte Gwen voller Schrecken fest, während sie dabei zusah, wie Ahrins Leute voranstürmten und die vielen Verletzten umbrachten, die sich vor Schmerzen wanden.

Asrell nickte. »Sie werden alle sterben.«

Die Kraft des Glaubens

»Ihr dürft nicht aufgeben!«, rief Leondra ihren Leuten zu. Auch sie hatte einige Schrammen davongetragen, ihre Kleidung war schmutzig und teilweise zerrissen, aber sie war noch am Leben, ebenso wie ihr Bruder, der neben ihr stand, und Baldras, der versuchte, seinen eigenen Männern Mut zuzusprechen.

»Wir müssen ihn aufhalten«, erklärte er seinen Soldaten. »Denkt daran, was er meinem Vater und meiner Schwester angetan hat. Er darf nicht ungeschoren davonkommen. Wir müssen die vielen, die bereits ihr Leben verloren haben, rächen und dafür sorgen, dass er nicht in unsere Ländereien einfällt und dort weitere Gräueltaten verübt.«

Seine Leute nickten zustimmend. Obwohl sie das Grauen direkt vor sich sahen, schienen sie zu allem bereit. Jedem von ihnen musste klar sein, dass sie keine Chance hatten, und dennoch waren sie bereit, für ihren Fürsten in den Tod zu gehen.

Auch die Bergstills stimmten ein bedrohliches Gebrüll an und rannten gemeinsam mit den Meratrills und den Thungass nach vorn. Der Boden vibrierte geradezu unter den vielen Tausenden Schritten und ihr Kampfgeschrei schallte über die Ebene.

Ahrin stand weiterhin gelassen da, ein kühles Lächeln auf den Lippen. »Ihr wollt es wohl nicht begreifen! Ihr könnt mir nichts anhaben. Ihr werdet alle sterben!«

Erneut zischte ein Knistern durch die Luft, ein Raunen war zu hören und kündigte das nahende Unheil an.

»Gleich wird nicht mehr viel von euch übrig sein«, fuhr Ahrin fort, doch die Soldaten rannten weiterhin auf ihn zu, ließen sich nicht aufhalten.

In diesem Moment zuckten blitzende Lichter in den unterschiedlichsten Farben am Himmel auf. Sie rasten an den Angreifern vorbei über die Ebene Richtung Ahrin. Der schaute erschrocken auf, doch es war zu spät: Mit einem lauten Knall trafen sie ihn. Das Geräusch des Aufpralls war ohrenbetäubend. Die Zauber hinterließen eine dunkle Rauchwolke, von der Ahrin – oder das, was von ihm übrig war – nun umgeben war.

Gwen konnte es nicht glauben, und sie war nicht die Einzige. Alle Soldaten hielten für einen Moment inne und schauten sich verwundert nach der Quelle um. Hoch oben auf dem Hügel stand eine kleine Gruppe aus circa zwanzig Leuten. An vorderster Front erkannte Gwen Tares, Niris und Malek. Ein Stein fiel ihr vom Herzen, als sie hinter den dreien noch mehrere Nephim entdeckte. Und nicht nur sie waren inzwischen eingetroffen. Etwa hundert Meter rechts von ihnen näherte sich Lorell mit seinen Männern. Sie schienen bereits einiges von dem Kampf mitbekommen zu haben, denn sie gesellten sich ohne Zögern zu den Nephim und rannten gemeinsam auf das Schlachtfeld zu.

Hoffnung keimte in Gwen auf, aber auch eine eisige Angst davor, dass sie diesen Kampf nicht überleben würden.

Als die Nephim und die Armee von Tristas Lorell die Schwarzsandebene erreichten, zögerten sie nicht, sich sogleich Ahrins Soldaten entgegenzustellen. Schreie erklangen und Waffen klirrten, als die Truppen aufeinandertrafen. Gwen sah mit Schrecken, wie die ersten Männer zu Boden gingen – es waren vor allem Leute von Ahrin, doch auch Lorells Reihen steckten schwere Verluste ein.

Die Nephim hingegen schienen vor Kampfeslust geradezu zu brennen. Sie warfen sich voller Eifer ihren Feinden entgegen, schlugen teilweise mit den blanken Fäusten zu und versuchten, ihre Gegner in Stücke zu reißen. Die Schreie der Männer waren grauenvoll, als ihnen Arme aus den Gelenken gerissen, Halsschlagadern geöffnet und tiefe Wunden in den Rumpf gerissen wurden. Inmitten dieses Getümmels kämpften Tares und Malek Seite an Seite mit ihren Schwertern. Sie waren blitzschnell, schienen jeden Angriff vorauszusehen und nahmen einem Soldaten nach dem nächsten das Leben. Niris war am

Rand des Schlachtfeldes geblieben und beobachtete wie erstarrt die Kämpfenden.

»Los, komm. Lass uns zu Niris gehen und dann sehen, ob wir den anderen irgendwie helfen können«, meinte Gwen zu Asrell und rannte los.

Als sich ihnen ein paar Soldaten in den Weg stellten, tötete Asrell zwei von ihnen mit seinem Schwert, um die anderen vier kümmerte sich Gwen, indem sie eine Schwarzsonne auf sie warf. Der dunkle Dunst entzündete sich in der Luft, bildete einen riesigen Feuerball, der mit einem lauten Knall explodierte. Gwen musste schlucken, als sie an den toten Körpern vorbeirannte. Erneut hatte sie töten müssen – ein Umstand, der schwer auf ihr lastete.

»Da seid ihr ja«, stellte Niris erleichtert fest, als die beiden bei ihr ankamen. »Ich bin so froh, euch zu sehen«, erklärte sie mit leicht zittriger Stimme. Asrell wollte noch einen Schritt auf sie zugehen, er hatte bereits die Arme gehoben, als wolle er sie an sich drücken, tat es dann aber doch nicht. In seinen Augen standen pures Glück und Erleichterung darüber, Niris nach so langer Zeit wiederzusehen.

»Wie geht es dir?«, wollte er wissen. »Ist alles gut gegangen? Hat dir Malek irgendetwas getan?«

»Es ist alles in Ordnung«, antwortete sie. »Ich hoffe nur, dass wir das alles heil überstehen«, fuhr sie mit Blick Richtung Schlachtfeld fort.

Asrell sah ebenfalls dorthin und sein Gesicht verfinsterte sich. Das Feld färbte sich zunehmend rot, doch mittlerweile schien sich das Blatt dank der Nephim gewendet zu haben. Sie waren deutlich weiter vorgerückt, Ahrins Leute mussten mehr und mehr zurückweichen und es gab unzählige Tote in ihren Reihen.

»Sie schaffen es«, stellte Niris erstaunt fest.

»Noch hat sich Ahrin nicht eingemischt«, meinte Gwen.

Der beobachtete das Geschehen vor sich scheinbar gelassen und ohne auch nur die Hand zu heben, obwohl die Nephim nicht mehr allzu weit entfernt waren.

»Er traut sich nicht, einzugreifen«, mutmaßte die Asheiy.

Gwen schüttelte langsam den Kopf. »Das kann ich mir bei ihm nicht vorstellen.«

In diesem Moment rief einer der Nephim einen roten Feuerball. Er teilte sich in mehrere kleine Kugeln auf und senkte sich auf Ahrins Armee. Mit lautem Getöse schloss er die Männer ein, brannte sich in ihre Haut und ließ sie markerschütternd aufbrüllen. Nun gab es kaum mehr Leute, die Ahrin schützen konnten. Der Weg war frei.

Diese Chance nutzten die Nephim gemeinsam mit Lorells Leuten und mit den restlichen Truppen von Taldor Bergstill und den Meratrills. Einige Bogenschützen setzten an und ließen Pfeile auf Ahrin niederregnen, als plötzlich eine Gestalt heranpreschte und ein Schild hob, um die Pfeile abzuwehren. Obwohl er gesehen hatte, wie Ahrin ganz bewusst den Tod seiner eigenen Leute in Kauf genommen hatte, schien Attarell zu allem entschlossen. Für ihn zählten Ehre und Pflichtbewusstsein mehr als alles andere. Was auch geschah, er würde seinen Herrn niemals im Stich lassen.

Während Attarell weiterhin schützend um seinen Fürsten herumritt und jeden feindlichen Angriff abwehrte, beobachtete Asrell jeden Schritt seines Vaters mit finsterer Miene. Gwen konnte sehen, wie er vor Wut die Zähne zusammenbiss, seine Fäuste waren geballt und zitterten. Schließlich tat er ein paar Schritte, erst zögerliche, dann immer schneller werdende: »Ich muss es versuchen. Das ist vielleicht die letzte Chance, die ich bekomme.«

Niris versuchte, ihn am Arm festzuhalten. »Bist du irre geworden?! Du kannst nicht mitten in die Schlacht ziehen, das überlebst du niemals. Bleib hier bei uns!«

Er wandte sich zu ihr um und schenkte ihr ein trauriges Lächeln. »Ich muss es tun, es geht nicht anders. Aber es bedeutet mir viel, dass du dir Sorgen um mich machst. Ich verspreche, ich komme heil zurück.«

Niris schaute ihn mit einer Mischung aus Angst und Verwunderung an, dann eilte er los.

Gwen und die Asheiy blieben noch einen Moment stehen, dann erklärte Gwen: »Los komm, wir haben lange genug tatenlos herumgestanden. Es wird Zeit, dass wir den anderen helfen.«

Sie hörte an den schnellen Schritten, dass Niris ihr folgte, allerdings nur widerwillig. »Ihr habt doch alle den Verstand verloren! Was sollen wir schon ausrichten? Wir werden höchstens als Leichen im Dreck enden, davon hat ja wohl niemand was ...«

Sie näherten sich dem Schlachtgetümmel, und Gwen sah etliche Verwundete auf dem Boden liegen, roch ihr Blut, spürte ihre Angst ... Dennoch ließ sie sich nicht aufhalten und rannte weiter. Die Nephim waren nun beinahe bei Ahrin angekommen, Attarell warf sich den ersten Feinden entgegen, kämpfte gegen Leute von Lorell und Bergstill. Er war wie ein Berserker, wich jedem Hieb aus und erwiderte die Angriffe mit unfassbarer Stärke. Er wollte seinen Herrn um jeden Preis schützen. Dennoch konnte er nicht verhindern, dass die ersten Nephim Ahrin erreichten.

Meriel hob die Hand, und ein silberner Strahl erschien darin, der auf Ahrin zuhielt – wieder tat er nichts, um die Attacke abzuwehren. Während der Zauber auf ihn zuraste, schließlich einschlug und Ahrin umhüllte, stand dieser einfach nur da. Sofort bildete sich eine wabernde blaue Kugel, die ihn komplett umgab. Sie schimmerte in den verschiedensten Farbtönen, sodass sie einen perlmuttfarbenen Glanz hatte. Ganz langsam begann sich die Kugel zusammenzuziehen, wurde immer kleiner ... Die Nephim widmeten sich siegesgewiss Ahrins herannahenden Soldaten, während die Kugel mit einem lauten Knall zerbarst. Funkelnde Tropfen stoben durch die Luft und fielen langsam zu Boden. Als Gwen erneut zu der Stelle sah, an der Ahrin sich zuletzt befunden hatte, traute sie ihren Augen kaum. Er stand weiterhin da, als sei nichts geschehen. Er trug ein

Lächeln auf den Lippen und wies nicht den winzigsten Kratzer auf.

Nun lachte er laut auf und erklärte: »Ihr wollt es wohl nicht begreifen! Ihr könnt mich nicht besiegen, keiner kann das!«

Meriel ließ sich von seinen Worten nicht abhalten, sie stürmte auf ihn los, zückte ihr Schwert und stieß zu. Ahrins Lächeln verstummte, als die Klinge seine Brust traf. Er sackte kurz nach vorne, während alle wie erstarrt zu ihm blickten. Dann hob er den Kopf und lachte lauthals los. »Glaubt ihr mir jetzt?«

Gwen starrte fassungslos auf die scharfe Klinge, deren Spitze genau auf Ahrins Brust lag. Sie hatte zwar seine Kleidung durchdrungen, doch die Haut darunter war weiterhin unversehrt.

Meriel blickte entsetzt auf ihr Schwert, dann zu Ahrin.

Der kicherte und streckte blitzschnell seinen Arm aus. Er packte Meriel am Hals, drückte zu und hob sie langsam von den Füßen. Sie klammerte sich um seine Unterarme, strampelte mit den Beinen, versuchte noch einen Zauber zu rufen. Bevor sie ihn allerdings zu Ende bringen konnte, ließ Ahrin seine Linke vorschnellen, die in ihren Oberkörper drang und die junge Frau schmerzerfüllt aufächzen ließ. Sie blickte an sich herab, wo die Hand in ihre Brust drang.

»Es ist fast ein bisschen schade um dich«, meinte er. »Ich hätte mich gern deiner Kräfte angenommen.« Er zuckte mit den Schultern. Ein blaues Licht erschien, hüllte seinen linken Arm ein und setzte seinen Weg in den Körper der Nephim fort. Sie öffnete den Mund zum Schrei, doch noch ehe sie ihn von sich geben konnte, wurde sie auch schon von dem Zauber erfasst und in Tausende Stücke gerissen.

Nur eine kleine schwarze Rauchwolke blieb zurück, die sich zunächst langsam aus den Überresten erhob, um dann immer schneller in die Höhe zu steigen. Schließlich verschwand sie aus Gwens Sichtfeld. Dass Ahrin in der Lage war, solch ein Wesen zu töten, zeigte, dass er kein normaler Sterblicher mehr war. Nur die Nephim waren stark genug, einander umzubringen, auch wenn selbst sie es nicht vermochten, einen anderen Nephim vollständig zu vernichten, denn das Anmagra blieb bestehen. Dieses konnten nur die Verisells zerstören und diese Wesen somit endgültig aus der Welt löschen.

Die anderen Nephim hatten alles voller Entsetzen beobachtet. Von der Wut gepackt rannten sie auf Ahrin zu, riefen Zauber, die in gleißenden Strahlen auf ihn niedergingen. Ganz vorn mit dabei war Leglas. Sein Arm war erhoben, ein Spruch bildete sich über ihm und schloss sich den anderen Zaubern an. Ein Krachen nach dem nächsten ertönte, als die Angriffswelle Ahrin erfasste. Feuer stoben durch die Luft, als die Sprüche explodierten und den Untergrund weitläufig aufsprengten. Die Erde bebte, dunkler Rauch umhüllte die Stelle der Explosion und waberte langsam über die Ebene. Als sich der Qualm allmählich verzog, kamen zunächst zwei starke Beine zum Vorschein, die unverletzt dastanden, dann ein Oberkörper und schließlich das grinsende Gesicht Ahrins.

»Ihr seid keine Gegner für mich. Selbst wenn ihr mich alle gemeinsam angreift, ändert das nichts an der Tatsache, dass ich nicht mehr derselbe bin: Dank der vielen Nephim-Kräfte und Miracs besonderer Eigenschaft bin ich unbesiegbar.«

Ein Schrecken ging durch die einzelnen Armeen, als sie mit eigenen Augen sahen, wie mächtig er geworden war und dass sie nichts gegen ihn würden ausrichten können. Die ersten Soldaten zogen sich voller Angst zurück, nur die treuesten blieben bei ihren Herren. Auch die Nephim verharrten an Ort und Stelle, obwohl selbst ihnen die Aussichtslosigkeit bewusst war.

Mit dieser Attacke hatte sich Gwens letzte Hoffnung zerschlagen. Obwohl mehrere Nephim gleichzeitig ihre Zauber gerufen hatten, war Ahrin ohne jeden Schaden davongekommen. Ihr Plan war gescheitert, und damit standen sie ihrem Gegner hilflos gegenüber. Ein großer Teil von Ahrins Leuten schien weiterhin zu ihm zu halten und griff erneut an.

Gwen sah Tares und Malek, sie stürmten auf ihre Feinde zu und versuchten, ihnen mit ihren Schwertern beizukommen. Aber selbst wenn es ihnen gelingen sollte, dieses noch immer riesige Heer zu besiegen, hätten sie gegen Ahrin keine Chance.

Gwen umklammerte ihre Waffe, ballte die linke Faust und rannte los. Sie hatte Angst vor dem Tod und dennoch … sie wollte bei Tares sein und an seiner Seite kämpfen, auch wenn alles aussichtslos war. Heute würde alles ein Ende nehmen …

Asrell ließ seinen Vater nicht aus den Augen. Er beobachtete jede seiner Bewegungen, sah die wilde Entschlossenheit in seinem Blick und wie er immer wieder sein Schwert auf die Soldaten der Thungass und auf die von Lorell sinken ließ. Obwohl die Männer deutlich in der Überzahl waren, zog sich Attarell nicht zurück. Er legte einen Kampfgeist an den Tag, der nicht nur beeindruckend, sondern fast schon beängstigend war. Wie ein Berserker hieb er auf seine Feinde ein, Blut spritzte ihm entgegen und färbte seine Kleidung rot. Er tat alles, um den Befehlen seines Herrn zu gehorchen, und das, obwohl auch er gesehen hatte, was für ein Monster Ahrin Revanoff war. Er hatte nicht gezögert, seine eigenen Leute zu opfern. Warum erkannte sein Vater nicht, dass sein Herr auch ihn, ohne mit der Wimper zu zucken, in den Tod schicken würde?

Asrell verstand Attarell nicht und wollte es im Grunde auch gar nicht. Er selbst wusste, wie tief dessen Gehorsam und Ehrgefühl tatsächlich gingen: Er war bereit gewesen, seine eigene Familie zu opfern ... Und genau das würde Asrell ihm niemals vergeben.

Er war nur noch wenige Schritte von seinem Vater entfernt, musste kurz den Kopf einziehen, als einer von Revanoffs Männern mit dem Schwert nach ihm schlug. Hastig tat er einen Schritt zurück, zückte seine Waffe und stieß sie dem Feind in die rechte Seite. Der Mann taumelte zurück und begann schwer zu atmen. Blutiger Schaum bildete sich vor seinem Mund und ein rasselndes Geräusch erklang, als er die nächsten Male Luft holte. Asrell musste die Lunge getroffen haben ... Er wusste, dass der Soldat sterben würde. Schnell wandte er sich von dem Verwundeten ab und konzentriere sich erneut auf seinen Vater.

Attarell kämpfte gerade gegen Tristas Lorell, der Fürst war schnell und äußerst geschickt mit der Waffe. Ein ums andere Mal gelang es ihm, unter den Schlägen des Kommandanten wegzutauchen. Asrells Vater ließ seinen Gegner nicht aus den Augen, schien jede Bewegung genau zu studieren. Lorell stieß einen Schrei aus und versuchte einen neuen Angriff ...

Asrell sah, wie Attarell das Gewicht verlagerte, um den Hieb abzuwehren. Die Waffen trafen aufeinander, die beiden schauten sich voller Hass an. Mit einem Mal warf sich sein Vater nach vorne und stieß den Fürsten so von sich. Der tat ein paar schnelle Schritte, um die Wucht abzufangen, da war sein Gegner auch schon bei ihm. Mit einer rasanten Folge von Hieben drängte Attarell seinen Feind immer weiter zurück. Zwei Männer von Revanoff eilten herbei und kämpften nun ebenfalls gegen den Fürsten. Dieser wehrte sich noch immer, es gelang ihm mehrfach, auszuweichen, dann traf ihn einer seiner Gegner am Arm.

Asrell konnte sehen, wie schwer es Lorell nun fiel, seine Waffe zu führen, dennoch war er zu allem entschlossen. Er drehte sich, nahm Schwung und nutzte einen unbedachten Moment seines Feindes, um dem Soldaten den Bauch aufzuschlitzen. Während der Kerl auf den Boden sank, griff der andere Mann an. Der Fürst wehrte sich, während er immer mehr Blut verlor. Er konnte gerade noch den Kopf einziehen und so einem Schlag entkommen, dann schnellte er mit dem Schwert nach vorn – der Soldat von Ahrin gab ein röchelndes Geräusch von sich, als die Klinge seinen Hals auftrennte. Lorell sah zu, wie der Mann zu Boden ging, dann schnappte er voller Entsetzen nach Atem, als Attarells Klinge von hinten mit voller Wucht durch seine Rüstung drang. Sein Mund öffnete sich noch einige Male, sein Blick glitt über das Schlachtfeld, dann sank er zu Boden.

Seine Leute schrien auf, einige versuchten zu ihm durchzudringen, immer mehr umstellten den Kommandanten. Noch schien der nicht aufgeben zu wollen, wiederholt sah er zu Revanoff, der jedoch keinen Finger rührte, um seinem Untergebenen zu helfen. Er war damit beschäftigt, gegen die Nephim vorzugehen, und warf einen Zauber nach dem nächsten nach ihnen. Unentwegt zerbarsten tosende Lichter auf dem Boden, töteten Nephim, jedoch auch Soldaten von Lorell und Bergstill sowie Männer der Thungass und Meratrills. Obwohl

Revanoff unentwegt seine Magie rief, kamen seine Feinde stetig näher. Es waren einfach zu viele, als dass er sie mit seinen einzelnen Sprüchen allesamt hätte aufhalten können. Doch selbst dieser Umstand schien ihm keinerlei Sorge zu bereiten. Die Soldaten, die noch bei ihm waren, hielten tapfer zu ihm, rannten ihren Feinden mit eisernem Willen entgegen, bereit, sich für ihren Herrn zu opfern. Sie waren genauso pflichtgetreu wie Attarell, der ein ums andere Mal sein Schwert auf seine Gegner niederfahren ließ.

In diesem Moment hörte Asrell erleichterte Rufe und Jubelschreie von Revanoffs Leuten. Er brauchte nur einen Blick, um zu erkennen, wo die Freude herrührte: Weitere Verisells von Revanoff waren im Anmarsch ... Asrell biss die Zähne zusammen – nun hatten die Nephim ein echtes Problem.

Die Soldaten hatten ihnen bislang nichts anhaben können, und so hatten sie sich nur vor den wenigen Verisells in acht nehmen müssen, die bereits hier waren. Doch nun rückte Verstärkung an ...

Er schaute erneut zu seinem Vater, der gerade einem von Lorells Soldaten einen Arm abhieb. Asrell biss sich auf die Unterlippe und rannte los. Immer wieder dachte er an Tares' Worte: Er sollte einen geeigneten Moment zum Angriff abwarten. Eine bessere Chance würde er wohl nie bekommen: Attarell war vollauf damit beschäftigt, sich gegen die feindlichen Truppen zur Wehr zu setzen. Er würde seinen Sohn daher gar nicht kommen sehen. Asrell musste also nur einen günstigen Augenblick abpassen und dann zuschlagen. Es war nicht sonderlich ehrenhaft, das war ihm klar, aber wie hatte Tares so schön gesagt: Das ist Sterben nie.

Er war zu allem entschlossen, nichts und niemand würde ihn von seinem Vorhaben abbringen. Heute würde er sich seinem Vater stellen und Rache nehmen oder dabei selbst sein Leben verlieren.

Sein Herz hämmerte vor Anspannung in seiner Brust, er hörte seinen Puls in den Ohren rauschen; alle anderen Geräusche waren wie ausgeblendet. Er konzentrierte sich allein auf sein Vorhaben und seinen Vater. Der war blutverschmiert, sein Gesicht eine einzige Fratze voll wilder Entschlossenheit. Es war klar, dass er niemals aufgeben und seinen Fürsten im Stich lassen würde, egal was dieser auch für grausame Dinge getan hatte. Gerade versuchte er sich gegen vier von Lorells Leuten zur Wehr zu setzen. Sie waren schnell und vor allem geschickt mit ihren säbelartigen Klingen. Sie sahen jeden Angriff Attarells kommen, und ganz langsam schien dieser auch an Kraft zu verlieren. Seine Hiebe kamen nicht mehr ganz so schnell und treffsicher – Asrell witterte seine Chance.

Er rannte zu ihm und sah, wie sein Vater die Klinge hob. Seine linke Seite war in diesem Moment ungeschützt, eine Tatsache, die auch einem von Lorells Männern nicht entging. Das Schwert drang in den Leib des Kommandanten ein, Attarell krümmte sich kurz, bäumte sich sogleich wieder auf und stieß mit seiner Waffe den Angreifer von sich. Blut tropfte aus der Wunde, er schnappte wie ein Ertrinkender nach Luft. Lorells Männer setzten zu weiteren Attacken an, Asrells Vater parierte noch zwei Schläge, musste die Wucht abfangen, indem er ein paar Schritte zurückwich, und ließ für einen Moment sein Schwert sinken. Von hinten stieß nun einer der Soldaten zu; die Klinge versank in Attarells Rücken, er versuchte sich umzudrehen, aber seine Beine gaben nach. Mit einem Fuß stützte er sich noch ab, hielt weiterhin seine Waffe in der Hand, doch er konnte sich nicht mehr wehren. Keuchend hob er den Kopf, während aus seinem Körper das Blut strömte.

Einer von Lorells Männern hob sein Schwert, um den Kommandanten von seinem Leid zu erlösen. Die Klinge sauste durch die Luft, als Asrell sich schützend vor seinen Vater stellte. Er blitzte den Soldaten wütend an und schrie: »Aufhören!«

Der Mann schaute seinen Gegenüber verwundert an, kam dann aber der Aufforderung nach.

»Er gehört mir«, erklärte Asrell auf den fragenden Blick der Soldaten hin. »Er hat meine Familie umgebracht und dafür will ich ihn eigenhändig zur Rechenschaft ziehen.«

Die Umstehenden zögerten einen Moment, schauten einander fragend an, dann zuckte der Kerl, der Attarell hatte töten wollen, mit den Schultern. »Mir solls recht sein, der macht es ohnehin nicht mehr lange. Hier sind noch genug Gegner für uns alle.«

Damit wandten sie sich ab und rannten erneut mitten ins Kriegsgetümmel.

»Du bist also gekommen, um mir das Leben zu nehmen?«, hörte Asrell seinen Vater hinter sich sagen.

Langsam wandte er sich ihm zu und nickte. »Ich habe lange auf diesen Moment gewartet.«

Attarell schien nicht verwundert, er hockte vor seinem Sohn auf dem Boden und rang mit dem Tod. In seinen Augen erkannte Asrell Resignation, aber zu seiner Verwunderung lag darin auch eine tiefe Enttäuschung. In diesem Augenblick hatte Attarell für seinen Sohn allen Schrecken verloren. Er sah schwach und erbärmlich aus und hatte nichts mehr von dem stolzen Kommandanten, der so treu seinem Herrn gedient hatte. Nun war er nichts anderes als ein Mann, der am Ende war und erkannte, dass er sein Leben umsonst geopfert hatte.

»Wie fühlt sich das an?«, fragte Asrell leise. »Du hast gesehen, wer Revanoff ist, was er alles getan hat und dass ihm nichts und niemand am Herzen liegt. Hat solch ein Mann deine Treue und dein Pflichtbewusstsein verdient? Dir war deine Ehre immer am wichtigsten. Wichtiger als deine Familie, die in Vantis lebt, oder meine Mutter, die du geschwängert und mitsamt ihrem Dorf hast umbringen lassen. Für dich kann es kein größeres Leid geben als dieses: Du stirbst für einen Mann, der es nicht wert ist.«

Er bemerkte, wie Attarell bei diesen Worten schluckte, er zitterte leicht und die Bitterkeit in seinem Blick war nicht zu übersehen. Langsam hob er den Kopf und versuchte ein Lächeln aufzusetzen, das wohl seine wahren Empfindungen überspielen sollte.

»Hast du genug geredet? Ich denke, es wird Zeit, dass du dein Vorhaben in die Tat umsetzt. So sterbe ich wenigstens durch ein Schwert, wie es sich für einen Soldaten gehört, und sieche nicht elendig dahin.«

Attarell würde sterben, das war Asrell bewusst. Er war so schwer verwundet, dass er nicht mehr lange leben würde. Aber sollte er seinem Vater die Genugtuung verschaffen, die er sich erhoffte, oder ihn langsam verenden lassen?

Er schüttelte den Kopf und sah, wie sich Attarells Augen vor Erstaunen weiteten. »Du bist es nicht wert«, erklärte sein Sohn. »All die Jahre dachte ich, ich würde Frieden finden, wenn ich dir das Leben nehme. Nun sehe ich jedoch, wie erbärmlich du im Grunde bist. Du hast dein Ehrgefühl über alles andere gestellt. Und genau dieses Ehrgefühl hat dir am Ende nichts als Enttäuschung gebracht. Stirb du hier alleine im Dreck und in dem Wissen, nicht einmal den Tod gefunden zu haben, den du dir gewünscht hast.«

Er sah das Entsetzen in Attarells Augen, dessen Wut, aber vor allem auch eine tiefe Resignation. Asrell wandte sich um und ließ damit nicht nur seinen Vater zurück, sondern auch seine Vergangenheit hinter sich. Es war vorbei. Die dunklen Schatten von damals würden sich zwar niemals ganz verziehen, aber sie würden ihn fortan nicht mehr so stark belasten.

»Ich bereue nichts«, hörte er Attarell noch leise sagen, als wolle er sich selbst von seinen Worten überzeugen. Dann vernahm Asrell ein dumpfes Geräusch.

Als er sich noch einmal umdrehte, sah er seinen Vater auf dem Boden liegen. Aus seinem Rücken ragte eine Klinge. In der Hand hielt Attarell den Griff des Schwertes, das er sich selbst in den Leib gestoßen hatte.

Asrell blickte auf die Leiche seines Vaters und empfand rein gar nichts. Nicht einmal Genugtuung verspürte er bei diesem Anblick, er wusste nur, dass er es eigentlich hätte ahnen müssen.

Attarell war so stolz gewesen, dass er auf jeden Fall durch eine Klinge hatte sterben wollen.

Gwen musste einige Male ausweichen, um Soldaten zu entkommen, die es auf sie abgesehen hatten. Wenn es irgendwie ging, versuchte sie, einen Kampf zu vermeiden. Es war ein seltsames Gefühl, genau in das Epizentrum der Schlacht zu ziehen. Zauber stoben umher, hielten auf Ahrin zu ... Das Tosen, das sie dabei von sich gaben, war beängstigend und ohrenbetäubend. Gwens Herz trommelte in ihrer Brust, all ihre Sinne waren auf Tares gerichtet, den sie in dem Getümmel immer wieder aus den Augen verlor und somit stets aufs Neue suchen musste. Jedes Mal, wenn sie ihn wieder entdeckte und feststellte, dass er weiterhin unverletzt war, fiel ihr ein Stein vom Herzen. An seiner Seite kämpfte Malek, der offensichtlich Vergnügen darin fand, gegen eine solche Flut an Gegnern vorzugehen. Stets aufs Neue stürzte er sich ins Getümmel, kämpfte gleich gegen mehrere Soldaten oder warf mit Zaubern um sich.

Asrell konnte Gwen nur hin und wieder sehen. Er hielt auf seinen Vater zu, der damit beschäftigt war, sich gegen Soldaten der Thungass und Lorells zur Wehr zu setzen. Es sah nicht allzu gut für ihn aus und inzwischen wirkte er schon fast ein wenig geschwächt.

»Er schafft das«, sagte Niris. »Er wird es dieses Mal besser machen und auf den richtigen Augenblick warten, um anzugreifen.«

Gwen nickte nur – so sicher wie die Asheiy war sie sich nicht. Doch als sie erneut zu ihm schaute, erkannte auch sie, dass er nicht vorschnell handelte, sondern die Situation genau zu studieren schien.

Noch einmal zog sie den Kopf ein, als ein fehlgeleiteter Zauber über sie hinwegraste. Sie sah zwei von Ahrins Männern auf sich zukommen. Sie verstärkte den Griff um ihr Schwert und sagte zu Niris: »Ich versuche, sie mit den Schwarzsonnen auszuschalten, aber falls ich sie nicht richtig treffe oder sie überleben sollten, mach dich bereit, dich zu wehren.«

»Alles klar«, erwiderte die Asheiy in angespanntem Tonfall.

Gwen kramte aus ihrem Rucksack ihre letzte Schwarzsonne hervor, und als die Soldaten nur noch wenige Meter entfernt waren, warf sie das dunkle Geschoss. Ein Knall ertönte, als es genau vor den Angreifern einschlug. Dunkler Rauch stieg auf und hüllte die Soldaten komplett ein. Innerhalb einer Sekunde entzündete er sich, sodass ein riesiger Feuerball die Kerle umschloss. Gwen hörte ihre Schreie, roch verbrannte Haare … So schnell sie konnte, rannte sie mit Niris an den Kerlen vorbei und hielt ihren Blick nur nach vorn gerichtet.

»Tares!«, rief sie, als sie ihn entdeckte. Er tötete gerade einen Gegner und wandte sich nun nach ihr um. Seine Augen weiteten sich, dann kam er ihr entgegen. Erleichtert warf sie sich in seine Arme. Sofort umfingen sie die vertraute Wärme und sein wundervoller Duft, der weiterhin an seiner Haut und Kleidung haftete. Sie spürte, wie er die Arme um sie legte und sie fest an sich zog. Seine Lippen strichen kurz über ihr Haar und ihre Stirn.

»Ich bin so froh, dass dir nichts passiert ist. Ich habe schon das halbe Schlachtfeld nach dir abgesucht und insgeheim gehofft, du wärst noch gar nicht hier.«

»Asrell und ich wurden von den Thungass gefangen genommen.«

Er sah kurz auf, entdeckte lediglich Niris und fragte weiter: »Wo ist er? Geht es ihm gut?«

»Er will gegen seinen Vater antreten«, erklärte die Asheiy.

Tares nickte langsam.

»Dieses Mal schafft er es«, meinte sie weiter.

»Könntet ihr vielleicht irgendwann anders euren Kaffeeklatsch fortsetzen?«, mischte sich Malek ein, der ebenfalls neben sie getreten war. »Die Männer hier töten sich nicht von selbst und dieser Revanoff wartet auch noch auf uns.« Nun lächelte er kalt. »Ich kann es kaum mehr erwarten, ihn endlich in die Finger zu kriegen.«

»Hast du nicht gesehen, was er mit Meriel und den anderen Nephim gemacht hat?«, hakte Gwen nach. »Er kann von nichts und niemandem verwundet werden. Wenn du einfach so auf ihn losgehst, wirst du genauso umgebracht wie sie.«

Er zuckte mit den Schultern. »Die waren einfach nur schwach. Mir wird das schon nicht passieren.«

»Du bist noch genauso uneinsichtig wie früher«, sagte Tares. »Das würde dir heute garantiert zum Verhängnis werden. Gwen hat recht mit dem, was sie sagt. Wir müssen uns etwas einfallen lassen, sonst haben wir keine Chance.«

»Und was soll das sein?«, knurrte Malek ungehalten.

»Vielleicht nützt es etwas, wenn noch mehr gleichzeitig angreifen«, schlug Niris vor.

»Ich denke, es könnte schwierig werden, das nun auszuprobieren«, erwiderte Tares. »Die Verisells sind im Anmarsch.«

Gwen folgte seinem Blick und sah, wie Ahrins Verisells hinter ihm Stellung bezogen. Ihr Magen zog sich vor Angst schmerzhaft zusammen. Sie wusste, was das bedeutete. Tares, Malek und all die anderen Nephim waren in größter Gefahr.

Kalis traute ihren Augen kaum, als sie das Kriegsgetümmel vor sich erblickte. Offenbar hatte die Schlacht früher begonnen als angenommen.

Sie sah die vielen Toten auf der Erde liegen, hörte das Wimmern der Verletzten und das Tosen der Zauber. Sie blickte zur Seite zu ihrem Großvater und bemerkte seine eiserne Miene. Sie hatte mehrfach versucht, ihn davon zu überzeugen, dass Gwen die Wahrheit gesagt hatte, aber er wollte ihr nicht glauben. Er war nur jedes Mal wütend geworden, wenn sie erneut darüber zu sprechen begonnen hatte. Am Ende war ihr nichts anderes übrig geblieben, als mit ihm und den anderen Verisells in diesen Krieg zu ziehen. Vielleicht konnte sie hier auf dem Schlachtfeld noch das Schlimmste verhindern.

Wenn sie jedoch sah, wie die Nephim einen Soldaten nach dem nächsten abschlachteten, und die Mienen ihrer eigenen Leute, die sich bei diesem Anblick mit Hass füllten, dann wusste sie, dass sie kaum eine Chance haben würde. Dieser Kampf musste stattfinden.

Sie schaute zu Ahrin, der mit seinem Schwert gerade einen von Lorells Leuten tötete. Seine eigenen Soldaten waren um ihn herum versammelt und versuchten ihn zu beschützen. Nichts sah gerade danach aus, als könnte Gwen recht haben, und dennoch ...

Kalis blickte noch einmal zu ihrem Großvater: »Ich habe dir nie Anlass dazu gegeben, mir zu misstrauen«, versuchte sie es ein allerletztes Mal. »Auch wenn es unvorstellbar scheint und wir alle glauben, Ahrin zu kennen: Er ist nicht der, für den wir ihn immer gehalten haben. Wenn du also Gwen nicht glauben willst, so vertraue wenigstens mir. Ich denke, sie hat recht.«

Sein Blick war schneidend, als er mit harter, aber klarer Stimme erwiderte: »Ich will nie wieder, dass du solche Behauptungen von dir gibst. Solltest du noch einmal damit anfangen, werde ich dich verstoßen. Wir können es nicht gebrauchen, dass eine von uns nicht hinter uns steht.«

Kalis senkte den Blick und schluckte ihre nächsten Worte hinunter. Wenn ihr Großvater tatsächlich in Erwägung zog, sie zu verstoßen, dann war er zu allem entschlossen und sie würde ihn mit nichts überzeugen können.

»Ich hoffe, dass du Ahrins wahres Gesicht nicht bald selbst sehen musst, denn das könnte für uns alle den Tod bedeuten.«

Tares hatte den Arm um Gwen gelegt, als habe er Angst, sie erneut zu verlieren. Sie genoss die Nähe zu ihm, auch wenn sie gerade in einer sehr gefährlichen Situation steckten. Es war ein gutes Gefühl, zu wissen, dass sie sie nicht allein durchstehen musste.

Während er ihr behutsam über die Taille strich, schauten sie beide zu den Verisells, die sich hinter Ahrin positionierten. Ahrin selbst wandte sich nicht einmal nach den Verisells um. Sein Blick war auf Gwen und Tares gerichtet und sein Gesicht vor Zorn verzerrt.

»Jetzt wird es langsam richtig amüsant«, meinte Malek. Er war weiterhin bester Laune und konnte seine Freude angesichts der neuen Gegner nicht verbergen. Auch die anderen Nephim wirkten keineswegs sorgenvoll oder gar verängstigt. Leglas griff sein Schwert fester und blickte voller Vorfreude auf die Verisells. Eine Nephim stand nur wenige Meter von ihm entfernt – ihre blonde Mähne war zu einem Zopf zurückgebunden, ihr Lederwams blutbefleckt, in der Hand hielt sie einen Bogen, den sie nun hochhob, einen Pfeil einlegte und die Sehne langsam spannte. In ihrem Gesicht stand unverhohlene Kampfeslust – etwas, das Gwen nie begreifen würde. Warum sehnten sich diese Wesen so danach, ihre Stärke unter Beweis zu stellen? Sie schienen sich erst dann richtig lebendig zu fühlen, wenn sie einem anderen das Leben nahmen ...

Sie schaute zu Tares, dessen Miene sorgenvoll war. Er war eine Ausnahme – vielleicht gerade weil er gründlicher nachdachte, sich nicht einfach von einer gefährlichen Situation in die nächste begab. So konnte sie ihm auch jetzt ansehen, dass er bereits nach einer Möglichkeit suchte, mit dieser neuen Bedrohung umzugehen.

Als die Verisells an Ahrin vorbeistürmten, verharrte der zunächst auf der Stelle, schaute weiterhin in Gwens Richtung und dann, ganz plötzlich, rannte auch er los: »Der Nephim bei der Enkelin des Göttlichen gehört mir – genau wie sie selbst!« Er blitzte voller Hass in ihre Richtung. »Ich habe dir die Wahl gelassen. Du hättest hier und heute an meiner Seite stehen können, doch du hast dich dafür entschieden, zu einem Monster zu halten, das mich töten will. Nach all dem Vertrauen, das ich dir geschenkt habe, bist du mir in den Rücken gefallen, und dafür wirst du büßen!«

Er war schnell, viel zu schnell. Mit ein paar Sätzen hatte er die Verisells überholt. Er zückte sein Schwert, riss es in die Luft ...

Gwen spürte, wie Tares sie hastig hinter sich schob und sich schützend vor ihr aufbaute.

»Endlich kommt der Feigling.« Malek konnte sein Glück sichtlich kaum fassen.

Ahrins Schwert glitt so schnell durch die Luft, dass Gwen die Attacke gar nicht kommen sah. Tares fing sie gerade noch rechtzeitig mit seinem Schwert ab. Kurz standen er und Ahrin sich gegenüber, schauten einander in die Augen, dann stieß Tares Ahrin mit aller Kraft von sich.

»Hey, lass mir gefälligst auch was übrig«, mischte sich Malek ein. »Ich warte schon so lange auf diesen Moment.« Mit einem schnellen Satz stürmte er nach vorn und ließ sein Schwert auf Ahrin niederfahren.

Der wich einen Schritt zurück, wehrte den Hieb ab, hob dann aber sogleich seine linke Hand und knurrte: »Du störst!« Damit stieß er seine Hand nach vorn – ein Windstoß kam auf, Erde wurde aufgerissen, Steine flogen durch die Luft. Die Kraft war so stark, dass es Malek von den Füßen riss.

Er wurde fortgeschleudert, doch Gwen hatte nicht einmal die Möglichkeit, sich nach ihm umzuschauen, denn Ahrin setzte sogleich zu einem neuen Angriff an. Diesmal erschien eine schwarze Kugel in seinen Händen, die Licht aussandte. Langsam stieg sie in die Höhe. Knisternde dunkle Blitze zuckten darin, die Steine, die auf dem Untergrund lagen, begannen zu zittern, der gesamte Boden bebte.

Die Verisells hatten längst damit begonnen, sich gegen die anderen Nephim zu stellen, doch ihre verwunderten Blicke verrieten, dass sie darüber rätselten, wie Ahrin zu solchen

Zaubern fähig war. Mit geweiteten Augen schauten sie zu, wie sich die schwarze Kugel hob.

»Ich werde jeden vernichten, der sich mir in den Weg stellt«, erklärte Ahrin. Kaum hatte er zu Ende gesprochen, formte sich das dunkle Gebilde zu Millionen kleiner Tropfen, die gen Boden schossen und sich dabei rot verfärbten.

Tares war sofort neben Gwen, riss sie zu Boden und beugte sich schützend über sie. Ihr Herz donnerte in ihrer Brust, als sie die vielen Schreie hörte, die von einem zischenden Geräusch begleitet wurden. Sie drehte ein wenig den Kopf zur Seite und musste sogleich die Augen schließen – zu entsetzlich war das Grauen, das sich ihr bot. Die Tropfen fraßen sich wie glühende Lava in das Fleisch der Soldaten. Kaum trafen sie auf einen Gegner, verbrannten sie auch schon die Kleidung und die Haut. Langsam färbten sie sich dort schwarz und krochen wie kleine Tiere immer tiefer in das Innere ihres Opfers, wo sie dieses aufzufressen schienen.

Auch Ahrins eigene Leute waren vor diesem grausamen Schicksal nicht gefeit, selbst einige Verisells gingen schreiend zu Boden. Gwen konnte das Entsetzen in den Augen des Ältesten sehen, der offenbar nicht begriff, wie Ahrin zu so etwas fähig war.

»Kalis«, murmelte sie leise, als sie die junge Frau neben dem Ältesten entdeckte. Auch ihr stand der Schrecken ins Gesicht geschrieben.

Plötzlich hörte Gwen ein lautes Krachen und spürte, wie Tares von ihr weggerissen wurde. Sie sah, wie er von einem Zauber fortgeschleudert wurde. Er grub seine Beine fest in den Untergrund, nahm auch die Arme zu Hilfe und kam so zum Stehen.

»So einfach mache ich es dir nicht«, erklärte er, rannte auf Ahrin zu und rief einen Spruch. Mehrere blaue Lichter stürmten nun auf seinen Feind zu, sie stiegen mal höher, mal niedriger, verbanden sich kurz zu einem Licht, trennten sich dann jedoch wieder. Dem ersten Zauber konnte Ahrin noch ausweichen, er schlug krachend hinter ihm ein und sprengte ein riesiges Loch in die Erde; die anderen erfassten ihn, erreichten allerdings nur, dass er kurz zu Boden fiel und seine Kleidung leichte Schmauchspuren aufwies. Im nächsten Moment war Tares über ihm und stieß ihm sein Schwert mit aller Kraft in die Brust, ohne dass es jedoch den Körper seines Gegners zu durchdringen vermochte.

»Ich hätte dir mehr Verstand zugetraut«, raunte Ahrin und warf Tares mit einem gleißend goldenen Licht von sich.

Der ging zu Boden, rappelte sich aber sofort wieder auf, doch das goldene Licht drang nun in den Untergrund um ihn herum ein. Die Erde begann golden zu glühen und verschmolz schließlich zu einer rot glühenden Masse. Sie waberte kurz, schlug Blasen und ganz plötzlich schoss sie wie von Geisterhand in die Höhe, schlang sich um Tares' Beine und kroch an ihm hinauf. So sehr er es auch versuchte, er konnte sich nicht daraus befreien. Er wurde an Ort und Stelle gehalten, während sich die Masse in sein Fleisch fraß und ihn aufkeuchen ließ.

Als Gwen ihm zu Hilfe eilen wollte, hob Ahrin nur die Hand, woraufhin sich kleine Steine sammelten und auf sie niederschossen. Sie versuchte auszuweichen, aber die Attacke wurde immer heftiger. Ein Stein traf sie schließlich so hart am Hinterkopf, dass sie nur noch Schwarz sah und zu Boden ging.

Es war, als hätte sich ein Schleier um ihre Augen gelegt, und sie hörte auch alles nur noch sehr gedämpft. Sie wusste zwar, dass sie zu Tares wollte, konnte ihn jedoch kaum mehr richtig erkennen. Sie sah schemenhaft, wie die glühende Masse weiter an ihm hinaufkroch.

Leicht verzerrt hörte sie jemanden rufen: »Mich hast du wohl vergessen?!« Sie versuchte den Kopf in die Richtung zu drehen, aus der der Ruf kam, und sah eine Gestalt, die Malek sein konnte. Er tauchte direkt hinter Ahrin auf und legte ihm seine Hand auf den Rücken, wo sogleich ein eisblaues Licht erschien.

»Du bist nichts als Zeitverschwendung! Geh mir aus den Augen!«, erwiderte Ahrin und mit einer knappen Handbewegung wurde Malek in die Höhe gerissen. Immer höher stieg er auf, unfähig sich zu bewegen, und schließlich wurde er von derselben Kraft hin und her gerissen, als sei er eine leblose Puppe. Mit einem lauten Krachen fiel er zu Boden, wo er reglos liegen blieb.

Gwen versuchte aufzustehen, aber es wollte ihr einfach nicht gelingen. Noch immer tanzte alles um sie herum.

Ganz gedämpft hörte sie Tares schreien: »Gwen!« Sie verstand nicht, warum er ihren Namen rief, doch sie spürte intuitiv, dass sie schnellstmöglich auf die Beine kommen musste. Sie stemmte mit aller Kraft ihre Arme auf den Boden, versuchte sich hochzudrücken, da grub sich schon eine Hand in ihr Haar und riss sie in die Höhe. Als sie aufsah, erkannte sie Ahrins wutverzerrtes Gesicht.

»Und ich dachte, wir wären einander ähnlich ... Hättest du dich nur für mich entschieden, wir hätten diese Welt gemeinsam verändern können. Aber du ... du bist genauso wie all die anderen. Schwach, erbärmlich und nichts als eine Verräterin.« Er spie die Worte geradezu aus und schrie sie voller Wut an: »Dafür wirst du sterben!«

»Nein!«, brüllte Tares und kämpfte wie wild geworden mit seinen Fesseln. Die glühende Masse brach unter seinen Bemühungen immer wieder für einen kurzen Moment auf, um sich gleich darauf erneut zu schließen. Ahrin ließ Gwen los, sodass sie vor ihm auf den Boden fiel. Dann holte er mit dem Fuß aus und trat auf sie ein. Sie spürte seine Tritte in den Rippen, im Magen und in der Brust. Sie kauerte sich zusammen, versuchte sich vor seinen Attacken zu schützen, obwohl sie wusste, dass sie das nicht lange durchhalten würde. Mit dem nächsten Hieb stieß er sie einige Meter über den Boden. Tränen stiegen ihr in die Augen, und als sie den Kopf in seine Richtung drehte, sah sie, wie er ein rotes Licht in der Hand hielt.

»Jetzt wirst du sterben!«

Das gleißende Licht tanzte vor ihren Augen und jagte auf sie zu. Sie spürte die Hitze, die von dem Zauber ausging, sah, wie er sich zu einem rot glühenden Speer formte, und wusste, dass jetzt alles vorbei war. Sie versuchte sich noch zur Seite zu drehen, doch auch das gelang ihr nicht mehr. Langsam schloss sie die Augen und hörte Tares voller Verzweiflung aufschreien: »Gwen!«

Sie vernahm, wie der Zauber in ihr Fleisch eindrang und ihre Sehnen durchtrennte. Sie roch den süßlichen Duft von Blut, das warm an ihr hinabfloss. Langsam öffnete sie die Augen und war für einen Moment wie erstarrt. Vor ihr stand eine Gestalt, aus dessen Rücken die Spitze des glühenden Speers ragte. Sie hörte, wie derjenige rasselnd Luft holte, als er sein eigenes Blut einatmete. Tränen stiegen ihr in die Augen, als sie leise flüsterte: »Malek.«

Mit einem Grinsen auf den Lippen drehte er sich zu ihr um. Sie konnte das Ende des Speers in seiner Brust sehen und wie sich von der Waffe aus rote Linien in seinen Körper bohrten, die darin langsam alles zerfetzten.

»Mach nicht so ein Gesicht, es ist schon okay. Vielleicht hast du ja wirklich recht und in mir steckt auch was Gutes – zumindest kann man es nun in Betracht ziehen, meinst du nicht?« Das Lächeln wich kurz einem schmerzhaften Ausdruck, dann sah er sie mit seinen rubinroten Augen an. »Pass auf dich auf, Kleines.«

Ein Knacken ertönte, als sich das Licht des Speers verstärkte, die Linien darum herum leuchteten auf und gruben sich tiefer in Maleks Leib. Er zuckte noch einmal kurz zusammen und fiel dann vornüber zu Boden. Gwen vermochte nicht mehr zu atmen, vernahm nur einen Schrei, von dem sie nicht wusste, ob er von ihr stammte oder woanders herkam.

Aus Maleks Mund kroch eine schwarze Rauchwolke, die langsam in die Höhe stieg. Kurz schwebte sie noch über seinem toten Körper, dann stieg sie weiter hinauf Richtung Himmel. Malek war tot und sein Anmagra hatte für immer seinen Körper verlassen. Er hatte Gwen gerettet, sein Leben für sie gegeben und damit deutlich gemacht, dass auch in ihm etwas Gutes steckte.

»Ich wünschte nur, du hättest es früher und nicht auf diese Art gezeigt«, murmelte sie leise, während sie dem schwarzen Rauch nachsah, wie er langsam in den Weiten verschwand. »Ich danke dir so sehr.«

»Nein!«, schrie eine Stimme vollkommen außer sich. »Nein!« Gwen sah, wie Niris auf Ahrin zustürmte. »Du elender Mistkerl! Wie konntest du nur?!«

Selbst nach all den Jahren und allem, was Malek ihr angetan hatte, hatte ein Teil in ihr wohl nie die Gefühle vergessen können, die sie einst für ihn gehegt hatte. Auch wenn sie ihn vielleicht nicht mehr liebte, so setzte sein Tod ihr doch zu. Ob sie nach ihrer erneuten gemeinsamen Zeit überhaupt in der Lage gewesen wäre, ihn zu töten, wenn sie die Chance dazu gehabt hätte?

Vollkommen außer sich, warf sich die Asheiy auf Ahrins Rücken. Sie klammerte sich an ihm fest, schlug auf ihn ein, biss ihn sogar. Er drehte sich im Kreis, versuchte sie irgendwie von sich herunterzubekommen. In diesem Moment schien er so abgelenkt zu sein, dass er seinen Zauber nicht mehr richtig kontrollieren konnte, denn mit einem Mal gelang es Tares, die goldene Masse zu zersprengen und freizukommen. Ahrin warf Niris gerade von sich, als Tares auf ihn zustürmte.

Ahrin blickte sich nach ihm um, entdeckte dabei die entsetzten Gesichter seiner eigenen Leute. Seine Stirn legte sich in Falten, als ihm klar wurde, dass die Verisells ernste Zweifel an ihm hatten. Er hatte einen Großteil ihres Vertrauens verloren, doch schien ihm dies ohnehin nicht viel zu bedeuten.

»Ich werde euch alle vernichten! Jeder hier, der nicht zu mir steht, wird heute sein Ende finden. Ihr habt keinen Platz in meiner neuen Welt. Ihr sollt ein Beispiel für all jene sein, die sich mir zukünftig in den Weg stellen wollen. Ich werde alles und jeden auslöschen!«

Wahnsinn, gepaart mit nackter Wut und wilder Entschlossenheit, flackerte in seinen Augen. Er war nun zu allem bereit und würde alle umbringen.

Ein Knistern erklang, als er die Hände hob und sich gleich mehrere dunkle Symbole auf die Erde legten. Der Untergrund zitterte, und Rauch stieg auf, als die Zeichen ein bedrohliches Licht auszusenden begannen. Mit Schrecken sah Gwen, wie Tares weiter auf Ahrin zuhielt, um ihn aufzuhalten. Es lagen nur noch wenige Meter zwischen ihnen, da tauchte plötzlich eine Gestalt auf, die in Tares' Richtung eilte ...

Kalis beobachtete, wie Ahrin einen Zauber rief und sich dunkle Zeichen über den Boden schoben. Sie musste schnell handeln. Es gab nur eine Chance, und auch wenn diese noch so gering war, musste sie es einfach versuchen. Sie ließ ihren Großvater stehen, der weiterhin voller Entsetzen war. Sein Gesicht war bleich, seine Augen geweitet. Er war genauso fassungslos wie die anderen Verisells. Keiner von ihnen hätte je geglaubt, dass Ahrin zu so etwas fähig wäre. Doch nun hatten sie es alle gesehen ... Ein Umstand, der sie noch lange begleiten würde.

»Warte!«, schrie Kalis und versperrte Tares den Weg. »Gib mir dein Schwert.«

Er runzelte nachdenklich die Stirn und blickte zu seiner Waffe.

»Auch wenn das Heiligtum zerstört ist, besteht vielleicht doch die Chance, dass sich darin noch ein Rest seiner alten Macht verbirgt. Ich muss es zumindest versuchen.«

Er schüttelte den Kopf. »Das kann ich nicht zulassen. Du hast keine Ahnung, was passiert, wenn du versuchst, auf die restlichen Kräfte darin zurückzugreifen. Du weißt nicht, ob du Revanoff damit bezwingen kannst. Du siehst ja selbst, wozu er fähig ist. Ich will nicht, dass dir etwas zustößt.«

Ein Lächeln stahl sich auf ihre Lippen, als sie seine Worte hörte. Sie bedeuteten ihr etwas, mehr als wahrscheinlich angebracht war.

»Du kannst ihm nicht das Anmagra entziehen und du hast auch keine Erfahrung mit den Heiligtümern. Wir Verisells beschützen diese schon sehr lange, wenn jemand dazu in der Lage ist, noch etwas von der alten Macht des Schwertes Ressgar zu aktivieren, dann ein Verisell. Ich bitte dich, vertrau mir. Wir haben keine andere Wahl. Wenn du nicht willst, dass wir alle heute sterben, dann überlass es mir.«

Er rang mit sich; die Entscheidung fiel ihm nicht leicht.

»Ich werde bei dir bleiben und dich unterstützen«, sagte er und sie nickte langsam.

Sie nahm das Schwert an sich und wartete keine Sekunde länger, sondern stürmte mit der Waffe in der Hand sofort auf Ahrin zu. Sie schloss kurz die Augen, spürte dem kühlen Metall in ihrer Hand nach und suchte darin nach einer Kraft, einem kleinen Rest, der vielleicht noch übrig war. Für einen kurzen Moment nahm sie eine sanfte Schwingung wahr, die sich auf ihren Körper übertrug und bis in ihr Innerstes zu dringen schien. Vielleicht reicht es aus, überlegte sie.

Kurz blickte Kalis hinter sich zu Tares. Er folgte ihr, und sie hoffte nur, dass ihm nichts geschehen würde.

Als sie sich wieder nach vorne wandte, sah sie einen Zauber auf sich zujagen. Ahrin hatte ihn geworfen und er war schnell – zu schnell. Ein blaues Licht raste rechts an ihr vorbei, prallte auf Ahrins Spruch und ging zusammen mit ihm in die Luft, sodass ein Feuerregen aus gleißenden Funken über ihr niederging. Sie nickte Tares dankend zu, dann sprang sie empor und holte vor Ahrin aus, der noch immer keine Spur von Angst zeigte.

Jetzt ist es an der Zeit, dachte sie. Wenn da noch ein bisschen Stärke in dir steckt, dann zeig sie mir! Ich flehe dich an, Schwert Ressgar, hilf mir!

Die Klinge färbte sich für einen kurzen Moment golden, das Schwert vibrierte stärker in ihrer Hand, sie fühlte eine warme Kraft in der Waffe, die ihr Hoffnung schenkte.

Ahrin hieb mit seinem Schwert nach ihr, sie wich aus, konterte den Angriff und drehte sich in einer schnellen Bewegung unter der nächsten Attacke weg. Als Ahrin den Arm hob, um einen Zauber zu rufen, nutzte Kalis die Chance und stieß zu.

Sie traf genau seine Brust, das goldene Licht verstärkte sich. Kalis lächelte, als sie ein leises Knacken vernahm und spürte, wie die Klinge ein winziges Stück in seinen Körper drang. Ahrins Gesicht wurde eiskalt vor Wut.

»Du also auch?!«, fragte er in schneidendem Tonfall. »Du stellst dich ebenfalls gegen mich?!« Seine Augen wurden schmal vor Zorn, er presste die Lippen zusammen. Die Blicke der beiden hingen für einen kurzen Moment aneinander, dann schnellte seine Hand vor. Mit einer kurzen, aber kraftvollen Bewegung stieß er sein Schwert in Kalis' Brust. Sie zuckte zusammen, runzelte die Stirn. Sie begriff nicht, was da geschah. Noch immer schaute sie Ahrin an, dann flüsterte sie leise: »Inzwischen kennt jeder hier dein wahres Gesicht. Du wirst nicht triumphieren, du hast dein Ende heute und hier selbst besiegelt.«

»Halt den Mund!«, fuhr er sie an und riss mit einem Mal sein Schwert zurück. Sie sackte augenblicklich zusammen. Blut troff aus ihrem Mund.

»Kalis«, wisperte Tares, der nun an ihrer Seite erschien. Sie nahm seine Hand, hielt sich daran fest und blickte zu ihm auf. »Ich wünschte, alles wäre anders gekommen«, sagte sie leise. »Ich bereue so viel.«

»Ist schon gut«, erwiderte er. »Ich bring dich von hier fort. Die Verisells können dich retten. Es wird alles wieder gut.«

Sie reagierte gar nicht auf seine Worte, hielt sich einfach nur an seinem Blick fest und streckte langsam die Hand aus. Sacht legte sie sie auf sein Gesicht und lächelte. »Ich hätte dir damals vertrauen sollen.«

Gwen konnte noch immer nicht den Blick von den beiden wenden. Kalis' Worte verklangen und sie sah, wie die Hand der Verisell zurück auf den Boden fiel. Eine einzelne Träne rann ihre Wange hinab. Ihr Kopf ruhte auf Tares' Arm, ihre Augen starrten ins Leere und wirkten stumpf und leblos. Langsam ließ Tares den toten Körper der Verisell auf die Erde sinken.

Danach ging alles ganz schnell. Mit einer einzigen Bewegung wandte er sich zu Ahrin um. Er hob die Hand und mehrere grün leuchtende Symbole erschienen in der Luft. Ihr Licht wurde immer stärker, sie sandten Linien aus, die durch die Luft schossen und sich miteinander verbanden, sodass ein grün leuchtendes, brennendes Netz um ihn herum erschien. Ohne ein Wort zu sagen oder Ahrin aus den Augen zu lassen, stieß er den Arm nach vorn und die Zeichen wurden heller und heller. Eine Druckwelle von unvorstellbarer Kraft kam auf und raste auf Ahrin zu; Feuer explodierten in dieser unsichtbaren Wand, Eisregen stob darin umher, Blitze zuckten. Ahrin blieb keine Zeit mehr zu entkommen, er konnte nur zusehen, wie der Boden vor ihm durch den Spruch aufgerissen wurde und selbst mehrere Hundert Meter weiter alles zerstört wurde ... Er biss sich auf die Unterlippe, als die Magie ihn erreichte, und hielt schützend den Arm vor sich.

Die Druckwelle prallte mit einem ohrenbetäubenden Knall auf ihn zu. Feuer umschloss ihn, gleich darauf prasselte der Eisregen auf ihn nieder, während dunkelblaue Blitze auf ihn einschlugen. Jegliches Geräusch ging in dem Lärm des Zaubers unter, der mit einem Mal immer heller wurde und sich in einer gigantischen Explosion entlud. Gwen wurde von den Füßen gerissen und über den Boden geschleudert.

Als sie wieder zu sich kam, wusste sie nicht mehr, wo sie war. Ihr Kopf schmerzte, genauso wie ihr linkes Bein, das sie sich an einem Stein aufgeschlagen haben musste. Sie sah, dass ganze Truppen fortgerissen worden waren und sich langsam wieder aufrappelten. Überall dort, wo die Blitze eingeschlagen hatten, waren schwarze Flecken verbrannter Erde zu sehen; Löcher und ganze Spalten hatten sich in den Untergrund gegraben. Es war unvorstellbar, wie mächtig dieser Spruch war ...

Gwen suchte nach Tares. Zu ihrer großen Enttäuschung stand Ahrin weiterhin an Ort und Stelle bei seinem Gegner. Er wirkte etwas mitgenommen, auf seinem Gesicht war sogar eine Spur von Angst zu finden, doch nun, da auch ihm klar wurde, dass er den Angriff heil überstanden hatte, fand er zu seiner alten Selbstsicherheit zurück.

»Netter Versuch«, erklärte er.

»Ja, und es wird noch besser«, murmelte Tares und hielt seinen Blick weiterhin auf eine Stelle auf Ahrins Bauch gerichtet. Nun sah es auch Gwen, und ihr Herz machte einen schnellen Schlag: Aus einem kleinen Riss drang Blut hervor. Hatte das Schwert es tatsächlich geschafft, die schützende Rüstung, die Ahrin von Mirac übernommen hatte, so weit aufzubrechen, dass Tares' Zauber in den Körper seines Gegners eingedrungen war?

Ahrin berührte die Stelle, blickte auf seine blutbefleckte Hand und konnte es offenbar selbst kaum fassen. Zutiefst geschockt, bemerkte er erst jetzt, dass Tares erneut auf ihn zurannte. Der hatte sich das Schwert aus Kalis' toten Händen genommen und zielte mit der Klinge, die nun nicht mehr golden leuchtete, auf die Wunde.

Ahrin schrie auf, als er getroffen wurde. Ein Sturmwirbel kam auf, als wolle er Ahrin schützen. Er prallte auf Tares, der mit aller Macht versuchte, sein Schwert noch weiter in die Wunde zu treiben. Der Wind riss an seiner Kleidung, drückte ihn Zentimeter um Zentimeter von seinem Feind fort. Er stieß mit aller Macht sein Schwert in den Bauch des Gegners, doch der Wind wurde immer stärker. Tares' Augen weiteten sich, als ein rotes Licht aus der Verletzung drang und sich diese langsam zu schließen begann. Ahrin sah auf und ein zufriedenes Lächeln lag auf seinen Lippen. Er streckte den Arm nach vorn, und der Windstoß entlud sich auf der Stelle, warf sich nun ganz auf Tares und stieß ihn einige Meter weit von sich fort.

Ein schallendes Lachen drang über die Ebene. »Mich kann niemand besiegen!«, erklärte Ahrin und hob erneut die Hand. »Und nun bringe ich es zu Ende!«

Ein lautes Rumoren schallte über die Schwarzsandebene, der Untergrund knackte laut und bedrohlich. Gwen wusste genauso wie alle anderen, dass sie nun verloren hatten. Sie hörte die ängstlichen Schreie der Soldaten, sah, wie einige wegzulaufen versuchten. Immer wieder fielen riesige Teile des Bodens einfach in sich zusammen, ganze Krater taten sich auf, aus denen Feuer hervorschoss. Männer fielen schreiend hinein, wenn die Erde unter ihnen wegfiel. Einer nach dem anderen wurde verschluckt oder von den Feuerfontänen verbrannt, die aus dem Untergrund schossen. Die gleißenden Feuersäulen rasten immer wieder in die Höhe und vernichteten alles und jeden auf ihrem Weg. Es war, als wäre der Weltuntergang gekommen.

Voller Angst und Anspannung umklammerte Gwen den Rosenkranz, den sie noch immer um den Hals trug, und begann das erste Mal in ihrem Leben zu beten: Lieber Gott, wenn es dich gibt, steh uns bitte bei.

Noch nie zuvor hatte sie ein Gebet gesprochen und auch jetzt glaubte sie nicht daran, dass sie irgendwer retten würde, doch ihr Großvater hatte so sehr auf Gott vertraut ... Ihr fielen die Worte aus dem letzten Brief ihres Opas wieder ein, den sie verborgen im Gedichtband gefunden hatte: *Es mag vielleicht nicht den Anschein erwecken, aber Gottes Kraft ist schärfer als jedes Schwert und durchdringt jeden Panzer. Suche also auch Du in schweren Zeiten bei ihm Halt und Du wirst sicherlich erhört werden.*

Noch immer hielt sie den Rosenkranz in ihren Händen, während in ihrem Geist die Worte nachhallten: Gottes Kraft ... Hastig nahm sie die Kette vom Hals und blickte auf das kleine Kreuz, das am Rosenkranz hing. Konnte es sein? Bislang hatte jeder Gegenstand, den ihr Großvater ihr vermacht hatte, einen tieferen Sinn gehabt. Sollte es bei diesem Rosenkranz genauso sein? Sie untersuchte das kleine Kreuz von jeder Seite und fuhr mit den Fingern an den Kanten entlang. Schließlich hielt sie erschrocken die Luft an. Wenn sie ganz genau hinsah, konnte sie unter dem rechten Balken winzig klein etwas geschrieben sehen. Sie hielt sich das Kreuz ganz nah vor die Augen und murmelte die eingeritzten Worte darauf: *Deus semper maior.*: Gott ist immer größer. Kaum hatte sie den Satz ausgesprochen, begann das Kreuz in ihrer Hand zu leuchten. Aus den Balken schoss ein silbernes Licht hervor und verlängerte die Streben. Gwen konnte es erst nicht fassen, doch mit den verlängerten glühenden Balken war das Kreuz nun unverkennbar zu einem Schwertgriff geworden. Das Licht glühte und schoss aus dem obersten Balken hervor, wo es eine schimmernde Klinge bildete, die in der Mitte abgebrochen war.

Sie hielt die Luft an, als sie sah, was als Nächstes erschien: Über dem glühenden Teil war ein weiterer aus blankem Stahl. Gwen wusste sofort, was sie da vor sich hatte. Sie hatte die Klinge bereits an dem leuchtenden Stück erkannt, das ein genaues Abbild von Tares abgebrochenem Schwert war. Und nun hatte sie den Rest der silbernen Klinge vor sich: Ihr Großvater hatte sie die ganze Zeit bei sich gehabt und schließlich ihr anvertraut. Offenbar hatte er kein Risiko eingehen wollen und einen Teil des Schwertes mit in seine Welt genommen, damit niemand in Versuchung kam, das Heiligtum zusammenzusetzen und zu benutzen. Er hatte um die große Kraft gewusst und Gwen so weit vertraut, dass er diese mächtige Waffe in ihre Hände legte, damit es seiner Enkelin in größter Not beistehen würde. Er hatte gewusst, wie mächtig dieses Schwert war und welche Verantwortung damit einherging. Wahrscheinlich hatte er nicht gewollt, dass sie diese anwandte, wenn es nicht unbedingt nötig war. Darum hatte er ihr in dem Brief nichts von dem Versteck erzählt, war sich aber anscheinend sicher gewesen, sie würde das Rätsel im Notfall rechtzeitig entschlüsseln.

Gwen konnte es noch immer nicht fassen und spürte zugleich, dass sie von einer großen Kraft umgeben war. Das Schwert in ihren Händen fühlte sich warm und schwer an und begann plötzlich leicht zu vibrieren. Die Bewegung wurde immer stärker und sie vernahm einen leisen, sehr hohen Summton. Als würde das Schwert singen.

»Gwen!«, hörte sie Tares rufen. Er stand etwa hundert Meter von ihr entfernt und hielt noch immer sein abgebrochenes Schwert. Sie sah, dass der Teil seiner Waffe in seiner Hand bebte und zitterte.

Mit einem Mal wusste sie ganz genau, was zu tun war. Als würde das Schwert mit ihr sprechen und sie wissen lassen, was zu tun war.

»Lass los!«, rief sie Tares zu. »Es ist schon gut.«

Er zögerte einen Moment, doch dann löste er seinen Griff. Das Schwert sauste augenblicklich zu Gwen, wie von einer unsichtbaren Hand gezogen, rutschte es über die Ebene direkt zu ihr. Als es bei ihr ankam, löste sich der silberne Teil ihres Kruzifix-Schwertes und verband sich an der Bruchstelle mit dem echten Schwert Ressgar. Die Teile verschmolzen miteinander, und die Klinge setzte sich wieder zusammen.

Gwen blickte auf die Waffe in ihrer Hand und nahm nur am Rande Ahrins Schreie wahr, die ihr drohend zuriefen: »Ich werde dich töten!« Sie spürte die Hitze, hörte das Rauschen der Feuer um sich, die weiter aus der Erde drangen, die Schreie von Soldaten sowie Tares' Stimme darunter: »Gwen, pass auf!«

Aus den Augenwinkeln sah sie, wie Ahrin mit erhobener Waffe auf sie zugestürmt kam. Tares jagte ihm Zauber nach, um ihn aufzuhalten, doch die prallten einfach an ihm ab.

Gwens eigentliche Aufmerksamkeit galt jedoch weiterhin dem Schwert in ihren Händen. Die Klinge war nun wieder intakt und färbte sich in ein glühendes Blau – dieses strahlende Licht legte sich auch um ihre Schwerthand, drang in ihren Arm und in ihren Körper. Sie spürte plötzlich eine solch große Macht in sich, als würde sie von einer höheren Kraft gelenkt, und sie wusste, dass es genau so war. Das Schwert beschützte sie und ließ sie spüren, was als Nächstes zu tun war. Ihr eigentliches Bewusstsein rückte dabei immer weiter in den Hintergrund. Doch auch diese Erkenntnis erschütterte sie nicht, sie fühlte eher eine tiefe Zufriedenheit und die Gewissheit, dass alles seine Richtigkeit hatte.

Als ein gellender Schrei erklang, hob sie kurz den Kopf. Tares warf weiterhin voller Verzweiflung Zauber nach Ahrin, während er ihm hinterherjagte, doch Gwen wusste, dass er es nicht mehr rechtzeitig schaffen würde.

Ahrin war nun genau vor ihr und hielt ein rotes Licht in den Händen, das zu einem Blitz wurde und auf sie zuhielt. Tares schrie auf, ohne dass Gwen zunächst den Grund verstand. Sie fühlte eine klebrige Feuchtigkeit an ihrem Bauch, fasste dorthin und hob die Hand. Sie war voller Blut. Als sie nach unten blickte, entdeckte sie die riesige Wunde, die der Zauber in ihren Leib gerissen hatte. Sie war groß und tief. Gwen wusste, dass sie verbluten würde, doch sie spürte weder Angst noch Schmerz. Es wunderte sie, dass sie noch in der Lage war, sich auf den Beinen zu halten, denn eigentlich verlor sie viel zu viel Blut, aber solange sie das Schwert bei sich hatte, würde alles gut werden.

Ahrin stieß den Zauber noch weiter in ihren Leib. Sie fühlte seinen Atem auf ihrer Haut, konnte seine Augen direkt vor sich sehen. Ein dumpfer Druck machte sich in ihrem Bauch bemerkbar, aber der Schmerz blieb weiterhin aus.

Er hatte zunächst noch siegessicher ausgesehen, doch dass Gwen weiterhin auf den Beinen stand, schien ihn zu beunruhigen. Mit gerunzelter Stirn schaute er auf ihre Wunde, die er mit seinem Zauber stetig vergrößerte.

Jetzt, schoss es ihr wie ein Geistesblitz durch den Kopf, und wie von selbst riss sie ihre Hand empor und stieß mit dem Schwert zu.

Ahrin sog Luft ein, blickte überrascht und voller Angst auf seine Brust, auf der die Spitze des Schwertes lag. Gwen drückte mit aller Kraft zu, allerdings wollte die Klinge auch dieses Mal nicht in seinen Leib eindringen.

Langsam entspannte Ahrin sich wieder, ein triumphierendes Grinsen erschien auf seinen Lippen und er lachte auf: »Nicht einmal ein Heiligtum vermag es, mich zu töten!« Er jauchzte schier vor Glück. »Ich bin unbesiegbar!«

Sein Lachen wurde immer lauter, hallte über die Ebene. Plötzlich wurde es zittrig und ging schließlich in ein kurzes Stöhnen über. Er hob den Kopf, riss die Augen auf und brüllte auf vor Schmerzen.

»Niemand ist unbesiegbar«, raunte Gwen leise in einer Stimme, die sich seltsam fremd in ihren Ohren anhörte. Das blaue Licht, das vom Schwert Ressgar ausging, waberte zu Ahrin hinüber, schloss sich langsam um ihn und hüllte ihn ein. Unter Höllenqualen brüllte er, wand sich, als würden ihn die Schmerzen zerreißen. Ein Knirschen erklang und das blaue Licht bekam erste Risse, sie zogen sich immer weiter, bis erste Teile aufsprangen und zersplitterten. Gleißende Scherben stoben durch die Luft, als das Licht mit einem lauten Schlag zerbarst.

Ehe Ahrin auch nur registrieren konnte, wie ihm geschah, stach Gwen noch einmal mit dem Schwert zu. Für sie war es keine Überraschung, dass die Klinge in seinen Körper glitt, durch die Rippen stieß und ihn mitten ins Herz traf. Miracs Schild war durch die Kraft des Heiligtums zerstört worden und Ahrin damit so sterblich wie jeder andere.

Voller Entsetzen schaute er auf die Schneide in seiner Brust, seine Hände zuckten unkontrolliert, als er sie in Richtung Klinge zu heben versuchte. Seine Augen ruckten hin und her, suchten Gwen. Es war fast ein wenig unspektakulär, denn Ahrins Beine gaben einfach unter ihm nach, er machte noch einen röchelnden Atemzug, dann verdrehten sich seine Augen und er blieb regungslos liegen. Am Ende war auch er nur ein gewöhnliches Lebewesen, das der Tod sich holte.

Gwen schaute auf den Leichnam, der vor ihr lag, und empfand seltsamerweise nichts. Sie fühlte weder Freude und Erleichterung noch Schuld darüber, dass sie jemandem das Leben genommen hatte. Ungerührt sah sie dabei zu, wie das Licht des Schwertes langsam erlosch. Da sie nun nicht mehr gebraucht wurde, zog sich die Kraft wieder in das Innere der

Waffe zurück. Gwen hörte einen rasselnden Atem – dieser jemand schien kaum mehr Luft zu bekommen ... Sie sah aus den Augenwinkeln, wie Leute zu ihr gerannt kamen, und hörte Tares irgendetwas rufen. Plötzlich wurde alles so kalt um sie herum, das Schwert glitt ihr aus den Händen – es war viel zu schwer. Dann raste der Boden auf sie zu.

Jemand hielt sie, drückte sie fest an einen warmen Körper, noch immer war da dieser rasselnde Atem; ihr Kopf wurde schwer, alles um sie herum verdunkelte sich, wurde langsam von der Finsternis verschluckt, bis nichts anderes mehr übrig war. So musste es sich anfühlen, zu sterben ...

Ein neues Leben

Eine angenehme Wärme umfing Gwen. Noch immer lag alles in Dunkelheit, und trotzdem hatte sie das untrügliche Gefühl, nicht allein zu sein. Etwas Warmes, Sanftes ruhte auf ihrer Wange, strich immer wieder voller Zärtlichkeit darüber. Langsam drangen auch erste Geräusche zu ihr durch ... Leises Wispern, Schritte und Stimmen, die offenbar von weiter weg kamen.

Auch wenn es ihr schwerfiel und ihre Augenlider sich kaum heben wollten, zwang sie sich dazu, diese langsam zu öffnen. Sie flatterten zunächst und es kostete sie große Anstrengung, aber schließlich gelang es ihr und sie erkannte ein noch leicht verschwommenes Gesicht vor sich. Es dauerte einige Sekunden, bis ihre Augen wieder gänzlich zu sehen vermochten und sie Tares vor sich erblickte, der sich über sie beugte, ihre Wange streichelte und ein erleichtertes Lächeln zeigte.

»Ein Glück, du bist wieder wach. Wir hatten die ganze Zeit Angst, du würdest es nicht schaffen ...« Er strich ihr übers Haar und fuhr fort: »Die Verisells konnten die Wunde schließen und mit ihrer Magie zurückbilden, aber es war sehr knapp.« Seine Stimme zitterte leicht bei dem letzten Satz, als verursache allein der Gedanke daran pure Verzweiflung.

»Was ist passiert?« Sie schaute sich um. Sie lag auf einem Feldbett, über ihr spannte sich ein großes Zelt. Sie erkannte einige Leute darin, darunter auch Leondra Meratrill, die recht mitgenommen aussah. Ihr Haar war zerzaust, die Kleidung staubig und blutgetränkt. Auf einem Schemel vor Leondra saß ein Mann und verband ihren Arm. Neben ihr in einem Feldbett lag ihr Bruder und war offensichtlich noch nicht wieder bei Bewusstsein. Er hatte einen großen Kopfverband, durch den bereits erneut Blut drang.

»Du hast das Schwert deines Großvaters zusammengesetzt und damit Ahrin besiegt«, antwortete Tares auf ihre Frage und folgte ihrem Blick, der über weitere Verletzte streifte. In etlichen Betten lagen Verwundete, darunter befanden sich sowohl Soldaten aus den einzelnen Lagern als auch – zu Gwens großer Überraschung – mehrere Nephim. Als ihr Blick weiterwanderte, wurde ihr das Herz schwer. Unter weißen Laken hatte man auch Tote hier im Zelt aufgebahrt und gerade wurden weitere hereingetragen.

»Wenn du nicht gewesen wärst, wären es deutlich mehr geworden. Kaum einer von uns hätte überlebt und selbst wenn, wäre dies wohl nicht von langer Dauer gewesen, denn Ahrin hätte Jagd auf seine Feinde gemacht und insbesondere uns Nephim ausgelöscht.« Er schenkte ihr ein aufmunterndes Lächeln und küsste sie sanft auf die Stirn. »Es war waghalsig und du hast mir eine Heidenangst eingejagt, aber letztendlich hast du uns alle gerettet.«

»Was ist mit dem Schwert passiert? Ist es im Kampf zerstört worden?«

»Nein, die Verisell haben sich dem Heiligtum angenommen und werden es sicher verwahren.«

Sie nickte langsam.

Noch immer hing ihr Blick an den vielen Toten. Sie hätte sich gewünscht, dass weniger Leute ihr Leben hätten lassen müssen.

»Ich frage mich die ganze Zeit, woher du plötzlich die verschwundene Klinge hattest und wie es dir möglich war, das Schwert wieder zusammenzusetzen.«

»Ich habe dir doch den Brief meines Großvaters gezeigt, den ich in dem Gedichtband gefunden habe. Darin hat er mir einen Hinweis gegeben. *Es mag vielleicht nicht den Anschein erwecken, aber Gottes Kraft ist schärfer als jedes Schwert und durchdringt jeden Panzer. Suche also auch Du in schweren Zeiten bei ihm Halt und Du wirst sicherlich erhört werden.* Das ist mir allerdings erst klar geworden, als alles verloren schien und ich wie mein Großvater zu beten begann. Er hatte die Klinge in dem Rosenkranz versteckt, den er mir ebenfalls geschenkt hatte. Ich nehme an, dass er eine solch gefährliche Waffe unschädlich machen wollte, als er die Chance dazu bekam.«

»Er hat wohl eher befürchtet, dass ich versuchen würde, sie wieder zusammenzusetzen, wenn ich auch nur den Verdacht hätte, dass dies noch möglich wäre. Er hat mich in dem Glauben gelassen, das Schwert Ressgar sei für immer zerstört worden, und so habe ich nie auch nur darüber nachgedacht, den Rest der Klinge zu suchen.«

Es war gut möglich, dass er mit dieser Annahme recht hatte. Wenn dem so war, dann hatte ihr Großvater dies aber mit Bestimmtheit nicht getan, um Tares zu bestrafen. Vielmehr hatte er gewollt, dass der die Möglichkeit bekam, die Welt mit anderen Augen zu sehen.

»Als ich den Spruch fand, der in den Rosenkranz eingeritzt ist, und ihn vor mich hin murmelte, kam die Klinge zum Vorschein. Der Rest geschah wie von selbst.« Sie suchte nach den richtigen Worten. »Es war, als würde eine in dem Heiligtum ruhende Kraft auf mich übergehen und mich steuern. Ich wusste ganz genau, was zu tun war.«

Tares strich noch einmal über ihre Wange, seine rubinroten Augen ruhten auf ihr. »Ich bin so erleichtert, dass du das überlebt hast.«

Sie sah den Schmerz in seinem Blick. Er hatte heute ohnehin schon schwere Verluste hinnehmen müssen.

»Kalis«, murmelte sie und hatte keine Ahnung, wie sie den Satz beenden sollte.

»Ihr Großvater weicht nicht von ihrer Seite. Er macht sich schwere Vorwürfe.«

Das konnte sie nur zu gut verstehen. Der Älteste hatte ihr und auch seiner Enkelin keinen Glauben schenken wollen, als sie ihm von Ahrins wahrem Vorhaben erzählt hatten. Am Ende hatte er seine Verisells in die Schlacht geführt, die für so viele - seine Enkelin eingeschlossen - den Tod bedeutet hatte.

»Ich hoffe, dass ich mich nachher noch von ihr verabschieden kann«, meinte Tares.

Sie sah ihm an, dass auch ihm der Verlust schwer zusetzte. Sie legte ihre Hand an seine Wange und blickte ihm direkt in die Augen. »Du kannst nichts dafür. Du hast versucht, sie zu retten. Du hättest nichts anders machen können.«

»Ich gehe in Gedanken immer wieder alles durch und frage mich, ob sie noch am Leben wäre, wenn ich einen anderen Zauber benutzt hätte oder früher eingeschritten wäre. Ich hätte ihr das Schwert gar nicht erst geben dürfen.«

»Du kanntest sie. Sie hätte sich durch nichts und niemanden von ihrem Entschluss abbringen lassen. Sie wollte uns retten und hat das auch für dich getan. Du hast ihr bis zum Schluss unendlich viel bedeutet.«

Das hatte Gwen in jedem Blick sehen können, den Kalis Tares zugeworfen hatte. Im Grunde hatte die Verisell die Vergangenheit bitter bereut und sich eine zweite Chance gewünscht. Ein Umstand, der auch Gwen schmerzte, denn es hatte wehgetan, zu sehen, wie stark die beiden noch immer miteinander verbunden waren. Wenn sie nicht gewesen wäre, hätten Tares und Kalis vielleicht sogar wieder zueinandergefunden ...

Er sah wohl, wie sich ihr Blick trübte, und erahnte ihre Gedanken. Er küsste erst ihre Wange, dann ihre Nase und schließlich schloss er ihre Lippen mit einem sanften Kuss. Als er sie wieder ansah, raunte er: »Es gibt nichts, was meinen Entschluss geändert hätte. Kalis und ich wären niemals wieder zusammengekommen, dafür ist einfach zu viel geschehen. Ich habe mich verändert und bin unendlich froh, dass ich dich gefunden habe. Ein größeres Glück hätte ich mir nie wünschen können.«

Sie lächelte, als sie seine Worte hörte, und empfand es ebenfalls als großes Geschenk, dass sie einander begegnet waren. In ihm hatte sie die große Liebe gefunden, und nicht nur ihn hatte sie in dieser neuen Welt kennengelernt, sondern auch Freunde, die ihr alles bedeuteten.

»Wo sind eigentlich Niris und Asrell?« Sie schaute sich suchend um. Neben ihrem Bett waren sie nicht und zu ihrer Erleichterung auch in keinem anderen. Kurz hielt sie vor Entsetzen die Luft an, als ihr ein schrecklicher Gedanke kam: »Es geht ihnen doch gut, oder?«

Er nickte langsam, aber etwas an seinem Blick ließ sie stutzen. Irgendetwas stimmte nicht.

»Meinst du, du kannst aufstehen?«

Sie setzte sich vorsichtig auf, ließ ihre Beine vom Bett hinab und erhob sich langsam. »Ja, es geht. Warum, wo wollen wir hin?«

»Wir schauen mal nach den beiden. Es ist nicht weit.«

Sie folgte Tares an den langen Bettreihen mit Verletzten vorbei und direkt auf die vielen Toten zu, die mit Laken bedeckt waren. Das Zelt war überraschend groß, umso erschreckender war es, zu sehen, wie viele Leichen man hier bereits aufgebahrt hatte. Zum Glück hatte Tares ihr vergewissert, dass Asrell und Niris noch am Leben waren, sonst hätte sie nun größte Sorge gehabt.

Immer wieder schaute sie sich um, suchte unter den Verletzten nach bekannten Gesichtern. Neben den Meratrills fand sie auch Leglas, den Nephim, den sie ausfindig gemacht und zu diesem Kampf überredet hatten. Seine rechte Gesichtshälfte war komplett verbrannt, und ein älterer Mann war damit beschäftigt, seine Verletzung zu verarzten.

»Nun lass diesen Unfug endlich!«, verlangte Leglas und stieß den Mann von sich. »Ich schaff das auch allein. Ich brauche keine Hilfe, verstanden?!«

Doch der Arzt ließ sich von seinem Gezeter nicht abbringen. »Ich habe Befehl von meinem Fürsten, mich um *jeden* Verletzten zu kümmern, ganz gleich welcher Art er angehört. Ihr Nephim habt ebenso gekämpft wie unsere Leute, und damit habt ihr unseren Respekt und Dank verdient.«

Leglas schaute ihn erstaunt an, schwieg für einen Moment und ließ schließlich seinen Arm los, damit der Arzt ihn weiter behandeln konnte.

Gwen konnte kaum glauben, was sie da hörte, und blickte überrascht zu Tares, der erklärte: »Die Thungass haben dieses Zelt errichten lassen und Befehl gegeben, uns Nephim nicht nur in Ruhe zu lassen, sondern uns sogar zu verarzten, uns Essen zu geben und uns hier verweilen zu lassen, bis es uns besser geht. Die anderen Fürsten handhaben es genauso.«

Dass die Fürsten und die Nephim zumindest vorläufig eine Art Waffenstillstand vereinbart hatten, war immerhin ein Anfang. Auch wenn dieser Frieden noch auf tönernen Füßen stand.

»Da vorne«, sagte er nun und nickte in die Richtung, wo sich eine Gestalt neben eine der Leichen gekniet hatte, deren Gesicht von dem weißen Tuch freilag. Ein eisiger Schauder überkam Gwen, doch dann sah sie Asrell nur wenige Meter entfernt an der Zeltwand stehen. Er schaute ununterbrochen zu Niris, die neben dem Toten saß und dessen Hand hielt.

Als sie näher kamen, erkannte sie das blasse Gesicht von Malek, der regungslos auf dem Boden lag. Die Asheiy saß bei ihm, ohne sich zu rühren. Sie war vollkommen stumm, vergoss keine Träne und es war auch kein Schluchzen von ihr zu hören, dennoch konnte man die tiefe Trauer in ihrem Gesicht erkennen.

»Niris«, sagte Gwen leise und ließ sich neben ihr nieder.

»Ich weiß nicht, was ich fühlen soll. Einerseits habe ich ihm den Tod gewünscht, ihn so sehr gehasst. Ich wollte ihn leiden sehen … aber andererseits … Während der letzten Reise habe ich ihn wieder so erlebt, wie ich ihn in Erinnerung hatte.« Sie schluckte kurz und schüttelte dann den Kopf. »Nein, das stimmt nicht ganz. Er war viel offener, hat klar gesagt, was er wollte, was er dachte. Und dennoch war er nett, hat sich um mich, um uns alle gekümmert. War er nun doch nicht der schlechte Kerl, das grauenhafte Monster, das ich erlebt habe? Ich bin hin- und hergerissen. Ich hätte ihm gern noch so viel gesagt. Er wusste nicht einmal, dass ich ihn die ganze Zeit …

»Jetzt reicht es aber!«, unterbrach Asrell sie und stapfte voller Entschlossenheit auf sie zu. »Es tut mir leid, dass du diesen Schmerz durchmachen musst, allerdings verschließt du dabei die Augen vor dem, was schon die ganze Zeit vor deiner Nase ist.« Sein Blick loderte, offenbar konnte er den Anblick, wie sie um Malek trauerte und seine Hand hielt, nicht mehr länger ertragen. »Ich bin noch da und werde nie von deiner Seite weichen. Ich werde schon dafür sorgen, dass du über ihn hinwegkommst und glücklich wirst.« Er legte die Hände um ihr Gesicht und zog sie ein Stück näher zu sich heran. Niris' Augen weiteten sich vor Überraschung – da legten sich auch schon seine Lippen auf die ihren.

Gwen war froh, dass er endlich zu seinen Gefühlen stand. Sie hatte schon lange geahnt, dass er etwas für die Asheiy empfand, und hoffte, dass diese ihn nicht abweisen würde. Immerhin ließ sie den Kuss geschehen. Als Asrell seine Lippen wieder von ihr trennte, blickte er Niris in die Augen und wurde ein bisschen rot.

»Na ja, ich hoffe, du weißt jetzt, was ich für dich empfinde«, stammelte er fast ein wenig verlegen.

»Du bist knallrot«, stellte die Asheiy fest, ohne auf seine Worte zu reagieren. Sie grinste breit. »Und das bei unserem großen Frauenhelden.«

»Musst du mich schon wieder aufziehen? Willst du nicht vielleicht irgendetwas sagen, immerhin habe ich dir gerade ein Liebesgeständnis gemacht.«

»Das soll ein Liebesgeständnis gewesen sein? Du bist über mich hergefallen, mehr war das ja wohl nicht.« Sie verschränkte die Arme vor der Brust. »Wenn du mit mir zusammen sein willst, musst du dir in Zukunft echt mehr Mühe geben. Ich bin anspruchsvoll, weißt du? Ich will von meinem Liebsten auf Händen getragen werden.«

Asrell seufzte laut: »Glaub mir, ich weiß sehr genau, auf was ich mich mit dir einlasse. Ich sollte eigentlich an meinem

Verstand zweifeln.« Nun grinste er, als er Niris' empörten Blick sah. »Aber ich liebe dich genau für deine Eigenart, deine manchmal harschen Worte und deine liebevolle, verletzliche Seite. Du bist einfach Niris – die Frau, die mir alles bedeutet.«

»Du bedeutest mir auch sehr viel«, gab sie fast kleinlaut zu und wagte es nicht, ihm dabei in die Augen zu sehen. Doch für ihre Verhältnisse war das wohl die schönste Liebeserklärung, die sie machen konnte.

Asrell freute sich sichtlich darüber und schloss sie überschwänglich in die Arme. »Ich werde von jetzt an immer für dich da sein.«

Tares grinste und küsste Gwen sacht auf die Schläfe. »Lassen wir die beiden am besten für einen Moment allein.«

Sie nickte und folgte ihm, während er seinen Arm um ihre Hüfte legte und sie fest bei sich hielt.

»Es ist schön, dass die beiden endlich zueinandergefunden haben«, meinte sie.

»Ich hoffe nur, dass das gut geht. Momentan sieht es ja nicht so aus, als könnten sie die Streiereien jemals sein lassen.«

Gwen schubste ihn neckend und meinte: »Das ist dir an ihnen ja immer besonders auf die Nerven gegangen.«

»Wie könnte es auch nicht«, knurrte er. Er wollte gerade noch etwas sagen, als sie Baldras und Taldor bei Leondra stehen sahen.

Baldras streckte der Fürstin gerade seine Hand entgegen. »Die Verluste auf all unseren Seiten sind groß, darum darf es nie wieder geschehen, dass unser eigener Machthunger uns für die eigentliche Gefahr blind macht.«

Die Fürstin zögerte kurz und blickte dann zu ihrem verletzten Bruder. »Er wird wahrscheinlich nie wieder sehen können. Zudem müssen wir nun Hunderte tapfere Männer zu Grabe tragen ...« Sie schwieg und wandte sich dann erneut Baldras zu. »Ihr habt Euren Vater verloren.«

»Revanoff hat mir nicht nur die Schwester genommen, sondern auch meinen Vater und unserem Land damit einen großen Herrscher. Ich hoffe, dass ich meiner neuen Verantwortung gerecht werden kann und ein ebenbürtiger Nachfolger werde. Ich möchte gleich damit beginnen, indem ich Frieden mit den anderen Fürsten schließe, sodass unsere Reiche nie wieder solch schwere Verluste hinnehmen müssen.« Er schwieg kurz, dachte vielleicht an seine eigene Mutter, als er fortfuhr: »Keine Mutter soll mehr um ihren Sohn und keine Frau mehr um ihren Mann trauern müssen.«

Leondra nickte und reichte ihm die Hand. »So wünsche ich es mir ebenfalls und will fortan Frieden mit Euch halten.« Beide sahen zu Taldor. Er hatte einige Kratzer im Gesicht und sein rechtes Bein war verbunden. »Ich bin einverstanden und wünsche mir ebenfalls Frieden mit Euch allen.«

Gwen sah zu, wie die drei Fürsten sich die Hände zu einem ehrlichen Versprechen reichten. Sie wussten alle, dass fortan einiges anders werden würde. Am Ende würde Ahrins Tod diese Welt weitreichend verändern.

Erneut schob sich die Zeltplane beiseite, die den Eingang verschloss, und für einen Moment wandten sich alle der Person zu, die darin erschien. Der Mann schenkte den Umstehenden einen kurzen Blick und setzte sich erneut in Bewegung, während Gwen nur Augen für die Gestalt hatte, die er trug. Es war Kalis, die leblos in seinen Armen ruhte.

»Es wird Zeit, dass wir uns von ihr verabschieden«, sagte er leise und voller Trauer an Gwen gewandt. »Auch wenn sie immer sehr streng mit dir war und sich recht kühl verhalten hat: Sie hat dich geschätzt und viel von dir gehalten.«

»Sie war eine großartige, starke und sehr selbstbewusste Frau. Ich habe sie immer für ihre Zielstrebigkeit und ihr Geschick im Kampf bewundert. Ich werde sie nie vergessen.« Gwen spürte, wie sich ihr Hals vor Trauer zuschnürte, als sie zu Kalis schaute. Ihre Haut war fahl, die Kleidung voller Blut, die Augen geschlossen. Man hätte vielleicht annehmen können, dass sie nur schlief, doch etwas Entscheidendes war gewichen: Sie hatte jegliche Leichtigkeit und Lebendigkeit verloren, und das erkannte man mit einem Blick. Sie würde nie wieder zurückkommen.

»Der Tod meiner Enkelin soll nicht umsonst gewesen sein«, verkündete der Älteste. »Ich habe einen schweren Fehler begangen, indem ich nicht auf dich gehört habe. Doch leider war es Kalis, die am Ende für meine Sturheit zahlen musste.« Seine Stimme brach kurz, und er machte ein paar Atemzüge, um sich zu sammeln. Dann versprach er deutlich und mit ganzer Kraft: »Mein Dorf, meine Verisells und ich selbst werden von nun an dieser Welt dienen. Wir werden dafür sorgen, dass die Friedensabkommen eingehalten werden. Euch Nephim«, er schaute zu Tares, »haben wir viel zu verdanken. Wärt ihr nicht gewesen, hätten wir noch weitaus größere Verluste hinnehmen müssen. Ihr habt uns mit eurem Einschreiten gezeigt, dass offenbar nicht alles der Wahrheit entspricht, was wir über euch zu wissen glaubten. Von heute an werden wir keine Jagd mehr auf euch machen, wenn ihr uns keinen Grund dafür gebt. Diejenigen von euch, die niemanden angreifen und töten, werden von unserer Seite also nichts mehr zu befürchten haben.«

»Von unserer Seite ebenfalls nicht«, versprach Baldras.

Taldor nickte bestätigend, und auch Leondra stimmte in die Worte mit ein. »Wir werden mit Moras Ungral und Ernhard Grauhut reden und sie bitten, in den Friedenspakt einzustimmen. Ich denke, dass auch sie nicht abgeneigt sein werden«, fuhr sie fort.

Gwen schaute erleichtert zu Tares, denn sie wusste, was dies bedeutete. Er musste keine Angst mehr um sein Leben haben, sondern konnte sich frei bewegen, in Städte gehen, ohne sich verbergen zu müssen. Sicher würde es noch Jahre dauern, bis die Bewohner ihre Furcht und ihre Bedenken gegenüber den Nephim verloren hätte, aber immerhin würden sie von nun an frei leben können – zumindest diejenigen, die es vermochten, ihren Kampfesdrang zu unterdrücken oder ihn nur mit einem ebenbürtigen Nephim auszutragen.

»Ich danke Euch für Eure Worte und Euer Versprechen«, sagte Tares, konnte den Blick jedoch nicht von Kalis lösen.
»Würdet Ihr mir erlauben, mich von Ihr zu verabschieden?«, fragte er den Ältesten leise.

Der schien ein wenig verwundert, sagte dann aber: »Ich habe gesehen, dass du ihr in der Schlacht zu helfen versucht hast. Das rechne ich dir hoch an.«

»Sie war eine äußerst starke Kämpferin, mit einem großen Herzen und noch viel mehr Mut. Sie hat es immerhin gewagt, sich Revanoff ganz allein zu stellen.«

Der Älteste nickte traurig und trat einen Schritt auf Tares zu, damit er sich verabschieden konnte. Gwen wunderte es nicht, dass ihm Tares' Verhalten nicht eigenartig vorkam. Er wäre niemals auf die Idee gekommen, dass seine Enkelin einen Nephim kannte, wie hätte er das auch ahnen sollen? Immerhin war Kalis stets so pflichtgetreu gewesen. Vermutlich nahm er an, ihr tapferes Verhalten hätte Tares so sehr imponiert, dass er ihr nun die letzte Ehre erweisen wollte.

Langsam beugte er sich zu Kalis hinab, Gwen konnte in seinem Blick die tiefe Verbundenheit sehen, die große Liebe, die er einst für sie empfunden hatte, und den schweren Verlust. Er strich ihr zärtlich über den Kopf, raunte ihr leise etwas ins Ohr; küsste sie sanft und kurz auf die Wange, sodass es ihr Großvater nicht sehen konnte.

Dann schaute er zu dem Ältesten auf, der ihm dankend zunickte und seine Enkelin zu den anderen Toten brachte. So viele waren an diesem Tag gestorben, hatten ihr Leben gelassen, um ihrem Fürsten treu zu dienen. Nun war der Krieg vorbei, doch zunächst würden noch so unzählige Tränen vergossen werden. Familien waren zerstört worden, Väter, Söhne und Brüder waren gestorben. Es war so viel Schmerz geblieben und trotzdem bestand auch Aussicht auf ein neues Leben. Dank ihrem Einsatz würde diese Welt sich hoffentlich bald zu einem neuen Ort verändern, der Frieden versprach ...

Epilog

Tares' Fingerspitzen wanderten an Gwens Rücken hinab und hinterließen dort eine prickelnde Spur, die sich bis in ihr tiefstes Inneres zog. Sie hob den Blick, schaute in seine rubinroten Augen, in denen sich das Licht spiegelte. Sie liebte diese Augen und das Feuer, das darin brannte, wenn er sie anschaute.

Seine Lippen legten sich auf die ihren, waren leicht und zärtlich. Sie verschmolzen zu einem Kuss, der nicht süßer hätte sein können. Noch immer ruhten seine Hände auf ihrem Rücken, strichen sacht darüber und wanderten zu ihrer Hüfte, wo sie sich langsam unter ihren Pullover schoben.

Vier Monate lag der Kampf gegen Ahrin nun zurück und seither hatte sich viel verändert. Gwen war in ihre Welt zurückgekehrt und hatte ihr altes Leben und ihr Studium wieder aufgenommen. Trotzdem sah sie Tares weiterhin fast täglich, entweder war er hier bei ihr oder sie ging in seine Welt – dank des Spiegels und der Kopie, die er bei sich trug, konnten sie sich jederzeit sehen.

Es fiel ihm nicht allzu leicht, sich in dieser fremden Welt zurechtzufinden, denn es gab viel Neues zu entdecken und zu erleben, aber er zeigte eine große Begeisterung für dieses andere Leben. Das Einzige, was ihn störte, war, dass er nie ohne Sonnenbrille oder Kontaktlinsen aus dem Haus gehen konnte, denn seine roten Augen waren recht ungewöhnlich. Ob er eines Tages für immer hier bleiben wollte, wusste er noch nicht, doch bislang mussten sie diesbezüglich auch keine Entscheidung treffen. Sie genossen es einfach, überhaupt zusammen sein zu können.

Kurz nach ihrer Rückkehr in ihre eigene Welt hatte Tares die Schatulle ihres Großvaters zerstört, damit der Zauber, der auf dem Kästchen lag, nicht mehr wirken und die Beziehungen zu Gwens Bezugspersonen sich normalisieren konnten. Seither hatte sie wieder mehr Kontakt zu ihren Eltern. Beide waren in der Zwischenzeit für zwei Wochen nach Hause gekommen, sodass sie sich gesehen hatten. Ihre Eltern hatten viel von ihrer Arbeit erzählt und Gwen hatte ihnen von ihrem Studium berichtet.

Mit ihren Freundinnen hatten sie sich bereits mehrmals verabredet. Gwen hatte erzählt, Tares habe seine Krankheit überstanden und man würde ihm daher kaum mehr etwas davon ansehen. Besonders Jule war ganz begeistert von ihm. Ein Treffen mit ihren Eltern wollte sie erst bei deren nächstem Besuch organisieren, denn wie Tares so schön sagte: »So viele neue Menschen lernt man am besten wohldosiert kennen.« Sie war sich aber sicher, dass er sich gut mit ihren Eltern verstehen würde.

Asrell und Niris waren weiterhin ein Paar, auch wenn es schwer war, das auf den ersten Blick zu erkennen, denn sie stritten sich wie die Kesselflicker. Hin und wieder, vor allem wenn sie sich unbeobachtet fühlten, konnten sie allerdings auch sehr zärtlich miteinander sein. Vielleicht waren gerade ihre Kabbeleien das, was ihre Beziehung so besonders machte. Die beiden bereisten ihre Welt als Vendritori, denn auch wenn sich vieles verändert hatte, so traf dies zumindest auf die meisten Asheiys nicht zu. Sie griffen weiterhin Leute an, machten sich einen Spaß daraus, Häuser zu zerstören oder die Bewohner zu necken. Es gab Asrells Ansicht nach noch allerhand Arbeit für einen Vendritori, und nun konnten die Geschäfte für ihn kaum besser laufen. Immerhin erzählte er jedem nur zu gerne, dass er selbst an der großen Schlacht teilgenommen und Fürst Ahrin Revanoff persönlich gegenübergestanden hatte. Es sah Asrell ähnlich, dass er sich mit dieser Tat rühmte, und auch sonst hatte ihn dieser Kampf nur wenig verändert. Eines war jedoch anders geworden: Durch den Tod seines Vaters war wie ein dunkler Schatten von ihm gefallen. Er war nun freier, offener, fröhlicher. Die Momente, in denen er schweigsam und in sich gekehrt gewirkt hatte, waren vergangen.

Niris schien noch immer hin und wieder an Malek zu denken, aber Asrells Nähe tat ihr gut, und es war nicht zu übersehen, dass ihr viel an ihm lag. Sicher liebte sie ihn tief in ihrem Herzen, auch wenn sie dies nicht immer so zu zeigen vermochte.

Tares' Lippen strichen an Gwens Halsbeuge entlang, sie streckte sich ihm entgegen, genoss das warme Gefühl seiner Lippen auf ihrer Haut. Er knabberte sanft an ihrem Ohrläppchen und entlockte ihr ein leises Seufzen. Sie war unendlich froh, ihr Leben nun ohne weitere Bedrohungen mit ihm verbringen zu können. Die Fürsten hielten bislang Wort und auch Moras Ungral sowie Ernhard Grauhut hatten – wenn auch erst zögerlich – dem Frieden zugestimmt. Sie verschonten die Nephim, solange diese niemanden angriffen oder töteten. Es gab einige dieser Kreaturen, die sich nicht an die Abmachung hielten, doch von diesen versuchte man die Namen in Erfahrung zu bringen und schrieb sie auf eine Liste, die in jeder Stadt aushing. Auf diese Nephim wurde Jagd gemacht – falls man sie fand, sollten sie einen ehrlichen Prozess bekommen und nicht auf der Stelle umgebracht werden. Das Wichtigste jedoch war, dass jeder Nephim ohne Angst leben konnte, solange er sich nichts zuschulden kommen ließ.

»Ich genieße die Zeit mit dir so sehr. Ich könnte mir kein schöneres Leben als das an deiner Seite vorstellen«, sagte Gwen zwischen zwei Küssen und blickte zu ihm auf. Seine Lippen verzogen sich zu einem sanften Lächeln, in seinen Augen brannte ein unstillbares Feuer.

»Ich liebe dich«, erwiderte er und küsste sie erst sanft, dann immer leidenschaftlicher. Ihre Atmung beschleunigte sich, durch ihren gesamten Körper ging ein süßes Kitzeln, das ihre eigene Lust nur weiter anstachelte. Ihre Hände schoben sich unter seinen Pullover, wanderten über seine weiche Haut. Sie fühlte die Muskeln, die sich an seinem Bauch spannten, spürte die vielen Erhebungen und Vertiefungen. Nicht zum ersten Mal dachte sie, dass dieser Körper, dieses vollkommene Gesicht wie von Meisterhand geschaffen war.

Er küsste ihren Hals, ihr Schlüsselbein und strich mit seinen Fingerspitzen ihre Taille entlang, wo er eine Spur aus loderndem Feuer hinterließ. Gwen warf den Kopf zurück, als er ihre Brüste umschloss und sie streichelte. Nur allzu schnell befreite sie ihn von seinem Pullover und küsste nun ebenfalls seine Brust und seinen Bauch. Sie hörte Tares leise nach Atem ringen, dann umfasste er ihre Hüfte, hob sie hoch und trug sie zum Bett. Langsam ließ er sie auf die Matratze sinken, zog ihren Pullover beiseite und bewunderte ihren Körper, als hätte er nie etwas Schöneres gesehen. Seine Lippen brannten auf ihrer Haut, als er sich ihren Brüsten zuwandte, dann langsam ihren Bauch hinabwanderte, immer tiefer ...

Sie zerging unter seinen Berührungen, ihr Herz donnerte in ihrer Brust, alles in ihrem Körper verlangte nach ihm, und so gab sie sich ihm nur allzu bereitwillig hin. Als er sich über sie beugte, legte sie ihre Hände um seine Hüfte, entledigte ihn seiner Hose und zog ihn zu sich hinab. Ihrer beider Blicke hingen aneinander, waren wie miteinander verschmolzen. Sie erkannte in seinen Augen dieselbe tiefe Liebe, die auch sie verspürte. Sie wollte ihm am liebsten für immer so nahe sein wie jetzt, für immer an seiner Seite sein und ihr Leben mit ihm verbringen. Er war ihre große Liebe und das Schicksal hatte sie auf so ungewöhnliche Weise miteinander verbunden. Im Grunde glaubte sie nicht an eine höhere Macht, doch wenn sie Tares ansah, konnte sie fast nicht anders, als zu denken, dass ihre Begegnung kein Zufall gewesen war: Sie waren füreinander bestimmt.

Gwen schaute auf die Stadt, die sich vor ihnen erstreckte. Sie war recht groß, auch wenn sie mit einer Hauptstadt wie Melize nicht mithalten konnte. Dennoch schien es den Leuten hier gut zu gehen, die Häuser wirkten solide, waren allesamt weiß getüncht und hatten kleine Dachtürme.

Sie waren gerade erst angekommen. Suchend schaute sie sich um und entdeckte nur wenige Meter rechts neben sich Asrell und Niris. Die beiden hatten die Ankunft von Tares und Gwen bereits bemerkt und wandten sich nach ihnen um.

»Da seid ihr ja endlich. Ich dachte schon, ihr lasst euch gar nicht mehr blicken«, begrüßte Asrell sie mit breitem Lächeln.

»Habt ihr was zu essen mitgebracht?«, wollte Niris als Erstes wissen.

»Ich hab alles besorgt, was du haben wolltest«, erwiderte Gwen und verdrehte die Augen. Die Asheiy würde sich wohl niemals ändern und immer zuallererst an sich denken, doch so kannte sie Niris, und irgendwie konnte man ihr diese Eigenart meistens nicht mal übel nehmen.

»Wo sind wir hier eigentlich?«, fragte Gwen.

»Das hier ist Weißtal, ein sehr hübsches Städtchen im Reich von Fürst Bergstill«, erklärte Asrell mit breitem Grinsen.

»Hast du nicht noch genug Geld von deinen letzten Aufträgen?«, hakte Tares wenig gut gelaunt nach. » Ich will nicht noch mal danebenstehen, wenn du Leute ausnimmst und mich dabei auch noch als deinen Assistenten vorstellst.«

»Stell dich nicht so an«, winkte Asrell ab und setzte seinen Weg fort. »Du hast ein hübsches Gesicht, das kommt bei den Frauen gut an. Außerdem bist du ein Nephim und damit äußerst interessant. Also sei einfach ein bisschen freundlicher zu ihnen. Deine schlechte Laune hätte mich letztes Mal fast den Auftrag gekostet.«

Tares schüttelte ärgerlich den Kopf und knurrte: »Du hast vielleicht Nerven.«

Doch Asrell tat, als hätte er die Worte gar nicht gehört: »Ich habe jedenfalls in Weißtal Großes vor. Wenn ich dort mit meiner Arbeit erst einmal fertig bin, wird jeder meinen Namen kennen.«

»Das kann ich mir nur allzu gut vorstellen«, erwiderte Tares.

»Wir müssen auf jeden Fall ein paar Austreibungen mehr durchführen als in Lilienfels«, erklärte Niris bestimmt. »Der Aufwand hat sich letztes Mal kaum rentiert. Du solltest heute deutlich mehr Häuser in Angriff nehmen und dich nicht so leicht abwimmeln lassen. Wir könnten es auch mal mit ein paar Werkstätten versuchen, die haben garantiert eine Menge Geld und zudem arbeiten dort überwiegend Männer. Die bekomm ich schnell um den Finger gewickelt.« Sie grinste breit.

»Ich hab dir schon mal gesagt, du sollst deine Kräfte nicht mehr benutzen. Wir sind jetzt zusammen, denkst du, da will ich zuschauen, wie du mit anderen Kerlen flirtest?!«

Die Asheiy stemmte wütend ihre Hände in die Hüfte. »Das ist nun mal das, wozu ich geschaffen bin. Warum sollte ich auf diese Fähigkeit verzichten, wo sie uns doch helfen kann?«

»Das fragst du noch?!« Er wirkte fassungslos.

Gwen musste grinsen, als sie sah, wie sich Tares' Gesicht bei dieser Kabbelei genervt verfinsterte. Sie legte ihre Hände um sein Gesicht und küsste ihn. Der Kuss war süß und sanft, sogleich umschlang Tares ihre Hüfte, zog sie noch näher zu sich heran und presste seine Lippen fest auf die ihren, sodass sie zu einem leidenschaftlichen Kuss verschmolzen. Als sie sich wieder voneinander trennten, schaute er sie voller Liebe an.

»Jetzt kommt endlich«, forderte Asrell sie auf. Die zwei schenkten sich noch einen vielsagenden Blick und gingen den beiden nach. Gwen war glücklich und sah auf eine Zukunft, die voller neuer Wege war. Man wusste nie, was der nächste Tag bringen würde …

»Feiy – Dunkle Feen«, der Auftakt zur neuen Fantasyreihe, erscheint im Herbst 2017.

Lust auf mehr?

Weitere Bücher von Juliane Maibach:

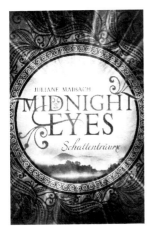

Midnight Eyes – Schattenträume (Band 1)
Midnight Eyes – Finsterherz (Band 2)
Midnight Eyes – Tränenglut (Band 3)

Als E-Book und Softcover erhältlich.

Necare – Verlockung (Band 1)
Necare – Verlangen (Band 2)
Necare – Versuchung (Band 3)
Necare – Verzweiflung (Band 4)
Necare – Vollendung (Band 5)

Als E-Book und Softcover erhältlich.